Ther
DAS LIEBESLEBEN DE

Theresia Graw

DAS LIEBESLEBEN DER SUPPENSCHILDKRÖTE

Roman

blanvalet

Verlagsgruppe Random House FSC® N001967
Das für dieses Buch verwendete FSC®-zertifizierte Papier
Holmen Book Cream liefert Holmen Paper, Hallstavik, Schweden.

1. Auflage
Deutsche Originalausgabe März 2014
bei Blanvalet, einem Unternehmen der
Verlagsgruppe Random House GmbH, München
Copyright © 2014 by Blanvalet Verlag, in der
Verlagsgruppe Random House GmbH, München
Dieses Werk wurde vermittelt durch die Literarische Agentur
Thomas Schlück GmbH, 30827 Garbsen.
Umschlaggestaltung: © Johannes Wiebel | punchdesign,
unter Verwendung eines Motivs von Shutterstock.com
Redaktion: Susann Rehlein
AF · Herstellung: sam
Satz: Vornehm Mediengestaltung GmbH, München
Druck und Bindung: GGP Media GmbH, Pößneck
Printed in Germany
ISBN 978-3-442-38201-9

www.blanvalet.de

»Sind Sie mit Ihrem Leben zufrieden?«

Ach je, gleich so eine schwierige Frage.

Ehrlich gesagt, ich bin todunglücklich.

Mein Leben ist eine einzige Katastrophe, ich habe auf der ganzen Linie versagt. Alles läuft schief. Keiner liebt mich. Mir sind bloß die Stricke ausgegangen, sonst hätte ich was anderes getan, als mich im Internet auf Ihre Seite zu klicken.

Aber so direkt will ich es dann doch nicht formulieren. Ich beschreibe das Problem lieber etwas dezenter und tippe: »Bei meinem Lebensmotto halte ich es mit Goethe: Auch aus den dicksten Steinen, die einem in den Weg gelegt werden, kann man immer noch was Schönes bauen.«

Das habe ich neulich im Wartezimmer meines Zahnarztes auf einem Wandkalender gelesen.

Klingt irgendwie souverän. Und mit Goethe kann man schließlich nicht viel falsch machen.

Okay, nächste Frage: »Was war in der vergangenen Woche der schönste Moment für Sie?«

Hm, schwer zu sagen: als ich mich am Sonntagabend mit einer Tüte Chips aufs Sofa gelegt und im Fernsehen den Münsteraner *Tatort* geschaut habe?

Das entspricht vermutlich der Wahrheit, kommt aber ein bisschen langweilig rüber.

Als ich am Sonntagnachmittag meinen demenzkranken Urgroßonkel im Altersheim besucht habe und er mich mit feuchten Augen so dankbar angelächelt hat?

Klingt edelmütig, ist aber eine Lüge. Ich habe überhaupt

keinen Urgroßonkel, und auch sonst kenne ich niemanden, der an Demenz leidet und im Altersheim lebt.

Bleibt nur eines: »Als ich am Sonntagmorgen durch den Englischen Garten geradelt bin und gesehen habe, wie zauberhaft die frühen Sommersonnenstrahlen durch die Bäume schimmerten und tausend Tautropfen auf der Wiese funkeln ließen.«

Oder ist das zu kitschig? Sehr viel Beeindruckendes habe ich in dieser Woche leider nicht erlebt. Ich lasse es erst mal stehen. Leichte romantische Anwandlungen haben doch alle Frauen. Vielleicht fällt mir nachher noch was Intelligenteres ein. Jetzt weiter im Text:

»Wie sportlich sind Sie?«

Na ja. Wie man's nimmt. Ich gehe jeden Tag sechs bis sieben Mal in unserem Altbautreppenhaus die Stufen zum fünften Stock hoch und runter, meist beladen mit Einkaufstüten, Wäschekörben oder Wasserkästen und was es sonst noch zu schleppen gibt. Das betrachte ich als sehr sportlich.

»Ich betreibe jeden Tag Fitness«, kann ich guten Gewissens behaupten.

»Welche Eigenschaften soll Ihr Partner haben?«

Diesmal brauche ich tatsächlich nicht lange nachzudenken:

»Klug, humorvoll, attraktiv, unternehmungslustig, intelligent, treu, ehrlich, gebildet, gerecht, selbstbewusst, fröhlich, verantwortungsvoll, höflich, charakterstark, hilfsbereit, kinde…«

Hey, wieso passt da nichts mehr hin? Ist die Spalte etwa schon zu Ende? Kinderlieb halte ich für eine sehr wichtige Eigenschaft. Darauf möchte ich auf keinen Fall verzichten.

Ich tippe »kdlb.«. Derjenige welcher wird schon wissen, was ich meine.

Jetzt wollen sie auch noch alle möglichen persönlichen Daten wissen: »Wie lautet Ihr Vorname? Wie alt sind Sie? Wie ist Ihr Familienstand? In welchem Sternzeichen sind Sie geboren? Welche Haarfarbe, welche Kleidergröße, welche Schuhgröße haben Sie? Wie groß sind Sie?«

Ja, hallo. Kommt als Nächstes die Frage nach meiner Körbchengröße? Der Mann, der diesen Fragebogen liest, hat ja an mir überhaupt kein Geheimnis mehr zu entdecken.

»Sophie, 41, geschieden, Skorpion, meistens braun, 38, 39, 172 Zentimeter.«

»Leiden Sie unter unheilbaren Krankheiten oder Erbkrankheiten?«

Ich glaub, ich spinne. Ich bin kerngesund, soweit ich weiß, aber das führt ja wohl eindeutig zu weit! Schon mal was von Datenschutz gehört?

Abbrechen.

»Wenn Sie die Befragung jetzt abbrechen, gehen alle Einträge verloren. Wollen Sie die Befragung wirklich abbrechen? Ja. Nein.«

Ja.

»Sind Sie sich sicher, dass Sie die Befragung jetzt abbrechen wollen? Ja. Nein.«

Ja, verdammt noch mal.

»Sie haben die Befragung abgebrochen. Herzlich willkommen auf der Startseite von Premiumpartner.de, dem niveauvollen Partnersucheportal im Internet. Beantworten Sie unseren Fragebogen und lernen Sie endlich den Partner kennen, der wirklich zu Ihnen passt. Klicken Sie auf Okay, wenn Sie jetzt mit der Beantwortung unseres Fragebogens beginnen wollen. Viel Erfolg bei der Suche nach einem Partner.«

Beenden.

»Sie wollen den Computer jetzt herunterfahren? Ja. Nein.«
JA!

Der Laptop summt noch ein paar Sekunden lang. Dann ist es im Wohnzimmer still und dunkel.

Es geht einfach nicht. Ich kann mir keinen Mann im Internet suchen. Auch wenn Miriam sagt, das sei doch ganz normal, das würden jetzt alle machen.

Man lernt sich halt kennen, wo man ist, hat sie gesagt. Bei der Arbeit, im Club, im Urlaub, im Internet. Das Web gehört nun mal auch zu unserem Lebensraum. Da sei doch gar nichts dabei. Ihre Cousine habe auch einen Mann bei Premiumpartner gefunden, und den werde sie demnächst heiraten.

Aber ich schaffe das nicht. Ich kann mir Bücher im Internet besorgen, DVDs, Kinokarten, Flugtickets oder einen Gemüsehobel. Aber einen Mann? Das ist doch total peinlich. Steht es wirklich schon so schlimm um mich?

Ich klappe den Laptop zu.

Dabei hatte alles so vielversprechend angefangen. Vor nicht einmal vierundzwanzig Stunden …

SAMSTAG, 21:28

Jetzt kann eigentlich nichts mehr schiefgehen. Dieter sitzt neben mir in meinem Wohnzimmer auf meinem Sofa, hat seinen Arm um meine Schultern gelegt und sieht mich begeistert an.

Alles ist perfekt für den ultimativen Abend: Auf dem Tisch vor uns stehen zwei Gläser mit perlendem Prosecco, das eine halb geleert, das andere (meines) schon fast ganz. Die zwei Dutzend dunkelroten Teelichter, die ich vor einer Stunde im Zimmer verteilt habe (Duftnote Indische Rose), verbreiten die erwünschte sinnliche Stimmung. Ich jedenfalls bin schon ganz kribbelig. Aus den Boxen meiner Musikanlage ertönt leise Musik: Debussy. Das ist einerseits schön romantisch (Klaviermusik!), andererseits aber auch ein bisschen intellektuell anspruchsvoll (Klassik!) und nicht so pubertär wie die Kuschelrock-CDs, die ich früher an solchen Abenden gern mal eingelegt habe. Es ist noch gar nicht so lange her, dass ich mit Céline Dion und »My Heart Will Go On« einen anderen vielversprechenden Mann vertrieben habe. Wobei mir der Zusammenhang zwischen meinem Musikgeschmack und dem abrupten Rückzug meines hinreißenden Begleiters erst Tage später, nämlich nach eingehender Beratung mit Miriam, klar wurde. Heute soll mir so was nicht passieren.

»Schöne Musik hast du«, sagt Dieter jetzt und streicht mir eine Haarsträhne hinter das Ohr. Na also. Ich lächle wissend. Ich hab doch geahnt, dass er auf so was steht. Endlich küssen wir uns. Es klappt!

Dieter von Glandorf. Fünfundvierzig Jahre alt. Seit einem halben Jahr von seiner Frau getrennt und seit vorgestern vor einer Woche der Mann in meinem Leben. Eine neue Zeitrechnung hat begonnen. Ich bin so glücklich. Das Leben ist großartig mit Dieters Hand im Nacken und Debussys »Clair de Lune« im Ohr.

Dieter ist Unternehmensberater. Ein wichtiger, kluger und schöner Mann. Der wichtigste, klügste und schönste Mann, den ich kenne. Stets trägt er perfekt sitzende Anzüge und hochglanzpolierte Schuhe. Ich mag die kleinen Fältchen in seinen Augenwinkeln und seine leicht ergrauten Schläfen, sein ansonsten dunkles, akkurat frisiertes Haar und die makellosen Zähne, wenn er lacht. Und er lacht gerne. Er ist so witzig. Er ist wunderbar.

Wir haben uns auf dem Geburtstagsfest meiner Kollegin Tanja kennengelernt. Und zwar am Buffet, als wir beide gleichzeitig nach dem letzten Chicken Wing auf der Platte greifen wollten. Großzügig, wie er ist, überließ er ihn mir, und wir kamen schnell ins Gespräch über die Vorteile von Fingerfood im Allgemeinen und über die Bedeutung der mexikanisch-amerikanischen Küche für das deutsche Partywesen im Besonderen. Danach waren wir zweimal miteinander zum Essen aus, einmal italienisch, einmal französisch, und dabei hat es sich irgendwie entwickelt.

Ich weiß gar nicht genau, wie ich es geschafft habe, diesen tollen Typen in mein Wohnzimmer zu bekommen. Belebt durch eine halbe Flasche Rotwein habe ich nach der Crème Brûlée im Chez Jacques einfach gesagt: »Das nächste Mal treffen wir uns bei mir zu Hause, hast du Lust?« Und er hat gegrinst und »Na klar doch hab ich Lust« gesagt.

Na klar doch. Da sitzen wir also Seite an Seite auf meinem verschlissenen Ikea-Sofa mit dem hellblauen, viel zu großen

Überwurf, der die Schokoladen-, Kaffee- und Orangensaftflecken der vergangenen fünf Jahre auf dem Polster verdeckt. Und wie wir da sitzen! Vor allem ich: Ich trage die schwärzesten, spitzesten, steilsten Highheels, die mein Kleiderschrank hergegeben hat, die hauchdünnsten Nylonstrümpfe, den besonders hoch geschlitzten schwarzen Rock und eine allerverwegenst schimmernde weiße Seidenbluse. Darunter meine extra neu gekaufte cremefarbene Spitzenunterwäsche mit dem dezent einen Bilderbuchbusen formenden BH. Mehr geht nicht. Wenn es heute nicht klappt, klappt es nie mehr.

»Du siehst super aus«, sagt Dieter und zieht mich näher an sich heran. Noch ein Kuss. Eine Hand wandert vom Knie aus meinen Oberschenkel entlang. Der Rock verrutscht, verabschiedet sich größtenteils irgendwohin in Richtung Bauchnabel.

Wenn nur mein Herz nicht so laut und lästig klopfen würde. Ich bin doch kein Teenager mehr! Hoffentlich hört er es nicht. Er muss ja nicht unbedingt wissen, dass ich seit dreizehn Monaten, einer Woche und vier Tagen auf einen Abend wie diesen warte. Dass heute der Tag ist (beziehungsweise die Nacht!), an dem eine lange Zeit der Einsamkeit und Enthaltsamkeit zu Ende gehen wird.

Im Schlafzimmer habe ich schon am Nachmittag alles vorbereitet: Das Bett ist mit frischer, duftender Wäsche aus dunkelblauem Satin bezogen, und auf dem Nachttisch liegen – dezent versteckt unter einem Stapel Krimis – drei Kondome in verschiedenen Ausführungen, man weiß ja nie. Ich bin jedenfalls auf alles vorbereitet.

»Du süße, scharfe Maus«, flüstert mir Dieter ins Ohr. Bingo!!

Ich will gerade fragen, ob er etwas dagegen hat, wenn wir den Prosecco in einem anderen Zimmer weitertrinken, da höre ich, wie die Klinke der Wohnzimmertür leise quietscht. O nein, bittebitte nicht jetzt.

»Mama, ich hab Durst.«

Da steht sie, Lina, das allergoldigste, blondgelockteste kleine Mädchen der Welt, im rosaroten Bambinachthemd und blinzelt schläfrig in das Kerzenlichtermeer. Ein Anblick, der mir zu jedem anderen Zeitpunkt das Herz aufgehen lassen und mich mit einer Woge Mutterglückshormone überschwemmen würde. Aber doch nicht jetzt, wo gerade ein paar ganz andere Hormone aktiviert worden sind.

Warum schläft sie denn ausgerechnet heute Abend nicht? Vor einer Stunde war doch noch alles absolut ruhig im Kinderzimmer. Offenbar hat das stundenlange Plantschen im *Träum-süß-bis-morgen-früh-Schaumbad* seine Wirkung verfehlt. Warum überhaupt kann ein fast fünfjähriges Mädchen nicht einfach aufstehen, in die Küche gehen und sich ein Glas Wasser eingießen, wenn es in der Nacht aufwacht und das Bedürfnis hat, etwas zu trinken? Besteht die Notwendigkeit, eine Mutter zu jeder Tageszeit über jedwede Befindlichkeit zu informieren?

Offensichtlich ja.

»Ich komm ja schon, mein Schatz«, sage ich seufzend und zu Dieter: »Tut mir leid, ich bin gleich wieder da.«

»Wer ist der Mann?«, fragt Lina, als wir in die Küche gehen.

»Das ist ein Freund von mir«, sage ich.

»Wie heißt der denn?«

»Dieter.«

»Schläft der Dieter heute Nacht bei uns?«

»Äh, ich weiß nicht … Vielleicht …«

»Warum weißt du das nicht? Hat er seine Zahnbürste vergessen?«

»Ich hab ihn noch nicht gefragt. Jetzt trink ein bisschen, und dann gehst du wieder ins Bett.«

Ich reiche ihr ein Glas mit Leitungswasser. Lina trinkt langsam ein paar Schlucke. Sehr langsam. Hauptsächlich sitzt sie auf dem Stuhl und schaut zu, wie ihre Beine schlenkern. Besonders müde wirkt sie nicht. Ich werde das Kinderschaumbad reklamieren.

Ich atme tief durch und warte. Jetzt nur keinen Fehler machen, bloß nicht ungeduldig werden. Ich lächle sie an und bemühe mich, ozeanische Ruhe auszustrahlen. Versuche, so auszusehen, als dächte ich gerade: Ich kann gerne die ganze Nacht mit dir in der Küche sitzen, mein Liebling, wenn dir danach zumute ist. Wir haben alle Zeit der Welt. Überhaupt kein Problem, dass da im Wohnzimmer gerade der großartigste Mann sitzt, der mir seit langem begegnet ist und der bis vor drei Minuten dabei war, sich mir auf höchst erfreuliche Weise zu nähern. Alles kein Problem.

Wenn Lina nur den geringsten Verdacht schöpft, dass ich sie am liebsten gerne ganz schnell wieder loswerden würde, ist alles zu spät. Dann fallen ihr garantiert noch zehn weitere Fragen ein, die unbedingt sofort geklärt werden müssen, und ich komme in den nächsten zwei Stunden nicht mehr zu Dieter zurück.

»Wann habe ich Geburtstag?«

»In zwei Wochen.«

»Ist das bald?«

»Ja, ganz bald.«

»Können wir morgen auf den Spielplatz?«

»Ja, vielleicht, wenn du jetzt gleich wieder ins Bett gehst.«

»Können wir auch Eis essen?«

»Mal sehen. Wenn es warm genug ist.«

»Ich mag am liebsten Zitroneneis.«

»Lina!! Jetzt aber genug. Es ist spät, und du musst schlafen.«

»Ich hab aber noch mehr Durst.«

Noch dreieinhalb Schlucke Wasser im Zeitlupentempo.

Ich bin ganz ruhig, sage ich mir. Die Nacht ist noch jung. Ich bin ganz ruhig.

Eine Viertelstunde später ist es vollbracht. Sie liegt tatsächlich wieder im Bett. Und zwar in ihrem eigenen. Wenn es nach ihr gegangen wäre, hätte sie lieber in meinem Bett geschlafen, was ehrlich gesagt öfter vorkommt. Diesmal aber konnte ich sie gerade noch davon abhalten. Heute habe ich andere Pläne.

Ich mache einen Abstecher ins Bad und checke mein Make-up. Alles gut, alles still.

Als ich ins Wohnzimmer zurückkomme, ist Dieter aufgestanden und sieht sich meine CD-Sammlung an. Oh Gott. Hoffentlich hat er Céline Dion noch nicht entdeckt.

»Komm«, sage ich, »magst du noch etwas Prosecco?«

Es dauert ein bisschen, bis das Getränk, Debussy und die Indische Rose wieder ihre volle Wirkung entfaltet haben. Das Küssen will mir aber nicht ganz unverkrampft gelingen, weil ich währenddessen konzentriert auf Geräusche aus dem Kinderzimmer lausche.

Dieter scheint diese Sorgen nicht zu haben. Er befasst sich intensiv mit meinem Ohrläppchen, meinem Hals und den Knöpfen meiner Bluse. So intensiv, dass ich nach einer Weile nicht mehr an das Kinderzimmer und auch nicht mehr an irgendwelche Geräusche denke. Bis mich wieder eines aufschreckt.

»Mama, ich muss Pipi.«

Diesmal steht Spongebob in der Wohnzimmertür. Er ist drei Jahre alt, heißt Timo, trägt seinen Lieblings-TV-Serien-

Schlafanzug und seit kurzem manchmal keine Windel mehr. Schade eigentlich.

Dank Dieters Aktivitäten habe ich nicht einmal die Klinke quietschen hören.

»Ich komme ja schon!«, sage ich. Als ich aufstehe und im Gehen meine Bluse zuknöpfe, nehme ich gerade noch wahr, wie Dieter hinter mir ein leises, aber deutlich unwilliges Grunzen ausstößt.

Timo möchte nicht nur aufs Klo, er möchte auch noch eine kleine Gutenachtgeschichte hören, als er wieder im Bett liegt. Ich kann nicht lange mit ihm diskutieren, weil ich befürchte, dass das länger dauern würde, als schnell was vorzulesen, außerdem könnte Lina im Bett nebenan wieder aufwachen, und dann geht das ganze Theater von vorn los. Also flüstere ich schnell ein paar Sätze aus dem Zwergenbuch. Aber es dauert dann doch ein ganzes Kapitel, bis er endlich wieder eingeschlafen ist.

»Tut mir leid«, wiederhole ich eine knappe halbe Stunde später im Wohnzimmer. »Ich weiß gar nicht, was heute mit den beiden los ist. Sonst schlafen sie immer ganz problemlos ...«

»Macht ja nichts«, antwortet Dieter, aber seinem Gesichtsausdruck nach zu urteilen, macht es doch eine ganze Menge. Er sitzt jetzt sehr aufrecht auf dem Sofa, Lichtjahre entfernt davon, etwas zu sagen wie: »Du süße, scharfe Maus.« Geschweige denn die anderen Satzfetzen, die er mir zwischen den Auftritten der Kinder eins und zwei ins Ohr geraunt hat.

Stattdessen sagt er: »Wahrscheinlich ist es besser, wenn ich jetzt gehe. Es ist schon spät, und du hast ja sicher morgen auch einen anstrengenden Tag.«

»Nein, nein. Das ist kein Problem. Bleib doch noch ein

bisschen. Jetzt schlafen sie wirklich ganz fest. Ich hol uns noch ein bisschen Prosecco aus dem Kühlschrank.«

Oh Gott! Fange ich jetzt schon an, darum zu betteln, dass er bleibt?

In dem Moment ist die CD zu Ende, und das erste Teelicht erlischt. Als hätte sich alles gegen mich verschworen.

Ich versuche es noch mit einem Scherz: »Jetzt stört uns keiner mehr, ganz sicher. Ist doch ein Glück, dass ich nur zwei Kinder habe, nicht wahr?«

Dieter lächelt verkniffen. Wahrscheinlich denkt er gerade: Was für ein Pech, dass sie überhaupt Kinder hat.

»Lass mal gut sein. Ich hatte auch eine harte Woche.«

»Och, schade. Aber weißt du, ich kann ja auch gern mal zu dir kommen. Am nächsten Wochenende übernachten die beiden bei meinem Exmann.«

»Ja, mal sehen. Wir telefonieren, okay?«

Bloß nicht heulen, denke ich. Jetzt ganz cool bleiben und lächeln.

Als er weg ist, heule ich doch und werfe die Debussy-CD aus dem Fenster.

SONNTAG, 11:52

»So ein Blödmann!«
Miriam hatte noch nie eine Vorliebe für diplomatisch verbrämte Botschaften. »Wie kann er abhauen, nur weil deine beiden Süßen kurz mal auftauchen! Was hat der denn erwartet? Dass du sie für zwölf Stunden mit K.-o.-Tropfen betäubst? Sei froh, dass du ihn los bist. Das wäre sowieso nie was Ernstes geworden mit euch.«

Ich denke: Ein bisschen was Unernstes zwischendurch wäre auch mal nicht schlecht gewesen.

Miriam lässt zwei Aspirin in ein Glas Wasser fallen und schiebt es mir über den Küchentisch zu.

Ich blicke in die blubbernde Flüssigkeit und leide still vor mich hin. Nicht nur, weil Dieter mich hat sitzen lassen und nichts aus der heiß ersehnten Liebesnacht geworden ist, sondern auch, weil ich gestern Abend aus lauter Frust die noch dreiviertelvolle Proseccoflasche allein geleert habe. Und weil ich danach immer noch nicht fröhlich war, habe ich noch ein paar Tequila getrunken. Was leider auch nicht wirklich geholfen hat. Ganz im Gegenteil: Jetzt bin ich mir nicht sicher, ob mir mein gebrochenes Herz oder mein explodierender Schädel die größeren Schmerzen bereitet.

Wir sitzen in Miriams Küche, Lina und Timo hocken pädagogisch unkorrekt nebenan im Wohnzimmer vor dem Fernseher und schauen irgendeinen Zeichentrick-Kinderkram mit Hündchen und Häschen. Mucksmäuschenstill sind sie.

Vielleicht hätte ich ihnen gestern Abend auch besser eine Disney-DVD einlegen sollen.

»Shit happens«, sagt Miriam. »Lass dich nicht unterkriegen. Es gibt noch andere Männer auf der Welt.«

»Ich komme mir vor wie bei der Telefonseelsorge«, knurre ich.

Miriam lacht.

»Wenn's halt stimmt ... Komm, Süße, Kopf hoch! Du hast doch bisher immer alles geschafft!«

»Was habe ich denn schon Großartiges geschafft?«, frage ich düster. »Immer an die falschen Kerle zu geraten, das habe ich geschafft.« Angesichts der jüngsten Ereignisse gönne ich mir heute mal eine ordentliche Portion Selbstmitleid. »Ich habe zwei kleine Kinder, und ich bin über vierzig. Da wird es allmählich Zeit für Mister Right, findest du nicht? Blöderweise wird es mit zunehmender Altersweisheit und abnehmender Hautstraffheit nicht gerade einfacher, den Mann fürs Leben zu finden. Wenn man einmal die magische Grenze überschritten hat, sind die meisten Kandidaten schon vergeben. Sofern sie nicht schwul, hässlich oder bescheuert sind. Mit zwanzig war die Auswahl noch ein bisschen größer.«

»Oh, du arme alte Schachtel!« Miriam grinst unbarmherzig. »Soll ich dir schon mal einen Platz im Seniorenstift reservieren?«

»Nein danke. Ganz so faltig bin ich noch nicht.«

»Na, dann ist ja gut.«

»Gar nichts ist gut«, sinniere ich zwischen zwei Schlucken Aspirinwasser. Ich finde, das hier ist genau der richtige Zeitpunkt für eine finstere Zwischenbilanz meines Lebens als Frau. Miriam kennt die Fakten zwar eigentlich schon ganz gut, aber sie ist meine beste Freundin, und wenn mir danach ist, mein Herz auszuschütten, hört sie sich das immer wieder an, ohne mit der Wimper zu zucken.

»Wen habe ich mir ausgesucht, als ich noch jung und schön war? Stefan Freitag! Starfotograf beim *Wuppertaler Wochenblatt* und Schwarm aller weiblichen Mitarbeiter. Was hätte aus mir werden können, wenn ich ihn nicht geheiratet hätte! Aber nein, die kleine Zeitungsreporterin lässt ihre vielversprechende journalistische Karriere über die Wupper gehen und zieht mit ihm nach München, damit er hier ganz groß rauskommen kann. Ha! Ganz groß rausgekommen ist er vor allem bei den Mädels. Du kannst dir nicht vorstellen, wie viele unverschämte Fotos bei ihm eingetrudelt sind nach dem Motto: Ich bin schön und willig, mach mich berühmt! Und ich hab zehn Jahre und gefühlte zwanzigtausend schmutzige Windeln gebraucht, bis ich geschnallt habe, was für ein treuloser Trampel er ist. Wirklich, eine tolle Leistung ...«

»Na gut, dein Stefan war vielleicht nicht gerade der Hauptgewinn. Aber – hey! Es läuft doch gut. Du hast zwei süße Kinder, und ich finde, beruflich bist du wieder bestens auf die Beine gekommen.«

»Na ja, so einigermaßen.«

Seit Lina und Timo einen Kitaplatz in der Wichtelstube haben, arbeite ich beim *Münchner Morgenblatt*. Als Teilzeitlokalreporterin berichte ich in kleinen Artikeln über zweit- bis drittklassige kulturelle Highlights in der Stadt. Für den ganzseitigen Essay im Feuilleton oder die bahnbrechende Theaterkritik, von der ich immer geträumt habe, hat es bislang noch nicht gereicht. Aber ich will mich nicht beklagen: Jahrelang habe ich mich als Vollblutmutti ausschließlich im Spannungsfeld von Spielplatz, Sparmarkt und Spülmaschine bewegt. Jetzt unterhalte ich mich tagsüber auch gelegentlich mit Schlagersängerinnen aus Osterholz-Scharmbeck, mit einer Alphornbläsertruppe aus der Südsteiermark, mit einem Kabarettisten-Duo aus Neustrelitz oder wer es sonst gerade auf eine bescheidene Münchner Bühne geschafft hat. Ich finde, das ist ein deutlicher Fortschritt.

Insofern hat Miriam recht. Bisher habe ich tatsächlich alles immer irgendwie geschafft. Mit der Betonung auf *irgendwie*. Bloß mit dem neuen Mann an meiner Seite hat es leider nicht geklappt.

»Entweder du hast Kinder oder ein glückliches Liebesleben«, erkläre ich und lasse den Rest Aspirinwasser in meinem Glas schaukeln. »Beides zusammen, das funktioniert einfach nicht.«

»Kann es sein, dass deine Gemütslage heute leicht ins Pessimistische tendiert?«, fragt Miriam und reißt eine Tafel Nougatschokolade auf. »Hier nimm! Das hellt die Stimmung auf.«

»Nein danke. Mir ist noch nicht nach fester Nahrung.«

Ich werde mich wohl damit abfinden müssen, mein Leben als unbemannte Mutti zu verbringen, denke ich. Zumindest vorerst. In zehn bis zwanzig Jahren etwa, wenn meine beiden endgültig die Windelphase, die Trotzphase, die Pubertät und wahrscheinlich auch das erste Ausbildungsjahr oder die ersten Semester an der Uni hinter sich haben, frühestens dann werde ich wieder Kapazitäten frei haben für die ganz große Liebe. Falls mir die ganz große Liebe dann überhaupt noch begegnet. Bis dahin jedenfalls werden zwischen mir und meinem Traummann immer irgendwelche Legoklötze im Weg liegen.

So ähnlich erkläre ich es auch Miriam.

»Sei nicht so theatralisch!« Sie schiebt sich ein Stück Schokolade in den Mund und meint kauend: »Ich finde, du übertreibst. Es gibt wirklich Frauen, die schlechter dran sind als du. Entspann dich, dann klappt's auch mit den Kerlen.«

»Pff«, mache ich. »Du stellst dir das so einfach vor.«

Im Grunde kann Miriam bei dieser Problematik überhaupt nicht mitreden. Sie hat überhaupt keine Ahnung, wie es ist, zwei Kinder, einen halben Beruf und keinen Mann zu haben. Seit ihrer Schulzeit ist sie mit Andi zusammen. Ständig. Selbst im Job arbeiten die beiden Seite an Seite. Sie betreiben ein Fitnessstudio in Schwabing. Body-Club! Von morgens bis abends knechten sie sich an den aberwitzigsten Foltergeräten zum Zwecke der Körperertüchtigung. An Kinder ist bei so einem Leben natürlich nicht zu denken. Wahrscheinlich funktioniert das auch gar nicht, wenn sich zwei Knorpel paaren.

Ich kenne Miriam und Andi seit dem Tag meines Einzugs vor zweieinhalb Jahren, als die beiden mir halfen, die Bruchstücke meines zwölfteiligen Kaffeegeschirrs im Hausflur zusammenzusuchen, nachdem eine meiner Umzugskisten sich unglücklicherweise auf der Treppe zwischen dem dritten und vierten Stockwerk selbstständig gemacht hatte. Anschließend trösteten sie mich mit einer Flasche Schaumwein über den Verlust meines großmütterlichen Erbes (Meissener Porzellan, Dekor gelbe Rose mit Goldrand) hinweg.

Hätte den Satz nicht schon jemand anders erfunden, müsste man sagen: Es war der Beginn einer wunderbaren Freundschaft. Vor allem auch, weil Miriam strategisch günstig wohnt, nämlich exakt in der Wohnung unter mir. Gibt es etwas Praktischeres, als in einer Entfernung von sechsundzwanzig Treppenstufen eine Freundin zu haben, die man in jeder Verfassung und bei jedem Wetter, unfrisiert und ungeschminkt und notfalls barfuß im Schlafanzug, besuchen kann? Nicht nur wenn einem am Sonntagvormittag der Kaffee, das Salz oder das Klopapier ausgehen sollte. Sondern auch wenn man Herzschmerzen und Kopfschmerzen gleichzeitig hat, aber nicht ein einziges Aspirin mehr im Schrank.

MONTAG, 7:55

Der Wettermann im Radio verspricht ergiebigen Regen am Alpenrand. Na prima. Wenn an den Bergen schlechtes Wetter angekündigt wird, liegt München garantiert am Alpenrand. Im Falle einer freundlicheren Wetterprognose für das alpine Gelände gehört München meist nicht mehr dazu.

»Mama, ich hab nur einen Gummistiefel.«

»Herrje, Timo. Warum stellst du sie nicht beide nebeneinander unter die Garderobe, wenn du nach Hause kommst? Wo kann der andere denn jetzt sein?«

Schulterzucken. »Weiß nicht.«

»Aha.«

Nachdem wir zehn Minuten gesucht haben, finden wir den Stiefel unter Timos Bett.

Beim Anziehen stellt sich heraus, dass in der Stiefelspitze der Playmobil-Pirat steckt, den er seit einer Woche vermisst. Na, immerhin.

Im Flur steht Lina mit finsterer Miene: »Mama, ich will heute keinen doofen Zopf haben. Ich will so eine Frisur wie die Frau aus der Katzenfutterwerbung im Fernsehen.«

»Welche Katzenfutterwerbung?«

»Na, die mit der weißen Katze und den braunen Haaren! Hab ich dir doch gestern Abend schon gesagt!«

Oh Gott, ich bin eine miserable Mutter. Ich habe nicht zugehört, als meine Tochter das Fernsehprogramm kommentiert hat.

»Dazu haben wir jetzt keine Zeit mehr«, weiche ich aus,

»schau doch mal auf die Uhr! Wir müssen in zehn Minuten in der Wichtelstube sein.«

»Ich will aber nicht den doofen Zopf haben!« Lina stampft mit dem Fuß auf und zerrt an ihrem Pferdeschwanz. »Nele hat auch immer so tolle Haare mit ganz vielen Zöpfen und Glitzerspangen obendrauf.«

Ach so ist das. Beautycontest im Kindergarten. Na gut, wenn Neles Mutter morgens genug Zeit hat für komplizierte Frisurenflechtwerke, dann soll sich meine Tochter auch nicht mit einem billigen rosa Haargummi zufriedengeben müssen. Also: fünf Minuten extra fürs Haarstyling. Ich habe zwar nicht die geringste Vorstellung, wie die Frisur der Katzenfutterfrau aussehen soll, aber ich flechte und zwirbele und zwicke in Linas Haaren herum, bis sie leise »aua« sagt. Am Ende sieht ihr Hinterkopf aus wie ein verlassenes Spatzennest aus dem vorvorigen Jahr, aber sie ist trotzdem begeistert, als sie in den Spiegel schaut.

»Super, Mama!« Na also! Jetzt aber los.

Wir kommen als Letzte in die Wichtelstube. Die Kinder werfen ihre Gummistiefel und Jacken in Richtung Kleiderhaken und stürzen sich in die Bastelecke. In einer halben Stunde beginnt mein Dienst in der Redaktion. Wenn ich hier schnell wegkomme und ordentlich Gas gebe, schaffe ich es vielleicht gerade rechtzeitig.

»Hallo, Frau Freitag! Schön, dass ich Sie noch treffe.«

Frau Härtling, die Erzieherin unserer Gruppe, eine Endfünfzigerin mit einer Vorliebe für wallende lila Strickensembles, kommt auf mich zu, während ich flüchtig die Bekleidung meiner Kinder sortiere. »Es geht um unser Sommerfest am Mittwoch.«

Sommerfest? Welches Sommerfest? Ich hab jetzt keine Zeit für Sommerfeste, ich muss dringend zur Arbeit.

»Sie haben doch sicher schon die hübschen Plakate gesehen, die unsere Kinder gemacht haben.«

Sie zeigt auf eine Reihe von bunt bekleksten Bildern an der Wand. »Hier, diese Blumenwiese hat Ihre Lina gemalt. Wunderhübsch!«

»Tatsächlich? Wie schön ...« Ich blicke demonstrativ auf meine Armbanduhr, aber Frau Härtling hat es überhaupt nicht eilig.

»Lina hat wirklich viel Phantasie und eine erstaunliche Feinmotorik für ihr Alter.«

»Oh, das ist ja toll, aber vielleicht können wir ein anderes Mal ...? Ich müsste jetzt wirklich los.«

Frau Härtling ignoriert meine Unruhe und hält einen Vortrag über die pädagogischen Vorteile von Fingerfarben und die Geschichte der Wichtelstuben-Sommerfeste der vergangenen fünf Jahre. Endlich kommt sie zum Punkt und fragt: »Könnten Sie vielleicht einen Apfelkuchen für unser Sommerfest backen? Der fehlt uns noch für unser Kuchenbuffet.«

»Ja, klar, ich bringe einen Apfelkuchen mit. Kein Problem.« Himmel, hätte man das nicht auch in zehn Sekunden klären können? Ich renne aus dem Gebäude. Noch zwanzig Minuten bis Dienstbeginn. Ganz pünktlich schaffe ich es jedenfalls nicht mehr.

»Hallo, Sophie! Warte mal!« Als ich ins Auto steigen will, hält mich eine Mit-Mutti zurück. »Du musst mir noch deine Kindersitze geben. Wir fahren doch heute Mittag in den Wildpark, wenn das Wetter besser wird.«

Ach ja. Ausflugstag im Kindergarten. Danke, Irene. Hatte ich ganz vergessen. Ich glaube zwar nicht, dass es bei diesem Sauwetter etwas wird mit dem Freilufttrip zu Rehen und Wildschweinen, aber natürlich schnalle ich Linas und Timos schokoladenverschmierte und brezelverbröselte Kindersitze von der Rückbank meines Autos ab und mit Irenes Hilfe in ihrem supersauberen Porsche Cayenne wieder an.

Wie gut, dass es solche allzeit bestens organisierten Traummütter wie Irene gibt. Hundertprozentmuttis, die nie einen Termin vergessen, die sich mit Leib und Seele von morgens bis abends für das Leben im Kindergarten engagieren und sich dabei freundlicherweise auch um so arme kleine, bedauernswerte Würmchen kümmern, deren alleinerziehende, berufstätige Mama weder Muße noch Gelegenheit hat, an den besonderen Highlights des Kindergartenjahres teilzuhaben (Wildschweine füttern! Rehe gucken!) und die wahrscheinlich auch sonst nichts auf die Reihe bekommt. (Außer vielleicht einen Apfelkuchen für das Sommerfest zu backen, wenn sie täglich daran erinnert wird.)

»Super, Irene. Ich bin heute Nachmittag garantiert um Punkt vier wieder hier.«

Hoffentlich!

»Ja, ja«, sagt Irene. Sie kennt mein problematisches Verhältnis zur Pünktlichkeit schon. »Wenn es bei dir später wird, ruf mich kurz auf dem Handy an. Dann nehme ich deine beiden solange wieder mit zu uns nach Hause. Meine Nele freut sich bestimmt.«

»Ich beeil mich, versprochen!«

Endlich steige ich ins Auto und rase los. Es ist Viertel vor neun.

Schon nach der ersten Straßenecke stehe ich im Stau. War ja klar: Montagmorgen und Dauerregen ... Verdammt! Heute werde ich einen neuen Rekord im Zuspätkommen aufstellen.

Durchschnittsgeschwindigkeit ungefähr fünf Stundenmeter. Ich trommle genervt auf das Lenkrad. Am liebsten hätte ich reingebissen.

Herrschaftszeiten, wie lange dauert das denn? Kann nicht

wenigstens noch ein Auto in die Kreuzung fahren? Mist, diese Grünphase kriege ich jedenfalls nicht mehr mit. Wenn man bloß nicht dauernd bremsen müsste, weil vorn ständig irgendwelche Gutmenschen abstoppen, um Platz zu lassen für diverse Schleicher, die aus Nebenstraßen einscheren wollen.

Geduld ist nicht meine Stärke und heute schon gar nicht. »Jetzt fahrt doch weiter, ihr Volltrottel!«, schimpfe ich wild gestikulierend meine Windschutzscheibe an.

Muss man denn bei Gelb sofort eine Vollbremsung einlegen? Das kann doch wohl nicht wahr sein. Ob es hilft, wenn ich dem Vordermann durch näheres Heranfahren signalisiere, dass ich es eilig habe? Beim innerstädtischen Kolonnenverkehr halte ich einen Sicherheitsabstand von einer Handbreit für durchaus ausreichend. Nun beeil dich doch mal, du Knalltüte, gleich wird's wieder rot. Gib Gas, Mensch, das geht doch noch. Das geht ...

Rums.

Mir scheint, ich habe den Sicherheitsabstand zum Vordermann auf null reduziert.

Na prima. Liebeskummer, Termindruck und jetzt auch noch ein Unfall. Ich geb's auf. Frustriert lasse ich mich aufs Lenkrad sinken und lausche dem vielstimmigen Hupkonzert, das hinter mir ausbricht. Mit einer Hand taste ich nach dem Armaturenbrett und betätige matt die Warnblinkanlage.

Jemand öffnet meine Autotür.

»Sind Sie verletzt?«

Ja, ich bin schwer verletzt, an meiner Seele, an meiner Stoßstange und bald vermutlich auch noch an meinem Kontostand.

Ich richte mich auf und sage: »Nein, es geht schon.«

Der Mann an meiner Autotür sieht erstaunlich unwütend

aus. Jedenfalls soweit ich das unter der tief heruntergezogenen Kapuze seiner riesigen dunkelblauen Regenjacke erkennen kann.

»Da haben Sie wohl einen Moment nicht aufgepasst«, sagt er. »Sie sind ja auch ganz schön dicht aufgefahren bei dem Wetter.«

»Tut mir leid, ich hatte es eilig. Ist viel kaputt?«

Ich steige aus, um mir den Schaden zu besehen. Es regnet in Strömen. Ich nehme trotzdem keinen Schirm. Nach all den Problemen kümmert mich meine optische Verfassung inzwischen relativ wenig. Jetzt ist es auch schon egal, wenn meine Haare aussehen wie ein Bobtail, der in den Vollwaschgang geraten ist.

Die Stoßstange seines edlen BMW ist leicht zerkratzt und eingedrückt, mein Polo an der Vorderseite zerbeult, das Nummernschild ist abgefallen. Der Mann zieht ein Smartphone aus der Jackentasche und macht ein paar Fotos von den Autos. Ich habe nicht viel Erfahrung mit Unfällen und knipse sicherheitshalber auch ein paar Beweisbilder mit meinem Handy.

Während ich unschlüssig am Straßenrand herumstehe, holt er einen kleinen Schirm aus seinem Auto und spannt ihn über mir auf. Ein braun-grün geschecktes Ding mit verbogenen Stäbchen. Abteilung Schwiegermutters Geburtstagsgeschenk und andere Scheußlichkeiten.

»Hier!«, sagt er. »Ist leider nicht der schönste, aber sonst werden Sie ja ganz nass!«

Dann gibt er mir seine Visitenkarte.

Dr. Roland Wagenbach, Rechtsanwalt.

Na toll. Ein Juristenfuzzi. Und dann noch mit Doktortitel. Das wird ja immer besser. Wahrscheinlich wird er dafür sorgen, dass ich wegen meiner Drängelei auf regennasser Fahrbahn hinter Schloss und Riegel komme.

»Ich habe leider keine Karte.«

Überraschenderweise finde ich im Handschuhfach Unterlagen meiner Versicherung, kritzele meinen Namen, meine Adresse und meine Telefonnummer auf das Blatt und reiche es ihm. Er schaut kurz darauf, und während er das Papier in seine Jackentasche steckt, sagt er: »Ich denke, wir haben hier alles erledigt, Frau Freitag. Um den Rest soll sich die Versicherung kümmern. Wir fahren jetzt besser weiter, sonst lynchen uns die Leute noch. Ich schätze, es staut sich inzwischen zurück bis kurz vor Rosenheim.«

Aha, ein Scherz. Der feine Herr Gentleman ist bemüht, die unerfreuliche Situation zu entschärfen.

Es hätte mich schlimmer treffen können: Ein Choleriker zum Beispiel, der hysterisch herumschreit, von wegen Frau am Steuer und Können-Sie-denn-nicht-aufpassen-Sie-Vollidiotin. Oder einer, der die ganze Zeit nur tatenlos herumjammert: Oh Gott, was haben Sie bloß mit meinem tollen Auto gemacht. Dieser Herr hat wenigstens Manieren und weiß Bescheid.

»Na, dann auf Wiedersehen!«, sage ich. »Einen schönen Tag, na ja, falls Ihnen das mit dieser Delle da noch möglich ist.«

»Klar«, sagt er, »das wird schon. Alles Gute Ihnen, und fahren Sie lieber ein bisschen vorsichtiger bei dem Regen. Ihre Reifen sind auch nicht mehr die besten.«

Na ja, denke ich, immerhin sind noch alle vier Reifen dran.

Ich klappe den Schirm zusammen und will ihn zurückgeben, aber er winkt ab und sagt:

»Ach, den können Sie ruhig behalten. Ich hab noch einen anderen im Auto. Vielleicht brauchen Sie ja heute noch mal was gegen Regen.«

»Oh, danke!« Eine kleine Aufmerksamkeit vom Unfallopfer. Sehr freundlich.

Ich trete an ihm vorbei, um das abgefallene Nummernschild von der Straße aufzuheben. In dem Moment wendet er sich zum Gehen, und wir rempeln aneinander. Im Straucheln kralle ich mich reflexhaft am Ärmel seines Anoraks fest. Mit dem Schirm fege ich ihm seine Kapuze vom Kopf. Was für ein peinlicher Auftritt!

»Vorsicht!«, sagt er und fasst meine Schulter. »Bloß nicht noch ein Unfall!«

Zum ersten Mal schaue ich ihn richtig an. Blonde Haare, blaue Augen. Er sieht gar nicht mal schlecht aus, wenn er so ein fürsorgliches Halblächeln aufgesetzt hat wie jetzt. Genau genommen sieht er sogar eher gut aus. Ein bisschen wie ein entfernter Verwandter von Brad Pitt. Allerdings mit einer deutlich zu groß geratenen Nase. Ein Brad Pitt aus der zweiten Liga, könnte man sagen. Alles in allem aber durchaus nicht unattraktiv, der Herr Anwalt.

Ich dagegen mache wahrscheinlich gerade einen eher bescheuerten Eindruck, wie ich da so mit meinem zerbeulten Blech in der Hand im Regen stehe, den zusammengeklappten Schirm in der anderen, klatschnass, mit tropfenden Haaren und verlaufener Wimperntusche.

Aber eigentlich ist das unerheblich, denn der gut aussehende, freundliche Herr hat sich längst verabschiedet und schlängelt sich mit seinem Auto gerade zurück ins Montagmorgengetümmel.

Was wäre wohl, wenn wir uns unter anderen Umständen begegnet wären?, träume ich, während ich den Wagen starte. Auf einer Party vielleicht oder in einem Restaurant, wo ich ein tolles, gewagt dekolletiertes Kleid und eine raffinierte Frisur trage und mich zwischen Campari Orange und Garnelenspießchen ebenso lässig wie humorvoll mit ihm unterhalten könnte über Kunst, Kultur und Wirtschaftspolitik …

Ach was, am Ende wäre es wahrscheinlich wieder genauso ausgegangen wie immer, rufe ich mich zur Vernunft und lege rumpelnd den ersten Gang ein. Die Erinnerung an die Dieter-Pleite flammt in meinem Gedächtnis auf. Ach Gott, und heute ist alles noch schlimmer als am Samstagabend: Inzwischen habe ich nicht nur ein gebrochenes Herz, sondern außerdem eine kaputte Stoßstange, jede Menge Stress mit der Versicherung, und zu spät zur Arbeit komme ich auch noch.

Was soll ich sagen: Mein Leben pendelt zwischen Drama und Katastrophe. Und manchmal kommt auch noch Pech dazu.

9:18

Ich habe weder meine E-Mails gelesen noch einen Blick in die Zeitungen geworfen, keine einzige Agenturmeldung zur Kenntnis genommen und die erste Viertelstunde der allmorgendlichen Redaktionsbesprechung verpasst, als ich ins Sitzungszimmer schleiche. Ein Superstart in die Arbeitswoche!

Ich bleibe gleich neben der Tür stehen und verstecke mich hinter zwei Hünen aus der Sportabteilung, aber unser aller Chefin Lydia entdeckt mich doch. Lydia Pichelmayer, der ungekrönten Königin der Redaktionskonferenz, entgeht nichts.

»Wie schön, dass Sophie auch endlich den Weg zu uns gefunden hat!«, unterbricht sie ihre Ausführungen über die Terminplanung des Tages.

»Entschuldigung. Ich hatte einen Unfall.«

»Oh, alles okay?«

»Ich – ich habe gute Überlebenschancen!«, entfährt es mir. Irgendjemand in der Runde grunzt. Lydia verzieht keine Miene.

»Gott sei Dank«, sagt sie. »Und wo wir gerade schon bei dir sind. Hat das mit deinem Interviewtermin für heute Mittag geklappt?«

»Ja, alles bestens. Ich treffe mich mit einem russischen Opernsänger. Dimitri Solowjow heißt er. Morgen Abend ist Premiere von *Don Giovanni* in der Staatsoper. Da singt er die Hauptrolle.«

Mein erstes richtig wichtiges Interview. Natürlich lasse ich es mir nicht anmerken, aber ich bin wirklich froh, dass ich diesen Termin ergattert habe. Endlich mal Hochkultur und nicht nur wieder irgend so ein Clown auf einer Vorstadtbühne. Normalerweise betreuen die Kollegen aus der Kulturredaktion solche gewichtigen Themen. Offenbar haben sie gerade Personalprobleme.

»Gut«, sagt Lydia. »Von dir kommt ein nettes kleines Porträt des Sängers zur Einstimmung auf die Premiere. Und wer geht heute Nachmittag zum Doppelmordprozess ins Landgericht? Da erwarte ich eine starke emotionale Story und super Fotos. Ich schätze, das wird morgen unser Aufmacher.«

Weiter geht's im Text. Eine wie Lydia lässt sich durch nichts aus dem Konzept bringen. Schon gar nicht durch den kleinen Blechschaden einer Teilzeitmitarbeiterin. Im Gegensatz zu mir würde Lydia niemals zu spät kommen, keine Katastrophe könnte sie stoppen. Ich bin überzeugt, selbst im Falle eines nächtlichen Erdbebens der Stärke sechs bis sieben würde sie am nächsten Morgen pünktlich um acht Uhr dreißig ihre Bürotür aufschließen. Sofern es die Bürotür dann noch gäbe.

Wieso hat Lydia immer alles im Griff?, frage ich mich. Warum ist alles an ihr immer perfekt? Niemals ist auf ihrer Kleidung auch nur der winzigste Fleck Tomatensauce oder Zahnpasta zu entdecken. Auf jede Frage und auf jedes Problem hat sie sofort eine vernünftige und überzeugende Antwort. Und wenn nicht, kann sie wenigstens mit einer beeindruckenden Gegenfrage kontern. Lydia, die Superfrau, vor der sogar die graumelierten Kollegen aus der Politikredaktion den Hut ziehen würden, wenn sie denn einen aufhätten. Kein Wunder, dass sie in schwindelerregend kurzer Zeit die Karriereleiter zur Chefredakteurin erklommen hat. Dabei ist sie gar nicht so sehr viel älter als ich.

Na ja, tröste ich mich, die hat ja auch keine Kinder. Wenn ich genug Zeit hätte, schon zum Frühstück fünf Zeitungen zu studieren mitsamt allen Leitartikeln und den sechsspaltigen Reportagen auf Seite drei, wenn ich abends, statt Nudeln mit Tomatensauce zu kochen und Legosteine wegzuräumen und Wichtelgeschichten vorzulesen, sämtliche politischen Magazine im Fernsehen verfolgen oder mich mit den Kollegen im Presseclub zur Erörterung der geopolitischen Weltlage treffen könnte, ja dann, wer weiß, ob ich dann nicht auch schon längst …

Vielleicht aber auch nicht. Im Übrigen ist alles gut, so wie es ist, und jetzt muss ich mich auf mein Gespräch mit Herrn Solowjow vorbereiten: Don Giovanni. Ein Frauenverführer ohne Gewissen und Moral, der am Ende in der Hölle landet … Das ist doch genau meine Oper!

»Moment mal, Sophie!« Noch bevor ich mich zur eingehenden Recherche dieser Thematik an meinen Schreibtisch zurückziehen kann, höre ich, wie Lydia meinen Namen ruft.

»Ich muss noch etwas mit dir besprechen!«

Ach, du liebe Zeit! Was gibt's denn zu besprechen? Kommt

jetzt die offizielle Abmahnung, weil ich meinen Dienstbeginn in der Redaktion gelegentlich sehr frei auslege? Zugegeben, heute war ich sehr spät. Aber wenn ich mich recht erinnere, bin ich vorigen Mittwoch durchaus pünktlich gekommen, und in der Woche davor auch mindestens ein- oder zweimal. Man kann mir also nicht vorwerfen, dass ich immer und grundsätzlich ...

»Ich möchte mit dir über eine kleine berufliche Veränderung reden.«

Oh mein Gott! Eine berufliche Veränderung? Das klingt nicht gut. Ich spüre, wie mir das Herz in die Hose rutscht. Ach was, bis in die Schuhe rutscht es mir. Waren meine Texte in letzter Zeit so mies? Warum hat Lydia mir nie gesagt, dass sie an meinen Artikeln etwas auszusetzen hat? Keiner hat sich beschwert. Immer sind sie problemlos gedruckt worden. Ich finde, die Chefredakteurin hätte mich früher darauf hinweisen müssen, dass etwas nicht in Ordnung war. Mich aus heiterem Himmel abzusägen, das ist nicht fair. Ob ich vielleicht gleich mal beim Betriebsrat ...

»Ich brauche eine Ersatzfrau für Kathi Bauermann«, sagt Lydia.

Ich starre nur.

»Du weißt ja sicher, dass sie schwanger ist. Kind Nummer drei ist unterwegs, und dabei gibt es offenbar Probleme. Es ist nichts wirklich Schlimmes, aber sie soll in den nächsten Wochen viel liegen und besser nicht zur Arbeit kommen. Jetzt suche ich jemanden, der ihre Kolumne übernimmt. Ich dachte, du bist doch auch Mutter und kennst dich aus mit Kindern, Haushalt und Familie und dem ganzen Kram. Wie ist es, könntest du einspringen und für ein paar Wochen ›Kathis Kosmos‹ schreiben?«

Wie jetzt? Ich werde gar nicht entlassen? Nicht einmal ins

Zeitungsarchiv im Keller verbannt? Stattdessen bekommt meine Karriere einen heftigen Schubs nach oben, und ich soll die Lieblingskolumne aller Münchner Hausfrauen übernehmen? Halleluja! Ich, Sophie Freitag, der neue Star am Kolumnenhimmel! Ich kann es nicht fassen! Sämtliche Körperorgane in mir schalten sofort um vom Panikmodus in den ganz großen Triumphbetrieb.

Lydia deutet mein verblüfftes Schweigen völlig falsch.

»Ich weiß schon, das ist nicht gerade die große journalistische Herausforderung – dieser ganze Schmarrn über die *happy family*. Aber unsere Leser lieben Kathis Kosmos nun mal. Du kannst dir nicht vorstellen, wie viele begeisterte Zuschriften wir jede Woche bekommen. Die Leute stehen auf so einen Heile-Welt-Kram. Wir können es uns einfach nicht leisten, die Kolumne zu streichen. Ich würde mich wirklich freuen, wenn du das für eine Zeit übernehmen könntest. Eventuell würde auch ein finanzieller Bonus für dich dabei rausspringen. Also bitte, Sophie, lass mich nicht hängen.«

Ich verstehe gar nicht, wie Lydia Zweifel haben kann, dass ich die Kolumne übernehme. Sie muss mir doch ansehen, wie begeistert ich bin. Ich habe das Gefühl, ich strahle über das ganze Gesicht wie ein doppelt gezuckertes Honigkuchenpferd.

»Natürlich mach ich das«, sage ich so lässig wie möglich und versuche, meine bis zu den Ohrläppchen grinsenden Mundwinkel in den Griff zu bekommen. »Kein Problem.«

Klar. Kein Problem: Ich habe jede Menge Erfahrung in Sachen Haushalt und Kinder, verheiratet war ich auch schon mal – wenn ich mich recht erinnere. Jetzt noch das Ganze in einen kleinen munteren Text zu verpacken, das sollte mir doch gelingen. Also: beste Voraussetzungen, um eine kometenhafte Karriere als Kolumnenschreiberin zu beginnen. Da kann Kathi einpacken, wenn sie wiederkommt! Ist vielleicht nicht sehr kollegial, so zu denken, ich weiß. Aber ich habe ein Problem mit Kathi. Wenn man ihre zuckersüßen Kolumnen liest, kann man sich nicht vorstellen, was für ein Biest sie sein kann. Neulich hat sie mich bei einer Konferenz vor versammelter Mannschaft doch tatsächlich gefragt: »Bisschen viel gefeiert gestern? Du wirkst so aufgedunsen heute Morgen. Oder ist das schon die Menopause?«

Seitdem ist Kathi so etwas wie meine persönliche Feindin.

»Komm mal kurz mit in mein Büro!«

Ich folge Lydia in ihr geräumiges, lichtdurchflutetes *Hier-residiert-die-Chefin*-Zimmer und bleibe vor dem gewaltigen gläsernen Schreibtisch stehen, auf dem neben ihrem Laptop ein frischer Strauß Blumen steht.

»Ihre Kolumnen hast du ja sicher schon oft gelesen, oder?« Lydia kramt in einer ihrer Ablagen.

»Ja klar«, sage ich. Jedenfalls habe ich mir ab und zu die Überschriften angesehen.

Lydia reicht mir ein paar Blätter.

»Hier, ich habe dir ihre Texte der vergangenen Wochen noch mal ausgedruckt, damit du dich einarbeiten kannst. Und da ist noch eine Liste mit Themenvorschlägen, die Kathi mir heute früh gemailt hat. Schau dir das mal an. Es wäre schön, wenn du bald loslegen könntest.«

»Ja, natürlich.« Ich wende mich zum Gehen.

»Noch was!«, sagt Lydia. Ich drehe mich um.

»Du solltest ein bisschen an deiner Pünktlichkeit arbeiten, Sophie. Heute hattest du einen Unfall, da bist du entschuldigt. Aber grundsätzlich gilt: Der Redaktionsdienst beginnt um neun und nicht um kurz vor zehn. In Ordnung?«

»Oh ja, das weiß ich ja. Natürlich. Tut mir leid. Es ist bloß manchmal mit den Kindern in der Früh etwas schwierig, und wenn man dann noch in der Kita aufgehalten wird ...«

»Wir haben alle ein Privatleben«, unterbricht mich Lydia, ohne mit der Wimper zu zucken.

»Also gut«, kapituliere ich, »morgen bin ich garantiert rechtzeitig hier.«

Garantiert. Ich brauche ja nur den Wecker eine Stunde früher zu stellen. Oder besser zwei.

10:05

Die Don-Giovanni-Recherche muss noch ein bisschen warten. Jetzt ist erst mal Kathis Kosmos dran. In meinem Büro überfliege ich die Texte, die Lydia mir mitgegeben hat. Kathi macht Wochenendeinkäufe mit ihren Kindern, Kathi fährt mit ihren Kleinen zum Urlaub an den Gardasee, Kathi und ihr Ehemann feiern den zehnten Hochzeitstag ... Alles ganz prima, aber für meinen Geschmack ist ein bisschen zu viel Weichspüler in ihren Geschichtchen. Immer sind alle so schrecklich lieb und nett zueinander. Allein diese Prachtkinder! Auf welchem extraterrestrischen Planeten ist Kathis Brut eigentlich aufgewachsen? Werfen die sich niemals an der Supermarktkasse auf den Boden, um mit beeindruckenden akustischen und akrobatischen Darbietungen ein Überraschungsei oder ein Pixibuch einzufordern? Schmieren die sich niemals gegenseitig Kaugummi in die Haare, nur weil ihnen nach dreieinhalb Stunden im Stau vor dem Brenner der Gesprächsstoff ausgegangen ist? Und dann dieser Göttergatte! Räumt doch tatsächlich jeden Abend freiwillig die Spülmaschine aus und holt sogar ab und zu persönlich die Wäsche aus dem Trockner! Dass ich nicht lache! Wo gibt's denn so was nach zehn Jahren Ehe? Die einzige Wäsche, die mein Supermann in der letzten Phase unseres Zusammenlebens angefasst hat, waren die Dessous seiner zahlreichen Geliebten, soweit ich das beurteilen kann. Und wegen einer von ihnen (Kim!) hat er mich dann auch verlassen. Stefan behauptete natürlich, mit uns wäre es ja im Grunde vorher schon längst aus gewesen. Na ja, ich will mich da nicht reinsteigern. Meine eigenen schlechten Erfahrungen haben mit Kathis himmelblauer Welt nichts zu tun.

Ich studiere Kathis Themenliste:
  1. Suche nach einer neuen Putzfrau
  2. Elternabend in der Schule
  3. Besuch im Nobelrestaurant
  4. Romantischer Abend mit dem Ehemann
  5. Telefongespräch mit der besten Freundin

Zu eins: Ich habe keine Putzfrau, ich habe noch nie eine Putzfrau gehabt, ich werde wahrscheinlich niemals eine Putzfrau haben. Ich verfüge also über keinerlei Erfahrung, wie man eine geeignete Putzfrau ermittelt. Dieses Thema kann ich schon mal streichen.

Zu zwei: Meine Kinder gehen noch nicht zur Schule. Ich habe nicht die geringste Ahnung, wie es auf einem Elternabend in der Schule zugeht. Auch dieses Thema muss warten, bis die Originalkathi wieder genesen ist.

Zu drei: Ich bin mit meinen Kindern noch nie in einem Nobelrestaurant gewesen, und ich beabsichtige nicht, das nachzuholen. Ich bin ja nicht lebensmüde. Thema bis auf Weiteres gestrichen.

Zu vier: aus gegebenem Anlass kein Kommentar.

Zu fünf: endlich ein Treffer. Telefongespräche finden sogar bei uns gelegentlich statt. Mag sein, dass sie anders verlaufen als in Kathis wunderbarem Kosmos. Aber jetzt bin ich die neue Kathi, und es wird höchste Zeit, den Lesern mal klarzumachen, wie das Leben mit Kindern tatsächlich aussieht. Ich fahre meinen Computer hoch und fange gleich an zu tippen.

Eines vorneweg, damit keine Missverständnisse aufkommen: Ich liebe meine Kinder. Um nichts in der Welt möchte ich auf sie verzichten. Jedenfalls nicht dauerhaft. Nur manchmal, da möchte ich sie – nun, vielleicht nicht gerade mit Schwung aus dem Fenster werfen, aber irgendwie doch wenigstens mal kurzfristig auf den Mond schießen. Oder mit einem Zaubertrank vorübergehend stilllegen. Nur für ein Viertelstündchen, um ein paar Minuten Ruhe zu haben, zum Beispiel, um ungestört mit meiner kinderlosen Lieblingsfreundin zu telefonieren. Über den tollen Kinofilm, den sie am Vorabend gesehen hat. Über ihren neuen Job oder ihren neuen Lover oder über die Wahnsinnsklamotten, die sie kürzlich in dieser neuen, spektakulären Boutique gekauft hat ... Schöne fremde Welt jenseits des Babyäquators. Was man alles erleben könnte, wenn man nicht gerade mit karottenbreibekleckertem T-Shirt und formloser Frisur daheim sitzen würde, eingekeilt zwischen Star-Wars Jedi-Shuttle und Barbie-Traumvilla, den unverkennbaren Duft voller Windeln in der Nase.
Leider gestalten sich diese Gespräche mit der Außenwelt meist wenig fruchtbar, weil sich mindestens eines meiner lieben Kleinen einmischt: Maamaa! Mit wem telefonierst du da? Ich will auch telefonieren ... Maaamaaaa!
Am Abend ist es nicht wesentlich besser. Wer möchte schon im entscheidenden Moment des Fernsehkrimis, wenn der Mörder zur Strecke gebracht wird, ins Kinderzimmer gerufen werden mit der freundlichen Bitte nachzuschauen, ob sich nicht doch dieses besonders furchterregende Monster

mit den grünen Warzen unter dem Bettchen verkrochen hat.
Leider hat man als Mutter keinen Anspruch auf ablenkungsfreie Telefongespräche und ungestörte Fernsehabende. Muttisein heißt Dauerbereitschaft nonstop. Jedenfalls bis die Kinder ein gewisses Alter erreicht haben. Allerdings ist fraglich, ob es später wesentlich besser wird. Die Kinder meiner Nachbarin unterbrechen sie zwar nicht mehr beim Telefonieren. Sie nehmen das Telefon gleich selbst den ganzen Tag lang in Beschlag, um hinter verschlossenen Zimmertüren und in aller Ausführlichkeit ihre pubertären Probleme mit den besten Freunden zu besprechen. Und das mit dem Fernsehkrimi hat sich auch erledigt. Am Abend sitzt die geballte Jugend vor dem Bildschirm und ergötzt sich an diversen Casting-Shows. Und wenn die Kinder nicht zu Hause sind, dann rufen sie garantiert im spannendsten Moment des Fernsehprogramms an und wollen von einer Party abgeholt werden. Ich weiß, dass meine Nachbarin ihre Kinder liebt. Aber es gibt Momente, da höre ich sie wunderbar wütend herumbrüllen, und ich meine beinahe das Dröhnen der Mondrakete zu vernehmen.

Genauso ist es, da kann die Originalkathi dichten, was sie will. Ich schicke meinen Text per E-Mail an Lydia. Dann widme ich mich endlich den Presseunterlagen von der Staatsoper.

11:32

Mein Termin mit dem russischen Sänger ist um halb zwölf in der Lobby des Hotels Bayerischer Hof. Diesmal bin ich sogar einigermaßen pünktlich. Aber der berühmte Dimitri

Solowjow lässt mich warten. Das gehört sich wahrscheinlich so für einen Weltstar. Schließlich hat er erst kürzlich den großen Opernpreis der Mailänder Scala erhalten, wie ich gelesen habe. Vermutlich will er mir ausreichend Zeit geben, vor Ehrfurcht zu erstarren. Das tue ich aber nicht, sondern genieße – nicht nur meinen neuen Status als künftige Kolumnenschreiberin, sondern auch das luxuriöse Ambiente des Hotels: die feudalen Kronleuchter, die beachtlichen Blumengebinde auf den Tischen, den glänzenden schwarzen Flügel neben der Bar und die noblen Teppiche auf dem Marmorboden. Sehr kultiviert. Und ich mittendrin. Ich lehne mich in meinem dicken Sessel zurück und denke, dass es wahrlich schlechtere Jobs gibt als den einer Lokalreporterin, die im Foyer eines Nobelhotels auf ihren Gesprächspartner wartet.

Zehn Minuten später als vereinbart öffnen sich die Aufzugtüren, und ein gewaltiger, schwarzbärtiger Mann in einem cremefarbenen Anzug entsteigt dem Lift. Achtundfünfzig ist er, wie ich in Erfahrung gebracht habe. Ich nehme an, er hat beim blauschwarzen Schimmer seiner öligen Haarpracht mit einer gehörigen Portion Chemie nachgeholfen. Und seine gesunde Gesichtsfarbe kommt entweder aus der Make-up-Tube oder vom stundenlangen Rösten auf der Sonnenbank.

Ich gebe mich durch dezentes Winken und Lächeln zu erkennen. Er rauscht zu mir heran, und als er hingebungsvoll meine Hand schüttelt, umweht mich ein schwerer Duft von Moschus und Patschuli. Der Künstler ist eine imposante Erscheinung, nicht nur wegen seiner dschungelartig wuchernden Gesichtsbehaarung, sondern vor allem aufgrund seiner Leibesfülle: Bedrohlich knapp schließt ein einziger Knopf das Sakko. Solowjows weit geöffnetes lila Seidenhemd legt einen großen Teil seiner stark bepelzten Brust frei.

In der Speckfalte unter seinem massigen Hals klemmt eine dicke glänzende Goldkette. Mit breitem Grinsen präsentiert er mir einen Satz erstaunlich schneeweißer Zähne.

»Wie schön, dass Sie sich Zeit für mich nehmen!«, sagt er, als wollte ich ihm ein Interview geben, nicht umgekehrt, und lässt sich mir gegenüber in den Sessel fallen.

Er hat einen starken slawischen Akzent, doch er spricht eindeutig besser Deutsch als ich Russisch, worüber ich sehr erleichtert bin. (Dabei muss man wissen, dass sich meine mageren Kenntnisse der russischen Sprache auf die Begriffe »Na sdorowje«, »Kosmonaut« und »Borschtsch« beschränken, was mir bei diesem Gespräch nicht wesentlich weiterhelfen würde.)

Solowjow lehnt sich zurück und fragt, noch immer seine großen weißen Zähne bleckend: »Nun, was möchten Sie denn alles Schönes von mir wissen, junges Fräulein?«

Junges Fräulein! In welchem Jahrhundert hat dieser Mann Deutsch gelernt? Egal. Ich versuche, seine Anrede zu ignorieren, und mache auf coole Journalistin.

»Guten Tag, Herr Solowjow, ich bin Sophie Freitag und komme vom *Münchner Morgenblatt*. Ich habe vorige Woche mit Ihrem Manager telefoniert.«

Solowjow grinst unentwegt. Ich kann mich gar nicht konzentrieren. Ich denke die ganze Zeit: Weshalb trägt dieser Mann keinen Schal? Müssen Sänger nicht immer einen Schal tragen, damit sie sich nicht erkälten? Ihm würde ein Schal jedenfalls guttun. Wenn nicht aus gesundheitlichen, dann auf jeden Fall aus ästhetischen Gründen. Bloß nicht mehr auf diesen gruseligen pelzigen Hemdausschnitt schauen!

Ich blicke auf die Stichworte, die ich mir in meinem Schreibblock notiert habe. Zunächst eine unkomplizierte Einstiegsfrage, um die Stimmung aufzulockern: ob er schon

Gelegenheit gehabt habe, sich etwas in München umzusehen, und wie es ihm denn im schönen Bayern gefalle.

Das Grinsen in seinem Bart wird noch breiter.

»Ach, München ist ja so eine herrliche Stadt. Aber wissen Sie, ich habe immer so viele Proben, jeden Tag. Da komme ich gar nicht dazu, eines der vielen schönen Museen zu besuchen oder ein hübsches Café. Aber wenn ich Zeit hätte, ginge ich gerne mit Ihnen aus, junges Fräulein. Das können Sie mir glauben.«

Dabei zwinkert er mir völlig überflüssigerweise zu.

Nicht aufregen, sage ich mir, vielleicht hat er ja eine chronische Gedächtnisschwäche, was das Merken von Namen angeht. Vielleicht will er ja auch nur charmant sein. Vielleicht sagt man in Russland so etwas zu nicht mehr ganz jungen Journalistinnen, ohne dass es furchtbar peinlich ist. Don Giovanni eben, wie er leibt und lebt. Da haben die ja den Richtigen für diese Rolle gefunden.

Ich ärgere mich. Nicht nur über Solowjows Flirtattacke, sondern vor allem darüber, dass ich rot werde. Als ob ich das nötig hätte! Ich, die begnadete Reporterin und angehende Topkolumnistin!

Ab sofort nur noch Fragen, die seinen Beruf betreffen und mich nicht in Verlegenheit bringen.

Wenn mir der Mann mit seiner modrigen Parfümierung nur nicht so auf die Pelle rücken würde! Seine gewaltigen Pranken liegen fast schon auf meiner Seite des Tisches. Hat der Typ denn überhaupt kein Gefühl für Anstand und Abstand? Ganz nah an meinem Schreibblock schimmert sein dicker schwarzer Siegelring. Am liebsten würde ich meinen Sessel einen Meter nach hinten schieben, aber das geht nicht, da ist die Wand.

Ich kralle mich an meinem Schreibblock fest und wende den Blick nicht vom Papier ab.

Solowjow hat sämtliche Stationen seiner beachtlichen Karriere abgespult, ich komme kaum mit dem Schreiben nach. Plötzlich aber schweift er ab. Was erzählt er denn da? Ich kann mich nicht erinnern, ihn nach seinem Seelenleben gefragt zu haben.

Wie sehr er sich bei seinen vielen Tourneen über die Bühnen der Welt nach seiner behaglichen Datscha sehne, erklärt er mir mit schmalziger Stimme, und wie einsam und langweilig es ihm manchmal sei in der Ferne, in all den fremden, anonymen Hotelzimmern. Ob ich mir das vorstellen könne …?

Oha, denke ich gerade, jetzt wird's gefährlich, jetzt wird der Bursche sentimental. Da liegt auf meiner Hand ein warmer feuchter Fleischberg mit Siegelring. Hallo?! Ich erstarre.

Das Grinsen ist aus seinem Gesicht verschwunden, stattdessen schaut er mich unerwartet traurig und mit den schimmernden Bernsteinaugen eines karelischen Bärenhundes an. (Jedenfalls stelle ich mir die Augen eines karelischen Bärenhundes so vor.)

»Können Sie das verstehen, junges Fräulein?« Solowjow flüstert beinahe und drückt meine Hand. »So viel Applaus, so viel Erfolg, so viele Menschen den ganzen Tag lang um mich herum, und dann bin ich in der Nacht doch immer ganz allein …«

Na und? Was genau habe ich damit zu tun?

Solowjow lässt nicht los.

Eine Sekunde lang erwäge ich, in Ohnmacht zu fallen. Dann sehe ich mich Hilfe suchend nach den Hotelangestellten in der Lobby um, aber die sind gerade alle schwerst beschäftigt und ignorieren taktvoll die sich anbahnende Zärtlichkeit an Tisch Nummer drei zwischen dem Treppenaufgang und der großen Palme.

43

Ich ziehe meine Hand unter seiner weg und greife nach meinem Handy auf dem Tisch. Genau jetzt muss ich dringend überprüfen, ob ich in der vergangenen halben Stunde eine SMS oder einen Anruf verpasst habe. Natürlich nicht. Mein Handrücken fühlt sich klebrig an.

»Verzeihung, junges Fräulein. Ich wollte Sie nicht erschrecken. Bitte haben Sie keine Angst vor mir. Ich bin nur ein einsamer, sensibler Künstler, dem Sie sehr gut gefallen.«

»Ich, äh, tut mir leid, Herr Solowjow ...«

Mehr bringe ich nicht heraus. Macht der das immer so? Meint er tatsächlich, dass er mit so einem peinlichen Flirt bei mir landen kann? Steht mir etwa auf der Stirn geschrieben: Suche Mann – Optik und Charaktereigenschaften nach mehr als einem Jahr Enthaltsamkeit Nebensache ...? Der glaubt doch nicht ernsthaft, dass er nur ein bisschen auf russisches Heimweh zu machen braucht, und schon schmelze ich dahin?!

Andererseits – erlaube ich mir ein kleines Gedankenexperiment –, vielleicht hat er ja wirklich ernsthafte Absichten. Das soll es ja geben, dass Männer sich gleich beim ersten Anblick unsterblich in eine Frau verlieben. Vielleicht könnte ich mich an ihn gewöhnen. So ein Leben an der Seite eines Weltstars hätte durchaus seine angenehmen Seiten: heute Tokio, morgen Paris und nächste Woche New York. Wenn ich da den ganzen Tag am Damen-Begleitprogramm teilnehmen könnte und mit seiner goldenen Kreditkarte von einem Flagshipstore zum nächsten flanieren dürfte, wäre das natürlich durchaus verlockend. Eine Nanny für die Kinder und für mich einen Porsche und ein paar Louis-Vuitton-Täschchen. Oh ja! Für ein Leben im Luxus könnte man vielleicht einen Partner in Kauf nehmen, der nicht ganz den eigenen Idealvorstellungen entspricht. Aber da fällt mein Blick auf seinen wolligen Hemdausschnitt, und es schüttelt mich innerlich. Eine gruselige Gänsehaut läuft mir den Rücken rauf und runter: So viele Haare überall und so viele Kilos und so viel Gold und so viele große weiße Zähne und so viel Junges-Fräulein-ich-bin-so-einsam-in-der-Fremde – das geht auf keinen Fall, und wenn ich die nächsten zwanzig Jahre zu einem Leben im Zölibat verdammt sein sollte.

»Ich – ich glaube, ich habe jetzt genug Informationen«, stottere ich und klappe meinen Notizblock zu. »Vielen Dank für das Gespräch.«

Mein Gott, bin ich unsouverän! Hätte ich mich nicht etwas eleganter aus der Affäre ziehen können? Ich bin doch nicht mehr siebzehn!

»Ich werde diesen Vormittag in wunderbarer Erinnerung behalten.« Ehe ich michs versehe, drückt mir Solowjow einen matschigen Kuss auf den Handrücken.

Jetzt ist aber Schluss! Ich springe auf und werfe mir meine Tasche über die Schulter. Ich bin eine erwachsene Frau in bester Verfassung und muss mir überhaupt nichts gefallen lassen. Und schon gar nicht von einem alternden Opernsänger mit Hormonproblemen.

Leider bin ich noch nicht ganz fertig mit ihm. Verdammt, ich brauche ein Foto. Ich hole meine Kamera aus der Tasche und mache tapfer ein paar Bilder: Solowjow breit lächelnd an der Treppe, Solowjow breit lächelnd neben der Palme, Solowjow breit lächelnd vor dem Flügel. Offensichtlich hat er seinen Anfall von Schwermut überwunden, der eitle Knacker. Das letzte ist wahrscheinlich das beste Foto, denke ich, jetzt nichts wie raus an die frische Luft.

Aber Solowjow hat nicht die Absicht, sich schon in sein einsames Hotelzimmer zurückzuziehen.

»Junges Fräulein«, sagt er, während ich hektisch Kamera

und Notizblock in die Tasche stopfe. »Hier habe ich noch etwas für Sie!«

Ich fahre herum. Was denn jetzt noch? Ich will hier so schnell wie möglich weg.

Solowjow hält mir einen Briefumschlag entgegen, garniert mit seinem breitesten, schneeweißesten Grinsen.

»Darf ich Sie für Samstagabend in die Oper einladen? Es wäre mir ein großes Vergnügen, Sie im Publikum zu wissen, während ich auf der Bühne stehe.«

»Ich – äh, oh, ja, also danke ...«

Während Solowjow endlich in Richtung Fahrstuhl verschwindet, klappe ich das Kuvert auf. Zwei Eintrittskarten für *Don Giovanni* liegen darin.

13:59

»Cappuccino ist kaputt!«, sagt Tanja. Ich begegne Lydias Assistentin vor dem Getränkeautomaten in der kleinen Teeküche unserer Redaktion. »Aber Milchkaffee funktioniert, und der schmeckt auch ganz gut, soweit ich weiß«, fährt sie fort, drückt selbst aber auf die Taste für heiße Schokolade plus extra Sahne.

Tanja ist eindeutig meine Lieblingskollegin. Das wahre Herz des *Münchner Morgenblatts*, man muss es so sagen. Auch wenn sie in der inoffiziellen Redaktionshackordnung wahrscheinlich ziemlich weit unten rangiert, vermutlich irgendwo zwischen dem Volontär und der Aushilfssekretärin, ohne Tanja würde der Laden zusammenbrechen. Egal, ob man Unterstützung für den ersten Versuch im neuen computergesteuerten Urlaubs-Beantragungssystem braucht oder Kleingeld für den Kaffeeautomaten, ob es darum geht, ein Geschenk für den runden Geburtstag eines Kollegen zu besorgen oder ein paar Gummibärchen für den Heißhunger zwischendurch – welche Probleme auch zu bewältigen sein mögen: Tanja findet für alles eine Lösung, und das Schönste dabei ist, sie macht es wirklich gern.

Alle lieben Tanja, wenn auch manch einer wahrscheinlich ein Problem mit ihrer Optik hat. Tanja gehört zu den Frauen, die ein sehr entspanntes Verhältnis zu ihrer Bauch-Beine-Po-Zone pflegen. Wenn es der liebe Gott und die Evolution vorgesehen haben, dass Frauen ab einem gewissen Alter an gewissen Körperstellen Dellen und Rundungen entwickeln, dann soll es vermutlich so sein, sagt Tanja. Sportliche Ertüchtigung ist ihre Sache nicht.

Tanja ist sehr klein und sehr rund. Vor allem Letzteres. Das Verhältnis von Körpergröße in Zentimetern zu Gewicht in Kilo beträgt schätzungsweise eins zu eins. Was soll ich mich schinden, das Leben ist auch so schon anstrengend genug, findet sie. Ich bin fünfundvierzig und habe drei Kinder allein aufgezogen. Da soll mir mal einer sagen, ich dürfte keine Schokolade essen. Ihre wogende Leibesfülle hindert sie nicht daran, tief ausgeschnittene Kleider, reichlich klimpernden Schmuck und spitze Pumps mit hohen Absätzen zu tragen, was ihr durchaus eine sexy Note gibt. Ich finde Tanja großartig. Ein Engel in XXL sozusagen.

Ich wünschte manchmal, ich hätte nur einen Bruchteil ihrer Lässigkeit.

Habe ich aber leider nicht.

»Ich bin total im Stress«, sage ich, während ich auf das Rappeln und Zischen im Automaten lausche, das die Zubereitung meines Kaffees begleitet. »Ich werde mit meinem Artikel über diesen dämlichen Opernsänger einfach nicht fertig. In zwei Stunden muss ich die Kinder von der Wichtelstube abholen, und ich habe bisher gerade mal fünfeinhalb Sätze fabriziert.«

»Keine Panik, das ist doch immerhin mehr, als wenn du nur einen Satz geschrieben hättest«, lacht sie. »Wo hakt es?«

»Überall. Ich kann mich nicht konzentrieren. Ich hatte ein traumatisches Erlebnis.«

Ich gebe Tanja einen kurzen Überblick über die vormittäglichen Geschehnisse im Hotel Bayerischer Hof, was sie dermaßen amüsiert, dass die Schokolade in ihrem Becher beträchtlichen Seegang entwickelt.

»Ach Sophie!« Genüsslich verzieht sie ihre quietschrot bemalten Lippen. »Wieso lässt du dir so eine romantische russische Liebschaft entgehen?«

Tanja hätte nichts anbrennen lassen. Da bin ich mir sicher. Wahrscheinlich findet sie, dass ich mich wie eine alte Jungfer benommen habe.

»Wie soll ich ein lockeres, sympathisches Porträt des Herrn Supertenor schreiben, wenn ich immer noch seine klebrige Pranke auf meiner Hand spüre?«

Noch so ein kritischer Tanja-Blick. Hält sie mich etwa für verklemmt? Denkt sie vielleicht gerade: Du liebe Zeit, es war ja nur deine Hand ...

»Schreib doch: ›Verehrte, kultivierte Opernbesucher, euer geschätzter Held der Saison ist in Wirklichkeit ein schmieriger Kerl mit schlechten Manieren.‹«

»Tanja!«

»Oder wie wäre es damit: ›Aug in Aug mit dem leibhaftigen Don Giovanni. Ich spürte den süßen Hauch der Verführung ...‹?«

»Tanja! Nein! Das soll ein ernsthaftes Porträt für das *Morgenblatt* werden und kein Hausfrauenporno!«

Tanja kichert. »Wie schade!«

Tanjas Ratschläge helfen mir auch nicht weiter. Und dabei muss mein erster großer, wichtiger Artikel unbedingt meisterlich werden. Makellos. Meine Eintrittskarte in die erhabene Welt des Feuilletons.

Apropos Eintrittskarte. Mit wem gehe ich eigentlich Samstag in die Oper? Soll ich Tanja fragen, ob sie Lust hat, mich zu begleiten? Wahrscheinlich wäre ein Opernabend mit ihr eine ziemlich witzige Angelegenheit. Oder ob Miriam mitkommen möchte? Sie ist mir zwar bislang nicht gerade als glühende Opernliebhaberin aufgefallen, aber ich wette, sie hat nichts dagegen, sich mal wieder in Glanz und Glitzer zu kleiden und mit mir einen rauschenden Abend zu erleben. Lina und Timo verbringen diesmal das Wochenende bei ihrem Vater, also ist alles perfekt. Es muss Jahrhunderte her sein, dass ich das letzte Mal in der Oper war, irgendwann in einer Zeit, als ich noch keine Kinder hatte. Wahnsinn!

Ach, es gäbe so unglaublich viele wichtige Dinge zu überlegen, wenn da nicht dieser Artikel wäre, der heute noch unbedingt fertig werden muss. Ein Blick auf die Uhr. Schon wieder fünf Minuten weniger ... Dabei bin ich doch Profi. Ich kann privaten Ärger und berufliche Anforderungen trennen. Ach verdammt! Lydia wollte ein freundliches Porträt, und sie soll es bekommen. Augen zu und durch. Was soll's:

»Als Don Giovanni zu Gast in München. Der russische Tenor ist ein Künstler ohne Starallüren, vollkommen locker und ohne jegliche Arroganz. Pünktlich und entspannt kommt Dimitri Solowjow zum Interviewtermin geschlendert, und ich denke: Dieser Mann sieht so beeindruckend aus, wie er singt. Schon nach wenigen Minuten erliege ich seinem unvergleichlichen russischen Charme ...«

16:08

Ich klicke auf Enter. Geschafft! Ein Ammenmärchen ist nichts gegen meinen Artikel. Aber immerhin kann er endlich in Druck gehen. Ich fahre den Computer herunter und reiße meine Jacke vom Haken. Auf dem Weg zum Fahrstuhl wähle ich Irenes Telefonnummer. »Ich bin gleich da!«, rufe ich ins Handy. »Ich stehe praktisch schon vor deiner Haustür.«

20:20

Falls ich je den Plan gehabt haben sollte, mich auf eine Stelle als stellvertretende Chefredakteurin zu bewerben: Das wird definitiv nichts auf absehbare Zeit. Meine politische, wirtschaftliche und kulturelle Weiterbildung tendiert gegen null. Ich habe es schon wieder nicht geschafft, die Fernsehnachrichten zu verfolgen, und bei der Zeitungslektüre hat es auch nur für einen schnellen Blick auf die dicksten Schlagzeilen des Titelblatts und den Prominentenklatsch auf der Rückseite gereicht. Immerhin ist die Küche halbwegs aufgeräumt, ich habe die Kinder ins Bett gebracht, und der dicke schwarze Schmutzrand in der Badewanne, den sie da nach ausgiebigem Herumtoben im Wildpark hinterlassen haben, ist auch schon wieder weggeputzt. Zeit für eine meditative Feierabendbeschäftigung: Bügeln!

Ich hole die erforderlichen Utensilien aus dem Schlafzimmer. Wenn ich morgen nicht völlig zerknittert zur Arbeit gehen möchte, muss ich noch ein bisschen Heimarbeit betreiben. Ich schalte den Fernseher ein und zappe durch die Sender auf der Suche nach einem bügelkompatiblen Spielfilm. Etwas Lautes, Leichtes, Amerikanisches, bei dem man der Handlung folgen kann, ohne dass man ständig auf den Bildschirm schauen muss. Gern auch eine Tierdoku. Das Wunder des Lebens in der Kalahari-Wüste oder die zauberhafte Unterwasserwelt am Great Barrier Reef oder so etwas in der Art. Schöne Bilder, schöne Stimmen.

Ich bleibe bei einer Reportage über isländische Vulkane hängen. Auch gut. Besser ein paar Eruptionen bei Eyjafjallajökull und Grimsvötn im Fernsehen als totale Stille im Wohnzimmer.

Als Erstes ziehe ich ausgerechnet die neue weiße Seidenbluse, die ich an dem Abend mit Dieter getragen hatte, aus dem Wäschehaufen im Korb. Ach Gott. Jetzt bloß nicht sentimental werden. Ist das wirklich erst zwei Tage her? Achtundvierzig Stunden, seit ich mit ihm hier auf dem Sofa gesessen habe und er sich an diesen winzigen Perlmuttknöpfchen zu schaffen gemacht hat, bis …

In diesem Moment klingelt das Telefon. Ich fahre hoch. Ob das jetzt Dieter ist? Er hatte doch gesagt, er werde sich bald wieder bei mir melden – oder wie war das? Gibt es tatsächlich so etwas wie Gedankenübertragung? Kann es sein, dass Dieter gerade in dem Moment, in dem ich besagte Bluse auf dem Bügelbrett ausbreite, auch an mich denkt und mich anruft? Vielleicht hat er das mit dem »wir telefonieren« ja doch ernst gemeint. Vielleicht bedauert er inzwischen, dass er sich am Samstag so abrupt von mir verabschiedet hat. Möchte er jetzt alles wiedergutmachen? Ganz sicher möchte er alles wiedergutmachen. Möglicherweise werde ich ihm verzeihen, wenn er sich angemessen entschuldigt. Sehr wahrscheinlich werde ich ihm verzeihen.

Ich lasse das Bügeleisen sinken und greife zum Telefon. Erwartungsvoll drücke ich auf die grüne Taste und hauche: »Hallo?«

Eine vertraute Stimme sagt: »Hallo, mein Schatz. Schön, dich zu hören.«

Leider ist es nicht Dieter.

»Hallo, Mama.«

»Alles klar bei euch? Wie geht es meinen beiden süßen Kleinen?«

»Bestens. Sie schlafen.«

»Und du? Alles in Ordnung? Was machst du gerade?«

»Nichts Besonderes. Ich bügele.«

»So spät am Abend noch? Kann das nicht deine Haushaltshilfe machen? Du solltest lieber mal ein gutes Buch lesen.«

»Ich habe keine Haushaltshilfe, Mama.«

»Ach ja, du bist ja immer so sparsam. Das solltest du dir in deinem Alter aber allmählich mal leisten.«

In meinem Alter sollte ich mir ganz andere Sachen leisten. Die fehlende Haushaltshilfe ist das geringste Problem.

»Bist du noch mit diesem Adligen zusammen, Schatz?«

»Welcher Adlige?«

»Na, dieser Dietmar von ... Wie heißt er noch?«

»Glandorf. Dieter von Glandorf. Aber ich war nie richtig mit ihm zusammen, Mama. Und jetzt sowieso nicht mehr.«

Oh Gott. In welcher schwachen Stunde habe ich meiner Mutter bloß von Dieter erzählt?

»Ach, das tut mir aber leid, Liebes. Hast du Kummer? Wieso habt ihr euch getrennt?« Ich höre, wie sie mitleidig ins Telefon seufzt. So einen Beinahe-Baron hätte sie wahrscheinlich gern in ihrer Familie gehabt.

»Sicher warst du wieder viel zu gestresst. Du bist immer so hektisch, Sophie. Männer mögen keine gestressten Frauen. Du musst dir mal ein bisschen Mühe geben, wenn du einen Mann an dich binden möchtest.«

Es war der Kerl, der sich keine Mühe gegeben hat, würde ich am liebsten sagen. Nachdem deine Enkel zu einem pikanten Zeitpunkt eine unerklärliche nächtliche Anhänglichkeit entwickelt haben. Natürlich behalte ich diese Details für mich. Meine Mutter würde darin sowieso nur einen Erziehungsfehler meinerseits sehen.

Im Übrigen erwartet sie überhaupt keine Antwort.

»Wärst du mal lieber in Wuppertal geblieben«, fährt sie fort. »Dann wäre alles besser gelaufen. Ich hätte mich um deine Kinder gekümmert, und die beiden hätten nicht in die Tagesbetreuung abgeschoben werden müssen, wenn du unbedingt hättest arbeiten gehen wollen. Aber sicher wäre das überhaupt nicht nötig gewesen. In Wuppertal hätte kein Schickimickimädchen deinem Stefan den Kopf verdreht, ihr wärt zusammengeblieben, und du hättest schön zu Hause bei den Kindern bleiben können.«

Manchmal hat meine Mutter ein sehr unterentwickeltes Frauenbild.

»Uns geht es gut in München, Mama. Lina und Timo lieben ihre Kita, und ich gehe sehr gerne arbeiten.«

»Ach Kind ...«

»Mama! Ich bin seit dreiundzwanzig Jahren erwachsen.«

»Ja, natürlich, Schatz, ich weiß. Aber ich mache mir immer solche Sorgen um dich. Das kann doch gar nicht gut gehen, Liebes: die Kinder anständig erziehen, einen Beruf vernünftig ausüben, deinen Haushalt in Ordnung halten. Und alles ganz allein. Das ist einfach zu viel für dich.«

»Keine Panik, Mama. Ich habe alles im Griff, ich ... Verdammt!«

Mit einem Entsetzensschrei reiße ich das qualmende Bügeleisen hoch. Mitten auf meiner sündhaft teuren weißen Seidenbluse prangt ein dreieckiger, braunschwarzer Abdruck, der stark angebrannt riecht.

»Was ist passiert? Sophie? Bist du noch da?«

»Ja, Mama, alles okay. Ich habe nur gerade meine Lieblingsbluse ruiniert.«

»Siehst du, ich hab doch gesagt, du schaffst das alles nicht.«

»Oh doch!«, brülle ich meinen Frust über die angebrannte Bluse und alle anderen Malheure meines Lebens ins Telefon. »Es ist kein Problem, arbeiten zu gehen, sich um die Kinder zu kümmern und gleichzeitig Wohnung und Wäsche sauber zu halten. Problematisch wird es nur, wenn ich dabei auch noch mit dir telefonieren muss.«

Ich bereue meine pampigen Worte, kaum dass sie mir rausgerutscht sind.

»Ist ja gut, Sophie. Ich habe verstanden, dass du wieder keine Zeit für mich hast«, sagt meine Mutter pikiert.

»Sorry, Mama«, murmele ich.

»Du musst unbedingt entspannter werden. Mach doch mal einen Stressbewältigungskurs an der Volkshochschule. Oder eine Kur. Hast du schon mal über eine Kur nachgedacht? Da gibt es doch sicher ausgezeichnete Mutter-Kind-Kuren bei euch in Bayern.«

»Ich brauche keine Kur, Mama. Mir geht es gut. Das Einzige, was ich jetzt brauche, sind zwei freie Hände zum Bügeln.«

»Na gut. Ich leg ja schon auf. Aber melde dich bald mal wieder, wenn du bessere Laune hast. Wie ist das eigentlich: Kommst du zu Papas 75. Geburtstag nach Hause?«

»MAMA!«

»Ja, ja, denk mal darüber nach. Gute Nacht, Mädchen.«

Endlich klickt es in der Leitung.

Ich stopfe die verbrannte Bluse in den Mülleimer und bügele wütend weiter, bis der Wäschekorb leer ist, ohne größere Katastrophen anzurichten, während auf dem Bildschirm glühende Lavamassen explodieren.

DIENSTAG, 10:24

Mist! Gibt es hier nirgendwo einen Parkplatz für mein kleines zerdelltes Auto? Ich habe in fünf Minuten einen Interviewtermin beim Kirchenchor von Sankt Johannes Nepomuk, und wenn sich nicht bald irgendwo eine Lücke auftut, komme ich zu spät. Das hundertjährige Gründungsjubiläum steht an, und ich soll von der Generalprobe berichten. (Leb wohl, du große Welt der internationalen Opernbühne. Die Tiefebene der Stadtviertelkultur hat mich wieder.) Wahrscheinlich haben die Chorfreunde schon längst ihre Notenständer zusammengeklappt und sind wieder auf dem Heimweg, wenn ich aufkreuze. Nachdem ich viermal um den Block gefahren bin, entdecke ich einen fast halblegalen Parkplatz an einer Straßenecke. Das muss jetzt reichen. Walburga-, Ecke Gertrudenstraße, merke ich mir. Irgendetwas daran kommt mir bekannt vor. Aber ich habe keine Zeit, darüber nachzudenken, und sprinte los. Immerhin finde ich den Weg zu Fuß zurück zur Kirche ohne größere Abweichungen.

»Schön, dass Sie da sind«, verzeiht mir der weißlockige Chorleiter meine zwanzigminütige Verspätung. Kein Wunder: Ich bin die einzige Pressevertreterin, die der Einladung ins Gemeindehaus von Sankt Johannes Nepomuk gefolgt ist. Die Gesangsprobe ist schon weit fortgeschritten. Angesichts des mangelnden öffentlichen Interesses entfällt die geplante Pressekonferenz. Der Chorleiter beantwortet mir schnell ein paar Fragen zur Gründungsgeschichte des Kirchenchors und drückt mir eine schmale Broschüre in die Hand.

»Hier finden Sie alles, was Sie über unser Jubiläumskonzert wissen müssen«, sagt er. »Es wäre schön, wenn Sie unserer Aufführung am Samstagabend beiwohnen könnten.«
Bedauerlicherweise muss ich absagen:
»Ach, das wäre sicher wunderbar. Aber leider habe ich schon Karten für *Don Giovanni* in der Staatsoper.«
Ich komme mir großartig vor. So kulturbeflissen, geradezu elitär! Ich habe Opernkarten, das klingt eindeutig besser als: Och, danke, nöö, ich schau lieber fern.

Beschwingt trabe ich zurück zum Auto, wo meine Laune einen kleinen Dämpfer erhält, als ich das Knöllchen unter dem Scheibenwischer entdecke. Fünfzehn Euro. Verdammt, dafür hätte ich mir ja fast eine Taxifahrt leisten können. Zum hundertsten Mal schwöre ich mir, beim nächsten Termin die U-Bahn zu nehmen. Immerhin hat die Straßenverkehrsordnungs-Aufsichtsperson nicht bemängelt, dass mein vorderes Nummernschild nur notdürftig mit Klebeband an der Stoßstange befestigt ist. Beim Einsteigen fällt mein Blick auf den braun-grünen Schirm und die Visitenkarte, die noch immer auf dem Beifahrersitz liegen. Und jetzt weiß ich auch wieder, weshalb mir die Gertrudenstraße so bekannt vorkam. Hier hat mein Unfallopfer seine Kanzlei. *Dr. Roland Wagenbach, Rechtsanwalt, Gertrudenstraße 36*, lese ich auf dem Kärtchen.

Na, wenn das kein Wink des Schicksals ist! Ob eine höhere Macht dafür gesorgt hat, dass ich praktisch vor seiner Haustür einen Parkplatz gefunden habe und dass die Pressekonferenz bei Sankt Johannes Nepomuk ausgefallen ist? Das kann ja wohl kein Zufall sein! Ich habe noch etwas Zeit und nicht die Absicht, früher als angekündigt zurück in die Redaktion zu kommen. Ich beschließe, die Viertelstunde zu nutzen, um dem schicken Herrn Wagenbach einen kleinen Überraschungsbesuch abzustatten. Womöglich freut er sich ja doch, wenn er Schwiegermutters Schirm zurückbekommt.

Sicherheitshalber klemme ich das Knöllchen zurück unter den Scheibenwischer. Vielleicht hat die Politesse beim zweiten Rundgang ja Erbarmen.

Eine attraktive Gegend hat sich der Herr Anwalt ausgesucht. Gepflegte hohe Jugendstilhäuser säumen die baumbestandene Straße, ein äußerst gediegenes Büroviertel nahe der Isar. Noble Messingschilder an den hohen Metallzäunen und den vornehmen Hauseingängen künden von Wohlstand und gut laufenden Geschäften: Wirtschaftsprüfungsgesellschaften gibt es hier, Steuerberater und jede Menge Rechtsanwaltskanzleien. Das allerherrschaftlichste Gebäude ist die Nummer 36.

Wagenbach und Partner residieren im dritten Stock. Die schwere geschnitzte Haustür mit den großen Milchglasscheiben springt sofort auf, als ich dagegendrücke, und ich gehe rein. Das Treppenhaus ist ein Traum in Marmor, breite weiße Stufen und ein kunstvoll verschnörkeltes Geländer in Schwarz und Gold führen nach oben, die Wände sind schulterhoch mit dunklem Holz vertäfelt. Ich bin schwer beeindruckt. Hier sieht es ja aus wie in einem Schloss! Wer hat da noch Lust, den gläsernen Aufzug zu benutzen? Ich jedenfalls nicht. Königinnengleich ersteige ich das dritte Stockwerk.

Erst als ich auf die Klingel gedrückt habe und die Tür zu seiner Kanzlei mit leichtem Summen aufgeht, frage ich mich, was ich hier eigentlich will.

»Guten Tag, wie kann ich Ihnen helfen?«

Am Empfang sitzt ein blondbezopfter Engel im Leopardenmusterkleid. Na, der Herr Anwalt hat ja gern Schönes um sich, denke ich. Svenja Schmitz steht auf dem Schildchen, das sich die junge Dame an den Ausschnitt geklemmt hat.

»Ich, äh, guten Tag, Frau Schmitz, ich möchte zu Herrn Wagenbach, bitte.«

»Haben Sie einen Termin?«

»Nein, das nicht, aber es dauert nicht lang.«

»Hm.« Sie zögert. Wahrscheinlich entspreche ich nicht dem Kundenschema, mit dem sie es üblicherweise zu tun hat. »Herr Wagenbach ist leider gerade in einer Besprechung. Worum geht es denn?«

»Ich, ach …« Wie soll ich ihr nur das mit dem Schirm erklären? Sie wundert sich wahrscheinlich sowieso schon, weshalb ich an diesem sonnigen Tag mit einem zerknüllten Regenschirm in der Hand herumlaufe. »Ist nichts Wichtiges, ich kann gern ein bisschen warten.«

Aber wirklich nur ein bisschen. Dann muss ich mich ganz schnell an das Verfassen meines Artikels über das Chorfreundejubiläum machen, damit ich rechtzeitig zur Kita komme.

Die blonde Schönheit klickt mit langen, geweißelten French Nails auf ihrer Computermaus herum.

»Tja, ich weiß nicht, ob ich Sie da heute noch unterbringe. Am Nachmittag hat Herr Wagenbach noch einen Termin außer Haus. Kann Ihnen vielleicht sein Kollege weiterhelfen? Ich sehe gerade, dass bei Herrn Meyer um 14:30 Uhr ein Mandant abgesagt hat.«

Nein danke. 14:30 Uhr geht nicht, und Herr Meyer noch weniger.

»Das hilft mir leider nicht weiter«, sage ich, mache aber nicht die geringsten Anstalten, dieses edle Etablissement unverrichteter Dinge zu verlassen.

»Na ja, wenn Sie wollen, können Sie da drüben gerne Platz nehmen und warten. Ich kann Ihnen aber nicht versprechen, dass Herr Wagenbach heute Zeit für Sie hat.«

»Kein Problem. Ich warte.«

Ich setze mich behutsam in einen seltsam geschwungenen orangefarbenen Ledersessel. Sehr stylish. Alles ist hier sehr stylish. Die schlichte hellgraue Empfangstheke, die Lichtinstallationen an den Wänden, der runde Glastisch neben mir. Darauf liegen akkurat gestapelt ein paar Zeitschriften. Leider sind keine so vertrauten Organe wie *Brigitte*, *Für Sie* oder *Freundin* darunter. Hier werden ein paar Hochglanzmagazine zum Thema Architektur zur Lektüre empfohlen. Sie haben in etwa die Maße meines Diercke-Weltatlas aus der Schule. Und sind auch fast genauso schwer.

Ich suche mir eine Zeitschrift heraus, die sich unter anderem mit der Gestaltung von Dachterrassen befasst. Das Titelbild ist sehr einladend. Viel Holz, viel Glas, viel Grün und im Hintergrund ein sehr blaues Meer. Vielleicht finde ich ja eine Anregung für die Gestaltung der eineinhalb Quadratmeter meines Balkons. Ich blättere durch die Seiten. Es gibt großformatige Ansichten aus und auf Frankfurt, London und Abu Dhabi. Sehr beeindruckend. Sensationelle Möbel, tolle Bepflanzung. Allerdings habe ich keine tennisplatzgroße Freifläche zur Verfügung und auch nicht zweitausend Euro für einen Bio-Olivenbaum im handgetöpferten Terrakottabehälter. Weder räumlich noch preislich entsprechen die vorgestellten Objekte meinen Möglichkeiten. Ich beschließe, dass ein Büschel Basilikum für die Begrünung meines Balkons völlig ausreichend ist. Vielleicht kaufe ich mir bei Gelegenheit noch etwas Rosmarin dazu.

Vorsichtig, um keine Fingerflecken auf der Glasplatte zu hinterlassen, lege ich die Zeitschrift zurück auf den Tisch. Ich sehne mich sehr nach einer H&M-Werbebeilage und einer Vorher-Nachher-Foto-Reportage mit dem Titel »Unser Shooting mit Sachbearbeiterin Tina«. Hier ist alles so schrecklich edel.

Kurz bevor meine gute Laune in eine *Ach-hat-doch-alles-*

keinen-Sinn-und-ich-sollte-lieber-gehen-bevor-ich-wieder-zu-spät-komme-Stimmung abzugleiten droht, öffnet sich die rechte der beiden Bürotüren. Heraus kommt ein kleiner dicker Mann mit runder Brille und Glatze und darunter einem Gesicht, das von schlechter Laune zeugt. Mit einem unwirsch gemurmelten Gruß marschiert er in Richtung Ausgang. Offenbar ist er nicht besonders zufrieden mit dem, was sein Anwalt für ihn ausrichten konnte.

Hinter ihm erscheint – ja, ist er das tatsächlich? – mein Unfallopfer.

Dr. Roland Wagenbach sieht, ich kann es nicht anders sagen, er sieht großartig aus. Ich habe gar nicht gewusst, wie attraktiv blonde, blauäugige Männer sein können. Und seine Nase ist, wie ich jetzt feststelle, keineswegs zu groß. Sie ist vielmehr markant und gibt seinem Gesicht das gewisse Etwas. Und dann sein Anzug! Wieso stehe ich so auf Männer in gut sitzenden Anzügen? Ob der von Armani ist? Und diese Schuhe! Wahrscheinlich Gucci oder so was. Blitzblank, ohne auch nur die geringste Andeutung eines Staubkrümels. Ein Bild von einem Mann! Wie konnte sich dieser wunderbare Mensch gestern im Regen nur so unvorteilhaft unter diesem schrecklichen Anorak verstecken?

»Auf Wiedersehen und alles Gute!«, verabschiedet Herr Wagenbach seinen Mandanten.

»Hier ist noch jemand für Sie!«, macht die Leopardendame ihren Chef auf mich aufmerksam.

»Ja bitte, was ...«, setzt dieser mit Blick in meine Richtung an, dann erst scheint er zu bemerken, wen er da vor sich hat, und verzieht sein Gesicht zu einem – wie ich finde – erleichterten und übrigens überaus attraktiven Lächeln.

»Ach, Sie sind's!«, sagt er. »Was machen Sie denn hier? Ich habe Sie erst gar nicht erkannt.«

Kann ich mir gut vorstellen. Es macht eben doch einen gewaltigen Unterschied, ob man mit verschmierter Schminke und Triefhaaren mitten im Regen auf der Straße steht oder sich ein bisschen zurechtgemacht hat und in einem vorteilhaft ausgeleuchteten Designersessel sitzt. Gott sei Dank habe ich heute früh etwas mehr Zeit in meine Optik investiert!

»Was führt Sie zu mir?«, fragt er noch mal. »Gibt es ein Problem?«

»Ich, äh, ich bin, also ich wollte hier, äh, ich komme, weil, äh ...« Was ist denn jetzt los? Ist meine Muttersprache neuerdings Kiswahili? Oder weshalb kriege ich auf einmal keinen vernünftigen Satz mehr heraus?

»Der Schirm«, schaffe ich es endlich und halte ihm das braun-grüne Monstrum entgegen. »Ich wollte Ihnen nur Ihren Schirm zurückbringen.«

Er sieht absolut verblüfft aus.

»Aber das ist doch gar nicht nötig. Ich habe Ihnen doch gesagt, dass Sie den behalten können.«

»Ja, aber ...« Sonst hätte ich ja überhaupt keinen Grund gehabt, Sie noch einmal wiederzusehen – sage ich natürlich nicht, sondern: »Ach, ich hatte gerade in der Nähe zu tun, da dachte ich, ich komme mal kurz vorbei.«

Jetzt ist es raus.

Wagenbach wirft einen Blick auf seine (sehr flache, sehr elegante und, wie ich annehme, sehr teure) Armbanduhr.

»Wissen Sie was, gehen wir doch schnell um die Ecke einen Kaffee trinken.« Und der Leopardin ruft er zu: »Frau Schmitz, ich bin kurz bei Luigi. Bieten Sie Herrn von Tobay doch schon mal etwas zu trinken an, falls er vorher kommt. Ich bin in zehn Minuten wieder da.«

Frau Schmitz zieht die Augenbrauen hoch.

»Ja, selbstverständlich«, sagt sie. Aber wenn ich mir ihren

fragenden Blick ansehe, dann glaube ich, es ist überhaupt nicht selbstverständlich, dass der Herr Anwalt mitten am Tag einfach so zum Kaffeetrinken mit einer Besucherin verschwindet, die noch nicht einmal einen Termin hat.

Mein Glücksgefühlrauschen kehrt in doppelter Turbostärke zurück. Der schöne Anwalt und ich und ein Kaffee bei Luigi! Egal, wann und wie ich zurück in die Redaktion komme. Für diese zehn Minuten würde ich sogar eine offizielle Abmahnung von Lydia und einen Eintrag in der Personalakte in Kauf nehmen.

Da Luigi ist ein winziges Stehcafé, das nur aus einer Handvoll schlanker Tischchen besteht. Wir sind die einzigen Gäste.

»Hallo, Dottore!«, ruft der Mann hinter der Bar, der gerade ein paar Gläser putzt. »Machen wir heute schon so früh Feierabend?«

»Nein, Luigi. Nur eine kleine kreative Pause.« Und an mich gerichtet: »Was möchten Sie trinken?«

Ich wähle einen Cappuccino, er einen schlichten schwarzen Kaffee.

»Also den Schirm wollten Sie mir bringen«, bemüht er sich freundlich, das Gespräch ins Laufen zu bringen.

»Ja, weil ich dienstlich in der Nähe zu tun hatte.« Das habe ich doch schon mal gesagt. Wie langweilig! Warum fällt mir nichts Witzigeres ein? Außerdem stelle ich fest, dass ich den Schirm immer noch in der Hand halte. Jetzt lege ich ihn mitten auf den kleinen Tisch.

»Und ich hatte gedacht, ich wäre das schreckliche Ding endlich los ...«

Er sieht so ungemein bezaubernd aus, wenn er lacht. Ich kann gar nicht hingucken.

»Was hatten Sie denn hier im Viertel zu tun?«, fragt er.

Ich wünschte, ich könnte jetzt mit meinem Solowjow-

Interview punkten, Besuch bei dem berühmten Opernsänger und so, aber heute war es ja leider nur ein Kirchenchor.

Ich erkläre es ihm.

»Ah, Journalistin. Das ist ja spannend.«

Ja, denke ich, so habe ich früher auch immer darüber gedacht, als ich noch davon geträumt habe, als Reporterin durch die Metropolen der Welt zu rasen und in der Tagesschau um kurz nach acht meine Einschätzung der politischen Gesamtlage zum Besten zu geben. Aber auch die lokalen Ereignisse haben bekanntlich ihren Reiz. Vor allem wenn sie sich an einem kleinen Stehtisch im Da Luigi abspielen.

»Ja«, sage ich. »Ich liebe meinen Job. Man hat mit vielen interessanten Menschen zu tun. Gestern habe ich mit Dimitri Solowjow gesprochen, dem russischen Startenor. Sie haben sicher schon von ihm gehört, er singt zurzeit den Don Giovanni in der Staatsoper.«

Endlich habe ich meinen Promi-Coup untergebracht. Aber bevor mein Gegenüber seine Hochachtung gebührend zum Ausdruck bringen kann, kommt Luigi und bringt die Getränke.

Das mit der großen Bewunderung für die Starreporterin hat sich erst einmal erledigt.

Ich schütte ein Päckchen Zucker in meinen Kaffee, und während ich den Milchschaum verrühre, denke ich genau drei Dinge: 1. Weshalb habe ich mir bloß einen Cappuccino bestellt? 2. Ist da überhaupt Kaffee unter dem dicken Berg aus Milchschaum? 3. Wie soll ich den trinken, ohne mein halbes Gesicht in den Schaum zu tunken und mich durch einen Milchbart unter der Nase vor meinem Gegenüber lächerlich zu machen?

Na ja. Bevor ich vor allem die dritte Frage beantworte,

rühre ich erst mal weiter. Das nächste Mal bestelle ich ganz sicher einen unkomplizierten Espresso.

Eine Weile sind wir beide mit unseren Getränken beschäftigt. Ich außerdem mit dem Anblick seiner Hände, von denen die eine die Tasse hält, während die andere ganz entspannt neben dem Schirm auf dem Tisch liegt. Was für schmale gepflegte Finger er hat! Und vor allem: völlig unberingt! Ist er tatsächlich nicht verheiratet? In seinem Alter? (Ich schätze ihn auf Ende vierzig.) Oder ist er schon wieder geschieden? Es kann natürlich auch sein, dass er einfach so mit einer Freundin zusammenlebt, ganz ungezwungen und ringfrei.

»Mögen Sie Ihren Cappuccino nicht? Sie rühren ja nur in Ihrer Tasse herum.«

»Oh doch, doch. Natürlich.« Ganz vorsichtig tauche ich ein in den Milchschaum und trinke einen Schluck. Während ich die Tasse absetze, fahre ich mir hastig mit der Unterlippe über die Oberlippe und komme mir vor wie ein Kindergartenkind. Warum hat uns dieser unaufmerksame Herr Luigi eigentlich keine Servietten gegeben?

Der sehr aufmerksame Herr Wagenbach zieht ein Taschentuch aus der Innentasche seines Sakkos und reicht es mir. Ein blütenweißes, gebügeltes und gefaltetes Stofftaschentuch mit den hellblau aufgestickten Initialen R und W.

»Kann es sein, dass Sie schon wieder schlecht ausgerüstet sind?«

Dabei schaut er mir ein bisschen länger als nötig in die Augen. Ich nehme das Taschentuch, tupfe mir den Milchschaumrest aus dem Gesicht und weiß nicht, ob ich tot umfallen oder ihn küssen möchte.

Ich fürchte, Letzteres.

Das Klingeln meines Handys in der Jackentasche hält mich glücklicherweise davon ab.

Tanja.

»Wo bleibst du? Lydia möchte wissen, ob das heute noch was wird mit deinem Artikel über die Hundertjahrfeier vom Kirchenchor.«

»Ja klar, natürlich. Ich bin gleich da.«

»Okay. Wir rechnen ganz fest mit dem Bericht. Sechzig Zeilen. Bis nachher.«

»Ja, ja, bin schon unterwegs.«

Klick.

»Gibt es Schwierigkeiten?«, fragt er.

»Oh nein, alles bestens. Ich muss nur gleich noch einen Artikel fertig schreiben.«

Sollen sie in der Redaktion doch meckern, weil ich so spät dran bin. Das spielt im Moment keine Rolle. Fakt ist: Für jede Sekunde seiner Anwesenheit wäre ich bereit, eine Stunde Ärger im Büro hinzunehmen. Mindestens. Aber das kann ich ihm ja leider so direkt nicht sagen. Vor allem weil er es mit Terminvereinbarungen offensichtlich etwas genauer nimmt als ich.

»Ich muss jetzt auch wieder los. Wahrscheinlich wartet mein nächster Mandant schon.«

»Tut mir leid«, sage ich, wobei ich gar nicht genau weiß, was mir leidtun soll, schließlich war es seine Idee hierherzukommen. Ich trinke den Rest meines Cappuccinos aus, und nachdem ich noch mal sein Taschentuch benutzt habe, sage ich: »Sie bekommen es selbstverständlich gewaschen und gebügelt wieder zurück.«

»Machen Sie sich keine Umstände. Sie dürfen es gern behalten.«

»Nein, nein. Mit diesen Initialen kann ich doch sowieso nichts anfangen.«

»Wie Sie meinen.«

Ich möchte nur einen Grund haben, Sie bald wiederzusehen, denke ich. Allerdings denke ich auch, dass es ziemlich lächerlich wäre, wenn ich morgen wieder bei der Leopardendame auf der Matte stehen würde, um das nächste Accessoire ihres Chefs abzuliefern. Soll ich es mit der Post schicken?

Wir sind schon unterwegs zurück zur Kanzlei. Ich presse das Taschentuch in meine Hand wie eine kostbare Reliquie. Jetzt gleich, noch zehn Meter, dann gibt es keinen Grund mehr, mit ihm zusammen zu sein. Außer:

»Ist mit Ihrem Auto alles gut gegangen?« Ich werde ja wohl noch mal fragen dürfen.

»Noch hatte ich ehrlich gesagt keine Zeit, es reparieren zu lassen. Aber ich glaube, es ist nicht so schlimm, wie es zuerst ausgesehen hat.«

Hm, denke ich, mal was ganz Neues. Nach meiner Erfahrung ist alles immer viel schlimmer, als es zuerst ausgesehen hat.

Dann stehen wir vor der Hausnummer 36.

»Tja, also«, sagen wir gleichzeitig und lachen verlegen. Vor allem ich.

»Schön, dass Sie ein paar Minuten Zeit hatten«, sagt er.

»Schön, dass Sie so ein nettes Unfallopfer sind«, sage ich. »Und danke für den Cappuccino. Ich glaube, es kommt selten vor, dass jemand, der einem eine Beule ins Auto fährt, zum Dank noch zum Kaffee eingeladen wird.«

»Ich glaube, ich hätte Sie auch gern zum Kaffee eingeladen, wenn Sie mir keine Beule ins Auto gefahren hätten.«

Sein Lächeln ist wie Zahnpasta- und Rasierklingenwerbung auf einmal. Bloß die Musik dazu fehlt. Mir ist ganz schwindelig zumute. Ich kann diesen großartigen Mann doch jetzt nicht einfach so ziehen lassen. Das kann doch jetzt nicht alles gewesen sein. Sophie Freitag, lass dir ganz schnell was einfallen, denke ich und höre mich zu meinem Entsetzen sagen: »Hätten Sie vielleicht Lust, am Samstag mit mir in die Oper zu gehen? *Don Giovanni*. Ich habe noch eine Karte übrig.«

Totenstille auf dem Gehweg vor der Hausnummer 36.

Ja, bin ich denn von allen guten Geistern verlassen? Was rede ich da?

Es ist überhaupt nicht verwunderlich, dass er mich anschaut, als hätte ihn gerade ein Pferd getreten.

Wie kann ich sagen, ich hätte noch eine Karte *übrig*? Soll er sich wie ein Resteverwerter vorkommen, so nach dem Motto, bevor die Karte verfällt und ich sie in den Mülleimer werfe, nehmen Sie sie doch? Und überhaupt: Was macht das für einen Eindruck, wenn ich einen praktisch wildfremden Mann mitten auf der Straße in die Oper einlade? Er muss doch denken, dass ich überhaupt keine Freunde habe und ein völlig vereinsamtes Geschöpf bin. Außerdem: Ein Mann von seinem Kaliber hat das Wochenende natürlich schon längst verplant. Wer weiß denn an einem Dienstag noch nicht, wie er seinen Samstagabend verbringen soll? Vielleicht gestresste Muttis wie ich, aber so ein gut aussehender Anwalt in den allerbesten Jahren und den allerbesten Verhältnissen, da muss man wahrscheinlich Monate vorher was ausmachen, wenn man sich an einem Samstagabend mit ihm treffen will. Falls es nicht sogar doch eine unberingte Gattin gibt, die derlei aushäusigen Freizeitvergnügungen eher skeptisch gegenübersteht.

Ich könnte heulen, ich hab alles vermasselt. Wie komme ich darauf, ihn ausgerechnet in die Oper einzuladen! Hätte es nicht wenigstens das Kino sein können? Ach, es wäre wirklich gescheiter gewesen, morgen mit seinem Taschentuch in die Kanzlei zu kommen, um ihn wiederzusehen.

»Oh, in der Oper war ich schon lange nicht mehr. Das klingt großartig. Klar komme ich mit. Ich freue mich.«

Ich brauche ein paar Sekunden, bis ich ganz sicher bin, dass ich richtig gehört habe:

»Wirklich? Das ist ja toll.«

Was heißt hier toll? Das ist sensationell, phänomenal, spektakulär, unfassbar ...

»Wann geht's denn los?«, fragt er. »Um acht? Gut, wie wär's, wenn wir uns eine halbe Stunde vorher im Foyer am Haupteingang treffen? Dann haben wir noch ein bisschen Zeit für ein Glas Champagner, um uns auf die Oper einzustimmen. Was meinen Sie?«

Champagner? Oper? Haupteingang?

»Das wäre phantastisch!«

»Fein. Dann bis Samstagabend. Ich verlass mich drauf. Wehe, Sie überlegen es sich noch einmal anders!«

Schon wieder dieses reklametaugliche Lächeln.

»Ganz sicher nicht!«

Auf dem Weg zum Auto habe ich das Gefühl, allmählich aus einer Vollnarkose zu erwachen. Meine Beine sind noch ganz taub. Habe ich gerade geträumt, oder habe ich tatsächlich eine Verabredung mit diesem Mann? Roland Adonis Wagenbach. Wie konnte ich ihn gestern nur für einen Brad Pitt der zweiten Liga halten? Dieser Mann ist eindeutig allererste Liga, ach was, Champions League.

Und am Samstag geht er mit mir in die Oper. Das Leben ist wunderbar. Das Leben ist so wunderbar, dass ich nicht einmal besonders empört bin, als ich ein zweites Knöllchen unter dem Scheibenwischer meines Autos finde. Na und? Was bedeuten schon dreißig Euro Bußgeld, wenn man ein Rendezvous mit diesem Mann hat!

17:55

Lydia passt mich ab, als ich gerade mein Büro in Richtung Kita verlassen will: »Hey, Sophie, danke für deine Mail. Ich hab deine Kolumne gelesen. Eigentlich ja ganz witzig, dein Text ...«

Aha. *Eigentlich ja ganz witzig.* Klingt nicht gerade wie ein überschwängliches Lob. Soll das jetzt heißen: *total daneben?*

»Lass uns mal kurz darüber reden«, fährt Lydia fort. »Nur fünf Minuten.«

Reden? Jetzt? In fünf Minuten macht die Wichtelstube zu. Und heute ist keine Irene da, die Lina und Timo mit zu sich nach Hause nimmt.

Lydia fehlt jedes Verständnis für Wichtelstubenöffnungszeiten. Die einzige Deadline, die sie akzeptiert, ist der Redaktionsschluss am Abend. Wenn also meine Karriere als gefeierte Kolumnenschreiberin nicht schon nach vierundzwanzig Stunden im Sande verlaufen soll, muss ich wohl noch ein paar Minuten Zeit investieren.

Ich folge Lydia in ihr Büro, wo sie mich auffordert, auf einem ihrer kleinen Sesselchen Platz zu nehmen. Soll das jetzt etwa eine längere Besprechung werden? Ich würde das Ganze lieber schnell im Stehen hinter mich bringen.

»Weißt du«, erklärt Lydia, während sie sich an ihren Schreibtisch setzt, und macht eine bedeutungsschwere Pause. »Das Ganze muss viel freundlicher sein. Stress und Ärger haben unsere Leser selbst genug. Kathis Kosmos ist so etwas wie die Insel der Seligen, eine heitere, friedliche Idylle inmitten all der Katastrophen und Probleme, über die wir in unserer Zeitung zwangsläufig berichten müssen. Kathi schildert eine Welt, wie wir sie uns alle wünschen: nette Geschichten einer netten Familie, ein ordentlicher Haushalt, zwei wohlgeratene

Kinder und ein glückliches Liebesleben. Das Prinzip lautet: *Alles wird gut*. Verstehst du, was ich meine?«

Klar verstehe ich. Nichts leichter als das. Das Leben ist eine sonnige Märchenwiese. Logisch. Wahrscheinlich gibt es tatsächlich Familien, die so idyllisch funktionieren wie in der Kinderschokolade-Werbung. Und falls nicht, wollen die Leute davon jedenfalls lesen. Ich finde, um Geschichten aus dem Leben einer Supermutti und ihrer perfekten Familie zu erzählen, bin ich die ideale Besetzung. Wahrscheinlich treffe ich den richtigen Ton für Kathis Kosmos, wenn ich genau das Gegenteil von dem schildere, was bei uns passiert.

»Okay«, sage ich. »Kein Problem. Ich schreibe einen neuen Text. Aber jetzt schaffe ich es nicht mehr. Jetzt muss ich unbedingt meine Kinder abholen. Ich bin schon spät dran. Ist es in Ordnung, wenn ich dir die Kolumne heute Abend per Mail von zu Hause schicke?«

»Na gut«, antwortet Lydia. »Ausnahmsweise. Heute muss ich sowieso etwas länger im Büro bleiben. Wenn ich deinen Text bis halb neun auf dem Tisch habe – meinetwegen. Dann können wir ihn gleich morgen ins Blatt nehmen.«

16:32

Lina und Timo sind die einzigen Kinder, die noch nicht abgeholt worden sind. Sie sitzen neben Frau Härtling auf der Bank im Flur, ihre bunten Rucksäcke vor sich auf dem Schoß, und haben rot verheulte Augen. Als sie mich entdecken, rennen sie sofort auf mich zu und umklammern meine Oberschenkel.

»Ich hab gedacht, du kommst überhaupt nicht mehr!«, schluchzt Lina in meine Jeans. »Tommi hat gesagt, wenn du uns nicht mehr holst, kommen wir in ein Kinderheim nach Amerika!«

»Aber Schatz! Das ist doch gar nicht wahr. Ich hole euch immer vom Kindergarten ab. Der Tommi hat ganz blödes Zeug erzählt.«

Ich werfe Frau Härtling einen ärgerlichen Blick zu. Weshalb hat sie mit ihrer ganzen pädagogischen Kompetenz nicht verhindert, dass meine armen, verschüchterten Kinder von so einem böswilligen Burschen erschreckt werden?

»Frau Freitag«, sagt sie. In ihrer Stimme ist keine Spur des Bedauerns, sondern vielmehr eine gehörige Portion Vorwurf. »Ich weiß ja, dass Sie als berufstätige Mutter immer viel um die Ohren haben. Aber hätten Sie nicht wenigstens kurz anrufen können, wenn Sie so spät kommen? Wir müssen uns schon darauf verlassen, dass die Kinder pünktlich abgeholt werden.«

»Ja, ich weiß, Entschuldigung! Heute war furchtbar viel los. Danke, dass Sie gewartet haben.«

Ich hänge mir die Rucksäcke der Kinder über die Schulter und nehme Timo auf den Arm und Lina an die Hand.

»Ich hab Hunger!«, mault Timo beim Hinausgehen.

»Ich auch!«, echot Lina.

»Denken Sie an den Apfelkuchen?«, ruft Frau Härtling uns nach und sperrt die Tür hinter uns zu.

Nachdem ich die Kinder in ihren Autositzen angeschnallt habe, lasse ich mich ermattet auf den Fahrersitz fallen. »Wir müssen noch einkaufen gehen. Wir haben nichts mehr im Kühlschrank.«

»Nee«, kräht Lina, »ich will zu Mäckdonnel! Tommi geht auch immer zu Mäckdonnel.«

Na, der scheint ja Eindruck zu machen, dieser Tommi.

»Da schmeckt es doch gar nicht«, erkläre ich.

»Schmeckt doch!«, behauptet Timo.

Ich halte nichts von Fastfood. Ich bin mir der Bedeutung von gesunder Ernährung in der Erziehung sehr bewusst. Ich finde es wichtig, Kinder von klein auf an die Zubereitung vitaminreicher Speisen heranzuführen. Kartoffeln, Kohlrabi, Möhren und Brokkoli – Gemüse, möglichst vom Biomarkt, sollte ein wichtiger Bestandteil des Speiseplans von Kindern sein. Dabei sollten sie frühzeitig lernen, dass das Putzen und Schneiden des Gemüses, der Prozess des schonenden Garens und das liebevolle Anrichten auf einem schönen Teller Voraussetzung ist für eine gesunde, schmackhafte und bekömmliche Mahlzeit.

Ja, genauso sehe ich das.

Meistens.

Wir bestellen drei große Portionen Pommes mit Ketchup, einen Berg Chicken Nuggets und für mich zwei Cheeseburger extra. Immerhin gibt es keine ungesunde Cola, sondern drei Becher Apfelsaftschorle dazu. Genauer gesagt zwei, denn Timo stellt seinen Becher gleich nach dem ersten Schluck so ungünstig ab, dass er umfällt und eine Ladung Saft über seine Hosenbeine schwappt. Die Kummerschreie meines Sohnes sind nur durch den sofortigen Erwerb von Softeis mit Schokokekskaramellgeschmack zu stoppen, von dem seine Schwester aus Solidarität auch eine Portion bekommt. Dann sitzen sie da und mampfen mit vollen Backen, und ihre Gesichter sind bis zu den Ohren mit einem Gemisch aus Ketchup und Eiscreme verschmiert. Sie sehen sehr glücklich aus.

Biologisch-dynamische Öko-Ernährung ist natürlich eine tolle Sache. Aber manchmal ist Fastfood einfach unentbehrlich für den Familienfrieden.

21:15

»Wie – ich soll die Kinder am Samstag früher abholen?« Stefan klingt am Telefon nicht sehr begeistert über meine kleine Terminänderung. »Wieso das denn auf einmal? Ich habe mich auf sechzehn Uhr eingerichtet. Kim will mit mir zum Shoppen in die Stadt.«

»Seid so gut, shoppt ein bisschen schneller und kommt schon um zwei. Ich hab was Wichtiges vor am Abend und brauche mehr Zeit.«

Was Stefan nicht unbedingt wissen muss: Ich gehe mit meinem Traummann in die Oper und benötige vorher mindestens einen halben Tag für die fällige Komplettsanierung: Gesichtsmaske, Haarkur, Peeling, Bein- und sonstige Enthaarung, Maniküre, Pediküre, von der Make-up-Spezialausführung für den großen Abend ganz zu schweigen. Stefan würde bloß wieder künstlich stöhnen, von wegen Frauen und dieses ganze Theater um ihre Optik. (Ich möchte nicht wissen, wie lange seine Kim jeden Morgen vor dem Spiegel steht, um sich diesen affigen Hollywood-Look ins Gesicht zu spachteln. Dabei ist sie erst fünfundzwanzig!) Jedenfalls hat es keinen Sinn, mit ihm über Details zu diskutieren. Fest steht, sollte er die Kinder erst um sechzehn Uhr abholen (und es wird sowieso eine halbe Stunde später, wie ich aus langer Erfahrung weiß), dann reicht es nicht für das volle Programm. Und am Samstag muss es unbedingt das volle Programm sein. Mindestens.

»Bitte!«, sage ich zu Stefan. Wenn es meiner Sache förderlich ist, kann ich sehr freundlich zu ihm sein.

»Klingt ja so, als wäre es wichtig«, knurrt er zurück. »Möchte gerne wissen, was da im Busch ist.«

Ich schweige hartnäckig ins Telefon.

»Warum willst du mir denn nicht sagen, was du vorhast?«
Ich höre förmlich, wie ihn das wurmt, aber heute hat er anscheinend seinen großzügigen Abend: »Na gut. Ich komme so gegen halb drei, wenn ich dich damit glücklich mache.«

Du weißt gar nicht, wie glücklich du mich damit machst, denke ich und sage: »Prima, dann bis Samstagnachmittag.«

21:31

Es klingelt dreimal an der Tür, zweimal kurz und einmal lang. Miriam. Diesen Geheimcode haben wir für alle Fälle entwickelt: Dann wissen wir, das ist kein zwielichtiger Zeitschriftenaboverkäufer, kein Zeuge Jehovas, der durch den Hausflur missioniert, und auch sonst kein Strolch. Bei diesem Klingelzeichen kann man beruhigt die Tür aufmachen.

»Hallo, Sophie!« Miriam kommt rein, wie fast immer in Sporthose und Turnschuhen, geht direkt in die Küche und lässt sich am Tisch nieder. Nach meinem Telefongespräch mit Stefan habe ich kurz bei ihr angerufen und gefragt, ob sie heute Abend zu mir raufkommen mag. »Na, dann starte mal dein Update!«, sagt sie ohne Umschweife. »Was gibt's Neues? Du siehst so vergnügt aus. Hat sich dein Dieter wieder gemeldet?«

»Ach Miriam. Vergiss Dieter!«

Ich liefere ihr einen Abriss meiner kurzen, aber wegweisenden Bekanntschaft mit Herrn Dr. Roland Wagenbach, wobei ich ungefähr jedes dritte Wort mit Attributen wie »großartig«, »sensationell« oder »super« kombiniere. Ich muss mich bremsen, um nicht sämtliche Eigenschaften aufzuzählen, die ich auf der Suche nach meinem Idealmann bei Premiumparter angegeben habe.

»Oha!«, kommentiert Miriam meine Schilderung. »Sieht aus, als hättest du einen Granatenkerl an der Angel.« Und praktisch veranlagt, wie sie ist, fügt sie hinzu: »Was ziehst du an am Samstag?«

Seit Stunden gehe ich in Gedanken den Inhalt meines Kleiderschrankes durch. Viel Auswahl an Abendgarderobe besitze ich nicht.

»Ich habe nur ein langes Kleid, das habe ich – glaub ich – das letzte Mal vor sechs oder sieben Jahren auf der Hochzeit einer Freundin angehabt.«

»Vor sieben Jahren?« Miriam wirft mir einen seltsamen Blick zu. Ihn als skeptisch zu bezeichnen wäre untertrieben. »Bist du dir sicher, dass dir das Kleid überhaupt noch passt?«

»Na, hör mal! Glaubst du, ich bin zu dick geworden?«

Wahrscheinlich will sie bloß, dass ich Mitglied in ihrem wahnwitzig teuren Body-Club werde.

»Zieh es mal an!«, sagt sie.

»Jetzt gleich?«

»Ja, natürlich. Wenn es nicht mehr passt, musst du dich doch rechtzeitig um eine Alternativklamotte kümmern, oder?«

Ich verschwinde im Schlafzimmer und hole das Kleid aus dem Schrank. Rot und raschelnd hängt es am Bügel. Ich ziehe Jeans und Pulli aus und schlüpfe in den Traum aus Seide und Satin. Der lange Reißverschluss im Rücken wehrt sich etwas beim Schließen. Miriam muss helfen. Das Teil geht gerade so zu, wenn ich die Luft anhalte.

Einen Moment lang stehen wir schweigend vor der Spiegeltür an meinem Kleiderschrank und betrachten die Realität. Ich fange Miriams Blick auf.

»Hm«, macht sie. »Sei mir nicht böse, aber irgendwie siehst du ein bisschen aus wie eine Leberwurst mit Rüschen!«

»So schlimm?«

»Ich finde, es ist zu eng und zu rot und hat viel zu viele Spitzen und Biesen und Borten. Das ist was für kleine Mädchen, die zum Abschlussball des Kindertanzkurses in der fünften Klasse gehen, aber nichts für eine gestandene Frau wie dich.«

»Ich dachte, es ist romantisch.«

»Es ist nicht romantisch, sondern barock. Und zwar Vollbarock. Und so wie du mir deinen Anwalt geschildert hast, kann ich mir nicht vorstellen, dass er auf Barockes steht. Jedenfalls nicht, wenn es sich um fünffache Volants und Blümchenspitze an der Garderobe seiner charmanten Abendbegleitung handelt. Hast du nichts anderes?«

»Nur noch ein kürzeres Kleid, so im Stil von *kleines Schwarzes*. Das habe ich mir erst vor ein paar Wochen für die Geburtstagsfeier einer Kollegin gekauft.«

Dass ich in dem Kleid den doofen Dieter kennengelernt habe, sage ich lieber nicht. Ich finde, man muss einem Kleid eine zweite Chance geben.

»Zeig mal her.«

Ich tausche rot und lang gegen schwarz und kurz und hole auch gleich meine schwarzen Highheels aus dem Schrank.

»Sieht doch gar nicht schlecht aus«, sagt Miriam und legt den Kopf schief. »Aber die Schuhe sind nichts. So einen Absatz hat man bestenfalls im vorigen Jahrtausend getragen. Warte mal. Ich glaube, ich hab unten was für dich. Hast du nicht auch Schuhgröße 39?«

Ein paar Minuten später ist Miriam mit einem Schuhkarton zurück. Ich klappe den Deckel auf und erblicke einen cremefarbenen Schlangenledertraum von Dolce Gabbana.

»Wahnsinn! Und ich habe gedacht, du läufst immer nur in Turnschuhen rum ...«

»Nicht immer«, grinst Miriam. »Und die hier sind noch ganz neu. Hab ich erst ein- oder zweimal angehabt.«

Ich schlüpfe ehrfurchtsvoll in die Luxustreter.

»Und? Passen sie dir?«

»So gut wie. Kaufen würde ich sie mir eine halbe Nummer größer. Aber ich denke, es geht. Ich habe ja nicht vor, am Samstag einen Marathon zu laufen.«

»Wenn die Schuhe anfangen zu drücken, soll er dich gefälligst auf Händen tragen!«

23:26

Ich liege endlich im Bett. Auch dieser Tag ist geschafft. Zwischendurch habe ich es sogar irgendwie noch hinbekommen, rechtzeitig vor dem Redaktionsschluss einen neuen Kolumnentext an Lydia zu mailen, und diesmal hat er ihr zum Glück gefallen. Jetzt will ich bitte nur noch tief und fest schlafen! Aber irgendetwas war da doch noch. Ich habe das dumme Gefühl, heute Abend vor lauter Ich-geh-mit-Roland-Wagenbach-in-die-Oper- und Was-zieh-ich-bloß-an-Gedanken etwas Entscheidendes vergessen zu haben. Leider bin ich zu müde, um mich zu erinnern. Kurz vor dem Abtauchen in die Bewusstlosigkeit schießt es mir dann doch in den Kopf: der Apfelkuchen! Morgen ist das Sommerfest im Kindergarten, und ich habe vergessen, den versprochenen Kuchen zu backen!

Es hilft nichts, ich muss noch mal raus aus dem warmen Bett, wenn ich als Kindergartenmutter nicht komplett versagen will. Ich schlüpfe in meinen dicken alten Bademantel und schlurfe in die Küche.

Was für tolle Sachen man nachts machen kann! Heimlich

ins Freibad einsteigen und nackt im Mondenschein baden. Oder unter flimmernden Lichtern und dröhnendem Sound tanzen, bis es draußen hell wird.

Oder das Licht in der Küche anknipsen, die Tür leise zumachen und seufzend das fleckige Buch mit den Backrezepten aus dem Regal holen. Wie ich feststelle, habe ich vergessen, Äpfel einzukaufen. Wären wir nicht zu McDonald's gegangen, wäre mir das nicht passiert. Ich bilanziere meine Vorräte: Kann man mit zwei schrumpeligen Äpfeln einen Apfelkuchen backen? Handelt es sich noch um Apfelkuchen, wenn er hauptsächlich aus Dosenbirnen besteht? Wie viele Eier braucht man wirklich, wenn im Rezept vier steht? Zum Glück fehlt mir sonst keine wesentliche Zutat. Ich finde sogar noch ein Tütchen Backpulver, dessen Mindesthaltbarkeitsdatum erst vor einem halben Jahr abgelaufen ist. Nur das Mehl ist ein bisschen knapp. Ich kann den Teig ja mit zerriebenem Zwieback auffüllen. Das ist doch im Grunde auch nichts anderes als Mehl, oder? Ich beschließe, dass der Kindergarten meinen Apfel-Birnen-Spezialkuchen lieben wird, und hole Rührschüssel und Mixer aus dem Schrank.

1:01

Jetzt ist aber wirklich alles geschafft. Ich krieche wieder unter die Bettdecke. Habe ich eigentlich den Ofen ausgemacht? Sicherheitshalber stehe ich noch mal auf und schaue nach. Der Kuchen ist fristgerecht fertig geworden, da soll er mir bloß nicht durch einen Wohnungsbrand zunichtegemacht werden.

Natürlich ist der Ofen aus. Gute Nacht.

MITTWOCH, 6:50

Obwohl ich nicht besonders üppig geschlafen habe, bin ich hellwach. Heute ist mein großer Tag! Heute steht meine allererste Kolumne im Morgenblatt, das muss ich sofort sehen. Noch im Bademantel schleiche ich durchs Treppenhaus, pflücke die Zeitung aus dem Briefkasten und sprinte wieder nach oben. Am Küchentisch sitzen Lina und Timo im Schlafanzug und mit strubbeligen Haaren vor ihren jungfräulichen Radieschenbroten.

»Ich will kein doofes Brot. Ich will Choco Krispies«, sagt Lina und schiebt energisch ihren Teller weg.

»Ich will auch Schokokissies«, erklärt Timo und schiebt seinen Teller hinterher.

Ich habe jetzt keine Zeit für familiäre Debatten über gesunde Ernährung. Ich will in Ruhe meinen Artikel lesen. Also schütte ich kommentarlos jeweils ein halbes Pfund Choco Krispies und einen Schwung Milch in ihre Müsli-Schälchen. Timo tunkt sofort seine Plastikgiraffe in die Schokoladenpampe und lutscht die Füße ab. Lina fischt mit den Fingern vereinzelte Schokostückchen aus ihrer Schüssel und widmet sich ansonsten ihrem Pferdestickeralbum, das vor ihr auf dem Tisch liegt. Aber das nehme ich nur aus dem Augenwinkel wahr, denn ich habe jetzt Wichtigeres zu tun.

Genüsslich blättere ich die richtige Seite auf, und da steht es: *Kathis Kosmos*, und dann: *Es geht nichts über ein gemütliches Frühstück in der Familie.*

Mein Text macht sich gut als Zeitungsartikel. Ich stelle mir vor, wie an tausenden Münchner Frühstückstischen gerade meine bahnbrechende Kolumne gelesen wird: *Ich liebe es zu frühstücken. Das Frühstück im Kreise der Familie ist mein Sprungbrett, um fit und fröhlich in den Tag zu starten. Es gibt nichts Schöneres. Ausgeruht nach einer erholsamen Nacht, zelebrieren wir in gemütlicher Atmosphäre eine leckere und gesunde Mahlzeit, um in aller Ruhe unsere Akkus wieder aufzuladen. Liebevoll unterhalten wir uns ...*

»Der Timo stampft mit seiner Giraffe auf dem Brot herum«, schreit Lina. »Frau Härtling sagt immer, mit Essen spielt man nicht.«

»Ich spiele ja gar nicht«, mault Timo. »Ich geb der Giraffe nur was zu essen.«

»Giraffen essen keine Radieschenbrote. Giraffen essen Gras.«

»Meine Giraffe mag kein Gras. Meine Giraffe mag Radieschenbrot.«

»Hey«, sage ich. »Seid doch bitte mal leise und esst eure Krispies auf. Timo, nimm die Giraffe aus der Butter. Die ist ja schon ganz verschmiert!«

Timo schleckt die Giraffe von oben bis unten ab und widmet sich dann wieder seinem Frühstück. Ich lese weiter:

Liebevoll unterhalten wir uns über unsere Pläne für den Tag. Spielzeug, Handys oder andere Dinge, die uns ablenken könnten, sind natürlich tabu am Frühstückstisch. Denn die Zeit, die wir miteinander verbringen ...

»Mama, der Timo hat mein Stickeralbum weggenommen!«

»Wenn ich nicht mit der Giraffe spielen darf, dann darfst du auch nicht mit deinem doofen Stickeralbum spielen.«

»Ich spiele gar nicht, ich gucke ja bloß. Mama guckt auch in die Zeitung.«

»Ich bin gleich fertig«, erkläre ich. »Ich muss hier nur schnell was lesen. Das ist wichtig.«

Die Kinder maulen noch ein bisschen, geben aber insgesamt Ruhe. Ich lese weiter:

… denn die Zeit, die wir miteinander verbringen, ist uns heilig. Da wollen wir uns durch nichts stören lassen. Besonders gemütlich ist unser Frühstück natürlich am Wochenende. Wenn am Samstag der allerbeste Ehemann der Welt zu mir sagt: Liebling, lass dir Zeit im Bad, ich geh mit den Kindern schon mal die Semmeln kaufen – dann weiß ich, dass wir die glücklichste Familie …

Weiter komme ich mit meiner Lektüre nicht, weil Linas bis zum Rand gefüllte Choco-Krispies-Schüssel mit lautem Scheppern zu Boden fällt und sich die braune Tunke explosionsartig in der Küche verteilt.

»Der Timo hat mich geschubst«, brüllt sie los.

»Lina hat angefangen«, schreit Timo zurück. »Lina hat meine Giraffe weggenommen.«

»Aber nur, weil du mein Stickeralbum geklaut hast.«

»Hab ich gar nicht geklaut …«

»Verdammt noch mal!«, brülle ich. »Hört jetzt endlich auf mit dem Gezanke. Kann man in dieser Familie nicht mal eine Minute lang in Ruhe was in der Zeitung lesen?«

Ich bin selbst erschrocken über meinen Kasernenhofton. Lina und Timo auch. Sie fangen beide gleichzeitig an zu heulen. Ich falte die Zeitung zusammen und werfe sie klatschend auf den Stapel Altpapier, der sich in der Ecke neben dem Kühlschrank auftürmt.

»Jetzt seht zu, dass ihr fertig werdet. Ihr müsst euch noch anziehen und die Zähne putzen.«

»Ich hab keine Krispies mehr!«, schluchzt Lina.

Eine klebrige braune Lache auf dem Fußboden trennt uns von der Krispies-Packung auf dem Küchenschrank.

»Dann iss halt dein Brot.«

»Ich mag aber kein Brot …«

»Dann musst du eben bis zum Mittagessen warten, bis du wieder was bekommst!«, beschließe ich die Diskussion und gehe ins Badezimmer, um den Putzeimer zu holen.

Ach, warum kann es bei uns nicht ein klitzekleines bisschen so lieblich zugehen wie in Kathis Kosmos.

11:08

»Hey, Sophie! Gut, dass du da bist.«

Natürlich bin ich da. Ich sitze gerade an einem weiteren Versuch, Kathis Kosmos zu ergründen. Dabei taumele ich allerdings von einem Schwarzen Loch ins andere. Wie um Himmels willen schildert man das Leben einer glücklichen Familie, wenn die eigene zu Bruch gegangen ist?

In der Tür steht Dr. Claus-Henning Burckmeyer, seines Zeichens Leiter der Kulturredaktion unseres Blattes. Ein seltener Gast in meinem bescheidenen Büro.

»Wir haben ein kleines Terminproblem«, sagt er. »Es geht um die Generalprobe im Volkstheater. Shakespeares *Sommernachtstraum*. Könntest du hingehen und uns eine kleine Kritik schreiben?«

Ja, ist denn heute Ostern und Weihnachten und Geburtstag auf einmal? Ich soll eine Theaterkritik schreiben? Eine richtige ernsthafte Theaterkritik? Keine Marionettenbühne? Kein Kasperltheater? Endlich. Mein eigener Sommernachtstraum wird wahr. Ach was, mein Ganzjahrestagundnachttraum.

»Oh ja«, sage ich, »unbedingt, gern mach ich das, natürlich. Wann ist die Probe?«

»Heute Nachmittag um sechzehn Uhr. Ist leider ein bisschen kurzfristig, ich weiß.«

Peng. Das war's. Aus der Traum.

»Heute Nachmittag?« Ich denke den Bruchteil einer Sekunde darüber nach, eine kleine Änderung in meinem Tagesprogramm vorzunehmen, aber dann schlucke ich die Versuchung tapfer runter. »Tut mir leid, Claus-Henning. Heute Nachmittag klappt es leider nicht. Da habe ich selbst einen dringenden Termin.«

»Kannst du den nicht verschieben? Der Artikel ist wirklich wichtig. Es ist eine ganz neue Inszenierung, und es handelt sich immerhin um Shakespeare!«

Ich sehe, wie irritiert Claus-Henning ist. Ich höre das Ausrufezeichen praktisch in seiner Stimme. Wahrscheinlich denkt er: Wie kann eine, die sich jahrelang mit Vorstadtclowns und semiprominenten Schauspielerinnen abgegeben hat, keine Zeit für Shakespeare haben? Und vor allem: Wie kann so eine das höchstpersönliche Anliegen des Chefs der Kulturredaktion zurückweisen? Widerworte ist er nicht gewohnt. Ich glaube, er hält sich für eine der wichtigsten Persönlichkeiten dieser Stadt, wenn nicht des Universums. Wahrscheinlich hatte er gedacht, ich würde ihn küssen, wenn er mich bittet, eine Theaterkritik für die Kulturredaktion zu schreiben. Was ich ja vielleicht auch wirklich getan hätte, wenn ich nicht ausgerechnet heute verhindert wäre.

»Ich kann wirklich nicht, Claus-Henning, ich muss zum Sommerfest im Kindergarten.«

»Sommerfest im Kindergarten?« Claus-Henning sieht mich an, als hätte ich ihm gerade gestanden, an Fußpilz zu leiden. Oder an Spulwürmern. Oder an beidem gleichzeitig.

»Und da kannst du nicht ein bisschen später hingehen?«
Ich schüttele den Kopf. Claus-Henning zieht eine Augenbraue hoch. Die einzigen Termine, die er vielleicht als Grund für eine Absage akzeptiert hätte, wären eine Privataudienz beim Papst oder eine Herztransplantation. Ein Sommerfest im Kindergarten definitiv nicht.

»Tja, wenn dir das wichtiger ist, muss ich mir wohl jemand anders für den *Sommernachtstraum* suchen. Ich schätze, der Volontär kann sich am Nachmittag ein paar Stunden Zeit nehmen. Ich hatte nur gedacht, nach deinem Artikel über *Don Giovanni* würdest du vielleicht gerne in der Kulturredaktion durchstarten ...«

Klar will ich das. Auf jeden Fall. Mein Name unter einem Artikel im Feuilleton des *Münchner Morgenblatts* wäre die Krönung meiner bisherigen Karriere. Aber heute muss ich unbedingt im Kindergarten durchstarten. Am Vormittag bin ich Journalistin, am Nachmittag Mutti. So ist das eben. Daran kann auch ein noch so verlockendes Angebot von Dr. Claus-Henning Burckmeyer nichts ändern.

»Heute geht es wirklich nicht. Das Sommerfest ist wahnsinnig wichtig für meine Kinder, weißt du. Ich hab ihnen hoch und heilig versprochen, dabei zu sein. Wenn ich heute nicht zum Sommerfest komme, bringen meine beiden mich um.«

Na ja, vielleicht bringen sie mich nicht direkt um. Aber ein bisschen abendlicher Psychoterror wäre mir gewiss.

»Hm«, brummt Claus-Henning und wendet sich schon wieder zum Gehen. »Da kann man wohl nichts machen. Wenn du nicht flexibel bist, ist es vielleicht wirklich besser, wenn du weiter auf der Familienschiene fährst wie bisher. Wie ich gehört habe, schreibst du jetzt diesen Muttikram für Kathi?«

»Was heißt hier Muttikram? Das ist eine sehr beliebte Kolumne mit hohem pädagogischen Anspruch ...«

Aber da hat er schon die Tür hinter sich zugemacht, der arrogante Sausack, der blöde ...

Der wird sich noch wundern, denke ich. In ein paar Jahren, wenn Lina und Timo groß genug sind, dann ist Schluss mit diesem Teilzeitgewurschtel. Dann werde ich hier eine volle Stelle antreten und allen zeigen, was ich draufhabe. Ich werde Theaterkritiken schreiben, dass euch die Ohren schlackern, und Reportagen, aus denen noch nach Jahrzehnten in der Journalistenschule zitiert werden wird. Ihr werdet schon sehen, denke ich. Vor allem der Claus-Henning wird sehen. Oh ja, vor allem der. Dann vertiefe ich mich weiter in meine Recherche zur Bedeutung von Noppensocken für das Laufverhalten von Kleinkindern.

16:07

Die Welt der bunten Papiermännchen, der Salzteigskulpturen und Fensterklebebilder hat mich wieder. Ich befinde mich inmitten einer quietschenden und tobenden Horde von Kindern und habe keine Veranlassung mehr, weiter über die Höhen und Tiefen meiner journalistischen Karriere nachzudenken. Vielmehr denke ich: Wie überaus gut doch mein puderzuckerbestäubter Superkuchen auf dem Buffet aussieht – kein Mensch wird erkennen, dass er hinten an einer Stelle ein bisschen angebrannt ist. Und: Wie glücklich Lina und Timo sind, weil ich endlich mal ein bisschen Zeit habe, um ihre Bastelarbeiten im Kindergarten ausgiebig zu würdigen.

»Schau mal, Mama, das hab ich ganz allein gemacht!«

Lina hält mir ein bunt beklebtes Zottelmonster aus Klorollen und Krepppapier entgegen.

»Das bist du«, erläutert sie.

»Oh, tatsächlich? Äh, klar. Super, Lina. Das sieht toll aus.«

Liegt es an dem ungeeigneten Bastelmaterial, oder hat meine Tochter tatsächlich so eine abwegige Vorstellung von der optischen Erscheinung ihrer Mutter? Sollte ich mich mehr um meine Figur und meine Garderobe kümmern?

Timo zeigt mir ein DIN-A3-Blatt mit aufgeklebten Papierschnipseln, hauptsächlich in den Farben Blau (außen) und Rosa (innen).

»Eine Rakete«, erklärt er mir. »Eine Rakete, da ist ein Assonaut drin, und der fliegt auf den Mond.«

Logisch. Eine Rakete, was sonst. Hat es eine tiefere Bedeutung, dass mein Sohn eine rosarote Rakete bastelt?

»Die ist ja total doof, deine Rakete!« Lina hält sich nicht lange mit psychotherapeutischen Fragestellungen auf. »Raketen sind doch silbern und nicht rosa.«

»Doch, meine Rakete ist rosa, weil – weil der Assonaut die vorher rosa angemalt hat.«

Na also. Es gibt wie immer für alles eine vernünftige Erklärung. Und die korrekte Aussprache des Wortes Astronaut wird mein Sohn auch noch lernen. Ich bin stolz. Ich habe so ungemein intelligente Kinder!

»Das Programm beginnt, bitte setzen!«, ruft Frau Härtling und klatscht in die Hände. Neben Irene, dreiundzwanzig anderen Müttern und einigen versprengten Vätern nehme ich Platz auf einem der winzigen Holzstühlchen, die an der Wand im Gruppenraum aufgereiht sind. In der Mitte sammeln sich die Kinder zu einem zappeligen Ensemble.

Frau Härtling hält eine kurze Ansprache:

»Herzlich willkommen, liebe Eltern, zu unserem diesjährigen Sommerfest. Wie in jedem Jahr haben sich die Kinder seit Wochen darauf vorbereitet und möchten Ihnen jetzt etwas vorführen.«

Erwartungsvoller Applaus aus dem Publikum, dann setzt ein sehr vielstimmiger Kinderchor an. Frau Härtlings kräftiger Sopran dominiert und lässt erahnen, um welche Melodien es gehen soll. Soweit ich den liedähnlichen Darbietungen folgen kann, handeln sie mit viel Trarira und Juchhe von grünen Feldern und dunklen Wäldern, vom fröhlichen Wandersmann, von Bergen, Bächen und Seen und natürlich von der lustigen Apfelernte. Was man halt so singt, bevor man Kontakt zu den US-Charts aufnimmt.

Lina und Timo stehen in der ersten Reihe und wirken sehr engagiert. Ich habe gar nicht gewusst, wie gut sie singen können. Ich nehme an, dass sie gut singen, ihre Stimmen lassen sich in dem akustischen Gewirr nicht eindeutig identifizieren. Lina wendet ihren Blick nicht von der energisch dirigierenden Gruppenleiterin ab. Timo grinst mich an, während er seine Lippen gelegentlich bewegt, und zwirbelt mit beiden Händen an den Kordeln seines Kapuzenpullis. Nach einer Weile steckt er eine der Kordeln in den Mund. Dann auch die andere. Das mit der Konzentration müssen wir noch üben.

Als die Kinder endlich fertig sind, klatschen alle Eltern so begeistert, dass Frau Härtling wahrscheinlich am liebsten noch eine Zugabe angeordnet hätte. Sie schwitzt und strahlt und winkt inmitten der Schar schwitzender, strahlender und winkender Kinder. Aber offenbar ist das Repertoire der jugendlichen Sänger erschöpft, und es wird nicht mehr weiter musiziert, sondern zur Stärkung ans Kuchenbuffett gebeten.

Zeit für Small Talk.

»Fein, dass Sie es geschafft haben, an unserem Sommerfest teilzunehmen«, spricht mich Frau Härtling an. »Man merkt richtig, wie Ihre Kinder sich freuen, dass die Mama auch mal mit dabei ist.«

»Ich freue mich auch«, sage ich artig.

»Und Ihr Birnenkuchen schmeckt ausgezeichnet.« Frau Härtling lächelt und winkt mir mit ihrer weißen Plastikgabel zu. Ehe mir eine geeignete Reaktion einfällt, hat sie sich schon zu der nächsten Kindergartenmutti vorgearbeitet.

Irene kommt auf mich zu. An ihrer Seite ihr Gatte, ein ernster reiferer Herr in feinem Bürozwirn, mit Schlips und weißem Kragen. Er wirkt etwa so wie ein Pinguin, der in einen Schwarm Wellensittiche geraten ist. Aber er hält sich tapfer und grüßt mit steifem Nicken.

Irene ist die Begeisterung in Person:

»Tolles Fest, oder? Die Kinder haben sich so viel Mühe gegeben. Ich finde es herrlich. Mein Mann hat sich heute Nachmittag extra freigenommen, damit er dabei sein kann. Und Nele darf ausnahmsweise mal ihren Ballettunterricht ausfallen lassen. Die Gemeinschaft im Kindergarten ist uns einfach zu wichtig.«

»Oh ja, unbedingt.« Donnerwetter, denke ich, es gibt doch tatsächlich Väter, die den Dienst in der Firma sausen lassen, um ihren Sprössling zum Kita-Sommerfest zu begleiten. Ich glaube, Stefan weiß nicht einmal, was hier heute los ist.

»Und Nele singt so gern!«, redet Irene weiter. »Sie hatte immer schon so viel Spaß an Musik. Mein Mann und ich überlegen jetzt, ob Nele mit Geigenunterricht anfangen soll oder doch lieber mit Klavierstunden. Man muss die Talente der Kinder ja so früh wie möglich fördern, nicht wahr?«

»Oh ja. Unbedingt.« Ich schiebe mir schnell ein Stück Kuchen in den Mund, um einen Grund zu haben, nicht weiter darauf eingehen zu müssen. Ich kaue und staune. Ballett, Geigenunterricht, Klavierstunden … Wow! Von Neles Freizeitaktivitäten sind Lina und Timo nicht nur aus finanziellen, sondern auch aus logistischen Gründen meilenweit entfernt. Mache ich vielleicht doch etwas falsch, weil sich meine Kinder in ihrer Freizeit mit Schaukel, Wippe und dem Vortrag von Zwergengeschichten begnügen müssen, anstatt etwas kulturell Bedeutsames wie Ballett oder Musikunterricht zu erleben? Wahrscheinlich hat Nele auch schon *Don Giovanni* in der Oper bewundern dürfen. Ob ich mal mit Stefan über die Weiterbildung unserer Nachkommen verhandeln sollte?

SAMSTAG, *19:03*

Es kann losgehen. Bis morgen Abend habe ich sturmfreie Bude. Stefan hat die Kinder einigermaßen pünktlich abgeholt, ich habe den Nachmittag mit XXL-Körperpflege in der Badewanne verbracht.

Der Abend meines Lebens beginnt. Ich verlasse das Haus auf Miriams Schlangenlederstelzen. Da wird er staunen, der Herr Anwalt!

Glücklicherweise habe ich mein Auto nicht weit weg geparkt, so dass ich mit den unbequemen Schuhen nicht lange laufen muss.

Ein Wagen von Hallo Pizza steht in zweiter Reihe auf der Straße und hat mich komplett zugeparkt.

Na ja, denke ich, ich liege gut in der Zeit, und ein Pizzabote braucht ja normalerweise nicht lange, um seine Kartons abzuliefern. Ich bleibe entspannt, obwohl die Schuhe ein bisschen drücken. Aber auch nach fünf Minuten ist weit und breit kein Hallo-Pizza-Mensch zu sehen.

Ich steige ins Auto und hupe ein paarmal. Nichts rührt sich. Die Straße ist im Samstagsabendschlaf versunken.

Jetzt werde ich doch unruhig. Wo bleibt der denn so lange! Noch mal hupen, noch mal vergeblich.

Verdammt! Wenn ich einmal wirklich pünktlich bin, dann passiert mir so was! Soll ich jetzt meinen Traumabend mit meinem Traummann wegen eines trödelnden Pizzaboten verpassen?

Nach zehn Minuten sprinte ich – soweit das meine Stöckelschuhe zulassen – zum Haus zurück und klingele Sturm bei Miriam.

Andis Stimme knarrt aus der Gegensprechanlage.

»Ist Miriam zu Hause?«, schreie ich.

»Bist du das, Sophie? Miriam ist im Body-Club.«

»O nein, wie blöd! Andi, kannst du mir helfen? Jemand hat mein Auto zugeparkt, und ich muss sofort los. Ich hab Karten für die Oper.«

»Soll ich dir ein Taxi rufen?«

»Ich fürchte, dazu ist es zu spät. Wer weiß, wie lange es am Samstagabend dauert, ein Taxi zu bekommen! Eigentlich muss ich jetzt wirklich sofort losfahren. Kannst du vielleicht …«

»Na schön. Ich komme runter.«

»Danke, Andi, du bist meine Rettung.«

Während ich vor der Haustür warte, sehe ich, wie der Pizzabote aus dem Nachbarhaus kommt, ins Auto steigt und wegfährt. Wahrscheinlich hat er sich mit seinem Lieblingskunden eine Pizza Napoli geteilt und eine Flasche Lambrusco gleich dazu. Der Blödmann. Wie auch immer, jetzt ist es jedenfalls zu spät, um Andi wieder abzusagen. Falls ich am Abend noch ein Glas Wein zu mir nehme, ist es sowieso besser, mit dem Taxi nach Hause zu fahren.

»Gut schaust aus!«, sagt Andi zwei Minuten später und hält mir grinsend die Beifahrertür seines Autos auf. »Schicke Schuhe!«

19:10

Andi lässt mich vor der Oper aussteigen. Zehn Minuten Verspätung. Hoffentlich wird meine Abendbegleitung nicht schon ungeduldig. Ich stöckele so schnell und doch so würdevoll wie möglich die Stufen zum Eingang hinauf. Wie ein Weltstar komme ich mir vor, als ich zwischen den hohen Säulen hindurchgehe, nein: schreite.

Im Foyer der Oper herrscht schon ein atemberaubendes Gedrängel und Gemurmel. Männer in schwarzen Anzügen, Frauen mit blitzenden Klunkern an Hals und Ohren, Champagnergläser funkeln. Großartig. Genau meine Welt! Warum gönne ich mir eigentlich nicht öfter einen Opernabend?

Allerdings bin ich eine der sehr wenigen weiblichen Personen, die kein langes Abendkleid trägt, genauer gesagt sehe ich überhaupt keine Frau in einem Kleid, das irgendeinen Teil der Beine frei lässt, was mir peinlich ist. Denkt mein Anwalt jetzt, ich kann mir keine Abendrobe leisten?

Ich probiere in Gedanken ein paar Erklärungen aus: Ich war erst vor ein paar Tagen auf einem Ball, und das lange Kleid ist in der Reinigung nicht fertig geworden. Oder: Kurz bevor ich aufbrechen wollte, haben mich meine Kinder mit ihren Schokoladenhänden umarmt, und ich musste mir schnell etwas anderes anziehen.

Eine wirklich gute Ausrede fällt mir im Moment nicht ein. Es ist jetzt auch viel wichtiger, Dr. Roland Wagenbach zu finden. Wo steckt er bloß?

Ich fürchte, sämtliche 2101 Opernbesucher haben sich heute Abend am Eingang verabredet. (So viele Sitze hat das Nationaltheater. Das habe ich bei meinen Recherchen für das Solowjow-Interview erfahren.) Ich zwänge mich durch die wohlfrisierten, geschminkten, nach allen Düften des Orients riechenden Menschenmassen. Jedenfalls falle ich mit meiner üppigen Kosmetik hier nicht aus dem Rahmen. Allerdings bemerke ich, dass mein rechter kleiner Zeh wehtut.

Von Roland Wagenbach ist weit und breit nichts zu sehen. Entweder hat er mich mit seiner Zusage angeschwindelt und ist überhaupt nicht gekommen, oder er ist angesichts meiner unzumutbaren Verspätung empört wieder abgedampft. Ich spüre, dass sich meine Mundwinkel vor Enttäuschung bereits verdächtig der Erdanziehungskraft hingeben. Mein linker kleiner Zeh tut jetzt auch weh.

»Hallo, Sophie! Das ist ja eine Überraschung!«

Ich drehe mich um und stehe Dieter gegenüber. An seiner Seite lächelt sanft eine sehr dünne, sehr große, sehr orientalische Schönheit in einem ebenso bodenlangen wie bodenlos tief ausgeschnittenen dunkelblauen Seidenkleid. Na, der hat sich ja nach dem misslungenen Abend bei mir schnell getröstet.

»Oh, hallo, Dieter!«

Ich kann nicht verhindern, dass mein Blick in den Ausschnitt seiner Damenbegleitung fällt und dort für eine Weile hängen bleibt.

»Das ist Fariba, meine neue Assistentin«, erklärt Dieter schnell. »Sie arbeitet erst seit Kurzem in unserer Firma. Wir sind quasi dienstlich hier. Ihre Familie kommt aus dem Nahen Osten, und sie interessiert sich sehr für deutsche Kultur, da wollte ich unbedingt, dass sie mal eine Oper kennenlernt.«

»Da ist Mozarts *Don Giovanni* natürlich genau das Richtige!«, entfährt es mir. Ich weiß nicht, wobei genau ihm die Dame assistiert, aber nach einer rein dienstlichen Beziehung sieht das nicht aus, so begeistert, wie er sie angrinst.

Empörung wallt in mir auf. Ob diese Fariba schon in der Warteschleife stand, als er mich kennenlernte? Sozusagen als Ersatzfrau, falls das mit mir (der Risikokandidatin!, der Mutti!) nicht klappen sollte? Wieso überhaupt kriegt dieser Dieter jede Frau, die ihn interessiert? Warum kommen mir die Männer immer abhanden? Und vor allem: Wo bleibt meine Abendverabredung?

Das fragt sich Dieter offenbar auch. »Bist du allein hier?«
»Nein, eigentlich nicht.« Ich blicke mich suchend um. »Ich bin mit einem – äh – Bekannten verabredet, er ist aber noch nicht da.«

»Der wird schon kommen!« Dieter tätschelt mir gönnerhaft grinsend die Schulter. »Wäre doch schade, so einen schönen Opernabend allein verbringen zu müssen.«

Wie um zu zeigen, dass ihm dieses Schicksal nicht droht, weil er in guter Gesellschaft ist, legt er seinen Arm um Fariba und winkt mir mit dem anderen einen kurzen Abschiedsgruß zu – »Na, dann viel Spaß noch, Sophie!« –, bevor er sich mit seiner blauseidenen Exotin durch die Menge davonschlängelt.

Miriam hat recht. Dieter ist ein absoluter Vollidiot. Ein Egoist, ein Chauvinist, ein rücksichtsloser Rüpel, ein Frauenverschleißer. Was habe ich bloß von dem gewollt? Am liebsten wäre ich ihm nachgerannt und hätte ihm meinen (Miriams!) mörderischen Absatz in den Hintern gerammt und ihm lauter böse Wörter nachgerufen, von denen mindestens eins mit A anfängt. Aber natürlich weiß ich mich zu benehmen und bleibe unschlüssig und unglücklich stehen.

Jetzt tun mir nicht nur die Zehen weh, sondern auch die Fersen. Alle beide.

Ein kurzer Blick auf meine Armbanduhr sagt mir: noch gut fünf Minuten bis zum Beginn der Aufführung. Ich kann nicht glauben, dass er nicht kommt. Gerade als ich dabei bin, mich abgrundtiefer Melancholie hinzugeben, da höre ich von irgendwo ein »Hallo, Frau Freitag!«

Ich fahre hoch, und die Sonne geht auf. Ach was, es geht eine ganze Galaxie auf. Roland Wagenbach steht vor mir und hält in jeder Hand ein Glas Champagner.

»Ich hab Sie hereinkommen sehen«, sagt er. »Da habe

ich gedacht, es wäre doch stilvoll, Sie gleich mit einem Glas Champagner zu begrüßen, und bin an die Sektbar gelaufen. Aber der Barkeeper kannte kein Erbarmen und hat erst die hundert anderen Leute bedient, die vor mir in der Schlange standen. Immerhin habe ich es noch vor dem ersten Akt geschafft, etwas zu trinken zu ergattern! Auf einen wunderbaren Opernabend – und vielen Dank für die Einladung!«

Er reicht mir ein Glas, und wir stoßen vorsichtig an.

»Gern geschehen!«, strahle ich. Der doofe Dieter ist auf einmal mindestens so lange her wie ein Plusquamperfekt. Vor mir steht der hinreißendste Mann des Universums, der sich nur für mich in Schale geworfen hat. Er trägt sogar eine Fliege!

Gibt es eigentlich schon wissenschaftliche Untersuchungen darüber, warum gewisse Menschen immer schöner werden mit jedem Mal, wenn man sie sieht? Ich werde das bei Gelegenheit recherchieren. Vielleicht wird ja ein Artikel daraus.

»Auf *Don Giovanni*!«, rufe ich aus. »Auf Mozart, auf Dimitri Solowjow!«

Und nach den ersten Schlucken höre ich: »Sie sehen großartig aus, vor allem in dem tollen Kleid!«

»Wirklich? Gefällt es Ihnen? Eigentlich wollte ich ja mein richtig langes Abendkleid anziehen, aber beim Probelauf habe ich festgestellt, dass es mir nicht mehr passt. Ich hatte es wohl schon länger nicht mehr angehabt. Ich gehe nicht so oft in die Oper.«

Raus ist die ganze grässliche Wahrheit. Aber irgendwie ist es gar nicht schlimm. Überhaupt nichts ist schlimm, wenn man seit sechs Stunden nichts mehr gegessen und dafür ein paar Schlucke Champagner getrunken hat und dem diesmal wirklich wunderbarsten Mann gegenübersteht, der einem in seinem Leben begegnet ist. Und der den charmantesten Kommentar zu meiner Fehlgarderobe abgibt, den man sich nur denken kann:

»Ich bin froh, dass Sie kein langes Kleid tragen. Wäre doch schade um Ihre schönen Beine!«

Seine Worte enden in einem feierlichen Gongschlag. Wir stürzen den Rest Champagner hinunter und machen uns auf den Weg in den Saal. Er bietet mir seinen Arm an, und ich hänge mich glücklich ein, um unter den gewaltigen kristallenen Kronleuchtern über den dicken roten Teppich zu stolzieren. Seht, welch ein Mann!

Kaum ist das Licht im Saal ausgegangen, schlüpfe ich aus den engen Schuhen und wackele mit den Zehen. Soweit ich das beurteilen kann, ist noch Leben drin.

22:56

Der Abend entwickelt sich gut bislang. Wir sitzen im Schumann's und trinken Wein. Nach der Oper sind wir mit dem Taxi hergefahren. Normalerweise wäre es sicher schneller gewesen, zu Fuß zu gehen, aber mein Held des Abends hatte Mitleid mit seiner Highheel-geschädigten Begleiterin und spendierte uns eine Droschkenfahrt einmal um den Häuserblock.

Jetzt sitzen wir also einander gegenüber an einem kleinen Tisch am Fenster, und zwischen uns flackert ein Kerzenlicht.

»Ich schlage vor, wir beenden den formellen Teil dieses Abends.« Er hebt sein Rotweinglas. »Ich bin Roland.«

»Sophie«, sage ich glücklich. Der Abend entwickelt sich immer besser. Der tolle Anwalt und ich sagen du zueinander. Das Rendezvous verläuft exakt nach dem Idealdrehbuch.

»Was hat mir eigentlich die Ehre verschafft, in die Oper eingeladen zu werden?«

Ich habe vom Hauptdarsteller zwei Pressekarten geschenkt bekommen und wusste keine bessere Verwendung dafür, als dich mit einer Operneinladung anzubaggern – das klingt nicht nach der geeigneten Antwort.

»Nimm es als kleine Entschuldigung für den Unfall«, sage ich also, »bevor die Versicherung den Rest erledigt. Ich hoffe, Dimitri Solowjow hat dir als Don Giovanni gefallen?«

»Es war wunderbar!«

Während ich überlege, ob Roland jetzt erwartet, dass wir in ein vertiefendes Gespräch über die Besonderheiten von Mozart-Opern einsteigen oder über die phänomenale Virtuosität der Solowjow'schen Stimme, fragt Roland: »Hast du Lust auf eine kleine Runde *Wer bin ich*?«

Das klingt wie eine Drohung. Wahrscheinlich schaue ich ziemlich entsetzt.

»Keine Angst«, sagt er, »es ist nichts Schlimmes. Bloß eine nette Art, sich kennenzulernen. Jeder schreibt drei Fragen auf, die der andere beantworten muss.«

»Das ist ja wie beim ...« Partnersucheportal im Internet, hätte ich fast gesagt. Aber ich behalte dann doch lieber für mich, dass ich da kürzlich vor lauter Liebeskummer herumgesurft habe. Heute will ich als souveräne, selbstbewusste und mit ihrem Leben überaus zufriedene Frau wahrgenommen werden. »Kindergeburtstag!«, sage ich. »Das ist ja wie beim Kindergeburtstag.«

Roland zieht einen gefalteten weißen Zettel und einen schmalen Kugelschreiber aus der Innentasche seines Jacketts. Er reißt das Blatt in zwei Hälften und schiebt mir eine davon zusammen mit dem Kugelschreiber zu. Na, der ist ja auf diesen Abend bestens vorbereitet!

»Du fängst an«, erklärt er. »Drei Fragen bitte, von denen du dir Aufschluss über meinen bisherigen Lebensweg und meinen Charakter erhoffst. Es gibt keine Tabus. Aber nicht vergessen: Gleich bin ich dran …«

Na gut. Dank meiner Recherche bei Premiumpartner weiß ich ja, worauf es ankommt, wenn man die Untiefen einer menschlichen Seele erforschen möchte. »Bist du mit deinem Leben zufrieden?« passt im Moment irgendwie nicht.

»Was war in dieser Woche der schönste Augenblick für dich?«, schreibe ich flott auf meinen Zettel. »Welche Eigenschaften magst du an einer Frau am meisten?« (Die Formulierung »an deiner Partnerin« wäre vielleicht etwas zu direkt.) Für die dritte Frage muss ich eine Weile nachdenken. »Sind Sie sportlich?« klingt etwas zu langweilig. Fragen nach seinem Sternzeichen, seinem Alter oder seiner Körpergröße finde ich unergiebig. Ich wähle den Klassiker aus dem Ratgeber *Tipps zur Vorbereitung auf das berufliche Bewerbungsgespräch* und schreibe: »Was war dein bisher größter Erfolg?«

Dann quetsche ich noch ein »Miss-« vor den Erfolg. Ich glaube, ich habe mal gelesen, dass das die interessantere Variante ist.

»Das ging aber schnell«, sagt Roland, als ich ihm das Papier zurückgebe, und studiert meine Fragen eingehend.

»Sehr interessant. Der schönste Augenblick der Woche, hm … Ich bin mir nicht sicher, ob es der Moment war, als du gegen mein Auto gefahren bist. Ich fürchte, da habe ich mich noch ein bisschen über die hektische Frau geärgert, die da im Stau so gedrängelt hat. Es war eher der Tag, an dem du mich in meiner Kanzlei überrascht hast, um mir diesen bescheuerten Schirm meiner Exschwiegermutter zurückzubringen. Ich war ganz gerührt.«

Also doch Schwiegermutter. Ex. Geschieden. Gut.

Roland macht sich schon Gedanken über meine zweite Frage.

»Die Eigenschaften meiner Traumfrau? Na, das ist doch ganz klar: häuslich, folgsam, bescheiden, kinderlieb … Haha. Keine Sorge, das war ein Scherz.«

Ich lache mit. Logisch, hahaha, diese Charaktereigenschaften haben vielleicht die Traumfrauen des vorvorigen Jahrhunderts ausgezeichnet. Heute ist eine Frau von Welt natürlich eher global unterwegs, egoistisch und karrieregeil. Aber das letzte Adjektiv seiner Aufzählung gibt mir dann doch zu denken. Der Mann hat doch hoffentlich kein Problem mit Kindern?

»Jetzt im Ernst«, fährt er fort. »Was ich an einer Frau mag, ist genau das Gegenteil: Wenn sie genau weiß, was sie will, wenn sie spontan und unternehmungslustig ist, wenn sie Spaß an ihrem Job hat und beruflich vorankommen will. Hey – das sind ja genau die Eigenschaften, die dich auszeichnen. Oder nicht?«

»Unbedingt!«

Ich fühle mich sehr geschmeichelt. Hält Roland mich tatsächlich für eine coole Karrierefrau? Wie kommt er denn darauf? Nur weil ich bei Luigi ein bisschen mit meinem Dasein als Lokalreporterin angegeben habe? So hat mich ja noch keiner gesehen. Sonst halten mich die meisten Männer eher für eine unorganisierte Chaotenmutti.

Das wäre jetzt eigentlich genau der richtige Moment, um ihm über mein von Prinzessin Lillifee und Spongebob geprägtes Leben zu erzählen und voller Begeisterung über meine gelungene Nachkommenschaft die entsprechenden Fotos aus meiner Geldbörse zu ziehen, wie ich es sonst so gerne mache. Aber irgendwie passt es nicht zur Stimmung. Später!

Roland ist gerade bei der Beantwortung meiner letzten Frage.

»Mein größter Misserfolg. Mal nachdenken … Mein größter Misserfolg in den vergangenen vierundzwanzig Stunden war jedenfalls, dass ich es nicht geschafft habe, dich am Eingang der Oper mit einem Glas Champagner zu empfangen. Ich werde mir nie verzeihen, dass du so lange auf mich warten musstest.«

Wie ungemein charmant er ist. Mir wird ganz warm. Ich liebe dieses Kennenlernquiz.

»Jetzt bin ich dran.« Roland nimmt Papier und Kugelschreiber und schreibt seine drei Fragen in akkurat gestochener Handschrift. (Herrje, sogar seine Handschrift ist wunderschön!) Besonders lange muss auch er nicht nachdenken. Ich schätze, er hat dieses Wer-bin-ich-Spielchen schon öfters gespielt. Aber mein Selbstvertrauen kann heute nichts mehr erschüttern, so wohl fühle ich mich.

Ich widme mich seinen Fragen. Erstens: »Welches Musikstück hat dein Leben geprägt?«

Ach, du liebe Zeit. Mir fallen sofort Céline Dions »My Heart Will Go On« und Claude Debussys »Clair de Lune« ein. Ich habe den Eindruck, dass die beiden Lieder in jüngster Zeit bei mir ein schweres Männertrauma ausgelöst haben. Beide sind unverrückbar mit der Erfahrung verknüpft, dass Männer vor mir immer Reißaus nehmen, bevor es ernst wird. Aber ich will Roland nicht gleich mit meinen Psychosen belasten. Vielleicht sollte ich tiefer in meiner Vergangenheit kramen. Zurück in die frühe Jugend, das ist unverfänglicher.

»›Highway to Hell‹ von AC/DC«, sage ich. »Das haben sie bei uns immer am Schluss der Schulpartys gespielt, und ich fand es klasse. Dabei habe ich zum ersten Mal richtig rumgeknutscht, mit Philipp Maier aus der 9b. Hinterher sind wir ungefähr sechs Wochen miteinander gegangen, bevor er mich wegen Sandra aus der Parallelklasse verließ, der Schuft. Ich hatte tagelang Liebeskummer. Kein Wunder: Wenn eine Beziehung auf der Straße zur Hölle anfängt, ist das kein gutes Omen, oder?«

»Wahrscheinlich nicht. Du Arme. Ich hoffe, du hast den Verlust inzwischen verwunden?«

»Ich glaube schon«, sage ich und denke: Spätestens heute Abend bin ich auf dem besten Wege dazu, und wenn ich es recht bedenke, hat meine Männerpsychose tatsächlich schon mit fünfzehn angefangen, mit Philipp Maier in der neunten Klasse.

Nächste Frage: »Wen würdest du unbedingt mitnehmen auf eine einsame Insel?«

Sehr gefährlich! Wahrscheinlich würde er gerne hören: Dich! Aber die einzig ehrlich Antwort lautet: meine beiden Kinder. Ohne Lina und Timo würde ich nirgendwohin gehen, nicht auf die tollste tropische Trauminsel. Allerdings bin ich noch immer nicht in Stimmung, um mit Roland die Details meiner Familiensituation zu besprechen. Erst mal will ich meinen neuen Status als bewundernswerte Superkarrierefrau genießen. Es wird sich schon eine Gelegenheit ergeben, Roland von meinen beiden Süßen zu erzählen.

Ich starre auf seine Frage, und dann fällt es mir ein: »Ich würde jemanden mitnehmen, der eine Kokosnuss mit bloßen Händen knacken kann.«

Hundert Punkte für mich. Ich habe die bedrohliche Klippe elegant umschifft.

»Wie stellst du dir dein Leben in zehn Jahren vor?«

Na, der hat wohl auch schon mal in einem Bewerbungsratgeber geblättert. Soll ich ehrlich sein? In zehn Jahren sitze ich Hand in Hand mit dir und unseren zwei bis fünf

Kindern zwischen Rosenstöcken und Lavendelbüschen im Garten unseres Landhauses in Südfrankreich und blicke auf den Sonnenuntergang hinter dem golden schimmernden Mittelmeer ...

Blödsinn. Schon wieder bricht die hoffnungslose Romantikerin mit Wunsch nach einer heilen Großfamilie in mir durch.

Ich sage etwas ganz anderes, nämlich: »In zehn Jahren bin ich längst Chefredakteurin unseres Blattes und habe soeben den Leiter der Kulturredaktion wegen unüberbrückbarer Differenzen entlassen.« Lydia und Claus-Henning werden von diesen aberwitzigen Phantasien ja nie etwas erfahren ...

0:15

Wir machen uns auf den Weg zum Taxistand am Odeonsplatz. Ich trage meine Schuhe in der Hand und gehe die paar Meter auf Strümpfen. Egal, ob die Nylons Laufmaschen bekommen und ob die anderen Leute mich blöd angucken: Ich kann in Miriams verdammten Tretern keinen Schritt mehr gehen.

»Ich fühle mich wie die böse Schwester von Aschenputtel. Ich hab eindeutig die falschen Schuhe angezogen.«

»Den Prinzen kannst du aber meinetwegen trotzdem bekommen«, sagt Roland und bleibt stehen. Daraufhin muss ich ihn leider küssen. Wie ich feststelle, hat er kein Problem damit.

»Was machst du morgen?«, fragt Roland nach gefühlten zehn Minuten Herumknutschen.

»Du meinst heute? Ich schätze, ich werde erst mal ausschlafen und dann auf deinen Anruf warten.«

»Wir können uns auch gleich verabreden.«

Das tun wir. Spazieren gehen im Englischen Garten. Treffpunkt zwölf Uhr vor dem Zuckerwattestand am Chinesischen Turm.

Noch sieben bis acht Taxis kommen und fahren, während wir uns weiterküssen, bis ich kalte Füße habe bis zum Knie. Dann steige ich in einen Wagen, und Roland steigt in einen anderen, wir winken uns durch die Scheiben noch mal zu, und dann ist er weg.

1:18

Ich liege hellwach im Bett und höre meinem Herzklopfen zu.

Ich Vollidiot, denke ich. Wieso habe ich mir ausgerechnet heute keinen Herrenbesuch mit nach Hause genommen? In der einzigen Nacht seit langem, in der die Kinder nicht da sind, in der garantiert kein Pipimax die Romantik stört.

Na ja, dann kommt er eben beim nächsten Mal mit, sage ich mir. Das ist ja schließlich kein One-Night-Stand mit uns, das ist endlich wirklich die ganz große Liebe für immer und ewig. Da kommt es auf einen Tag mehr oder weniger Warten auch nicht an.

Dann denke ich noch kurz, dass mir ein bisschen wohler wäre, wenn ich ihn schon mit Lina und Timo bekanntgemacht hätte, aber dabei schlafe ich schon fast.

Sonntag, 17:21

Dieser Sonntag hat seinem Namen alle Ehre gemacht, und er wird als Highlight in die Geschichte meines Lebens eingehen. Noch im Schaukelstuhl als hundertjährige, zahnlose Oma werde ich meinen Urenkeln davon erzählen: wie Roland und ich Händchen haltend durch den Englischen Garten spaziert sind, wie wir im Ruderboot über den Kleinhesseloher See geschippert sind, neben all den anderen verliebten Pärchen, wie wir uns im Biergarten am Seehaus eine Maß Helles geteilt haben und eine dicke Breze, wie wir am Monopteros gesessen haben und uns alles übereinander erzählten: was wir gerne lesen (ich: Krimis, er: Science Fiction), was wir gerne hören (ich: sage mal für alle Fälle Popmusik und Klassik, er: na ja, Techno!), wohin wir gerne reisen (ich: Südfrankreich, er: auch! Hurra, endlich ein Treffer. Mein Traum vom gemeinsamen Leben im lila Lavendelgarten kann also wahr werden!), wie es kam, dass wir geheiratet haben und genauso schnell wieder geschieden wurden. (Ich sage: Treulosigkeit des Ehegatten, er: Unkenntnis des wahren Charakters seiner Ehegattin, was ja beinahe das Gleiche ist, oder?)

Nur eines habe ich komischerweise den ganzen Tag lang immer noch nicht geschafft: ihm von meinen Lieblingskindern zu erzählen.

Auch nicht, als er mir eine gute Gelegenheit dazu gibt: »Was machst du heute Abend?«

»Oh, heute? Ach, da … Oje. Da bin ich schon seit langem ganz fest mit Freunden verabredet.«

Lina und Timo sind meine besten Freunde. Stefan will sie um sechs zurückbringen. Das ist schon lange so vereinbart. Und Miriam will ich heute Abend auch noch treffen. Ich bin mit Freunden verabredet. Das ist die Wahrheit, nichts als die reine Wahrheit. Keine Lüge soll unsere aufkeimende Liebesbeziehung trüben.

»Das ist ja schade!« Roland sieht richtig enttäuscht aus. »Und ich dachte, wir zwei gehen nachher noch schön gemütlich was essen.«

»Ja, das wäre toll. Aber heute klappt es leider nicht. Und aufgeschoben ist ja nicht aufgehoben, oder?« Ich bemühe mich um ein halbwegs lässiges Grinsen, aber der Spruch klingt trotzdem einfach nur dämlich. »Ich muss dann auch wirklich allmählich los«, sage ich schnell. »Es ist ganz schön spät geworden.«

Vor allem ist es zu spät geworden, das Thema »mein Leben als Mama« anzuschneiden. Ich gebe zu, dass das Gespräch darüber mehr als überfällig ist. Aber jetzt muss ich nach Hause, und ich kann schließlich nicht einfach so herausplatzen damit, so in letzter Sekunde zwischen der Vereinbarung eines weiteren Treffens und dem Abschiedskuss! Ein solches Bekenntnis braucht einen etwas würdigeren Rahmen und vor allem ganz viel Zeit. Beim nächsten Mal rede ich sofort darüber, schwöre ich mir.

»Sehen wir uns in der Woche?«, fragt Roland. »Du kannst mich ja nach deinem Dienst mal wieder von der Kanzlei abholen.«

Nach meinem Dienst muss ich so schnell wie möglich zur Kita, um meine Kinder abzuholen. Und dann müssen wir einkaufen und Abendbrot essen und noch ein bisschen

Tierbaby-Memory spielen, und dann müssen die beiden ins Bett. Und ich gleich hinterher, falls ich nicht vorher noch ein paar Tonnen Schmutzwäsche oder dreckiges Geschirr zu bearbeiten habe. Bedauerlicherweise bin ich abends immer schrecklich müde. Ich bin eigentlich gar nicht die richtige Frau für eine normale Beziehung, in der man sich nach der Arbeit zum Essen trifft oder spontan mal ins Kino geht. Genau das alles werde ich Roland beim nächsten Mal sagen, wenn wir ein bisschen mehr Zeit haben. Und wenn er mich auch nur annähernd so toll findet wie ich ihn, dann wird er sagen: »Schatz, das macht doch nichts, das ist doch alles ganz wundervoll.«

Und wenn er mich nicht so toll findet? Na ja, das werde ich dann ja hören.

Jetzt sage ich so ernsthaft wie möglich: »Ach du, diese Woche wird der reine Horror. Ich habe so viele Termine, ich weiß noch gar nicht, wie ich die alle unterbringen soll. Aber ich rufe dich auf jeden Fall an, sobald ich den Durchblick habe.«

»Ja, mach das. Wäre schön, wenn du zwischen all deinen Texten und Terminen bald ein kleines Zeitfenster für mich einrichten könntest.«

Oh ja, und zwischen all meinen Bügelbergen und Bilderbüchern.

18:26

Auf einmal ist der Alltag wieder da. Jemand klingelt Sturm, und Sekunden später hört es sich so an, als würde eine Nashornherde durch das Treppenhaus poltern.

»Mama, wir sind's!«

Lina und Timo stürmen in die Wohnung.
»Wie war euer Wochenende, ihr zwei Süßen?«
Es ist großartig, die beiden im Arm zu haben.
»Sagt mir auch mal einer Hallo?«, murrt Stefan, der wenig später etwas gesetzteren Schrittes hereinkommt. Er sieht müde und abgekämpft aus und stellt die blaue Sporttasche mit den Kinderklamotten neben der Wohnungstür ab.
»Hallo! War alles in Ordnung?«, frage ich.
»Klar, war super!«, sprudelt Lina los. »Wir waren im Olympiapark und auf dem Turm, und dann waren wir Pizza essen und dann ...«
»Mein Dino Rex ist weg!«
Bevor Lina die lange Liste ihrer Wochenendvergnügungen mit Papa komplettieren kann, stellt Timo fest, dass er sein derzeitiges Lieblingsspielzeug in Stefans Wohnung vergessen hat, eine grün-schwarze Scheußlichkeit aus Plastik, ohne die ihm sein Leben aber offenbar nicht besonders lebenswert erscheint. Er stößt jedenfalls ein markerschütterndes Gejaule aus und ist weder durch einen kräftigen Schubser noch durch aufmunternde Worte seiner großen Schwester (»Heul doch nicht so rum, du Baby!«) zu besänftigen. Ganz im Gegenteil: Mit empörtem Schwung schlägt er ihr seinen kleinen blau-rot karierten Rucksack in den Rücken (»Bin überhaupt kein Baby, du Doofe du!«), was sie sich wiederum nicht bieten lassen will, weshalb sie schreiend zurückhaut. Kurzum, innerhalb weniger Sekunden ist in der Enge zwischen Schuhregal und Schirmständer die schönste Kinderkeilerei im Gange.
»Hey«, ruft Stefan und zieht Timo zu sich heran, der heftig schreiend um sich tritt. »Was ist denn mit euch auf einmal los? Ihr habt doch das ganze Wochenende über so viel Spaß gehabt.«

Ja, denke ich. Volles Papiprogramm nonstop und wenig Zeit zum Schlafen, das ist ja gerade das Problem.

Ich stelle mir vor, wie Roland sich mitten in diesem Chaos machen würde. Der smarte Herr Wagenbach in seinem edlen Anzug und den feinen Schuhen zwischen zankenden Kindern und einem bunten Haufen Jacken, Gummistiefeln und Spielzeug auf dem Boden. Darüber will ich lieber nicht länger nachdenken.

Ich habe ja noch ein bisschen Zeit, ihn auf mein wahres Leben vorzubereiten.

»Kommt jetzt, hört auf zu streiten, Papa bringt dir deinen Dino Rex beim nächsten Mal wieder mit, Timo. Jetzt wascht euch die Hände, es gibt Abendessen!«

Während sich Timo noch immer heulend zu einem Sitzstreik auf dem Teppich niederlässt, hängt Stefan netterweise die Kinderjacken an den Haken und stellt die Gummistiefel auf.

»Was läuft eigentlich an Linas Geburtstag? Bin ich zum Kaffeetrinken eingeladen?«

Unsere Tochter wird am Donnerstag fünf. Ich muss noch eine Torte backen, fünf rosa Kerzen besorgen und die Geschenke einpacken. Immerhin habe ich das wichtigste schon vor ein paar Wochen gekauft: das Barbiepony Seidenzauber mit abnehmbaren, bunt glitzernden Schmetterlingsflügeln, die man als Haarspangen tragen kann. Linas Herzenswunsch. Da durfte auf keinen Fall etwas schiefgehen, deshalb habe ich mich rechtzeitig darum gekümmert. Manchmal bin ich wirklich gut organisiert. Allerdings gibt es trotzdem noch jede Menge vorzubereiten. Ich frage mich, wo ich in den nächsten Tagen das versprochene Zeitfenster für Roland finden soll.

»Klar kommst du«, sage ich zu Stefan. »Lina hat ein paar

Freunde aus ihrer Kindergartengruppe eingeladen. Ich kann einen zweiten Dompteur gut gebrauchen ...«

»Bin dabei. Also bis Donnerstagnachmittag.«

»Ja, bis dann. Vergiss das Dinomonster nicht!«

»Auf keinen Fall«, grinst Stefan. »Kim wird schon dafür sorgen, dass ich es ganz schnell aus der Wohnung schaffe.«

21:19

»Na, wie war dein Wochenende?«

Miriam schaut mich mit erwartungsvollem Lächeln an, als sie mir die Wohnungstür öffnet: »So wie du strahlst, muss es sensationell gewesen sein.«

»Sensationell wäre untertrieben!« Ich drücke ihr den Schuhkarton mit ihren Dolce & Gabbanas in die Hand.

»Vielen Dank hierfür. Die haben zwar gedrückt wie der Teufel, aber gewaltigen Eindruck gemacht haben sie trotzdem.«

»Dann haben sie ihren Zweck ja erfüllt. Komm rein. Hast du das Babyfon dabei?«

Klar habe ich. Der Funkkontakt reicht bis in Miriams Küche. Alles still im Kinderzimmer. Miriam gießt zwei Gläser Prosecco ein.

»Auf den neuen Mann in deinem Leben – Prost, Sophie! Und jetzt schieß los! Du brauchst kein schmutziges Detail auszulassen, Andi ist nicht zu Hause.«

Zwanzig Minuten später hat Miriam alle Einzelheiten erfahren.

»Wie?«, fragt sie. »Das war alles? Und dann lässt du den Kerl einfach allein nach Hause fahren? Was ist denn mit dir los, Sophie?« Ich zucke mit den Schultern, und sie fährt fort:

»Klingt wie ein Volltreffer, dieser Roland. Was sagt er zu deinen Kindern?«

Hm. Tja. Äh. Hier zögere ich mit der Antwort. Ich habe plötzlich wieder Rolands Gesichtsausdruck vor Augen, als er bei seiner ironischen Aufzählung über erstrebenswerte Charaktereigenschaften einer Frau spöttisch *kinderlieb* nannte.

»Wann wird er sie kennenlernen?«, setzt sie nach.

»Also, das weiß ich noch nicht so genau.«

»Na, ihr müsst doch darüber geredet haben. Wie hat er denn darauf reagiert, dass er bald Stiefvater wird?«

»Na ja«, winde ich mich. »Ehrlich gesagt, wir haben über so wahnsinnig viele Dinge gesprochen, ich bin noch gar nicht dazu gekommen, ihm von Lina und Timo zu erzählen.«

»Wie bitte? Sophie, das ist nicht dein Ernst! Du kannst nicht das Wochenende mit diesem Mann verbringen und ihm deine Kinder vorenthalten!«

»Es hat irgendwie noch nicht so richtig gepasst.«

Miriam sitzt da wie ein großes Fragezeichen, ein großes Fragezeichen in Fett, Kursiv und doppelt unterstrichen.

»Das kapier ich nicht«, sagt sie bloß.

»Na, ich werd ihm beim nächsten Mal alles haarklein erzählen. Ehrlich, ich fühl mich auch ein bisschen mies. Aber du weißt nicht, wie das ist, wenn man mal als supererfolgreiche Karrierefrau betrachtet und nicht gleich in die Muttischublade abgeschoben wird. Das ist ein ganz ungewohnter Status für mich. Ich wollte das ein bisschen genießen …«

»So ein Blödsinn: Muttischublade. Du hast wunderbare Kinder, und du liebst deine Kinder, und sie machen einen riesigen Teil deines Lebens aus. Wie soll dieser Mann dich richtig mögen, wenn er den entscheidenden Teil deiner Persönlichkeit nicht kennt?«

»Er soll mich ja kennenlernen. Und Lina und Timo natürlich auch. Aber es war einfach noch nicht der richtige Moment.«

»Und wann ist das, der richtige Moment? In der Hochzeitsnacht oder schon ein bisschen früher?«

»Red keinen Unfug, Miriam. Ich möchte eben nichts überstürzen.«

»Ich finde es durchaus nicht überstürzt, den Mann, in den man sich verliebt hat, beim zweiten oder dritten Treffen über die Eckpunkte der eigenen Familienverhältnisse aufzuklären.«

»Du kannst da gar nicht mitreden«, maule ich. »Du hast ja keine Kinder. Seit fünf Jahren werde ich immer nur als Mutter wahrgenommen. Mama hier, Mama da, und was machen denn die lieben Kleinen? Das ist ja auch ganz in Ordnung so. Aber weißt du, zwischendurch fühlt es sich auch mal wieder toll an, wie eine ungebundene, unabhängige, freie Frau aufzutreten.«

»Pff«, macht Miriam. »Eine ungebundene, freie Frau ... Ach Sophie, du bist doch keine Suppenschildkröte!«

»Wie, Suppenschildkröte?«

»Na ja, eine Suppenschildkröte kriecht einmal im Jahr aus dem Wasser und verbuddelt ihre Eier im Sand. Dann überlässt sie die Brut ihrem Schicksal, verschwindet wieder im Meer und gibt sich ungestört dem Liebesleben mit dem nächsten Schildkröterich hin.«

»Sei nicht gemein, Miriam. Du weißt genau, dass ich so nicht bin.«

»Natürlich nicht. Tut mir leid, Sophie. Ich will dich nicht kränken. Natürlich würdest du niemals deine beiden irgendwo allein zurücklassen, um dich zu vergnügen. Ich finde nur, dass du überhaupt keinen Grund hast, irgendetwas in deinem Leben vor irgendjemandem zu verstecken. Und deine beiden Süßen schon gar nicht.«

»Ich will ja auch niemanden verstecken. Ich will nur noch ein bisschen warten.«

Miriam schüttelt den Kopf und verdreht die Augen.

»Du spinnst, Sophie«, sagt sie. Aber immerhin lächelt sie dabei.

MONTAG, 14:10

Roland am Telefon: »Sehen wir uns nachher? Ich habe gegen fünf ein bisschen Zeit zwischen zwei Terminen. Wann bist du heute fertig?«

Ich bin nie fertig. Gegen fünf bin ich jedenfalls schon längst zum Kindergarten geflitzt und habe was zum Abendessen gekauft, und zwar mit meinen reizenden Nachkommen, von deren Existenz der großartige Herr Dr. Wagenbach ja bedauerlicherweise noch nichts erfahren hat.

Und in diesem Telefongespräch wird sich das auch nicht ändern: »Ich, oh, bei mir wird es heute wieder spät. Ich, äh, wir haben nachher noch ein wichtiges Meeting. Ich fürchte, das kann länger dauern.«

Genau genommen findet das Meeting in der Wichtelstube statt, und die einzigen Teilnehmer sind Frau Härtling und ich. Ich muss mit ihr noch besprechen, wie Linas Geburtstag in der Kita angemessen gewürdigt werden kann. Aber ein Meeting ist ein Meeting und ein ebenso triftiger wie bedauerlicher Grund, weshalb ich Roland heute nicht treffen kann.

DIENSTAG, *12:15*

»Hallo, Sophie, ich mache gerade meine kleine Mittagspause bei Luigi und denke an dich. Kannst du nicht schnell auf einen Kaffee vorbeikommen? Und wie sieht es eigentlich heute Abend aus? Wollen wir uns um acht zum Essen treffen?«

Rolands wunderschöne Stimme auf meiner Mailbox. Wie wahnsinnig gern ich ihn heute sehen würde! Es ist furchtbar. Zwei Tage sind seit Sonntag schon vergangen, und ich weiß immer noch nicht, wie ich es anstellen soll, mich mit ihm zu verabreden, ohne ihn mit der Tatsache zu konfrontieren, dass ich glückliche Mutter zweier lebhafter Sprösslinge bin. Heute muss ich die Wohnung für die Gästeschar der Geburtstagsparty auf Hochglanz bringen (beziehungsweise eher für deren Mütter, damit die nicht angesichts meiner üblichen, sagen wir mal: kreativen Wohnverhältnisse naserümpfend in der Tür stehen bleiben), ich muss Linas Geschenke verpacken und verschnörkeln und mit meiner Mutter telefonieren, um das weltbeste Rezept für eine Geburtstagstorte zu ermitteln.

»Heute klappt es leider auch nicht!« Ich bin so feige, dass ich meine Absage als SMS verschicke. »Habe noch einen riesigen Rechercheauftrag zu einem wichtigen soziokulturellen Projekt vor mir. Aber hoffentlich morgen! Kuss.«

Morgen? Spinne ich? Morgen laufe ich bei meinem wichtigen soziokulturellen Projekt zur Höchstform auf, da muss ich Geburtstagskerzen und bunte Servietten, Schokoküsse und Gummibärchen und lustige kleine Mitbringsel für Linas

Kindergartenfreunde kaufen und vor allem eine sensationelle Torte backen und mit jeder Menge Marzipanrosen und Zuckerperlen in allen biologisch korrekten Lebensmittelfarben dieser Welt verzieren. Mir ist jetzt schon ganz elend zumute, wenn ich daran denke, wie ich das alles schaffen soll. Morgen habe ich überhaupt keine Zeit.

»Morgen ist toll«, schnurrt Rolands Antwort-SMS auf meinem Handy ein. »Ich habe gerade erfahren, dass eine Gerichtsverhandlung auf nächste Woche verschoben worden ist, und kann früher Schluss machen. Ich freu mich auf dich. Ich hole dich um 16 Uhr am Zeitungshaus ab. Okay?«

Okay. Das nächste Rendezvous mit IHM. Na prima. Wirklich prima. Natürlich wäre es wunderbar, ihn endlich wiederzusehen. Fragt sich nur, wie ich mein Tagesprogramm auf die Reihe kriegen soll und wer sich solange um die Kinder kümmert. Stefan fällt aus, und Miriam ist den ganzen Tag in ihrem Fitnessstudio.

»Hallo Irene! Könntest du mir morgen Nachmittag einen riesengroßen Gefallen tun? …«

Ich höre am Telefon, wie Irene kurz zögert. Unterdrückt sie etwa ein genervtes Stöhnen? Wahrscheinlich denkt sie: Ach, nicht schon wieder diese Problemmutti! Aber dann siegt ihre gute Seele.

»Mach ich«, sagt sie. Irene verspricht, Lina und Timo von der Wichtelstube abzuholen und sie bis zum Abend zu sich nach Hause zu nehmen. Meine ellenlange Einkaufsliste muss ich irgendwann zwischendurch abarbeiten, und der Rest der Geburtstagsvorbereitung erfolgt eben mal wieder in Nachtarbeit. Ich weiß ja inzwischen, wie gut mir Kuchen gelingen, wenn ich sie zu fortgeschrittener Stunde backe. Schlafen kann ich in einem anderen Leben. Roland, ich komme!

MITTWOCH, 9:32

»Großartig, Sophie!«

Glücklicherweise komme ich heute nicht als Letzte zur Redaktionskonferenz. Lydia kreuzt meinen Weg, als ich aus dem Büro renne. Erst denke ich, sie lobt mich, weil ich heute ausnahmsweise pünktlich im Dienst erschienen bin. Dann aber winkt sie mir mit der heutigen Ausgabe des *Morgenblatts* zu und sagt: »Deine Kolumnen sind super! Genauso müssen sie sein.«

Lydia rückt ihre Brille zurecht und liest mir im Gehen meinen eigenen Text aus der Zeitung vor: »*Eine langfristige Organisation ist das A und O eines glücklichen Familienlebens.* – Wie wahr, Sophie, das gilt auch für den Beruf. – *Einer der wichtigsten Feiertage des Jahres steht an: der fünfte Geburtstag unserer Tochter. Ich liebe die Vorbereitung auf Familienfeste.* – Tolles Servicethema, Sophie, das interessiert alle! – *Seit Tagen blitzt unsere Wohnung bis in den letzten Winkel. Die vielen schönen Geschenke liegen längst hübsch verpackt auf dem Kleiderschrank. Natürlich ist alles rechtzeitig fertig geworden. Das ist mir wichtig, damit ich am Ende nicht in Stress gerate. So kann ich meinen Mann auch kurz vor dem großen Tag noch zu einem spontanen Cafébesuch in der Stadt treffen und mit ihm in aller Ruhe den Sonnenschein genießen ...* – Gut gemacht, Sophie. Genau so muss es klingen. Beschwingte Zeilen für strapazierte Mütter und ein bisschen Lebensberatung gratis dazu. Du hast den Ton genau getroffen. Die Leserinnen lieben das. Heute kamen schon wieder ein paar begeisterte Mails. Ich habe sie dir gerade weitergeleitet.«

Meine erste Fanpost! Ich stehe die Konferenz in wachsender Ungeduld durch. Dann kann ich mir endlich die Zuschriften meiner Leserinnen zu Gemüte führen.

»Sehr geehrte Frau Kathi! Mit Ihren Kolumnen sprechen Sie mir aus der Seele. Ich bin froh, dass es in unserer hektischen, verwahrlosten Welt auch Familien wie Ihre gibt, in denen Ordnung und Moral noch etwas bedeuten …«

Ach, du liebe Zeit! Wie ist diese Dame denn drauf? Ich will gar nicht weiterlesen und klicke gleich zur nächsten Mail: »Liebe Kathi! Jeden Morgen freue ich mich darauf, Ihre Kolumne in der Zeitung zu lesen. Wenn ich bei der Erziehung meiner Kinder nicht weiterweiß, überlege ich mir immer: Was würde die Kathi jetzt tun?, und dann geht es mir gleich viel besser.«

Hm, gar keine schlechte Idee! Vielleicht sollte ich mich das auch öfter mal fragen. Zum Beispiel wenn Lina und Timo ihre Meinungsverschiedenheiten mal wieder mit Schlagen, Beißen und Treten austragen.

»Hallo, Kathi! Ich beneide Sie sehr um Ihr glückliches Familienleben. So entspannt und friedlich sollte es bei uns auch mal zugehen. Wie schaffen Sie das bloß, dass Ihr Mann Sie so sehr im Haushalt unterstützt, dass Ihre Kinder sich niemals streiten und immer so wohlerzogen am Frühstückstisch sitzen?«

Es ist nicht zu glauben. Nehmen diese Frauen Kathis Kolumne etwa für bare Münze? Glauben die etwa, diese Rosamunde-Pilcher-Familie von Seite 17 existiert tatsächlich? Hey, Leute, möchte ich am liebsten zurückschreiben. Keine Panik! Euer Familienleben mit Stress und Streit ist ganz normal! Das geht allen so. Vergesst die heile Welt aus

Kathis Kolumnen. Die haben etwa den gleichen Stellenwert wie Dornröschen und Schneewittchen: Alles erstunken und erlogen.

Aber ich schreibe lieber nicht zurück. Ich will ja niemanden enttäuschen. Vor allem weil gerade wieder eine E-Mail ankommt:

»Liebe Kathi! Ohne Ihre nette Kolumne wäre ich schon längst verzweifelt. Wie wunderbar Sie Ihr Familienleben im Griff haben! Mir wachsen meine Eheprobleme, die ständigen Streitereien mit meinen Kindern und der Dauerstress im Beruf allmählich über den Kopf…«

Na, dann geht es dir ja wie mir, denke ich und logge mich aus. Irgendwie wird mir das mit den Dankesbriefen zu peinlich.

16:11

Ich sehe seinen dunkelblauen BMW sofort. Er steht im absoluten Halteverbot vor dem Zeitungshaus und blinkt an allen Ecken. Keine Spur mehr von einer Unfalldelle. (Ach ja, die Versicherungsdinge müssen wir auch noch klären. Aber bitte nicht heute.)

»Und jetzt?«, fragt Roland, nachdem wir fertig geknutscht haben. »Was machen wir mit dem angebrochenen Tag?«

»Irgendwas Tolles«, schlage ich vor, originell, wie ich bin. Dabei denke ich bloß: Können wir nicht einfach zu dir fahren und es uns zwischen ein paar Kissen gemütlich machen? Ich habe genau zwei Stunden Zeit, dann muss ich Irene von meinen quengelnden Kindern erlösen. Das reicht doch beinahe für einen kleinen süßen Liebesnachmittag.

»Wir könnten nach Venedig fahren«, sagt Roland und startet den Wagen. »Wir brennen einfach durch und kommen erst nächste Woche wieder.«

»Oh ja, das wäre klasse!« Der macht doch hoffentlich nur einen Witz. Ich habe ihm noch nicht gesagt, dass unser Rendezvous eine bedauerlich kurze Halbwertzeit hat. »Da würden sie in der Redaktion aber staunen, wenn ich morgen nicht zur Arbeit käme.«

»Wir können den Daheimgebliebenen ja Postkarten schreiben: Wegen akuter Gefühlsirritation mehrere Tage abwesend. Schöne Grüße aus der Gondel, Roland und Sophie.«

Mir wird ganz warm vor lauter Herzschmelz. *Roland und Sophie in der Gondel*, das klingt wie ein Königskinderpaar im Märchen. Das klingt, als würden wir für immer zusammengehören. (Oder wie war das noch mit den Königskindern?)

Ich lehne mich zurück. Meinetwegen können wir so bis Venedig fahren. Ich müsste nur kurz vorher schnell bei Irene vorbei und zwei kleine Reisebegleiter abholen. Bevor ich mit Roland in der Gondel sitze, sollte ich vielleicht etwas näher auf mein familiäres Umfeld eingehen.

Wir fahren dann aber natürlich doch nicht nach Venedig, sondern ins Café Tambosi am Hofgarten. Es ist einer dieser wahnsinnig schönen Sommertage in München, an dem es überhaupt keine Veranlassung gibt, irgendwo anders zu sein. Die Theatinerkirche auf der anderen Straßenseite leuchtet gelb im Sonnenlicht. Darüber hängt knallblau und wolkenweiß beflockt der bayerische Himmel wie auf einer Kitschpostkarte. Eine Gruppe japanischer Touristen steht schnatternd mitten auf dem Platz, und sie filmen und fotografieren das ganze Drumherum ausgiebig mit ihren Digitalkameras.

Was will ich in Italien? Ich habe einen Latte macchiato vor mir und einen Roland Wagenbach neben mir. Mehr brauche ich nicht. Ich fühle mich sehr lässig und sehr münchnerisch mit meiner großen schwarzen Sonnenbrille. Das Leben ist großartig, ich bin großartig, an einem Tag wie diesem kann mir nichts passieren. Es gibt keinen besseren Moment, um Roland zu beichten, was ich zwischen fünfzehn und neun Uhr wirklich tue, wenn er glaubt, dass ich an meiner steilen Karriere arbeite. Ich bin mir sicher, er wird mich auch in meiner Eigenschaft als Mutter und Hausfrau lieben und meine reizenden Kinder so sehr mögen, als wären es seine eigenen. Alles wird gut.

»Schön, dass du endlich mal wieder Zeit für mich hast«, sagt Roland und schiebt sein Smartphone in die Jackentasche. Während ich an meinen Latte macchiato herumgenuckelt und mich meinen Tagträumen hingegeben habe, hat er noch ein – wie es sich anhörte – dienstliches Telefonat geführt. Hauptsächlich auf Englisch. Worum es ging, habe ich nicht genau verstanden. Aber es klang sehr wichtig.

»Ich dachte immer, wir Anwälte haben viel Arbeit, aber was du zu tun hast, das grenzt ja an Ausbeutung. Ist das üblich bei eurer Zeitung? Schuften da alle Kollegen so viel?«

Das ist genau das richtige Stichwort, um meine umfangreichen Erklärungen einzuleiten.

»Na ja«, setze ich an, aber weiter komme ich nicht.

»Hey, Roland!« Ein bebrillter Anzugträger mit fortgeschrittenen Geheimratsecken winkt uns zu und kommt ungefragt an unseren Tisch. Er klopft meinem Gegenüber vertraulich auf die Schulter. »Wie ist die Verhandlung gelaufen?«

»Alles bestens so weit.« Mit einem Nicken macht Roland uns miteinander bekannt. »Das ist mein Kollege Peter Wittig. Und das ist Sophie Freitag, Starreporterin vom *Münchner Morgenblatt*.«

Ich murmele etwas wie »Freut mich, Sie kennenzulernen«

und hoffe, dass dieser Peter möglichst bald wieder verschwindet, damit ich endlich mit meinem Geständnis anfangen und zum Beispiel das mit der Starreporterin richtigstellen kann. Aber Rolands Kollege macht keine Anstalten, uns allein zu lassen. Ganz im Gegenteil. Offenbar ist er einer von der Sorte Männer, die sich für eine Bereicherung jeder Gesprächsrunde halten, egal, wie unwillkommen sie sind.

Anstatt Rolands höfliche, aber doch sicher nicht ernst gemeinte Frage »Möchtest du dich zu uns setzen?« taktvoll abzulehnen, lässt er sich auf den freien Stuhl fallen.

»Starreporterin. Toll.«

Ich habe den Eindruck, er spricht dabei eher zu Roland als zu mir. So als wollte er sagen, guten Fang gemacht, Kumpel. Ich weiß noch nicht genau, ob ich mich über dieses Kompliment freuen oder ärgern soll. Aber als Peter dann weiterredet, bin ich mir ganz sicher, dass sich mein Vergnügen in Grenzen hält: »Finde ich gut, wenn Frauen nicht nur die drei Ks im Kopf haben«, sagt er und grinst dazu. »Ich meine natürlich: Kinder, Küche, Katzen!«

Ich lächle höflich. Leider ist sein Interesse an mir noch nicht erschöpft: »In welchem Ressort arbeiten Sie denn?«

»In der Lokalredaktion«, antworte ich schlicht. »Schwerpunkt Kulturthemen.« Ich denke: Warum verschwindet der Kerl nicht endlich? Ich habe noch genau eine Stunde und zwanzig Minuten Zeit, ich will endlich wieder mit Roland allein sein und reden.

»Sophie untertreibt maßlos. Sie ist die absolute Spitzenfrau beim *Morgenblatt*«, erklärt Roland zu meinem Entsetzen. »Heute ist einer der seltenen Tage, an denen ich es geschafft habe, mich mal mit ihr zu verabreden. Von morgens bis abends ist sie unterwegs zu irgendwelchen Pressekonferenzen, Hintergrundgesprächen, Recherchen, Meetings, und zwischendurch muss sie dann noch ihre Artikel schreiben. Ihr Job ist der blanke Wahnsinn. Ich möchte nicht mit ihr tauschen.«

Der andere nickt. Er sieht schwer beeindruckt aus. Ich sage sicherheitshalber nichts und begnüge mich damit, unruhig auf meinem Stuhl herumzurutschen. Kann uns dieser Mensch nicht ENDLICH allein lassen, bevor er noch mehr Unheil anrichtet?

»Nicht schlecht. Das sollte ich meiner Frau mal erzählen«, sagt Peter. Das Grinsen verschwindet allmählich aus seinem Gesicht und weicht einem Seufzer aus tiefstem Herzen. »Seit wir die Kleine haben, ist sie wie ausgewechselt. Als ich sie kennenlernte, war sie auch auf dem besten Wege, in ihrer Firma eine sensationelle Karriere zu machen. Ich hab sie wirklich bewundert. Und jetzt? Sie redet über nichts anderes mehr als über Fläschchen und Windeln und Bäuerchen. Unsere Kleine ist echt süß, aber manchmal vermisse ich die fachlichen Gespräche mit meiner Frau doch. Das Leben ist völlig verändert, wenn man Kinder hat.«

»Das wird wieder besser«, erkläre ich schnell, obwohl mir eigentlich gar nicht danach ist, unsympathischen Zeitgenossen mit Eheberatung zur Seite zu stehen. »Warten Sie nur ab, bis Ihre Kleine etwas größer ist.«

Peter sieht mich an. »Haben Sie auch Kinder?«, fragt er.

Oh Gott. Die Gretchenfrage. Ich spüre, wie ich knallrot werde. Wieso, um Himmels willen, habe ich mich in fremde Eheangelegenheiten eingemischt?!

Erstaunlich, was man innerhalb einer Sekunde so alles erleben kann: Ich sehe blitzschnell zu Roland hinüber und dann gleich wieder weg, als ich seinen abwartenden Blick auffange. Ich denke, jetzt bloß keinen Fehler machen, aber ich habe keine Ahnung, was ich sagen soll. Ich schaue hinauf zur Turmuhr der Theatinerkirche (es ist acht Minuten vor fünf), als würden mir die Kirchenglocken gleich die erlösende Antwort herunterbimmeln. Heiß ist mir plötzlich, als hätte jemand Vanillepudding über meinen Rücken gegossen. Ich starre Peter an, der mir erwartungsvoll ins Gesicht blickt, und dann sage ich schließlich und ganz langsam, während mein Gehirn sich immer noch die endgültige Antwort ausdenkt:

»Na ja, wissen Sie, mit Kindern ist das so eine Sache ...«

Ich mache eine Pause und weiß nicht weiter. Peter nickt und sieht erst zu Roland und danach zu mir zurück, und dann spricht er in die schreckliche Stille am Tisch:

»Ich finde es völlig in Ordnung, wenn sich eine Frau gegen eine Familie und für ihre Karriere entscheidet. Sie brauchen kein schlechtes Gewissen zu haben, weil Sie keine Kinder haben. Es gibt ohnehin viel zu wenig Frauen in Führungspositionen.«

Ich halte die Luft an. Kann Roland jetzt nicht irgendetwas Nettes sagen? Zum Beispiel: Ich fände es schön, wenn Sophie Kinder hätte. Oder: Ich wünsche mir, dass die Frau an meiner Seite ein Kind hat oder besser zwei. Oder: Kinder sind das Allerschönste im Leben, ich hätte am liebsten fünf. Kann Roland bitte, bitte irgendetwas in dieser Art sagen, damit ich endlich ...

»Kinder sind nicht das einzige Glück auf Erden«, sagt Roland. »Ich bin froh, dass Sophie in ihrem Beruf so erfolgreich und zufrieden ist. Nachwuchs ist nicht unbedingt der Sinn des Lebens, nicht wahr, meine Liebe?«

»Oh ja, klar, natürlich nicht«, sage ich schnell und möchte am liebsten im Boden versinken und irgendwo auf einer einsamen Schafweide in Neuseeland wieder herauskommen.

Kein »Schatz, ich muss da noch etwas sehr Wichtiges

erklären« kommt mir über die Lippen, kein »Liebster, ich fürchte, da gibt es ein gewaltiges Missverständnis«, kein »Tut mir leid, aber das sehe ich ganz anders«. Nur ein kleines, feiges »Oh ja, klar«, weil dieser dämliche Peter da sitzt und jede Aussicht auf eine ehrliche Aussprache mit Roland zunichtemacht.

Gute Nacht, Sophie, denke ich. Das wäre deine Chance gewesen. Du hast es mal wieder absolut verbockt. Warum habe ich bloß das Bild einer alten, schrumpeligen Schildkröte vor mir, die durch den heißen weißen Sand zum Meer hinunterrobbt und mit einem wohligen Seufzer im tiefen grünen Wasser verschwindet?

Wir reden noch eine Weile über die beruflichen Chancen von Frauen und über den Stand der Emanzipation im einundzwanzigsten Jahrhundert, wobei ich meinen Gesprächsbeitrag auf ein paar mechanisch geäußerte Bemerkungen beschränke. Als Peter endlich verschwindet, bin ich ganz betäubt. Wie soll ich das jemals richtigstellen, ohne dass Roland mich für eine Lügnerin hält?

»Worauf hast du Lust heute Abend?«, fragt Roland, als wir endlich wieder allein sind, und nimmt meine Hand. »Eigentlich müsste ich nachher noch ein paar Akten durcharbeiten, aber das kann ich auch morgen früh noch machen. Wie sieht's aus? Möchtest du erst ins Kino und dann was Schönes essen gehen oder erst was Schönes essen gehen und dann ...«

Vor allem *und dann*, denke ich, aber meine Zeit für Privatvergnügungen ist für heute allmählich abgelaufen. Wenn ich Lina und Timo nicht bald abhole, wird Irene mir nie mehr den Gefallen tun und sich ein paar Stunden lang um die beiden kümmern.

»Ach, weißt du«, sage ich, noch bevor er zu Ende gesprochen hat: »Ich fürchte, so viel Zeit habe ich heute gar nicht mehr. Ich muss eigentlich gleich wieder los.«

Ich kann förmlich sehen, wie Rolands Kinnlade herunterklappt.

»Ehrlich? Und ich hatte gedacht, wir haben heute endlich mal wieder einen Abend für uns.«

»Ja, das wünschte ich auch. Aber in dieser Woche ist es wie verhext ...«

Verhext ist vor allem, dass ich immer noch so herumeiere. Ich wünschte, ich hätte ihm längst alles erzählt – von Linas Geburtstag und der Torte, die ich noch backen muss, von den vielen Luftballons, die ich noch aufblasen muss, und der Kinderparty morgen, vor der ich ein bisschen Angst habe, weil Lina zum ersten Mal selbst einen Trupp Wichtelstuben-Freunde eingeladen hat. Ich denke, wie schön es wäre, wenn Roland auch dabei sein und mir vielleicht ein bisschen helfen könnte. Aber dazu wird es bedauerlicherweise und dank seines schrecklichen Kollegen nicht kommen. Und vor allem dank meiner absoluten Unfähigkeit, endlich die Mama-Problematik anzusprechen. Ich feige Nuss.

Außerdem bin ich nicht recht überzeugt davon, ob dieser feine Herr in seinem gepflegten Outfit die richtige Besetzung wäre für den Job des Spielleiters beim Schokokusswettessen einer Horde ausgelassener Drei- bis Fünfjähriger. Vielleicht braucht es dazu noch eine behutsame Einweisung, aber dann wird er die Rolle des Ersatzpapas langfristig bestimmt mit Bravour ausfüllen.

»Schade«, sagt Roland. »Was machst du am Wochenende?«

»Ja, am Wochenende. Da sehen wir uns auf jeden Fall.«

»Samstagabend? Wir könnten erst ausgehen und vielleicht nachher noch ein Glas Wein bei mir trinken.«

»Ja, Samstagabend ist prima.«

Oh ja. Samstagabend. Ganz viel Zeit. Ich hoffe, Stefan freut sich schon darauf, wieder seinen väterlichen Pflichten nachzukommen. Ich werde es ihm gleich morgen sagen. Und dann werde ich bei Roland sein, und wir werden reden und Wein trinken und Musik hören und uns lieben, und alles wird wie im Märchen sein. Und dann erzähle ich ihm von Lina und Timo. Ganz bestimmt.

»Ich freu mich«, sagt Roland. »Wir treffen uns um acht Uhr in der Blauen Auster. Okay?«

Natürlich in der Blauen Auster. Wo sonst. Wo sonst sollte man sich mit dem großartigsten Mann der Stadt treffen als im besten Restaurant der Stadt.

Ich habe ja noch ein paar Tage Zeit, um die Details des Austernschlürfens und Hummerzerlegens zu googeln.

DONNERSTAG, 6:26

Gibt es etwas Schöneres, als in den Armen eines geliebten Menschen aufzuwachen? Den ruhigen Atemzügen neben sich im Bett zu lauschen, die angenehme Körperwärme zu spüren und zu wissen: Alles ist gut.

Genau genommen sind es zwei Körperwärmer, die neben mir liegen, einer rechts und einer links. Lina ist in der Nacht etwa alle zwei Stunden in mein Schlafzimmer getappt gekommen, hat mich aufgeweckt und gefragt, ob ihr Geburtstag schon angefangen habe. Nachdem ich sie ein paarmal davon überzeugen konnte, zurück in ihr Bett zu gehen, ist sie am frühen Morgen einfach bei mir liegen geblieben. Von dem vielen Hin und Her und dem Türenklappern ist inzwischen auch Timo aufgewacht und hat sich dazugesellt. So liegen wir jetzt zu dritt unter meiner Decke, und obwohl ich wegen der komplizierten Geburtstagstorte und des umfassenden Arrangements auf dem Geschenketisch erst mitten in der Nacht ins Bett gekommen und danach ständig aufgeweckt worden bin, fühle ich mich einigermaßen entspannt. Heute habe ich mir einen Tag Urlaub genommen. Heute bin ich den ganzen Tag lang nur Mama und feiere meinen eigenen fünften Jahrestag seit der Zeitenwende. Denn ich finde, Kindergeburtstage sind immer auch ein bisschen Muttigeburtstage, und deshalb lasse ich es mir heute gut gehen.

Lina blinzelt ins Licht.

»Jetzt ist es hell, jetzt hab ich Geburtstag, oder?«

»Herzlichen Glückwunsch, meine Süße!«, sage ich und drücke ihr einen dicken Gratulationsschmatz auf die Wange.

Lina kraust die Nase und windet sich aus meiner Umarmung. Angesichts der Tatsache, dass ein paar stattliche Geschenke zu erwarten sind, steht ihr der Sinn nicht nach ausführlichem Geschmuse.

»Los, aufwachen, Timo. Jetzt hab ich Geburtstag, da darfst du nicht mehr schlafen.«

Im Wohnzimmer habe ich ganze Arbeit geleistet. Große bunte Papiergirlanden ringeln sich am Bücherregal entlang, über die Blätter der Yuccapalme und vor dem Fenster. An jedem halbwegs geeigneten Platz hängen oder liegen Büschel von bunten Luftballons. Die Geschenke – Warum sind es eigentlich schon wieder so viele geworden, sollte ich nicht von Anfang an dafür sorgen, dass meine Kinder dem Druck der Konsumgesellschaft widerstehen? Na ja, vielleicht im nächsten Jahr... – also: Die Geschenke stehen bunt verpackt auf dem Tisch, daneben eine sensationell verzierte Schokoladentorte, auf die ich mit Smarties Linas Namen geklebt habe, dazwischen stecken fünf winzige rosarote Kerzen, und rundherum kleben Dutzende Marzipanrosen.

Lina pustet die Lichter aus. Sie klatscht in die Hände und springt herum wie ein Gummiball, der einen Frosch verschluckt hat. (Oder müsste es andersrum heißen?)

»Ich bin fünf!«, singt sie. »Ich bin fünf. Ich bin fünf!«

Dann endlich fällt sie über ihre Geschenke her. Als sie das heiß ersehnte Seidenzauberpony in den Händen hält, kreischt sie vor Begeisterung.

»Oh, das ist toll. Das ist viel toller als das von Nele!«

19:23

In meinem Wohnzimmer geht es zu wie in einem – ich kann es leider nicht anders sagen –, wie in einem Affenhaus. Allerdings sind es keine langschwänzigen Meerkatzen und keine kreischenden Schimpansen, sondern Linas Geburtstagsgäste, die über Sessel und Sofa toben. Das Chaos brach eigentlich schon während des zweiten Tagesordnungspunktes aus:
1. Abgabe und Auspacken der Geschenke,
2. gemütliches Beisammensein bei Saft und Torte.

Von wegen gemütlich: Tommi, ein frecher, stämmiger Kerl mit Brille und Bürstenhaarschnitt, dessen Begeisterung für Fastfood sich bereits in seiner Leibesfülle abzeichnet, dieser Tommi begann am Tisch sofort ganz ungeniert, die Smarties und die Marzipanrosen von Linas Geburtstagstorte zu zupfen. Das missfiel seiner wohlerzogenen Sitznachbarin Nele, die ihm einen Klaps auf die Finger gab mit dem Hinweis, so was dürfe man nicht machen. Ihre Mama sage immer, man dürfe nur das essen, was man auf dem Teller habe. Tommi, derlei Tadel offenbar nicht gewöhnt, reagierte mit einem heftigen Rempler in Neles Richtung. Diese Attacke wiederum brachte sein Orangensaftglas zum Kippen, was unerfreuliche Auswirkungen auf Neles Bekleidung hatte und ein entsprechendes Geschrei auslöste. Mit einer frischen Hose und einem Sweatshirt von Lina konnte sie zwar schnell wieder trockengelegt werden, aber die Stimmung am Tisch blieb gereizt.

Ich versuchte, die Sache mit einem Spiel aufzulockern. Schon vor Wochen hatte ich mich mit einschlägiger Fachliteratur eingedeckt: Bücher mit vielversprechenden Titeln wie »Hundert coole Kinderspiele« und »So gelingt jeder Kindergeburtstag« hatte ich durchgearbeitet und mich zunächst für den Programmpunkt »Wir spielen Zirkus« entschieden.

Aber mit meinem Vorschlag, aus Papptellern und jeder Menge Buntpapier, Stoff- und Wollresten lustige Tiermasken zu basteln, stieß ich auf wenig Begeisterung. Auch das angekündigte Schokoladenwettessen zog nicht; alle waren satt von der Torte.

Die Mädchen wollten lieber in Linas Zimmer mit ihren Barbiesachen spielen. Tommi und Mirko, der andere eingeladene Junge, bevorzugten es, die überall im Zimmer verteilten Luftballons zum Platzen zu bringen, indem sie draufsprangen. Timo hätte da gerne mitgetobt, aber weil ihm die Größeren keine Chance gaben, beließ er es irgendwann dabei, in Ermangelung eines Trampolins auf dem Sofa herumzuhopsen. Das wiederum erregte das Interesse der beiden anderen, die sich nun ebenfalls auf das Sofa stürzten.

So viel zum bisherigen Ablauf des Kindergeburtstags. Und jetzt stehe ich ebenso atem- wie machtlos daneben.

»Kommt da runter!«, schreie ich die Jungen an. Aber keiner hört auf mich. Sie hopsen ungeniert weiter. Ich wünschte, eine Kathi wäre da, die ich um Rat fragen könnte.

Ich habe nicht erwartet, dass sieben Kinder ein derartiges Chaos verursachen können. Ich hoffe nur, dass sich keiner verletzt und dass Tommis Brille nicht kaputtgeht. Würde in diesem Fall meine Haftpflichtversicherung einspringen? Hätte ich die Einladungskarten an die Kinder mit einem Zusatzblatt versehen sollen? »Die Gastgeber übernehmen keine Haftung für Schäden an Körper, Seele, Kleidung und medizinischen Hilfsmitteln. Unterschrift der Erziehungsberechtigten.«

Jetzt ist es zu spät. Ärgerlicherweise hat draußen leichter Nieselregen eingesetzt, so dass es unmöglich ist, auf den Spielplatz auszuweichen, damit die übermotorisierte Jugend ihren Bewegungstrieb im Freien ausleben kann.

Inmitten des Lärms höre ich gerade noch, wie mein Handy klingelt. Eine unterdrückte Nummer. Wehe, das ist jetzt Stefan, der mir sagen will, dass er es heute doch nicht zur Geburtstagsparty seiner Tochter schafft, denke ich. Wehe!

»Ja, hallo!«, schreie ich gegen das Kinderjohlen an. »Was gibt's?«

»Hallo. Hier ist Roland. Ich wollte bloß mal hören, wie es dir geht?«

»Roland – oh, hallo. Warte mal!« Wahrscheinlich vernachlässige ich auf sträfliche Weise meine Aufsichtspflicht, aber ich muss die kreischende Kinderhorde leider für ein wichtiges Telefongespräch einen Moment allein lassen und rase in die Küche. Zu spät. Roland hat die Hintergrundgeräusche bereits eindeutig identifiziert.

»Wo bist du? Auf einem Kindergeburtstag? Das ist ja ein Mordskrach!«

»Ja.« Es hilft nichts. »Ich bin auf einem Kindergeburtstag.« Endlich sage ich ihm mal die Wahrheit.

»Davon hast du mir ja gar nichts erzählt. Wer feiert denn?«

»Äh, ach, weißt du, ein Mädchen in unserem Haus wird heute fünf.«

Mein Gott. Das habe ich nicht wirklich gesagt, oder? Ich habe meine Tochter nicht wirklich als »Mädchen in unserem Haus« bezeichnet! Ich fürchte, für diesen miesen verbalen Winkelzug werde ich wohl ein paar zusätzliche Wochen im Fegefeuer ableisten müssen.

»Du Arme. Klingt laut und anstrengend.« Passenderweise klirrt etwas im Wohnzimmer.

»Ja, ich sage dir, Kindergeburtstage können bürgerkriegsähnliche Zustände auslösen.«

Roland lacht ins Telefon. »Na, dann noch viel Spaß. Ich rufe dich nachher wieder an, wenn du zu Hause bist.«

Ach Roland, ich bin zu Hause. Der Bürgerkrieg findet mitten in meinem Wohnzimmer statt. Und zwar mittlerweile in Form einer Kissenschlacht, wie ich feststelle, als ich zum Ort des Geschehens zurückkomme. Die Jungen haben entdeckt, dass sich die Polster meines Sofas ablösen lassen und sich vorzüglich als Wurfgeschosse eignen. Den Kaktus auf meiner Fensterbank und die Leselampe neben dem Sessel haben sie schon umgelegt.

»Ja, seid ihr denn völlig übergeschnappt? Legt sofort die Kissen wieder hin, oder ich schicke euch mit dem Taxi nach Hause.« Manchmal muss man bluffen. Erstaunlicherweise wirkt die Drohung.

Die Jungen räumen immerhin die Kissen zurück und verlegen sich wieder aufs Hopsen. Na ja, ich wollte mir sowieso schon lange ein neues Sofa kaufen.

Ich frage mich, ob Stefan kommt, bevor sich einer der Partygäste das Nasenbein gebrochen hat oder erst, wenn wir bereits auf dem Weg in die Notaufnahme sind. Als es endlich klingelt, sind glücklicherweise noch alle Kinder unversehrt.

Stefan hat Kim mitgebracht. Sie trägt ein knappes, enges silbrig glitzerndes Kleid und abenteuerlich hohe Peeptoes, als wäre sie gerade auf dem Weg in den nächsten Schickimicki-Club. Entweder hat sie noch etwas vor heute Abend oder nicht die geringste Ahnung vom Dresscode für Kindergeburtstage. (Vielleicht will sich mich aber auch bloß ärgern, weil sie so unverschämt jung und sexy ist.)

Stefan hat nicht nur Kim, sondern vor allem einen riesigen, mit buntem Blümchenpapier umklebten Kasten mitgebracht.

»Vorsicht!«, ruft er, als Lina ihm das gewaltige Geschenk gleich an der Wohnungstür entreißen möchte. »Ich stell das erst mal ab.«

Oh Gott! Er wird ihr doch hoffentlich keinen Fernseher schenken! Das hatte er vor ein paar Wochen mal angesprochen, und ich hatte sofort protestiert. Eigentlich klang er ganz einsichtig, als ich ihm sagte, dass es absolut schädlich sei für die Entwicklung des kindlichen Sozialverhaltens, wenn Heranwachsende zu früh einen eigenen Fernseher ins Zimmer bekommen. Er wird doch wohl nicht trotzdem ...? Und dann noch so ein altes, unförmiges Röhrengerät, das er irgendwo günstig abgestaubt hat? Wenn es wenigstens ein schicker kleiner Flachbildschirm wäre!

Lina springt um ihren Vater herum und klatscht aufgeregt in die Hände: »Das ist ja ein großes Geschenk. Was ist denn da drin? So ein großes Geschenk habe ich noch nie bekommen.«

Stefan stellt das Paket vorsichtig auf den Wohnzimmertisch. Angesichts der überdimensionalen Ausmaße des bunten Kastens hat die Gästeschar Barbiewelt und Sofahopsen vergessen und versammelt sich ehrfürchtig um den Tisch. Ich höre ein unerklärliches Geräusch, aber vielleicht bilde ich mir das auch nur ein.

In Bruchteilen einer Sekunde hat Lina das Papier von ihrem Paket gerissen, und noch bevor ich richtig erkennen kann, worum es sich handelt, bricht sie in enthusiastisches Geschrei aus.

»Ein Meerschweinchen! Oh, wie toll. Ich hab ein Meerschweinchen bekommen! Oh nein, es sind ja zwei Meerschweinchen. Oh, wie toll. Oh, wie toll!«

Ich starre wie gelähmt auf den weißen Gitterkäfig, der zwischen den roten, grünen und blauen Luftballonfetzen auf meinem Wohnzimmertisch steht. Tatsächlich. Es sind eindeutig keine Plüschtiere. Es sind zwei weiß-braun gescheckte Fellknäuel, die mit bebenden Schnäuzchen durch einen Haufen Heu und Streu wuseln. Es liegen auch schon ein paar Köttel darin. Ich kann es nicht fassen. Stefan hat unserer Tochter allen Ernstes zwei Meerschweinchen geschenkt.

»Bist du denn von allen guten Geistern verlassen? Du weißt genau, dass ich niemals Haustiere haben wollte.«

Stefan sieht mich mit Unschuldsmiene an: »Lina hat sich unbedingt ein Meerschweinchen gewünscht.«

»Ja, ja, ja!«, jubelt Lina. »Nele hat auch ein Meerschweinchen. Jetzt hab ich auch eins, und ich hab sogar zwei.«

Tommi steckt seinen Finger zwischen die Gitterstäbe, zieht ihn aber gleich wieder zurück, als Nele ruft: »Pass auf, die beißen manchmal.«

»Warum schenkst du ihr denn gleich zwei?«, frage ich verzweifelt. »Meinst du, ich habe Lust, hier noch eine Kleintierzucht aufzumachen?«

»Meerschweinchen leben gern in Gruppen. Und der Zoohändler hat mir versichert, dass es sich um Schwestern handelt«, sagt Stefan. »Garantiert beides Weibchen, da kann gar nichts passieren.«

»Haha!«, mache ich unlustig. »Das haben Millionen Familien schon vor uns gedacht, und dann war es auf einmal doch ein fideles Pärchen, das alle paar Wochen für Nachwuchs sorgt. Die Viecher vermehren sich explosionsartig.«

»Na, und wenn schon!« Stefans Fröhlichkeit hat durch meine Empörung keinen Dämpfer bekommen. »Dann werden die Kinder eben gleich aufgeklärt und erleben das Wunder der Zeugung, der Schwangerschaft und der Geburt. Das ist doch toll!«

»Das ist überhaupt nicht toll!«, brülle ich. Angesichts der Ereignisse kann ich leider keine Rücksicht auf die Befindlichkeiten unserer Besucher nehmen. »Meinst du, ich habe Lust, mich neben meiner ganzen Arbeit jetzt auch noch um einen Haufen Meerschweinchen zu kümmern?«

»Nein, das soll Lina ganz allein machen«, erklärt Stefan ernsthaft. »Das ist ja gerade der pädagogische Aspekt meines Geschenks. Es ist gut für Kinder, wenn sie von klein auf für ein Lebewesen sorgen müssen.«

»Ja, ja!«, ruft Lina. »Ich kann meine Meerschweinchen ganz alleine füttern. Sie kriegen jeden Tag eine Möhre.«

»Ach Stefan, du weißt genau, dass die Tiere spätestens nach zwei Wochen irgendwo in der Ecke rumstehen und zu nichts nutze sind, als üble Gerüche zu produzieren. Und ich bin dann die Dumme, die jeden Tag den Käfig sauber machen und den Wasserspender auffüllen muss.«

»Das ist eine Frage der Konsequenz«, sagt Stefan würdevoll. »Lina muss lernen, Verantwortung zu zeigen. Man muss ihr natürlich von Anfang an klarmachen, dass sie sich um ihre Tiere kümmern muss.«

»Pff«, mache ich. »Du glaubst doch selbst nicht, dass das funktioniert …«

Stefan zuckt mit den Schultern.

»Das liegt ganz bei dir«, wagt er zu sagen. Am liebsten würde ich ihn ohrfeigen.

Die Kinder sind schon bei der Namensfindung. Die meisten Vorschläge enden mit i: Hansi, Puki, Pitti, Bieni. Lina ist noch unentschlossen.

»Mein Meerschweinchen heißt *Onkel Otto*«, sagt Nele. »Eure können gerne mal zu uns zu Besuch kommen!«

Das bringt mich auf eine Idee.

»Warum nehmt ihr die Meerschweinchen nicht mit zu euch?«, frage ich und schaue Kim und Stefan erwartungsfroh an. »Dann kann Lina sich jedes Wochenende pädagogisch wertvoll um die Viecher kümmern, und mir bleibt eine Menge Arbeit erspart.«

Jetzt mischt sich Kim in die Diskussion ein.

»Das halte ich für keinen guten Vorschlag«, sagt sie energisch. »Das ist ja überhaupt nicht der Sinn der Sache. Die Meerschweinchen müssen schon bei euch bleiben. Sie gehören ja nicht uns, sondern eurer Tochter, und sie muss lernen, sich darum zu kümmern. Außerdem bin ich nicht so der Typ für Kleintiere.«

Sie erdreistet sich doch tatsächlich, bei diesen Worten leicht angeekelt die Nase zu rümpfen. Ich starre sie grimmig an. »Stell dir vor, ich bin auch nicht so der Typ für Kleintiere!«

Ein paar Sekunden lang schauen wir einander in die Augen, sehr direkt, sehr schweigend. Ich bin mir nicht sicher, ob ich sie sofort erwürgen oder mir erst ein paar angemessene Folterinstrumente besorgen soll.

Bevor ich eine Entscheidung getroffen habe, sagt Stefan: »Das wird schon gut gehen, Sophie. Du wirst sehen, dass Lina eine begnadete Meerschweinchenbetreuerin ist. Und wenn es dich tröstet, wir können die Tiere gerne auf meine Kosten sterilisieren lassen. – Kann ich jetzt vielleicht mal eine Tasse Kaffee kriegen und ein Stück Kuchen?«

Ich lasse vorübergehend von meinen Mordphantasien ab. Hastig schneide ich zwei Stücke von der Torte, und zwar von der Seite, in die Tommi bei seinem Smarties- und Marzipanrosenklau seine hoffentlich sehr popeligen Finger hineingebohrt hat. So viel Rache muss sein. Ich reiche Kim und Stefan die beiden Teller und bin wieder halbwegs beruhigt.

»Was ist stesilieren?«, fragt Lina.

FREITAG, *13:01*

Eigentlich müsste ich mich jetzt auf meine nächste Exkursion in Kathis Kosmos vorbereiten. Der Titel der Kolumne steht schon fest: »Die Freuden des Kindergeburtstags«. Aber erst mal gilt es, mein Privatleben zu regeln. Man muss Prioritäten setzen.

»Hallo, Stefan!«, rufe ich betont heiter in den Telefonhörer. »Für die Schnapsidee mit den Meerschweinchen habe ich etwas gut bei dir.«

»Inwiefern?« Er klingt misstrauisch.

»Es ist nichts Besonderes. Die Kinder müssten an diesem Wochenende noch mal bei dir übernachten. Das ist doch okay, oder?«

»Jetzt am Wochenende? Also morgen?«

»Ja. Ich würde sagen, du kommst wieder so gegen drei.«

»Nee, das geht nicht, Sophie. Morgen fahre ich mit Kim und ihren Eltern nach Kitzbühel zum Golfturnier. Das habe ich dir doch schon erzählt.«

Verdammt! Er hat recht. Das hatte ich ganz vergessen.

»Ihr könnt die beiden doch mitnehmen«, versuche ich es noch mal. Die angestrebte Mitgabe der Meerschweinchen erwähne ich jetzt lieber nicht.

»Wie stellst du dir denn das vor? Soll ich mit den beiden über den Golfplatz spazieren und sie im Sandbunker mit Schaufel und Förmchen spielen lassen? Tut mir leid, Sophie. Das geht wirklich nicht. Außerdem logieren wir in einem ziemlich feudalen Schuppen. Da würden die beiden sich bestimmt nicht wohlfühlen. Am nächsten Wochenende hole ich die Kinder wieder ab. Aber morgen wird das nichts.«

Morgen wird das nichts. Morgen wird das nichts mit meinem Date mit Roland, wenn nicht ein Wunder passiert. Wieso darf mein Exmann das ganze Wochenende mit seiner neuen Tussi in einem Fünfsterne-plus-Hotel herumturteln, und ich kann nicht einmal ein paar Stunden ungestört mit meinem So-gut-wie-Lover verbringen? Das Leben ist kolossal ungerecht.

Vielleicht kann Miriam helfen. Sie passt ab und zu auf die beiden auf, wenn ich abends etwas vorhabe.

Noch ein Telefonat. Kathis Kosmos muss warten.

»Hallo, Miriam! Ich habe ein großes Problem.«

»Oje. Was ist denn los?«

»Roland hat mich für das Wochenende zu sich eingeladen, und Stefan kann die Kinder nicht nehmen. Hättest du vielleicht ausnahmsweise Lust und Zeit, dich um Lina und Timo zu kümmern? So von Samstagabend bis Sonntagmittag vielleicht?«

Über Nacht hat sie noch nie auf die beiden aufgepasst. Aber ich kann es ja mal probieren.

»Ach Sophie. Wie blöd. Am Wochenende fahren Andi und ich nach Ingolstadt. Meine Cousine heiratet. Du weißt doch, den Mann, den sie über Premiumparter kennengelernt hat. Du siehst, manchmal klappt das wirklich mit den Online-Partnervermittlungen.«

Ich brauche keine Online-Partnervermittlung mehr. Ich habe meinen Traumpartner auch so gefunden, ganz ohne Internet und Highspeed – total analog, praktisch mitten auf der Straße. Jetzt brauche ich nur jemanden, der mir den Rücken freihält, damit daraus eine richtige Beziehung wird.

»Warum nimmst du Lina und Timo nicht einfach mit zu

ihm?« Miriam hat wirklich originelle Ideen. »Du wolltest doch sowieso, dass er die beiden jetzt allmählich mal kennenlernt.«

»Ja, *allmählich* schon. Aber bei so einem entscheidenden Date will ich lieber nicht gleich mit den beiden anrücken. Ich möchte ihn in Ruhe auf meine Mutterschaft vorbereiten.«

Ich höre, wie Miriam in den Telefonhörer seufzt. Sicher denkt sie jetzt wieder an die Suppenschildkröte.

»Ich würde dir ja wirklich gern helfen«, sagt sie. »Aber ausgerechnet an diesem Wochenende kann ich nicht.«

»Schade. Danke trotzdem.«

Irene kommt mir in den Sinn. Es ist mir ein bisschen peinlich, die gute Seele schon wieder um Hilfe zu bitten. Aber das hier ist schließlich ein Notfall. Es geht um den Mann meines Herzens, um meine Zukunft, um mein Leben. Da kann sie doch nicht nein sagen. Oder?

Irene sagt gar nichts. Sie geht überhaupt nicht ans Telefon. Weder ans Festnetz noch ans Handy. Ich probiere es bis in den frühen Nachmittag hinein. Aber nichts rührt sich. Wahrscheinlich ahnt sie schon, dass ich nicht vorhabe, sie zu einem vergnüglichen Kaffeekränzchen einzuladen. Ich schicke ihr eine SMS mit der Bitte, sie möge mich so bald wie möglich anrufen, ich bräuchte am Wochenende ihre Hilfe. Eine Stunde später kommt eine SMS zurück: »Bin bis Sonntagabend bei meinen Schwiegereltern in Bad Reichenhall. Melde mich dann. Liebe Grüße!«

Ja, ist denn das zu glauben? Sind an diesem Wochenende alle Menschen verreist? Am Sonntagabend ist es zu spät.

Der einzige Mensch, der mir noch einfällt, ist meine Mutter.

Liebe Mama! Würde es dir etwas ausmachen, dich morgen früh ins Auto zu setzen und mal eben die sechshundert Kilometer von Wuppertal nach München zu düsen, um zwei Tage lang auf Lina und Timo aufzupassen? Ich habe einen wunderbaren Mann kennengelernt und möchte gerne mal eine Nacht mit ihm verbringen. Du hast sicher Verständnis dafür, dass ich dabei die Kinder nicht gebrauchen kann. Und außerdem würdest du doch bestimmt gerne mal wieder zwei ungestörte Tage mit deinen Enkelkindern verbringen. Falls es dir nicht zu viel ist, kannst du dabei auch die Waschmaschine anstellen und den Meerschweinchenkäfig sauber machen ...

Ich stelle mir vor, wie ich das zu meiner Mutter sage, und weiß sofort, dass es nicht funktioniert. Selbst ohne den Teil mit der Waschmaschine und dem Meerschweinchenkäfig ist diese Anfrage unmöglich. Man kann seine Mutter nicht um Hilfe bitten, damit das mit der Liebesnacht endlich mal klappt. Vor allem nicht *meine* Mutter.

Wenn nicht bald ein sehr großes Wunder passiert, wird das tatsächlich nichts mit meinem Wochenende bei Roland. Verdammt! Wie soll ich ihm bloß erklären, dass ich schon wieder keine Zeit habe? Wahrscheinlich wird er sofort Schluss machen, weil er denkt, ich habe kein ernsthaftes Interesse an ihm. Ganz gewiss wird er sofort Schluss machen.

Meine Bürotür geht auf, und Tanja wogt herein. Die dreifach geschlungene falsche Perlenkette über ihrem Busen klimpert bei jedem Schritt.

»Na, wie kommst du mit Kathis Kosmos voran?«, fragt sie, während sie mir ein paar Briefe auf den Tisch legt.

»Ach, im Moment habe ich genug Probleme mit meinem eigenen Kosmos ...«

»Hey, was ist los? Steckt ein Kerl dahinter? Was hat er verbrochen? Beißt er nicht an, oder will er dich verlassen, der Schurke?«

»Angebissen hat er eigentlich. Aber ich fürchte, er wird

bald das Zweite tun, wenn ich nicht endlich mal ein bisschen Zeit für ihn habe.«

»Schieß schon los«, sagt Tanja, rollt meinen Besucherstuhl heran und lässt sich schwerfällig draufplumpsen. »Brauchst du psychotherapeutische Beratung von einer dreifachen alleinerziehenden Mutter, die mit allen Höhen und Tiefen der Liebe vertraut ist? Die erste halbe Stunde ist gratis.« Sie lächelt erwartungsvoll.

Das wäre es doch: Tanja hat jahrelange Erfahrung mit Kindern verschiedenen Alters. Könnte sie nicht vielleicht ausnahmsweise mal …?

Ich skizziere ihr mein Problem, und schon nach zwei Sätzen ist sie im Bilde.

»Aha. Ich verstehe. Freie Bahn für freie Liebe. Und da soll nicht im entscheidenden Moment ein kleiner Störenfried ins Schlafzimmer tapsen.«

Blöderweise kann ich nicht verhindern, dass ich rot werde.

Wie peinlich ist das denn? Jetzt weiß sogar unsere Redaktionsassistentin, welche Probleme ich in meinem Liebesleben habe. Ich muss ja völlig bescheuert sein.

Tanja wickelt sich nachdenklich ihre baumelnde Kette um die Finger und schaut mich mitleidig an.

»Ich würde dir ja gern helfen«, sagt sie. »Liebend gern sogar. Mein Jüngster hat für morgen einen Haufen Freunde zu einer Computerspiel-Party zu uns nach Hause eingeladen. Und ich kann mir Schöneres vorstellen, als den Samstagabend mit grölenden und rülpsenden Teenagern zu verbringen. Aber andererseits will ich nicht riskieren, dass die Bande meine Wohnung in Schutt und Asche legt, wenn ich nicht zu Hause bin. Ich fürchte, ich kann nicht weg. Ein anderes Mal springe ich wirklich gern als Babysitter ein …«

Wahrscheinlich wird sich das mit dem anderen Mal erübrigen, denke ich, als Tanja wieder verschwunden ist. Wahrscheinlich haben alleinerziehende Mütter kein Anrecht auf ein ungestörtes Liebesleben. Leb wohl, Roland. Es wäre so schön gewesen.

13:32

»Sophie, das ist großartig!«

Lydia bewertet die Gesamtsituation völlig anders. Ich hab vor lauter Selbstmitleid gar nicht bemerkt, dass sie in mein Büro gekommen ist. Allerdings hat sie nicht meine verzwickte Seelen- und Terminlage im Sinn, sondern den unerwarteten Erfolg von Kathis Kosmos. »Der absolute Wahnsinn! So viele Zuschriften haben wir schon lange nicht mehr bekommen. Deine Kolumne ist der absolute Renner. Wenn das so weitergeht, müssen wir die Auflage unserer Zeitung erhöhen. Hier, lies das mal.«

Sie legt mir einen Stapel Briefe auf den Tisch. Ich brauche gar nicht genau hinzusehen, um zu wissen, was da drinsteht. Im Moment habe ich keinen Sinn für verzweifelte Mütter, die Trost und Hilfe bei einer Phantomfrau suchen. Ich bin selbst eine verzweifelte Mutter, die Trost und Hilfe gut gebrauchen könnte. Und vor allem einen Babysitter am Samstagabend.

Lydia ignoriert meinen skeptischen Blick und fährt ohne Pause fort: »Unsere Leserinnen lieben diese Kathi! Sie erwarten Rat und Hilfe in allen Lebenslagen. Ich finde, du solltest auf ihre Briefe antworten. Das haben unsere treuen Leserinnen verdient!« So euphorisch habe ich meine Chefin selten erlebt. »Kathis Kosmos, das ist keine bloße Frühstückslektüre, das ist real, das ist Lebensberatung pur. Eine grandiose

143

Idee! Weshalb sind wir nicht schon früher darauf gekommen?«

Ich kann Lydia nicht ganz folgen.

»Wie, Lebensberatung? Ich bin doch keine Psychologin. Sollte das nicht lieber ein Fachmann aus der Wissenschaftsredaktion ...«

»Papperlapapp! Hier geht es doch nicht um Wissenschaft. Hier geht es um Gefühle. In Kathis Kosmos finden die Frauen die Freundin, von der sie immer schon geträumt haben: eine Gleichgesinnte, die ihnen vorlebt, wie das Leben sein sollte, und die sich Zeit für ihre Sorgen nimmt. Vergiss die Psychologie! Es kommt doch nur darauf an, dass unsere Leserinnen überhaupt eine Rückmeldung erhalten. Sie sollen spüren, dass da jemand ist, der ihnen zuhört.«

»Du meinst ...«

»Jawohl! Du wirst auf jeden einzelnen Brief und jede E-Mail antworten. Denk dir was aus! So schwierig kann das doch nicht sein, die paar Probleme mit Haushalt und Kindern! Deine Termine für heute kann der Volontär übernehmen. Kathis Kosmos ist jetzt wichtiger.«

Howgh! Die Oberindianerin hat gesprochen und verlässt das Wigwam.

Sieht so aus, als hätte meine Karriere eine neue Wendung genommen. Ab sofort bin ich nicht nur Reporterin und Kolumnenschreiberin, sondern auch Familientherapeutin. Herzlichen Glückwunsch! Wenn ich mir selbst schon nicht helfen kann, klappt es ja vielleicht bei jemand anders. Wer weiß!

Ich überfliege die Briefe, die Lydia mir gebracht hat. Mal sehen, was meine verehrten Leserinnen von mir möchten.

»Liebe Kathi! Ich frage mich, wie Sie es schaffen, bei all der Arbeit, die Sie als Mutter und Hausfrau haben, noch so ein glückliches Liebesleben zu führen. Ich bin am Abend immer völlig erledigt, wenn mein Mann nach Hause kommt. Bitte helfen Sie mir, viele Grüße, Ihre Vroni aus Giesing.«

Ach, du Schreck. Mit dieser Thematik möchte ich mich im Moment lieber nicht auseinandersetzen. Nächster Brief:

»Hallo, Kathi! Meine Frau und ich haben ein Problem. Unser Sohn weigert sich, so gesunde Sachen wie Spinat zu essen. Was soll ich tun?«

Oha, Kathis Kosmos hat sogar männliche Leser. Hier ist die Sache ja wirklich ganz einfach. Ich schreibe sofort los. »Flüstern Sie Ihrem Sohn beim nächsten Mal Folgendes zu: ›Schatz, ich würde dieses Zeug an deiner Stelle auch nicht essen. In Wirklichkeit ist das nämlich Alienschleim vom Todesstern, und wenn du ihn isst, wirst du zum Mutanten.‹ Wahrscheinlich bekommen Sie Ärger mit Ihrer Frau, aber Ihr Sohn wird das Gemüse begeistert verschlingen und nichts anderes mehr essen wollen als Spinat.«

Geht doch.

Weiter im Text: »Liebe Kathi! Ich bin mit meinen Nerven am Ende. Meine Kinder zanken sich ständig. Was kann ich dagegen tun?«

Hm. Wenn ich das wüsste, ginge es bei mir zu Hause auch viel friedlicher zu.

»Bleiben Sie locker«, tippe ich. »Und denken Sie daran, mit Musik geht alles besser. Legen Sie eine CD ein. ›Auf in den Kampf, Torero‹ aus *Carmen* oder ›Eye of the Tiger‹ aus den Rocky-Filmen und tanzen Sie miteinander. Sie werden erstaunt sein, wie schnell Ihren Kindern dabei die Lust aufs Streiten vergeht.«

Oder aber sie prügeln sich im Takt der Musik weiter. Was weiß denn ich! Ob ich meine Antwortschreiben mit einem »ohne Gewähr« beenden sollte?

Der Nächste bitte: »Hilfe! Mein Mann lässt mich mit der ganzen Arbeit im Haushalt allein. Wenn ich nach dem Abendessen das Geschirr spüle, setzt er sich gemütlich ins Kinderzimmer und liest den Kindern Märchen vor.«

Ja, wo ist das Problem? Sie soll froh sein, dass sie überhaupt einen Ehemann hat, der den Kindern Geschichten vorliest! Meine Antwort kommt schnell: »Setzen Sie sich dazu und genießen Sie den Vortrag Ihres Mannes. Anschließend können Sie sich gemeinsam dem Geschirrberg in der Küche widmen.«

Und so weiter und so weiter. Ich wusste gar nicht, was für eine begnadete Familientherapeutin ich bin. Kein Problem auf dieser Welt, das ich nicht lösen könnte.

Jedenfalls theoretisch.

16:17

Ich habe die Kinder pünktlich von der Wichtelstube abgeholt, im Supermarkt nicht übermäßig lange an der Feierabend-Kassenschlange angestanden und einen Parkplatz in weniger als einem halben Kilometer vom Haus entfernt gefunden. Wenn mich die gescheiterte Kinderbetreuung für Samstagabend nicht so frustrieren würde, könnte man fast meinen, das wäre mein Glückstag heute.

»Hey«, sagt Lina. »Was machen die denn da?«

Zuerst sehe ich nur, dass da zwei Männer vor unserer Haustür offenbar vergeblich auf Einlass warten. Erst als Lina sich losreißt und mit begeistertem Quieken auf die beiden zustürmt, erkenne ich, dass der Besuch für uns ist.

Einer der beiden ist mein Bruder Christian. Der gleiche grinsende Sonnyboy wie immer, auch mit seinen neununddreißig Jahren noch. Heute sieht er allerdings leicht derangiert aus: Sein FC-Köln-Fan-Shirt ist in Brusthöhe gesprenkelt mit rötlichen Fettflecken. Bei dem anderen handelt es sich um einen Mann vom Typ Waldschrat: unförmiges, grün kariertes Flanellhemd kombiniert mit unattraktiver struppiger Gesichtsbehaarung. Offensichtlich hat er schon seit längerem weder Zeit für einen Friseurbesuch noch fürs Rasieren gehabt.

»Da kommt ihr ja endlich!«, brüllt Chris und reißt die Arme hoch, um Lina einzufangen und durch die Luft zu wirbeln. »Wir warten schon seit Stunden.«

»Wo kommst du denn her?« Meine tonnenschweren Einkaufstüten halten Chris glücklicherweise davon ab, mit mir das Gleiche zu tun. Stattdessen lässt er Timo eine Runde fliegen.

»Wir sind unterwegs nach Italien und haben gedacht, wir legen mal ganz spontan einen kleinen Zwischenstopp beim Schwesterchen in München ein. Und weil du nicht zu Hause warst, mussten wir uns im Biergarten die Zeit vertreiben. Leider war ein bisschen viel Barbecuesauce auf den Spareribs«, erklärt er mit einem entschuldigenden Blick auf sein fleckiges T-Shirt. »Das ist übrigens mein Kumpel Björn. Björn, das ist meine liebreizende Schwester Sophie. Ich glaube, ihr habt euch vor ein paar Jahren auf einer meiner legendären Geburtstagspartys schon mal getroffen.«

Ich kann mich nicht erinnern, diesem Menschen jemals begegnet zu sein. Er offensichtlich schon: »Hallo, Sophie, schön, dich wiederzusehen!«

Ich schüttele dem braunbärtigen Riesen die Pranke.

»Hallo, Björn!« Höflicherweise erwähne ich nicht, dass er bei unserer letzten Begegnung keinen bleibenden Eindruck hinterlassen hat. Was bei den Partys meines Bruders (»bevor nicht mindestens fünfzig Leute da sind, lohnt es sich ja gar nicht, mit dem Feiern anzufangen«) auch kein Wunder ist.

»Hast du uns was mitgebracht?« – »Wie lang bleibst du hier?« – »Willst du meine Geburtstagsgeschenke sehen?«

Lina und Timo nehmen Chris rechts und links bei der Hand und springen vor mir die Treppenstufen hinauf. Wenigstens die beiden freuen sich über den Besuch.

Björn nimmt mir die Einkaufstüten ab. Chris redet wie ein Wasserfall: »Wie, Timo, du hat immer noch keine Carrera-Bahn? Da muss ich aber mal ein ernstes Wort mit deiner Mutter reden. Ich bin den ganzen Weg aus Wuppertal extra hergekommen, damit ich mit dir den ganzen Tag lang Carrera-Bahn fahren kann ...«

Ich habe den Eindruck, dass Chris ein bisschen zu viel Bier getrunken oder zu viel Sonne abbekommen hat. Wahrscheinlich beides. Oben in meiner Wohnung fällt er sofort der Länge nach auf mein Sofa. Ich schaffe es gerade noch, Linas Seidenzauberpony unter ihm wegzuziehen.

»Uff, das tut gut. Ich bin total platt.«

»Jetzt sag doch mal, wieso hast du nicht vorher angerufen und Bescheid gesagt, dass du kommst? Dann hätte ich ein bisschen mehr zum Essen eingekauft.«

»Bloß keine Umstände«, grunzt Chris und legt sich ermattet einen Arm über die Augen. »Wir sind gleich wieder weg. Ich brauche nur ein paar Minuten Pause.«

»Wohin fahrt ihr denn? Unsere Mutter hat neulich angerufen und gar nicht erzählt, dass du Urlaub machen willst.«

»War halt so eine ziemlich spontane Idee. Gestern Abend um diese Zeit wusste ich selbst noch nicht, dass ich verreisen würde. Wir wissen auch noch gar nicht richtig, wohin es gehen soll.«

»Ist was passiert?« Ich blicke von Chris zu Björn, aber aus dessen Gesichtsausdruck werde ich auch nicht schlauer. »Wo ist denn Susi?«

»Das ist es ja«, knurrt Chris. »Sie hat Schluss gemacht und gesagt, ich soll mich verpissen.«

»Wieso das denn? Hast du wieder was angestellt?« Ich kenne die gelegentlichen Eskapaden meines Bruders und habe mich immer schon gewundert, wie eine Frau es so viele Jahre bei so einem Hallodri aushalten kann.

»Es ist überhaupt nichts passiert«, behauptet Chris. »Ich hab nur gesagt, dass ich finde, dass ihre neue Kollegin scharf aussieht. Deshalb braucht Susi mich doch nicht gleich vor die Tür zu setzen, oder?«

»Mehr war nicht?« Ich habe da so meine Zweifel.

»Na ja, ich hab Susi gefragt, ob sie sich einen flotten Dreier vorstellen könne, aber natürlich nur aus Spaß. Ich hab das doch nicht ernst gemeint. Aber da hat sie gesagt, ihr reicht's jetzt, und ich soll abhauen.«

»Da hat sie leider absolut recht.«

»Es war doch nur ein Witz!«

»Wohl kein besonders guter …«

»Ich hab mich ja entschuldigt. Ich hab wie bescheuert auf sie eingeredet, aber sie hat gesagt, es ist aus und vorbei, da könnte ich machen, was ich will. Na ja, und dann habe ich gedacht, wenn ich verschwinden soll, dann verschwinde ich auch richtig.«

»Was sagt Call-a-Kurier dazu?« Chris hat am Ende seines Philosophiestudiums als Fahrradkurier gejobbt, weil sich unsere Eltern nach vierzehn Semestern weigerten, ihn weiter finanziell zu unterstützen. Irgendwann hat er das Studium dann abgebrochen und einen eigenen Kurierdienst aufgemacht. Inzwischen fahren fünf Leute für ihn.

»Die Jungs kommen auch mal eine Zeitlang ohne mich klar. Ich muss jetzt einfach den Kopf frei kriegen.«

»Und Björn passt auf, dass du nicht noch mehr Mist machst?«

»Ja«, sagt Chris, »Björn ist ein guter Kumpel. Er hat sofort gesagt, er ist dabei, als ich ihn gefragt habe, ob er Zeit und Lust auf ein paar Wochen sonniges Italien hat.«

»Musst du nicht arbeiten?«, frage ich Björn.

»Doch«, sagt er, »aber bei mir ist das anders. Ich bin freiberuflicher Grafiker. Ob ich an meinem Schreibtisch in Wuppertal zeichne oder in einer Taverne auf Sardinien, ist eigentlich egal. Im Moment ist die Auftragslage sowieso eher bescheiden. Da macht es nichts, wenn ich vorübergehend mal unterwegs bin.«

»Kann ich vielleicht einen Kaffee haben?«, fragt Chris stöhnend. »Ich muss wieder auf die Beine kommen, damit wir weiterfahren können.«

»Für dich auch, Björn?«

»Gerne, ja.«

Ich gehe in die Küche. Als ich nach ein paar Minuten mit drei Kaffeetassen zurück ins Wohnzimmer komme, ist Chris eingeschlafen und schnarcht wie ein Weltmeister.

»Hm«, macht Björn. »So kriege ich den Mann heute nicht mehr nach Italien.«

Chris ist weder durch den Duft des Kaffees zu wecken noch durch energisches Schulterrütteln.

»Wie viel Bier hat er getrunken?«, frage ich Björn.

»Ich hab nicht mitgezählt. Aber es war wohl einiges mehr, als ihm guttut. Außerdem hat er die ganze Nacht nicht geschlafen. Die Sache mit Susi macht ihm wirklich schwer zu schaffen.«

Wir lassen Chris liegen, wo er ist, und gehen in die Küche. Lina kommt hinterhergetrabt. Timo bleibt noch ein paar

Minuten wie ein Zinnsoldat neben dem Sofa stehen. Mir ist nicht ganz klar, ob er den schlafenden Chris bewachen will oder seine Duplo-Eisenbahn, deren Gleise sich zwischen Sesseln und Bücherregal durchs Wohnzimmer schlängeln.

19:35

Chris schläft immer noch auf dem Sofa. Ich sitze mit Björn, Lina und Timo an meinem kleinen Küchentisch. Es gibt Schinkennudeln und Kakao.

Wir erzählen einander, was man sich so erzählt, wenn man unfreiwillig den Abend miteinander verbringen muss: Die Eckdaten der Biografie. Bereitwillig gibt Björn Auskunft. Familienstand: »ledig und kinderlos, soweit ich weiß« – »haha!« Beruf: »freischaffender Illustrator, Comiczeichner, Werbegrafiker« (also eher der Typ *Kreativität statt Karriere*). Hobbys: »Mein Hobby ist mein Beruf.« (Na, das kann ich mir denken.)

Nachdem wir die wichtigsten Themen abgeklopft haben, bricht am Tisch das große Schweigen aus. So lange, bis Lina Björn die entscheidende Frage stellt: »Schlaft ihr heute bei uns? Du und der Chris?«

»Ich weiß nicht«, sagt Björn und vermeidet den Blickkontakt mit mir. »Wie es aussieht, hat sich Chris schon entschieden, hier zu übernachten.«

»Du kannst auch hier schlafen«, erklärt Timo und rührt in seinem Kakaobecher. »Du kannst in Mamas Bett schlafen. Da ist ganz viel Platz. Lina und ich schlafen auch ganz oft in Mamas Bett.«

Mir entfährt ein kleines hysterisches Kichern: »Na ja, das geht wohl nicht!«

»Keine Sorge«, meint Björn, »ich kann mich mit Isomatte und Schlafsack auf den Teppich im Wohnzimmer legen. Wir haben alles im Auto.«

»Was ist eine Isomatte?«, fragt Lina.

Björn erklärt es ihr. »Wir haben auch ein Zelt dabei. Wir gehen in Italien auf einen Campingplatz.«

»Ich möchte auch mal auf einen Campingplatz gehen und zelten!«, sagt Lina. »Wir müssen in den Ferien immer ins Hotel.«

Das mit den Schlafutensilien erweist sich allerdings als großes Problem. Chris hat den Autoschlüssel in seiner Hosentasche und liegt so ungünstig, dass man nicht drankommt. Bei jedem Versuch, ihn wachzuschütteln, grunzt er nur und schläft dann weiter wie ein Stein.

»Warten wir noch ein bisschen«, meint Björn. »Er kann ja nicht bis morgen früh durchschlafen.«

Ich bringe die Kinder ins Bett, wir räumen die Küche auf, ich stelle die Waschmaschine an, wir hängen die Wäsche im Badezimmer auf. Chris schläft immer noch. Es ist kurz nach Mitternacht. Björn gähnt.

»Na ja«, sage ich schließlich. »Ich bin auch todmüde. Es hat wohl keinen Zweck mehr zu warten, bis Chris den Autoschlüssel rausrückt. Also, vielleicht klingt das ja ein bisschen seltsam, aber wenn du möchtest, kannst du gerne die andere Hälfte von meinem Bett haben.«

Björn druckst noch ein bisschen herum, sagt irgendetwas von Brüderchen und Schwesterchen, und dann machen wir uns fertig.

Zwanzig Minuten später liegen wir im Bett.

Jeder auf der äußersten Kante der Matratze, mit größtmöglichem Sicherheitsabstand, damit wir uns auf keinen Fall berühren.

»Gute Nacht!«, murmelt Björn. »Vielen Dank. Ich hoffe, du kannst trotzdem schlafen.«
»Du auch. Gute Nacht!«
Dreißig Sekunden später höre ich ihn regelmäßig knarzend atmen und denke: Na super. Endlich liege ich mit einem Mann im Bett, aber leider ist es der falsche, und leider ist überhaupt alles ganz anders, als es sein sollte.

SAMSTAG, 7:21

»Hey, Sophie. Bist du wach?«

Im Halbdunkel sehe ich, wie Chris seinen strubbeligen Kopf durch meine Schlafzimmertür steckt. »Guten Morgen! Mann, ich hab ja total verpennt! Wo ist denn Björn? Weißt du – oh mein Gott!«

Jetzt hat er meinen Bettnachbarn entdeckt. Björn und ich fahren gleichzeitig hoch.

»Ich glaub, ich spinne!« Chris weicht erschrocken einen Schritt zurück, während sich Björn blitzartig aus dem Bett rollt.

»Keine Sorge, nix passiert, du Idiot. Ich hätte mir ja gern Isomatte und Schlafsack aus dem Auto geholt, aber du hast die ganze Nacht auf dem Schlüssel gelegen. War nett von deiner Schwester, mir hier Asyl zu gewähren ...«

»Guck nicht so dämlich, Chris«, gebe ich meinen Senf dazu und ziehe mir die Bettdecke bis zu den Schultern hoch, als müsste ich mein ausgeleiertes Hard-Rock-Café-Barcelona-T-Shirt vor meinem Bruder verstecken. »Wenn du nicht volltrunken auf meinem Sofa zusammengebrochen wärst ...«

»Ich war nicht volltrunken, ich war nur müde«, unterbricht er mich. »Ihr hättet mich ja wecken können.«

»Haben wir versucht!«, knurrt Björn. »Aber du warst quasi scheintot. Und jetzt lass mich mal ins Bad.«

Als Björn aus dem Zimmer gegangen ist, verzieht Chris sein Gesicht zu einem zweideutigen Grinsen. »Ich hab schon gedacht, da läuft was mit dir und ihm ...«

»Du Trottel! Ich würde doch niemals was mit einem wie Björn anfangen. Außerdem habe ich einen neuen Freund. Einen Supertypen. Anwalt, promoviert, mit einer total noblen Kanzlei im besten Viertel Münchens ...«

Der mich aber spätestens heute Nachmittag verlassen wird, weil ich unser Date mangels Kinderbetreuung absagen muss, denke ich weiter, und da durchfährt es mich wie ein Kugelblitz: Na klar, das ist die Lösung! Chris und Björn werden auf die Kinder aufpassen. Wenn sich die Herren schon ungefragt bei mir einquartieren, und das noch teilweise in meinem Bett, dann können sie mir auch einen Gefallen tun und gleich noch eine Nacht länger bleiben. Es reicht doch sicherlich, wenn sie erst morgen nach Italien fahren.

»Sag mal ...«, setze ich an, aber Chris hört mir gar nicht richtig zu.

»Kann ich mal dein Telefon haben?«, fragt er. »Wenn ich Susi mit meinem Handy anrufe, sieht sie meine Nummer und geht nicht dran. Ich will unbedingt noch mal versuchen, mit ihr zu reden.«

Chris zieht sich zu einem konspirativen Telefongespräch ins Wohnzimmer zurück. Nach knapp zwei Minuten taucht er mit finsterer Miene wieder auf. Wie es aussieht, ist die fernmündliche Versöhnung mit Susi trotz der unbekannten Nummer fehlgeschlagen.

Wahrscheinlich bin ich egoistisch und herzlos, aber ich bin nicht unglücklich darüber. Es hätte meine Babysitterstrategie empfindlich durchkreuzt, wenn sich Chris und Susi jetzt vertragen hätten und er gleich heute wieder nach Hause gefahren wäre.

»Sagt mal, ihr zwei ...« Beim Frühstück trage ich ungeniert mein Anliegen vor. »Wo ihr schon gerade hier seid: Ich bin heute Abend verabredet, und all meine Babysitter sind abgesprungen. Wäre es vielleicht möglich, dass ihr erst morgen nach Italien fahrt und euch heute Abend um Timo und Lina kümmert?«

Und zwar inklusive der Nacht – füge ich in Gedanken hinzu. Aber den genauen zeitlichen Rahmen sollte ich vielleicht erst festlegen, nachdem sie sich grundsätzlich zur Kinderbetreuung bereit erklärt haben.

»Au ja!«, ruft Lina. »Chris und Björn sollen auf uns aufpassen.«

»Tja«, macht Björn, als mein Bruder nicht antwortet. »Was meinst du, Chris? Wir haben es doch eigentlich nicht eilig. Wo wir schon mal in München sind, können wir uns hier noch ein bisschen was ansehen. München soll doch sowieso die nördlichste Stadt Italiens sein. Oder? Chris?«

Chris zuckt mit den Schultern. Ich habe den Eindruck, er ist mental zu hundert Prozent in Wuppertal, und es ist ihm gerade völlig gleichgültig, ob er die nächsten Tage in Italien, in München oder im Taka-Tuka-Land verbringt.

»Passt schon«, meint er bloß.

Sieg auf der ganzen Linie: Chris und Björn bleiben bis morgen! Vor allem Björn hat zwar ein bisschen komisch geguckt, als ich gesagt habe, dass ich voraussichtlich die ganze Nacht wegbleiben werde, aber sie haben es beide geschluckt. Und noch mehr: Nach dem Frühstück werden sie mit den Kindern nicht nur den Spielplatz in der Nachbarschaft besuchen, sondern sie übernehmen auch noch den Wochenendeinkauf und schleppen Lina und Timo am Nachmittag ins Deutsche Museum, um sich mit den beiden jede Menge Schiffe, Flugzeuge und Weltraumraketen anzusehen. Jep!

Das ist mein Tag! Das sind vier Stunden zusätzliche freie Zeit für ausgiebige Lackarbeiten an Finger- und Zehennägeln, für eine längst überfällige Honig-Sanddorn-Entspannungsmaske und all die anderen Kernsanierungsmaßnahmen, ohne die ich Roland auf keinen Fall unter die Augen treten kann. Das wird meine Nacht!

19:08

»Donnerwetter!« Björn blickt von der Playmobil-Raumstation auf, die er gerade mit Lina und Timo auf dem Teppich zusammenbaut.

Was er entdeckt hat, ist nichts weniger als meine Person, die sich in ihr verschärftes Roland-ich-komme-Outfit geworfen hat und zur Verabschiedung der Familie das Kinderzimmer betritt.

Mein Bruder, der mit dem Laptop auf dem Schoß danebensitzt, quittiert meine Erscheinung etwas drastischer: »Mensch, Sophie, das ist ganz große Oper. So aufgemotzt habe ich dich schon lange nicht mehr gesehen. Bist ja kaum mehr wiederzuerkennen. Dir muss es echt ernst sein mit diesem Typen ...«

»Allerdings.« Ich überhöre geflissentlich die unverschämte Bemerkung über den Wiedererkennungswert einer Frau nach dem Auftragen von Make-up und kontere stattdessen mit Freundlichkeiten: »Es ist super, dass ihr euch heute Abend um Lina und Timo kümmert. Wenn Roland und ich heiraten, werdet ihr die Ersten sein, die davon erfahren.«

Na gut. Der letzte Satz ist vielleicht etwas übertrieben und angesichts des Chris'schen Liebesleids nicht besonders einfühlsam. Mein Bruder sieht aus, als hätte er gerade in eine Zitrone gebissen, und Björn macht auch kein viel fröhlicheres Gesicht. Was weiß ich, was für Frauenprobleme der gerade mit sich herumschleppt. Mir kann das im Moment egal sein. Hauptsache, ich habe heute kein Männerproblem.

Allerdings habe ich ein Sohnproblem: Timo mault, als er sieht, dass ich gehen will. Er schlingt seine Arme um mein Bein und heult: »Mama, du sollst nicht weggehen!«

»Aber Schatz! Ich komm doch bald zurück. Morgen bin ich wieder da. Und bis dahin spielen Chris und Björn mit dir.«

Das ist offensichtlich keine besonders attraktive Alternative. Timo macht nicht die geringsten Anstalten, mein Bein loszulassen: »Ich will aber nicht, dass du weggehst.«

»Komm«, bemüht sich mein Bruder netterweise um ein Ablenkungsmanöver. »Zeig mir doch mal eure Meerschweinchen. Ich hab sie mir noch gar nicht richtig angesehen.«

»Das sind *meine* Meerschweinchen!«, stellt Lina klar. »Papa hat sie *mir* zum Geburtstag geschenkt.«

»Die Meerschweinchen sind doof!«, sagt Timo, lässt von meinem Bein ab und versetzt der gerade halbwegs aufgebauten Raumstation einen kräftigen Tritt. Ein paar Teile fliegen durch die Gegend.

»Hey!«, rufe ich verzweifelt und fasse seinen Arm, damit er nicht weiter randaliert. »Hör auf damit! Was ist denn heute los mit dir?«

»Timo hat die Raumstation kaputt gemacht«, bemerkt Lina fachkundig. »Jetzt ist die Antenne ab.«

Na prima. Die Stimmung im Kinderzimmer ist auf dem Nullpunkt. Abschiedsschmerz und Geschwisterzank. So kann ich Chris und Björn mit den beiden jedenfalls nicht allein lassen. Mist! Warum sind die Kinder ausgerechnet heute Abend so schwierig? Wenn das so weitergeht, kann ich mein Date mit Roland endgültig vergessen.

Björn bemüht sich um eine Deeskalation der Lage:

»Timo, was meinst du: Sollen wir zusammen was malen? Ich kann dir zeigen, wie man Comics zeichnet.«

»Malen ist doof!«, erklärt Timo und kickt noch ein paar Legosteine durchs Zimmer.

»Au ja. Ich will Comics malen!«, ruft Lina. »Malst du mit mir Comics, Björn?«

Okay, wenn ich mein Date mit Roland absagen muss, sollte ich es gleich tun. Die Peinlichkeit, in der Blauen Auster allein an einem Tisch sitzen zu bleiben, der eindeutig für zwei gedeckt ist, will ich ihm ersparen. Das würde er mir nie verzeihen.

Björn versucht es noch mal: »Oder wie wäre das, Timo, soll der Chris mal im Internet gucken, was eine gebrauchte Carrera-Bahn kostet? Vielleicht kann er dir ja eine zu Weihnachten schenken.«

»Hey, Moment mal!«, protestiert Chris und blickt vom Bildschirm auf. »Wieso ich?«

Aber Timo hat sich schon neben ihn gesetzt und blickt erwartungsvoll auf den Laptop. Manchmal hat es eben doch seine Vorteile, wenn Kinder materialistisch eingestellt sind! Jetzt raus hier, bevor es sich Timo wieder anders überlegt.

20:13

Ich schwanke zwischen rosa gebratenem Lammkarree an Salbeijus mit glacierten Bohnenkernen sowie Kartoffeldrillingen in Wacholderbutter einerseits und gebratenem Rotbarbenfilet mit Pesto von Paprika sowie Macadamianüssen auf mallorquinischem Ratatouillegemüse andererseits. Bei keinem der beiden Gerichte weiß ich genau, was mich erwartet, aber sie klingen beeindruckend. Die ganze Speisekarte in der Blauen Auster klingt äußerst beeindruckend. Beziehungsweise verwirrend. Was, um Himmels willen, soll ich mir unter einer Infusion von Gänsestopfleber vorstellen? Kriegt man da die Mahlzeit etwa intravenös verabreicht?

Das Leben der Reichen und Schönen ist ganz schön schwierig. Ich starre auf die in helles Leder gebundene Menükarte und kann mich nicht entscheiden. Außerdem irritiert mich der befrackte Kellner, der mit ernster Miene neben unserem Tisch steht. Ich bin Männer mit Frack in meiner Nähe nicht gewohnt. Vor allem wenn sie darauf warten, dass ich endlich etwas zu essen bestelle.

Ich denke: Ein Besuch beim vertrauten Italiener um die Ecke hätte durchaus seine Vorteile. Ginge es um die Wahl zwischen Penne Arrabiata und Pizza Napoli, wüsste ich sofort, was ich nehmen würde. (Die Pizza natürlich. Nudeln koche ich selbst mindestens drei Mal in der Woche.) Hier ist alles so kompliziert. Wenn ich wenigstens dazu gekommen wäre, mir ein bisschen Restaurant-Know-how anzueignen.

»Lassen Sie uns noch zwei Minuten nachdenken«, sagt Roland liebenswürdigerweise zu dem Kellner, und der schwarze Frackmann verzieht sich. Dann wendet sich Roland an mich: »Fangen wir doch erst mal mit der Vorspeise an, Sophie. Magst du Hummer?«

Hummer kommt überhaupt nicht in Frage. Ich werde nichts essen, für dessen Verzehr man eine Betriebsanleitung braucht.

»Hummerschaumsüppchen mit gebratener Jacobsmuschel und Limonen«, liest Roland von der Karte ab. »Das klingt doch gut.«

Na, meinetwegen. Vermutlich schaffe ich es, das Krustentier weitgehend unfallfrei zu verspeisen, wenn es in püriertem Zustand vorliegt.

»Okay«, sage ich. »Und danach das Lamm.«

Ich will nicht riskieren, mich durch das inkompetente Zerlegen von Fisch als kulinarische Banausin zu outen.

Kaum habe ich mich zu einer Entscheidung durchgerungen, steht gleich das nächste Problem an:

»Und welchen Wein möchtest du dazu?«

Hilfe. Ich habe leider herzlich wenig Ahnung von Wein. Ich kann Rotwein und Weißwein unterscheiden. (Jedenfalls optisch.) Aber wenn es darum geht, die Besonderheiten von Riesling, Chardonnay oder Sauvignon Blanc zu benennen, muss ich leider passen. Und was mit solchen blumigen Formulierungen wie »körperreicher Wein mit harmonischem Abgang« oder »ausgeprägtes Muskatbouquet mit feinen Beerenaromen« gemeint sein könnte, entzieht sich meiner Vorstellungskraft.

»Such du einen Wein für uns aus!«, ziehe ich mich diplomatisch aus der Affäre. Das mag jetzt nicht besonders emanzipiert klingen, ist aber allemal besser, als sich mit fehlendem Fachwissen zu blamieren.

Herrje. Ich hätte nie gedacht, wie qualvoll es ist, Luxus zu genießen.

23:24

Inzwischen bin ich dem Genuss schon deutlich näher gekommen. Und dem Luxus auch. Ich sitze mit Roland auf seiner Couch, ach was, auf seiner gigantischen Sitzlandschaft in seinem gigantischen Wohnzimmer in seiner gigantischen Wohnung mit einem gigantischen Ausblick auf die Dächer Münchens und denke: Ich habe es geschafft! Ich sitze Arm in Arm mit meinem Traummann, und diesmal klappt es wirklich. Heute quietscht keine Türklinke, und kein Kind stattet uns einen Überraschungsbesuch ab. Heute gibt es in meinem Leben nur Roland und mich und die dezente Loungemusik, die aus den Lautsprechern seiner Musikanlage dringt. Durch die Tür zur Dachterrasse flackern die Flammen einiger sehr dekorativer Windlichter. (So sieht der wahre ultimative Abend aus! Ich beschließe, meine Kuschelrock-CDs zum Flohmarkt zu bringen und nie wieder etwas so Peinliches wie Teelichter mit Rosenduft aufzustellen.) Überhaupt ist die ganze Wohnung ein Designtraum. Leicht und luftig. Alles ist in Hellgrau und Weiß gehalten, viel Lack und Hochglanz, an den hohen Wänden großformatige moderne Kunst. (Ich nehme an, dass es moderne Kunst ist, er wird ja sicher nicht das Kindergartengekleckse seiner Nichten und Neffen eingerahmt haben.) Rolands Wohnung sieht aus wie ein Foto aus dem Architekturmagazin, das in seiner Kanzlei ausliegt. Ich stelle mir lieber nicht vor, was passiert, wenn Lina und Timo hier demnächst mit klebrigen Fingern und matschigen Gummistiefeln zu Besuch kommen. Apropos Lina und Timo. Ich bin noch immer nicht dazu gekommen, Roland darüber aufzuklären, dass ich langfristig nur im Dreierpack zu haben bin. Wie soll ich ihm auch davon erzählen, wenn wir uns die ganze Zeit küssen? Außerdem will ich diese romantische Stimmung nicht durch ein heikles Gesprächsthema gefährden. Vielleicht sollte ich den delikaten Sachverhalt erst beim Frühstück ansprechen. Ja, das ist das bessere Timing: erst eine phänomenale Nacht mit Roland genießen und dann raus mit der Wahrheit.

»Es ist wunderschön, dass wir heute endlich mal ganz viel Zeit miteinander haben«, gurrt Roland in mein Ohr. »Ich habe mich so sehr auf diesen Abend mit dir gefreut.«

Statt eine eigene Stellungnahme abzugeben, knutsche ich heftig zurück und fange schon mal damit an, seine Haare zu zerwühlen. Roland wühlt auch ein bisschen an mir herum, und ich denke noch, wie gut, dass aus der Sache mit dem doofen Dieter nichts geworden ist, da höre ich neben mir ein Piepsen in meiner Handtasche. Ein leises, sehr vertrautes Piepsen. Falls ich mich nicht verhört habe. Denn wer sollte mir mitten in der Nacht eine SMS schicken? Wahrscheinlich ein Irrläufer, geht es mir durch den Kopf. Wahrscheinlich irgendein beschwipster Partygänger, der sich bei der Nummer vertippt hat und eigentlich ein Taxi bestellen wollte. Darum brauche ich mich nicht zu kümmern, da kann ich doch beruhigt weiterküssen.

Aber ich stelle fest, dass ich keineswegs beruhigt bin. Vielleicht ist es ja doch kein Irrläufer. Vielleicht ist zu Hause etwas passiert? Oder mit meinen Eltern? Ich könnte ja schnell mal nachsehen. Wahrscheinlich ist alles in bester Ordnung, und dann kann ich mich Roland und der Liebe wieder mit ganzer Hingabe zuwenden.

Ich winde mich vorsichtig aus seiner Umarmung.

»Entschuldige. Darf ich mal kurz deine Toilette benutzen?«

»Aber klar!« Roland lächelt. »Das Bad ist gleich neben der Schlafzimmertür.« Wahrscheinlich denkt er, weshalb nur müssen Frauen vor dem Sex immer erst zum Klo rennen ...

»Nur eine Sekunde!«, sage ich, schnappe meine Handtasche und laufe raus. Im Bad krame ich nach dem Handy und schaue aufs Display. Eine Nachricht von Chris. Ich schlucke, als ich lese, was er geschrieben hat.

»Wir wollen dich eigentlich nicht stören, aber wenn du das hier doch noch liest, ruf mal kurz zu Hause an. Ich schätze, Timo hat sich ein bisschen den Magen verrenkt.

Wir haben aber alles schon wieder weggeputzt und ihm einen frischen Schlafanzug angezogen. Jetzt kochen wir ihm einen Tee. Ist Pfefferminz oder Kamille besser? Hast du auch noch irgendwo Zwieback? Keine Panik, wir haben alles im Griff.«

Keine Panik? Mein Kind ist krank, während ich nichts ahnend mit meinem künftigen Lover herumknutsche! Wie kann ich mich den Freuden der Liebe hingeben, während sich mein Sohn die Seele aus dem Leib kotzt? Hastig tippe ich meine Festnetznummer ein. Chris meldet sich noch vor dem zweiten Klingeln.

»Was ist bei euch los?«, flüstere ich ins Telefon.

»Timo hält uns auf Trab«, erklärt mein Bruder. Er klingt gestresst. »Und ich hatte gedacht, wir machen uns heute einen ausgiebigen Fernsehabend. Soll ich Kamillentee kochen? Ich glaube, unsere Mutter hat immer Kamillentee gemacht, wenn wir krank waren, oder?«

Im Hintergrund höre ich Timo winseln. Oh Gott! Ausgerechnet heute bin ich nicht zu Hause!

»Ich kann ... Soll ich zurückkommen?«

»Ach, lass mal, Schwesterchen. Bleib du mal bei deinem Romeo. Wir schaffen das hier schon! Es ist ja ...«

Chris bricht ab, und ich höre aus dem Hintergrund eindeutige Würgegeräusche, dann Björns Aufschrei: »Scheiße, voll auf meine Jeans!«

Es raschelt und knarzt im Telefon, und dann schreit Chris knapp am Hörer vorbei: »Ja, warum holst du denn keinen Eimer?«, während Timo wieder in jämmerliches Heulen ausbricht. Zu allem Überfluss ertönt auch noch Linas verschlafene Stimme irgendwo in den Tiefen meines fernen Wohnzimmers: »Ist der krank, der Timo? Warum ist denn die Mama nicht da?«

»Hör mal, Chris«, sage ich. »Ich bin gleich zu Hause! Sag den Kindern, dass ich in zwanzig Minuten da bin!«

Ich drücke auf den roten Knopf, ohne Chris' Antwort abzuwarten, und lasse mich auf den Klodeckel fallen. Am liebsten hätte ich auch geheult. Nicht nur, weil mein Kind krank ist und leidet. Ehrlich gesagt vor allem, weil ich leide. Es ist nicht zu glauben – es wird schon wieder nichts mit meiner Liebesnacht.

Eine Sekunde lang erwäge ich, Timos Zustand zu ignorieren. Ich würde so gerne hierbleiben. Aber dann habe ich wieder diese Würgegeräusche im Ohr und weiß, dass ich keine Ruhe mehr habe. Ich muss sofort los. Bei mir wirken die archaischen Strukturen: im Zweifelsfall gegen den Liebhaber und für die Kinder. Ich bin eben doch keine Suppenschildkröte!

Das Schlimmste ist: Wie soll ich es nur Roland erklären, dass ich unbedingt und sofort nach Hause muss?

Ich könnte mich heimlich aus der Wohnung schleichen. Mit meinem Lippenstift könnte ich eine zärtliche Botschaft auf seinem Badezimmerspiegel hinterlassen und mich dann auf mysteriöse Weise davonstehlen.

Ich könnte einen Todesfall erfinden: Schatz, soeben hat mich die traurige Nachricht vom Ableben meiner Urgroßtante Friederike-Wilhelmina ereilt. Sie entschlief in ihrem hundertsiebten Jahr. Du verstehst doch sicherlich, dass mir angesichts dieses schweren Verlusts der Sinn jetzt nicht mehr nach zügelloser Liebe steht, nicht wahr?

Ich könnte ...

Es klopft an der Badezimmertür: »Alles in Ordnung bei dir?«, höre ich Rolands Stimme. Ach, du Schreck! Sitze ich wirklich schon seit einer Viertelstunde hier?

»Ja klar, ich komme!« Ich springe auf und betätige zur Tarnung die Klospülung.

Ob ich durch das Fenster verschwinden sollte? Aber wie erreiche ich vom sechsten Stock aus die Straße, ohne mir das Genick zu brechen?

0:22

Als ich ins Wohnzimmer komme, fällt mein Blick sofort auf die übel zugerichtete Leiche, die mitten in einer gewaltigen Blutlache auf dem Boden liegt. Chris und Björn sitzen seelenruhig vor dem Fernseher und schauen einen eindeutig nicht jugendfreien Thriller im Fernsehen.

»Wo sind die Kinder?«, schreie ich. Die beiden fahren erschrocken herum.

»Sophie«, staunt Chris und nimmt seine Füße vom Tisch. »Was machst du denn hier?«

»Wie geht es Timo?«

»Alles in Ordnung. Er hat ein paar Schlucke Kamillentee getrunken, und dann ist er wieder ins Bett gegangen. Björn hat ihm noch eine kleine Gutenachtgeschichte erzählt, und dabei ist Timo eingeschlafen.«

»Lina schläft auch wieder«, erklärt Björn. »Sie wollte aber in deinem Bett liegen. Ist das okay?«

Wenigstens Björn sieht irgendwie erleichtert aus, als er mich sieht.

Ich nicke nur. Auf dem Bildschirm werden zwei weitere Menschen massakriert. Blut spritzt gegen eine Wand. Man hört Salven von Maschinenpistolen. Ein wunderbarer Film. Mord und Totschlag. Genau der richtige Film für mich an diesem Abend. Ich lasse mich neben meinem Bruder aufs Polster fallen.

»Ich habe dir doch gesagt, dass wir allein klarkommen«,

meint Chris und rückt zur Seite. »Wieso bist du denn nach Hause gekommen? Hat dein Lover versagt?«

Nein, der nicht.

Ich zucke mit den Schultern. »Ach Chris.« Wenn ich mir ansehe, wie entspannt mein Bruder und Björn auf dem Sofa lümmeln, dann weiß ich auch nicht mehr genau, weshalb ich eigentlich nach Hause gekommen bin. Weshalb ich Roland ein paar wirre Worte über einen Notfall bei guten Freunden an den Kopf geworfen habe und Hals über Kopf aus seiner Wohnung gestürmt bin. An dem ersten und einzigen Abend in meinem Leben, an dem beinahe alles perfekt gewesen wäre.

SONNTAG, 12:29

»Du bist ein Schaf!«

Miriam ist der einzige Mensch, der mir Tiernamen geben darf. Wahrscheinlich hat sie ja recht mit ihrer Charakterisierung. »Das hast du nun von deiner tollen Taktik«, schimpft sie. »Hättest du Roland rechtzeitig von deinen Kindern erzählt, hättest du jetzt keine Probleme. Du machst dir das Leben wirklich unnötig kompliziert.«

Miriam und ich sitzen auf der Bank im Innenhof hinter unserem Haus und schauen zu, wie Lina und Timo im Sandkasten buddeln. Seit ich wieder zu Hause bin, ist mein Sohn so kerngesund, als wäre nichts gewesen. Vielleicht hat er eine Art frühkindlichen Ödipuskomplex. Vielleicht kann er es einfach nicht ertragen, wenn ich einen anderen Mann liebe. Ob ich mal einen Therapeuten aufsuchen sollte?

Miriam wischt sich mit dem Handrücken den Schweiß von der Stirn, sie kommt gerade von ihrer täglichen Joggingrunde. Kaum von der Hochzeitsfeier zurück, hat sie die Kalorien vom Festschmaus schon wieder abtrainiert.

»Was sagt dein Bruder dazu?«

»Chris und Björn wissen nichts von den Komplikationen in meinem Liebesleben. Björn ist vorhin an den Tegernsee gefahren. Ich glaube, er will sich da eine Ausstellung ansehen. Oder Segelboote vor alpinem Gelände zeichnen, ich weiß es nicht. Chris hat sich eine Decke und die neueste Ausgabe von *Auto-Motor-und-Sport* mitgenommen und ist mit meinem Rad los an die Isar.«

»Wollten die beiden nicht nach Italien fahren?«

»Ja. Morgen vielleicht. Nach dem Malheur mit Timo mussten wir Björns Jeans waschen, und sie ist noch nicht trocken.«

»Warum bist du nicht mitgefahren an die Isar oder an den Tegernsee? Eine kleine Landpartie hätte dir heute bestimmt gut getan.«

»Ich kann nicht, Miriam. Das ist es ja. Du musst mir noch mal helfen.«

»Wie soll ich dir denn helfen? Indem ich mir deinen Roland mal vorknöpfe und ihm erzähle, wer du in Wirklichkeit bist?«

»Du redest von mir, als wäre ich eine halbkriminelle Heiratsschwindlerin.«

Miriam knurrt nur irgendetwas Unverständliches. Wahrscheinlich hält sie den Tatbestand des Heiratsschwindels für weniger empörend als das Theater, das ich Roland derzeit vorspiele.

Fakt ist, dass meine Probleme mit jedem Tag größer werden. »Heute früh hat Roland bei mir angerufen«, erkläre ich Miriam. »Er hat gesagt, dass er mich heute Nachmittag besuchen kommen wird, egal, ob es mir passt oder nicht. Da stimmt doch etwas nicht, hat er gemeint, und darüber wolle er jetzt mit mir reden. Und zwar sofort. Basta.«

»Er hat tatsächlich ›Basta‹ gesagt?«

»Nein, nicht direkt. Aber seine Ansage klang schon sehr deutlich danach.«

»Ist doch wunderbar, dass ihr euch endlich aussprechen könnt.«

Miriam versteht das Problem nicht.

»Die Sache ist so, Miriam – du musst mir heute Nachmittag deine Wohnung leihen!«

»Wie bitte?«

»Nur für eine Stunde oder so. Roland will um drei bei mir aufkreuzen. Ich kann es nicht verhindern, weil er ja seit unserem Unfall weiß, wo ich wohne. Aber ich kann ihm doch unmöglich einfach so die Tür aufmachen und ihn vor vollendete Tatsachen stellen. ›Hallo, komm rein, Schatz. Das sind übrigens meine liebreizende Tochter Lina und mein soeben genesener Sohn Timo. Und was hier so unerfreulich müffelt, sind unsere kleinen schweinischen Mitbewohner Fritzi und Franzi. Warte, ich muss nur die drei Malbücher, die fünfzehn Matchboxautos und die siebenundzwanzig Plastikzootiere auf die Seite schieben, dann kannst du dich auch schon aufs Sofa setzen.‹ Du musst zugeben, dass das nicht geht, Miriam! Sei so gut und komm heute Nachmittag zu mir und bleib bei den Kindern. Ich gehe solange in eure Wohnung und empfange Roland dort. Dann kann ich ihm in aller Ruhe alles erzählen und ihn auf Lina und Timo vorbereiten.«

»Du bist verrückt, Sophie.«

»Bitte, Miriam. Du kennst den Mann nicht, und du solltest dir mal seine Wohnung anschauen. So was Schickes und klinisch Reines hast du noch nicht gesehen. Da liegt keine einzige Staubflocke! Wenn er zu mir kommt und von einem Legohaufen über den anderen stolpert, das wäre wie ein Kulturschock für ihn. Da macht er doch auf dem Absatz wieder kehrt und rennt davon.«

»So ein Quatsch. Ich nehme an, dass er sich in *dich* verliebt hat und nicht in die Vorstellung, die er von deiner Wohnung hat.«

»Bitte, bitte, Miriam! Hilf mir!«

»Okay«, sagt sie und seufzt. »Wenn es unbedingt sein muss. Ich gebe dir eine Stunde, um deinem Süßen reinen Wein einzuschenken. Ich bleibe genau eine Stunde lang in deiner Wohnung, dann komme ich mit Lina und Timo runter. Und wehe, du hast ihm bis dahin noch nichts von den beiden erzählt ...«

Miriam hat manchmal etwas schrecklich Oberlehrerinnenhaftes an sich. Aber wahrscheinlich schaffe ich die Sache nicht, wenn ich nicht unter Druck gesetzt werde.

»Du hast Glück«, fährt sie fort. »Andi ist den ganzen Tag im Body-Club. Du hast in unserer Wohnung freie Bahn. Ich rate dir nur, seinen Rasierapparat zu verstecken, damit es keine Komplikationen gibt.«

»Du bist ein Schatz, Miriam! Ich habe schon alles genau geplant: Ich warte heute Nachmittag bei euch unten. Wenn er klingelt, rufst du mich kurz auf dem Handy an. Dann weiß ich, dass er da ist, drücke auf den Türöffner und fange ihn im Flur ab. Und danach trinke ich mit ihm einen Kaffee oder so und erzähle ihm alles.«

»Na gut«, knurrt Miriam. »Kaffee im Wohnzimmer geht in Ordnung. Aber das Schlafzimmer ist tabu, klar?«

»Natürlich. Ganz klar.« Was denkt sich Miriam bloß!

14:13

Ich stehe in Miriams Wohnung und unterziehe sie einer strengen optischen Prüfung. Es lässt sich leider nicht übersehen, dass hier auch ein Mann wohnt. Ich räume Andis Jacken von der Garderobe, seine Schuhe, seinen Motorradhelm. Alles stopfe ich im Schlafzimmer in den Kleiderschrank und unter das Bett. Aus dem Bad räume ich den Rasierapparat weg, das Rasierwasser, das Männerdeo, die blaue Zahnbürste. Im Wohnzimmer müssen der Stapel Motorradzeitschriften dran glauben, die Briefe auf dem Tisch, die Steuerunterlagen im Regal und – um Himmels willen, jetzt bloß nichts übersehen! – das Hochzeitsfoto von Andi und Miriam. Alles wandert ins Schlafzimmer.

Zum Schluss reiße ich die Balkontür auf. Vielleicht riecht es ja noch ein bisschen nach Mann in der Wohnung. Ich weiß nicht, wie sensibel Rolands Geruchssinn für Testosteron-Spuren in der Luft ist. Aber er ist immerhin ein Kerl, und Löwenmännchen zum Beispiel schnuppern ja auch sofort, wenn ein Konkurrent in der Nähe ist. Oder nicht? Das jedenfalls gilt es unbedingt zu verhindern.

Es ist noch nicht einmal drei Uhr, als mein Handy in der Hosentasche schnurrt. Roland hat es wirklich eilig. Ich springe zur Tür und drücke auf den Öffner. Ich höre, wie unten die Haustür aufgeht und jemand die Treppe hochspringt. Immer zwei Stufen auf einmal. Mein Herz rast. Dann steht Roland vor mir.

Ich habe die Wohnungstür weit geöffnet und mich direkt vor das Namensschild gestellt, damit er nicht lesen kann, dass hier eigentlich Miriam und Andi Schmidhuber wohnen.

»Hallo! Schön, dass du da bist!« Hoffentlich hört er nicht, wie meine Stimme zittert.

Ein Kuss zur Begrüßung. Na also, ist doch immer noch alles bestens mit Roland und mir. Und spätestens in einer halben Stunde wird alles sogar noch besser sein. Ich bugsiere ihn in die Wohnung und schließe die Tür hinter ihm.

»Magst du einen Kaffee?«

»Gern, aber vor allem mag ich wissen, was heute Nacht mit dir los war.«

»Gleich. Ich mach uns erst mal einen Kaffee.«

»Okay.«

Wir gehen in die Küche. Jetzt nur nichts falsch machen. Jetzt ganz souverän sein. Ich bin cool und klug und sexy. Ich trage eine enge Jeans und hohe Schuhe und bewege mich sehr lässig. Ich werde Roland beweisen, dass auch eine Mama cool und klug und sexy sein kann.

Das mit der Coolness fällt mir allerdings schwer, denn ich bin aufgeregt. Wie funktioniert das mit den Kaffeekapseln doch noch gleich? Warum müssen Andi und Miriam so eine komplizierte Maschine haben und nicht eine ganz gewöhnliche mit Filterpapier und Kaffeepulver wie ich! Und wo ist der Kaffee überhaupt? Ich öffne erst einmal die falsche Schranktür. Hoppla, da stehen die Gläser. Hat Miriam umgeräumt? Aha, Kaffee und Tee stehen jetzt im zweiten Fach.

Roland grinst: »Kann es sein, dass ich dich mit meiner Anwesenheit nervös mache? Du kennst dich ja in deiner eigenen Küche nicht mehr aus ...«

Leichtes hysterisches Kichern meinerseits. Glücklicherweise finde ich wenigstens die Tassen auf Anhieb.

Während ich den Kaffee zubereite, schaut sich Roland in der Küche um. Mir wird abwechselnd heiß und kalt. Hoffentlich entdeckt er nicht ein verdächtiges Indiz, das auf einen männlichen Mitbewohner hinweist.

»Toller Kühlschrank!«, sagt er. Miriam und Andi haben so ein monströses amerikanisches Ding mit Eiswürfelautomat.

»Ja«, sage ich, »finde ich auch.«

Sein Blick bleibt an Miriams und Andis Pinnwand hängen.

»Montag 9:30 Urologe«, liest er laut. »Was hast du denn für Probleme? Ist es was Ernstes?«

»Oh, äh, nein, ich glaube nicht. Das ... ist nur zur speziellen Vorsorge, weißt du.«

Wie konnte ich Andis Arzttermin übersehen! (Hoffentlich ist es bei ihm nichts Ernstes!) Und gehen Frauen überhaupt manchmal zum Urologen? Roland weiß es offenbar auch nicht so genau: »Ach so. Ich hoffe, ich muss mir keine Sorgen machen.«

»Nein, nein. Kein Problem.«

»Und wer ist das hier?« Er pflückt einen vergilbten Zeitungsausschnitt von der Pinnwand. Auf dem Foto sind Andi und Miriam zu sehen, sie trainiert gerade auf einem ihrer Folterinstrumente im Fitnessclub, er steht grinsend daneben. Es ist der Bericht über die Eröffnung ihres Studios vor ein paar Jahren.

»Das sind Freunde von mir«, sage ich wahrheitsgemäß. »Die haben neulich ein Fitnessstudio eröffnet.«

»Das müssen aber besonders gute Freunde sein, wenn du ihr Foto hier aufhängst. Und was heißt hier ›neulich‹? Der Artikel ist ja über fünf Jahre alt!«

»Oh ja. Das sind meine allerbesten Freunde, und das war ein sehr wichtiger Termin für uns alle. Jetzt komm, steck das wieder dran und lass uns ins Wohnzimmer gehen.«

Schnell weg von der Pinnwand, bevor er noch weitere private Details aus Miriams und Andis Leben ausgräbt.

Aber auch im Wohnzimmer lässt Roland seine Blicke schweifen. Er schaut sich die CDs im Regal an.

»Hey, ich wusste gar nicht, dass du eine Vorliebe für Heavy Metal hast. Black Sabbath, Iron Maiden, Metallica ... Das hätte ich nicht von dir gedacht! Hast du nicht erzählt, du magst Klassik und leichte, tanzbare Popmusik?«

Verdammt! Ich konnte doch nicht Andis komplette Besitztümer verstecken.

»Ach, das ist lang her, dass ich so ein Zeug gehört habe!«, sage ich schnell.

Endlich hat Roland genug gesehen und setzt sich zu mir aufs Sofa. Ein paar Schlucke Kaffee trinken wir schweigend. Dann fragt er:

»Was war los heute Nacht? Was ist denn Schlimmes passiert, dass du so plötzlich aufbrechen musstest?«

»Es hat nichts mit dir zu tun.«
»Das will ich hoffen. Aber jetzt sag halt ...«
»Na ja, das ist nicht ganz einfach zu erzählen.«
»Ich habe Zeit.«
»Es hat nichts mit dir zu tun.«
Ich wiederhole mich. Ich muss allmählich mal zum entscheidenden Teil des Gesprächs kommen. Jetzt ist es so weit, sage ich mir. Jetzt kommt der Moment, an dem sich herausstellt, ob unsere Beziehung eine Zukunft hat.

Einen weiteren Moment lang herrscht peinliche Stille.

»Es ist nämlich so«, sage ich. Dann breche ich ab. Ich höre ein Geräusch an der Wohnungstür. Jemand steckt von außen einen Schlüssel ins Schloss, und die Tür springt auf. Mein Herz setzt aus.

Miriam? Das kann doch nicht wahr sein. Es sind gerade mal zehn Minuten vergangen, seit Roland gekommen ist. Sie würde doch niemals so gemein sein und früher als verabredet auftauchen? In mir schnürt sich alles in Panik zusammen. Ich erwarte das Getrappel von vier lebhaften Kinderfüßen und ein fröhliches »Hallo, Mama« im Doppelpack, so wie ein Delinquent das Fallbeil des Henkers erwartet. Aber stattdessen höre ich eine Sekunde lang ein dumpfes Poltern aus der Diele und schwere Schritte und dann eine Stimme im tiefsten bayerischen Bass: »Hallo? Jemand zu Hause? Was ist denn hier los? Wo sind meine Klamotten?«

Schon steht Andi im Wohnzimmer, ein Muskelpaket in grünem Tanktop, schwarzer Sporthose und weißen Frotteesocken. Ich weiß nicht, wer von uns dreien den entgeistertsten Gesichtsausdruck macht. Andi jedenfalls wirkt so verblüfft, als erblicke er auf seinem Sofa gerade eine Gruppe Aliens beim Betriebsausflug, und wie Roland aussieht, will ich lieber gar nicht wissen.

»Sophie!«, staunt Andi. »Wer ist das denn, und wo ist ...«

Bevor er noch »Miriam« sagen kann, ist Roland aufgesprungen. Er schleudert mir einen Blick zu, von dem ich in hundert Jahren noch Alpträume bekommen werde.

»Ach so ist das!«, sagt er mit eiskalter Stimme. »Jetzt wird mir einiges klar, Sophie. Deshalb hast du so wenig Zeit für mich, und deshalb musstest du heute Nacht ganz plötzlich wieder verschwinden. Ich Vollidiot! Das hätte ich mir denken müssen, dass es da einen anderen Kerl in deinem Leben gibt. Von wegen Dauerstress im Job und der ganze Schmarrn. Und ich habe wirklich geglaubt, du meinst das ernst mit mir. Mein Gott, wie konnte ich mich so verarschen lassen!« In drei Schritten ist er an der Tür.

»Nein, halt! Bleib hier! Es ist alles ganz anders!« Ich springe auf und laufe ihm hinterher. Aber Roland ist schon an Andi vorbeigerauscht und stürmt aus der Wohnung.

»Hey, kannst du mir mal sagen, was hier abgeht?«, fragt Andi. »Miriam ist in meiner Wohnung«, schreie ich, schubse ihn zur Seite und rase zur Tür hinaus. Fast wäre ich über Miriams rosarote My-Home-is-my-Castle-Fußmatte gestolpert. »Geh rauf! Sie kann dir alles erklären!«

Ich stürme die Treppe hinunter. Und weil es mit den hohen Absätzen nicht schnell genug geht, schleudere ich mir die Schuhe von den Füßen.

»Roland, warte!«, rufe ich und rutsche auf Strümpfen über die Stufen. Ich muss leider riskieren, mir den Hals zu brechen, wenn ich ihn noch erwischen will. Ich höre schon, wie Roland unten die Haustür öffnet.

»Warte doch! Ich kann dir das erklären. Hör mir doch wenigstens zu!«

Aber Roland hört nichts mehr. Krachend fällt die Haustür ins Schloss. Als ich auf die Straße hinausrenne, sehe ich gerade noch, wie er in sein Auto steigt und, ohne zu blinken, losfährt. Er liefert sich ein kurzes, heftiges Hupduett mit einem anderen Autofahrer, dem er beim Ausscheren die Vorfahrt nimmt. Dann ist er weg.

»Und?«, fragt Miriam eine halbe Minute später. »Was ist passiert?«

»Der GAU«, sage ich. »Der absolute Super-GAU. Andi ist nach Hause gekommen, und Roland hat das Weite gesucht.«

»O nein! Und jetzt?«

»Jetzt denkt Roland, dass ich verheiratet bin und ihn verarscht habe.«

»Ach, du liebe Zeit! Hast du ihn wenigstens gleich angerufen?«

»Noch nicht, mein Handy liegt unten bei euch auf dem Wohnzimmertisch.«

»Dein Handy habe ich hier«, sagt Andi, der durch die angelehnte Tür in meine Wohnung kommt. »Und jetzt erklärt mir bitte mal, was da gerade los war!«

15:25

»Hallo, Roland. Hier ist Sophie. Warum gehst du denn nicht an dein Telefon? Es ist alles ganz anders, als du denkst. Ruf mich doch bitte an!«

15:45

»Roland, glaub mir, das war nicht mein Ehemann. Das war der Mann meiner Freundin. Ich bin nicht verheiratet. Ich kann dir alles erklären. Warum rufst du nicht zurück?«

16:05

»Bitte, Roland. Es ist nicht so, wie es aussieht. Glaub mir! Ich erkläre dir alles, wenn du mich anrufst.«

16:35

»Ach verdammt!« Ein viertes Mal spreche ich ihm nicht auf die Mailbox. Vielleicht ist die Abhörfunktion an seinem Handy ja kaputt. Diesmal schreibe ich ihm eine SMS: »Lieber Roland! Melde dich doch bitte noch mal. Das ist bloß ein schreckliches Missverständnis.«
Aber Roland reagiert immer noch nicht.

18:16

»Hey, was ist denn mit dir los?«
Chris und Björn kommen gleichzeitig von ihren Sonntagsvergnügungen zurück.
Chris ist schweigsam, wahrscheinlich liegt wieder ein vergeblicher Versöhnungsversuch mit Susi hinter ihm. Er geht gleich zum Kühlschrank und holt sich eine Flasche Mineralwasser raus. Björn blickt mir forschend ins Gesicht: »Ist was passiert, Sophie?«
»Ich habe alles verbockt«, flüstere ich. »Ich fürchte, ich bin genauso wenig erfolgreich in Liebesdingen wie Chris.«
»Oh«, macht Björn. »Kommt dein Roland nicht damit klar, dass du ihn heute Nacht versetzt hast?«
»Ach Björn. Die Lage ist viel komplizierter.«
Weil sich Chris mit seiner Wasserflasche auf den Balkon

verzogen hat und meine Kinder ausnahmsweise mal friedlich miteinander den Wiederaufbau der Raumstation betreiben, erzähle ich dem Waldschrat die ganze unglückliche Geschichte meiner Beziehung zu Roland. Irgendwem muss ich es jetzt einfach erzählen.

»Hm.« Björn sieht mich mit einem seltsamen Gesichtsausdruck an, als ich fertig bin. »Er sollte dir wenigstens die Chance geben, die Sache aufzuklären. Du sagst, er ist Anwalt. Da weiß er doch am besten, dass man kein Urteil fällen darf, bevor nicht die Verteidigung zu Wort gekommen ist. Vielleicht …« Björn räuspert sich. »Vielleicht solltest du einfach bei ihm vorbeigehen und mit ihm reden.«

»Du meinst – vielleicht hat er sein Handy aus Wut und Enttäuschung in die Isar geworfen und weiß gar nicht, wie oft ich ihn angerufen habe, und im tiefsten Grunde seines Herzens verzehrt er sich nach mir?«

»Ja«, sagt Björn langsam, »vielleicht ist es so.«

MONTAG, 16:39

Okay. Ich habe mir Björns Rat zu Herzen genommen. Heute werden Nägel mit Köpfen gemacht. Heute nehme ich mein Schicksal selbst in die Hand und hole mir meinen Roland zurück. Ich bin wieder etwas optimistischer als gestern. Irgendwie kann ich Roland verstehen. Wäre ich nicht auch geschockt gewesen, wenn am Samstagabend plötzlich seine Wohnzimmertür aufgegangen und eine fesche Blondine auf Socken zu uns hereinspaziert wäre? Ich brauche ihm bloß zu erzählen, wie es tatsächlich um mich steht, und schon wird wieder alles gut. Ich bin ja emanzipiert. Manchmal muss eben die Frau die Initiative ergreifen. Das weiß man doch von Männern, dass sie im Falle einer Enttäuschung gelegentlich überreagieren. Hat man je von einer Frau gehört, die aus Wut über das falsche Fußballergebnis ihren Fernseher aus dem Fenster geschmissen hat? Ich weiß nicht, ob Roland sein Handy in die Isar oder gegen die Wand geworfen hat. Jedenfalls scheint es nicht mehr zu funktionieren, sonst hätte er mich doch ganz sicher längst zurückgerufen.

Den ganzen Tag über habe ich mir überlegt, was ich ihm sagen werde, und jetzt ist es so weit. Wäre doch gelacht, wenn ich, die ich sämtlichen problemgeplagten Lesern und Leserinnen des *Münchner Morgenblatts* mit Rat und Tat zur Seite stehe, mir nicht selbst auch aus der Patsche helfen könnte.

Chris und Björn sind so nett und passen noch einmal auf die Kinder auf. Gut, dass sie es nicht eilig haben, nach

Italien zu kommen. (Manchmal frage ich mich, ob sie überhaupt noch irgendwann nach Italien fahren. Chris ist viel zu lethargisch, um irgendetwas zu unternehmen, und Björn wirkt auch nicht besonders motiviert für eine Weiterreise. Er sitzt den ganzen Tag an meinem Küchentisch und kritzelt irgendwelche Bildchen aufs Papier. Manchmal klingelt sein Handy, dann telefoniert er kurz. Wahrscheinlich ist das seine Art zu arbeiten. Brotlose Kunst eben.)

»Sehe ich gut aus?«

Da mir Miriams kritischer Blick auf meine Klamotten momentan nicht zur Verfügung steht und sich Chris wieder mal mit dem Telefon in mein Schlafzimmer verabschiedet hat, muss eben Björn als Style-Berater herhalten. Wobei ich bezweifele, dass er über die geeigneten Kompetenzen verfügt. Was will man von einem Kerl erwarten, der seit zwanzig Jahren einen rustikalen Holzfällerlook für das Nonplusultra des Modebewusstseins hält.

»Du siehst immer gut aus«, sagt Björn und schaut vom Tisch auf. »Sogar wenn du so dramatisch geschminkt bist wie jetzt.«

»Findest du, ich habe zu viel Make-up drauf?«

»Ich mag dich mit weniger Farbe im Gesicht lieber.« War ja klar. Naturbursche eben.

»Du meinst also, ich wirke attraktiver, wenn all meine Pickel und Falten und Augenringe deutlich zur Geltung kommen?«

Björn hat einfach keine Ahnung. Dieses Gespräch hätte ich mir sparen können.

»Erstens hast du keine nennenswerten Pickel, und zweitens gefallen mir die paar Lebenslinien in deinem Gesicht sehr gut. Glücklicherweise bist du nicht mehr sechzehn und hast schon ein paar aufregende Erfahrungen gemacht ...«

»Danke für die Lebenslinien. Ich hab immer gedacht, so was nennt man Krähenfüße. Im Übrigen hätte ich auf einige meiner tollen Erfahrungen gern verzichtet.«

Ich weiß auch nicht, weshalb ich so garstig zu ihm bin. Eigentlich war Björns Statement doch sehr charmant. Kann es sein, dass mich karierte Flanellhemden in Kombination mit Vollbärten aggressiv machen? Vor allem wenn ich gerade auf dem Weg bin, den schönsten und bestgekleideten Mann der Welt zurückzuerobern?

»Tja«, macht Björn und grinst mich schief an. Wahrscheinlich ist er es nicht gewohnt, mit einer Frau über deren äußeres Erscheinungsbild zu diskutieren. »Außerdem klappt das mit dem Versöhnungskuss besser, wenn nicht so viel rosa Lipgloss dazwischenklebt.«

Hoppla. Wer hätte gedacht, dass sich unser Waldschrat mit kosmetischen Fachbegriffen wie *Lipgloss* auskennt.

»Na ja«, sage ich. »Am Lipgloss wird die Aussprache mit Roland hoffentlich nicht scheitern.«

Dann rausche ich los. Kurz bevor ich ins Auto steige, wische ich mir dann aber doch kurz über den Mund. Für alle Fälle.

16:52

Mit meinem Motor starte ich quasi auch die Aktion Wiedervereinigung. Na klar: Ein klärendes Wort von mir, und alles wird sein wie immer. Nur viel besser, weil ich endlich alle Irritationen aus dem Weg geräumt haben werde.

Roland ist eben ein sehr sensibler Mann. Das habe ich in den vergangenen Tagen doch schon gemerkt: Wie wahnsinnig enttäuscht er jedes Mal war, wenn er erfahren musste, dass ich schon wieder keine Zeit für ihn hatte. Kein Wunder, dass er völlig durchdreht, wenn er denkt, er wäre für mich bloß ein kleines außereheliches Abenteuer am Rande. Da würde manch einer vor Kummer mehr als sein Handy in die Isar werfen!

Diesmal finde ich sofort einen leidlich geräumigen Parkplatz in der Gertrudenstraße. Ich lasse mein Auto mit einem Reifen auf dem Bordstein stehen. Für korrekte Einparkmanöver habe ich jetzt keine Zeit. Und für den Erwerb eines Parktickets noch weniger. Schließlich geht es hier um meine Zukunft. Ich renne gleich los und hetze das hochherrschaftliche Treppenhaus hinauf.

Die Empfangstheke ist verwaist, als ich atemlos die Tür zur Kanzlei aufstoße. Keine Leopardenfrau bewacht den Eingang. Alle Bürotüren stehen sperrangelweit auf. Irgendwo klingelt einsam ein Telefon. Wo sind die denn alle? Ob sich Roland aus Liebeskummer krankgemeldet hat?

»Hallo, Frau Freitag!«

Aus einer schmalen Seitentür, die mit zwei ovalen Kringeln eindeutig gekennzeichnet ist, kommt Rolands Kollege Peter heraus und knöpft sich sein Sakko zu. Ausgerechnet Peter, der im Grunde ja schuld ist an dem ganzen Drama! Wenn er sich neulich im Café nicht an unseren Tisch gesetzt und uns in dieses unerfreuliche Gespräch verwickelt hätte, dann hätte ich Roland schon längst über die Details meiner familiären Situation aufgeklärt, dann wäre es niemals zu dieser fatalen Situation in Miriams Wohnung gekommen, und Roland hätte sich nicht ...

»Wie schön, dass Sie mal vorb...«

»Ist Roland da?«, falle ich ihm mit krächzender Stimme ins Wort. Für Small Talk habe ich jetzt wirklich keine Zeit.

»Roland ist gerade einen Kaffee trinken, unten bei Luigi.

Kennen Sie das Lokal? Oder wollen Sie lieber hier auf ihn warten? Sie können gerne ...«

Nein danke, Warten geht diesmal wirklich nicht.

»Ich finde ihn schon«, rufe ich und bin bereits auf der Treppe.

Mit jeder Marmorstufe, die ich hinunterstürme, wird mein Herz ein Kilo leichter. Alles wird gut! Gleich ist alles wieder gut!

Was für ein hübscher Zufall, dass ich Roland in Luigis Café wiedertreffen werde, denke ich. Bei Luigi habe ich mich in Roland verliebt, und bei Luigi werde ich ihn zurückbekommen. Wie praktisch, sich in einem Lokal zu versöhnen. Dann können wir anschließend gleich mit einem Gläschen Champagner auf unser neues Glück anstoßen. Allein die Befürchtung, ich könnte mit meinen hohen Absätzen umknicken und mir eine unerfreuliche Bänderzerrung zuziehen, hält mich davon ab, Luftsprünge zu machen.

Ich sehe Roland, noch bevor ich das Café betreten habe. Er lehnt an einem der Tischchen gleich neben der breiten Fensterfront und trinkt gerade einen Schluck Espresso.

Leider ist er nicht allein. Ihm gegenüber lümmelt die Leopardin. Heute allerdings nicht im Wildkatzenmusterkleid, sondern geblümt und mit langer offener Blondmähne. Sie wirft Roland ein strahlendes Lächeln zu.

Ich zucke zurück, bevor die beiden mich entdecken. Das ist jetzt nicht die Szenerie, die ich mir für meine Aussprache erhofft habe. Ich bin natürlich davon ausgegangen, dass Roland allein am Tisch steht und deprimiert in der Gegend herumschaut.

Was er definitiv nicht tut. Zu meiner großen Überraschung muss ich feststellen, dass Roland ebenfalls lächelt. Vielleicht sieht es ein bisschen gequält aus, aber er lächelt eindeutig, und jetzt erdreistet sich – ich kann es nicht glauben! –, jetzt erdreistet sich die Leopardin, ihre rechte, reich beringte Hand auf seinen Unterarm zu legen.

Macht man so etwas? Geht man als Vorzimmerdame dermaßen vertraulich mit dem Chef um, wenn der gerade den heftigsten Liebeskummer seines Lebens durchleidet? Und lässt man sich als Boss dermaßen ungeniert von seiner Telefontussi trösten, während man der tollsten Frau nachtrauert, die einem je im Leben begegnet ist? Oder leidet Roland etwa überhaupt nicht?

Aus unerklärlichen Gründen habe ich plötzlich Dieters selbstzufriedenes Grinsen vor Augen. Warum muss ich ausgerechnet jetzt an den Opernabend denken und an Dieters orientalische Begleiterin? Leiden Männer grundsätzlich nicht länger als vierundzwanzig Stunden an Liebeskummer? Ist es immer so, dass sich Kerle mit der nächstbesten Frau trösten, und wenn es die eigene Mitarbeiterin ist? Und ich dachte, so etwas gibt es nur in drittklassigen Vorabendserien.

Die Leopardin hat ihre Hand inzwischen wieder dahin gelegt, wo sie hingehört: an den Henkel ihrer Kaffeetasse. In dem Moment sehe ich, wie Roland in die Tasche seines Sakkos greift. Er holt sein Handy raus und hält es ans Ohr. Es gibt keinen Zweifel, er telefoniert. Ich sehe, wie er spricht, wie er zuhört, wie er nickt. Das heißt, sein Telefon ist absolut in Ordnung. Er hat es weder in der Isar versenkt noch gegen die nächstbeste Wand geworfen. Er hat sämtliche Anrufe und SMS von mir erhalten – und einfach nicht reagiert.

Vielleicht sollte ich da jetzt reingehen. Vielleicht sollte ich mit stampfenden Schritten in das Lokal stürmen und mit der Faust auf den Tisch hauen, dass das Cappuccinotässchen der Leopardin hüpft und klirrt. Vielleicht sollte ich mich vor Roland hinstellen und ihn anbrüllen, weshalb er – verdammt noch mal – nicht zurückgerufen hat. Und dass er als Jurist ja wohl wissen müsste, dass es ein Recht auf Verteidigung gibt.

Vielleicht sollte ich mich aber einfach nur umdrehen und zurück zum Auto gehen und nach Hause fahren. Und feststellen, dass die große Liebe und ich zwei Dinge sind, die in diesem Leben nicht mehr zusammenkommen werden.

Und das mache ich schließlich auch.

Das Knöllchen hinter meiner Windschutzscheibe zerreiße ich in tausend Fetzen, und die lasse ich durch die Gertrudenstraße fliegen.

17:51

Mitten in meinem Wohnzimmer steht ein Zelt. Ein knallblaues Kuppelzelt, das vom Bücherregal fast bis zum Fenster reicht. Björn und Chris haben Sofa, Tisch und Stühle gegen die Wände gerückt. Ich bin froh, dass sie die Heringe nicht in meinen Parkettboden gerammt und auch kein Lagerfeuer auf dem Teppich entzündet haben. Aus dem Inneren des Zeltes dringen unterdrücktes Kichern und Prusten. Dann stecken Lina und Timo ihre Köpfe heraus.

»Wir machen Camping!«, erklärt meine Tochter vergnügt. »Das Wohnzimmer ist der Campingplatz, und die Badewanne ist der Swimmingpool.«

»Wir sind nämlich in Rimimimi!«, fügt mein Sohn hinzu. »Das ist in Italien.«

»Ich hoffe, ihr habt nicht auf dem Balkon einen Strand aufgeschüttet!«, knurre ich. Allmählich wird es Zeit, dass Chris und Björn hier die Biege machen.

»Sorry.« Björn kriecht mit wirrer Mähne aus dem Zelt. »Wir wollten das hier natürlich wegräumen, bevor du zurückkommst. Ich habe gedacht, das mit dir und Roland dauert länger.«

»Nein. Wie du siehst, ging es ganz schnell. Und das Problem mit dem Lipgloss hat sich von selbst erledigt.«

Björns Reaktion ist sehr einsilbig: »Oh.«

Aus dem Zelt kommt dumpf die Stimme meines Bruders: »Was für Lipgloss?«

DIENSTAG, 6:15

Natürlich müsste ich schon längst aufgestanden sein. Natürlich müsste ich längst am Frühstückstisch sitzen oder wenigstens unter der Dusche stehen. Aber ich habe nach dem Weckerklingeln die Bettdecke über meine Ohren gezogen und beschlossen, krank zu sein. Depression ist eine ernstzunehmende Krankheit, damit darf man nicht leichtfertig umgehen. Heute bin ich schwer krank. Heute rufe ich in der Redaktion an und melde mich dienstunfähig. Ich bin absolut nicht in der Lage, auch nur einen vernünftigen Satz zu fabrizieren. Heute müssen sie beim *Morgenblatt* ohne mich auskommen.

7:15

Natürlich bleibe ich doch nicht liegen. Es ist schwer, krank zu sein, wenn zwei sehr gesunde Kinder neben einem auf dem Bett herumspringen. Chris und Björn sitzen auch schon in der Küche.

»Du meinst, wir sollten allmählich abfahren, oder?«, fragt Chris und blickt mich über den Rand seiner Kaffeetasse hinweg an.

»Wäre vielleicht allmählich mal nicht schlecht«, murmele ich.

»Hast ja recht, wir packen gleich. Wir wollten sowieso schon längst in Italien sein. Los, Björn, lass uns gleich mal bei diesem Campingplatz in Bozen anrufen. Wie hieß der? Dolomitenblick?«

Björn nickt wortlos.

»Nein!«, schreit Lina. »Chris und Björn sollen noch hierbleiben.«

»Wir wollen doch heute noch mal Camping machen!«, ruft Timo.

»Camping machen wir ein anderes Mal«, entscheide ich. »Jetzt müssen wir in die Wichtelstube. Wir sind sowieso wieder viel zu spät dran.«

8:25

Die Tür zur Wichtelstube ist zu. Sosehr ich auch rüttele und drücke und klopfe und klingele: Es ist abgesperrt.

»Ist heute keiner da?«, fragt Lina.

»Ich versteh das auch nicht. Normalerweise ist bis halb neun immer …«

Oh mein Gott. Jetzt fällt es mir ein. Heute ist nicht normalerweise. Heute ist Besuchstag bei der Feuerwehr. Frau Härtling hat mich gestern noch daran erinnert, die Kinder heute unbedingt pünktlich zur Kita zu bringen. »Abfahrt acht Uhr fünfzehn«, hat sie gesagt, »allerspätestens!«, und mich dabei mit einem sehr mahnenden Blick angeschaut.

»Verdammt!«, fluche ich ausnahmsweise mal in Gegenwart meiner Zöglinge. »Heute ist der Ausflug zur Feuerwehr, und sie sind alle schon weg.«

Timo fängt wie auf Knopfdruck an zu heulen.

»Ich will auch zur Feuerwehr!«, jault er. »Ich will auch die Feuerwehrautos sehen und auf die große Leiter klettern und mit dem dicken Schlauch Wasser spritzen. Ich will auch …«

Lina schaut nur stumm auf die geschlossene Tür und presst die Lippen aufeinander.

Ich krame mein Handy aus der Tasche. Ich habe keine Ahnung, zu welcher Feuerwehrbrigade die Truppe gefahren ist. Aber vielleicht weiß Irene mehr.

Was Irene weiß, erfahre ich allerdings nicht, denn als ich sie anrufe, springt sofort ihre Mailbox an. Verflixt. Hatte ich nicht auch irgendwo die Telefonnummer von Frau Härtling? Im Adressbuch meines Handys ist sie jedenfalls nicht, wie ich feststelle. Ich probiere es noch mal bei Irene. Vergebens. Inzwischen laufen auch Lina die Tränen über das Gesicht.

»Im nächsten Sommer gibt es bestimmt wieder einen Ausflug zur Feuerwehr«, versuche ich zu trösten. Was meinen Kindern an diesem Morgen nicht wirklich weiterhilft. Vor allem aber hilft es mir nicht weiter. In einer halben Stunde muss ich bei der Arbeit sein, und ich habe keine Ahnung, wem ich meine Kinder bis dahin anvertraut haben könnte.

Es sei denn, Chris und Björn sind noch nicht abgereist. Oh ja! So wie ich die beiden kenne, haben sie es nicht besonders eilig. Wahrscheinlich rollen sie gerade in aller Ruhe ihre Schlafsäcke zusammen und diskutieren darüber, ob sie auf dem Weg nach Italien die schnelle Route über die Brennerautobahn nehmen oder sich die Maut sparen und über die alte Bergstraße kurven sollen.

»Los, nach Hause!«, rufe ich und bugsiere meine Kinder ins Auto.

Das einzig Erhellende an diesem Morgen ist der Blitzer an der Kreuzung, der mich erwischt, als ich bei Dunkelorange über die Ampel fahre. Na gut, vielleicht war es auch schon rot.

In der Wohnung ist alles still und leer. Ich hatte ganz vergessen, wie geräumig meine vier Wände sind, wenn nicht in jedem Winkel Rucksäcke, Schafsäcke, Isomatten, ein flüchtig zusammengerolltes Zelt, leere Wasserflaschen, umgekrempelte Jeans, zerknüllte T-Shirts, vereinzelte Badelatschen und dreckige Wanderstiefel herumliegen.

Auf dem Küchentisch finde ich einen Zettel: »Liebes Schwesterchen! Vielen Dank für Speis und Trank und Herberge. Ich hoffe, wir haben nichts vergessen. Wenn du uns vermisst, ruf an. Chris.« Dahinter ein Smiley und dann ein PS: »Von mir auch liebe Grüße und alles Gute, Björn.«

»Wo gehen wir jetzt hin?«, fragt Lina.

Und Timo schluchzt: »Müssen wir jetzt in ein Kinderheim nach Amerika?«

9:38

Selten ist mir beim Eintreten in den Konferenzraum so viel Aufmerksamkeit zuteilgeworden wie heute. Schüchtern drücken sich Lina und Timo an meine Beine, als ich sie vor mir durch die Tür schiebe. Die Diskussion im Raum erstirbt sofort.

»Entschuldigung!« Ich wage es nicht, irgendjemanden in der Runde anzublicken. »Heute gab es ein kurzfristiges Problem mit der Kita ...« Ich sehe mich suchend um und finde einen freien Platz auf der niedrigen Fensterbank. Ich setze mich leise neben Tanja und nehme auf jedes Knie ein Kind. Wahrscheinlich werden mir am Ende der Sitzung beide Beine abgestorben sein. »Es ist nur heute ausnahmsweise mal ...«, murmele ich in die Runde, weil weder Lydia noch sonst jemand etwas zum unerwarteten Auftritt meiner minderjährigen Gäste sagt. »Sie sind auch ganz leise und stören nicht.«

Endlich nickt Lydia kurz und streng, und dann geht es weiter im Programm. Der Kollege aus der Wirtschaftsredaktion referiert die Themen des Tages und welchen Schwerpunkt er bei seinem bahnbrechenden Leitartikel für die nächste Ausgabe zu behandeln gedenkt. Ich spüre, wie Timo mit seinen Füßen zu zappeln beginnt. »Scht!«, flüstere ich und halte sein Bein fest, damit er nicht weiter rhythmisch gegen die Wandvertäfelung poltert.

»Mama, wie lange dauert das noch?«, flüstert Lina. »Mir ist langweilig.«

»Scht!«, flüstere ich zurück. »Jetzt musst du stillhalten. Es ist gleich vorbei.«

Tanja lächelt die Kinder mitleidig an. »Ich finde es auch ziemlich langweilig«, knurrt sie meiner Tochter hinter vorgehaltener Hand zu. Lina verzieht ihr Gesicht zu einem unsicheren Grinsen.

Timo hat das mit dem Flüstern noch nicht so gut drauf.

»Mama«, sagt er mit unwesentlich gesenkter Stimme quer über den Konferenztisch. »Warum bohrt der dicke Mann da hinten die ganze Zeit in der Nase?«

Eine Sekunde lang herrscht atemlose Stille im Raum. Ich spüre, wie mir das Blut dunkelrot bis unter die Haarwurzeln steigt. Ich starre auf das äußerst interessante Muster des graugescheckten Teppichbodens und möchte nie in meinem Leben wieder aufblicken. Dann sagt Lina laut und vernehmlich: »Der hat bestimmt sein Tempotuch vergessen, und jetzt kriegt er den dicken Popel nicht raus.«

10:04

Das grölende Lachen im Konferenzraum klingt mir noch in den Ohren. Ich bin mir sicher, dass der Kollege aus der Sportredaktion nie wieder ein Wort mit mir reden wird. Andererseits wird er es wahrscheinlich auch nie wieder versäumen, in der Öffentlichkeit ein Taschentuch zu benutzen. Insofern kommt ihm die drastische Erziehungsmaßnahme meiner Kinder langfristig vermutlich zugute.

»Du hast so goldige Spätzchen!«, raunt mir Tanja zu, als wir nach der Sitzung den Raum verlassen. Dabei fährt sie mit der Hand über Linas Blondschopf. Claus-Henning sieht das anders.

»Ist das hier eine Zeitungsredaktion oder ein Kindergarten?«, fragt er laut und deutlich, als wir nebeneinander über den Flur gehen. Ich betrachte das als rhetorische Frage und antworte nicht.

In meinem Büro verteile ich Papier und Buntstifte an meine Nachkommen und hoffe, dass die zwei sich wenigstens so lange allein beschäftigen können, bis ich meinen Rechner hochgefahren habe. Wahrscheinlich warten schon wieder zwanzig E-Mails auf mich. Auf meinem Schreibtisch liegt immer noch der Brief dieser freudlosen Vroni aus Giesing. Was soll ich ihr bloß schreiben?

Etwa: Das Liebesleben mit Ihrem Mann liegt auf Eis, seit Sie Kinder haben? Tja, Pech gehabt. Es wird nie wieder so sein wie früher. Finden Sie sich damit ab, dass das Leben mit Anfang vierzig praktisch vorbei ist.

Ach verdammt.

Ich habe keine Lust mehr. Ich will keine Lebenshilfe geben, wo ich doch selbst keine Ahnung habe, wie man Kinder vernünftig erzieht, wie man einen Haushalt organisiert und wie man es dabei auch noch schaffen soll, ein glückliches Liebesleben zu führen. Es ist doch das Letzte, wenn ausgerechnet ich, die ich in allen Lebensbereichen komplett versagt habe, anderen Leuten etwas raten soll. Ich will wieder das machen, was ich vor vielen Jahren mal gelernt habe: Ich will Theaterkritiken schreiben und über Ausstellungen berichten, und ich werde jetzt sofort zu Lydia gehen und ihr sagen, dass ich den Job als Kummertante für Kathis Kosmos auf der Stelle hinschmeiße. Ich stehe auf, noch bevor alle Desktopsymbole auf meinem Bildschirm aufgepoppt sind.

An meiner Bürotür pralle ich beinahe mit Lydia zusammen.

»Ich wollte gerade zu dir!« sage ich.

»Das trifft sich ja gut.« Lydia starrt auf die farbenfrohe Zettelwirtschaft, die da gerade auf dem Teppichboden neben meinem Schreibtisch entsteht.

»Das sind also deine beiden Kleinen«, stellt sie fest.

»Ich heiße Lina, und das ist der Timo«, erklärt meine Tochter überflüssigerweise.

»Und ihr schaut heute zu, wie die Mama arbeitet?«

»Ja«, sagt Timo, ohne den roten Buntstift aus dem Mundwinkel zu nehmen. »Weil wir nicht zur Feuerwehr mitgefahren sind.«

Lina erläutert: »Die waren nämlich alle schon weg in der Wichtelstube, und Björn und Chris waren auch schon weg, und deshalb hat die Mama uns mitgenommen.«

Ich bezweifele, dass Lydia den Zusammenhang zwischen der Feuerwehr und der Anwesenheit meiner Kinder im Redaktionsbüro begreift. Aber ich hoffe, sie hat wenigstens verstanden, dass es heute bei uns brennt.

»Hör mal, Lydia«, setze ich an. »Ich muss noch mal über Kathis Kosmos mit dir reden.«

»Allerdings. Wir brauchen dringend deinen neuen Text bis morgen. Hast du schon ein Thema?«

»Äh, ja, aber klar doch. Ich ... werde mich mit der Frage beschäftigen, wie man eine angeknackste Beziehung wieder ins Lot bekommt.« Klingt gut. Bin gespannt, was mir dazu einfallen wird.

»Schön, Sophie. Das ist ein interessantes Thema. Aber denk daran: Nicht zu viele Probleme aufwerfen und immer heiter bleiben!«

»Ja, ich weiß.«

»Hast du schon angefangen?«

»Na ja, ich habe eine grobe Skizze im Kopf.« Will sagen, ich habe noch nicht den geringsten Plan, was ich schreiben soll. Wegen der problematischen Entwicklung meines Privatlebens bin ich in den vergangenen Tagen nicht dazu gekommen, mir über Kathis Kosmos Gedanken zu machen.

»Lydia«, fahre ich fort, bevor sie weiterredet. »Es geht um die Leserpost.«

»Oh ja. Deshalb bin ich hier. Das ist unglaublich, welche Reaktion wir mit den Kolumnen auslösen, nicht wahr?«

»Das schon, aber meinst du nicht, dass es besser wäre, wenn sich jemand anders ...«

»Es ist genauso, wie ich erwartet hatte.« Lydia hört mir überhaupt nicht zu, sondern lehnt sich entspannt an meinen Schreibtisch. »Unsere Leserinnen sind so glücklich, dass sie jemanden haben, an den sie sich mit ihren Problemen wenden können.«

»Ja, aber wenn sich ein Fachmann darum kümmern würde, also jemand, der sich mit Psychologie oder Pädagogik auskennt ...«

»Ach was! Erst heute früh habe ich wieder den langen Dankesbrief einer Dame bekommen. ›Sagen Sie bitte Ihrer lieben Kathi, dass sie meine Ehe gerettet hat‹, stand darin. Ist das nicht großartig? Die Leute sind so glücklich mit Kathis Kosmos.«

»Lydia, ich möchte das wirklich nicht länger ...«

»Du hast völlig recht. Wir wollen unsere Lebensberatung nicht länger auf ein paar E-Mails und Briefe beschränken.

Wir ziehen das ganz groß auf. Das ist eine einmalige Chance, eine sensationelle Marktlücke, mit der wir uns von der Konkurrenz meilenweit absetzen können.«

Ich verstehe kein Wort. »Ich möchte doch nur ...«, setze ich an, aber Lydia stoppt mich mit einer Handbewegung.

»Als ich dich vorhin mit deinen Kindern im Konferenzraum sitzen sah, ist es mir wie Schuppen von den Augen gefallen. Kathi lebt. Kathi ist eine Frau aus Fleisch und Blut mit zwei goldigen Kindern und einem wunderbaren Ehemann. Wir sind es unseren Leserinnen schuldig zu zeigen, dass die Idealfamilie funktioniert. Auch unter schwierigsten Umständen.«

Ich verstehe immer noch nichts.

»Wir schaffen den unmittelbaren Kontakt. Kathi zum Anfassen sozusagen. Leserinnen fragen, Kathi antwortet.«

»Ich begreife nicht ganz, Lydia. Ich wollte dir eigentlich sagen, dass ich die Rolle der Kummerkastentante nicht länger ...«

»Genau. Die Kummerkastentante wird nicht länger eine gesichtslose Figur bleiben. Sophie, du wirst Kathi mit Leben erfüllen. Die Einladungen sind schon fast fertig. Sie werden morgen als Beilage in der Zeitung erscheinen. Ein Abend in Kathis Kosmos, Eintritt frei. Kommen Sie ins Zeitungshaus, erleben Sie Kathi und Ihre Familie live und in Farbe. Endlich können Sie Ihrer Lieblingskolumnistin all die Fragen stellen, die Ihnen schon immer auf dem Herzen brannten.«

»Lydia, ich kann dir nicht ganz folgen. Was soll das werden?«

»Habe ich mich nicht deutlich genug ausgedrückt? Wir machen eine Veranstaltung für die Leser, einen öffentlichen Auftritt. Noch in dieser Woche, im großen Sitzungssaal, um achtzehn Uhr. Damit es für die Kinder nicht zu spät wird. Die

Leute werden uns die Bude einrennen. Auf der einen Seite sitzt das Publikum, auf der anderen Seite sitzt du mit deinen Kindern und deinem Mann ...«

»Lydia, ich habe keinen Mann. Du weißt doch, dass ich alleinerziehend bin und dass diese ganzen Ratschläge, die ich den Leserinnen gebe, völliger Humbug sind.«

»Deine Ratschläge kommen großartig an, das ist die Hauptsache, und du hast doch sicher einen Freund, den du mitbringen kannst, oder deinen Exmann. Es geht doch nur darum, eine heile Familie darzustellen. Es geht um die Leser-Blatt-Bindung, verstehst du das nicht? Es geht darum, etwas zu bieten, was die Leute sonst nirgendwo finden. Kathis Kosmos hautnah. Die Einladungen müssen so bald wie möglich raus, wir müssen nur noch das Datum eintragen. Morgen oder übermorgen? Je früher, desto besser. Es pressiert. Ich weiß aus sicherer Quelle, dass die *Abendzeitung* für das Wochenende eine große Titelgeschichte zum Thema Familie plant. Dem müssen wir unbedingt zuvorkommen. Familienkompetenz – das sind wir. Da lässt sich das *Münchner Morgenblatt* von der Konkurrenz nicht die Butter vom Brot nehmen. Also: Was passt dir besser? Morgen oder übermorgen?«

Lydia blickt mich erwartungsvoll durch ihre Brille an. Die Option »Das mache ich aber nicht!« steht mir offenbar nicht zur Verfügung.

»Übermorgen«, sage ich langsam. »Ich muss mir noch einen Mann suchen.«

»Wunderbar!« Lydia springt von meiner Schreibtischkante und bewegt sich schnellen Schrittes zur Tür. »Ich gehe sofort zur Grafik und sag Bescheid, damit sie die Einladungen drucken lassen können. Donnerstag achtzehn Uhr. Super. Details besprechen wir später.«

Na prima. Ich habe zwei Tage Zeit, um einen Ehemann zu finden. Es ist ja nicht so, dass ich schon seit Jahren danach suche.

11:15

»Hallo, Stefan!«

»Ja, hallo, Sophie. Was gibt's? Warum rufst du an? Ist was mit den Kindern?«

»Nein, mit den Kindern ist alles okay.« Abgesehen davon, dass sie den Kindergartenausflug verpasst haben und gerade meinen Bürocomputer belagern, um im Internet *Fang-den-Clown* zu spielen. Aber das ist nicht das Problem. Ich kann jetzt sowieso nichts schreiben. Ich muss meine Kathi-Veranstaltung vorbereiten. »Hör mal, Stefan, hast du übermorgen Abend schon was vor? Es klingt vielleicht ein bisschen komisch, aber ich bräuchte dich dringend als Ehemann.«

»Als was?«

»Ja, du hast schon richtig gehört. Ich brauche einen Mann.«

»Wie soll ich das jetzt verstehen?«

»Ach, es ist ganz einfach. Meine Chefin plant eine Veranstaltung mit mir, bei der ich als Familie auftreten soll. Du weißt schon, Mama, Papa, Tochter, Sohn. Und da wäre es schön, wenn du mit mir …«

»Wie jetzt? Ich soll deinen Ehemann spielen? Hast du keinen Freund?«

»Nein, habe ich nicht. Und deshalb musst du bitte mitmachen. Nur für einen Abend. Die Zeitung organisiert den Auftritt. Wir erklären den Zuschauern, wie eine glückliche Familie funktioniert.«

»Eine glückliche Familie? Ausgerechnet wir? Hast du eine Meise?«

Manchmal gelingt es Stefan, mir deutlich vor Augen zu führen, weshalb es mit uns beiden nicht geklappt hat. »Nein, ich habe keine Meise. Ich habe ein Problem, weil ich am Donnerstagabend vor ich weiß nicht wie vielen Leserinnen ein harmonisches Familienleben präsentieren soll und keine Ahnung habe, wie das mit meiner Rumpfsippe funktionieren soll.«

»Rumpfsippe!«, grummelt Stefan.

»Machst du mir jetzt den Ehemann oder nicht?«

»Natürlich nicht, Sophie. Kim würde mir an die Gurgel gehen, wenn ich mich mit dir vor aller Welt als heile Familie präsentiere. Am Ende kommt noch ein Foto in die Zeitung, das uns beide Arm in Arm zeigt. Was ist denn das für eine bescheuerte Idee?«

Diese Frage ist nicht ganz unberechtigt, aber ich komme aus der Nummer jetzt nicht mehr raus.

»Mensch, Stefan, sei doch bitte …«

»Nee, Sophie, tut mir leid. Es gibt gewisse Grenzen. Ich kann am Donnerstagabend gern die Kinder übernehmen, aber den Job als liebenden Ehemann – das kannst du dir abschminken.«

Na gut. Ich hätte es mir denken können. Wir sind schließlich nicht ohne Grund geschieden.

Nächster Versuch:

»Miriam, hallo!«

»Hey, Sophie! Wie schön, dass du anrufst. Was gibt's? Hat sich dein Roland gemeldet?«

Ach Gott, Roland. Jetzt nicht auch noch daran denken!

»Nein, ganz im Gegenteil. Wenn ich mit Roland zusammen wäre, hätte ich dieses Problem nicht.«

»Oje. Was ist los?«

»Ich brauche einen Mann. Ganz dringend. Kann ich mir am Donnerstagabend für ein paar Stunden deinen Andi ausleihen?«

Erst ist es totenstill in der Leitung. Dann höre ich Miriam schlucken: »Sophie, aber das geht doch nicht! Ist es wirklich so schlimm? Ich meine – ich weiß ja, dass du schon sehr lange nicht mehr mit einem Mann zusammen warst und dass du dich mit Andi gut verstehst, und ich bin auch gerne deine Freundin und werde dir immer zur Seite stehen, wo ich kann, aber ... das geht doch nicht. Du und Andi, also, Sophie, wirklich ...«

»Ach, Miriam. Ich brauch doch nicht *dafür* einen Mann.« Wenn ich nicht so unter Druck stehen würde, müsste ich laut herauslachen. Ich erkläre Miriam meine Misere.

»Oh!« Ich höre, wie sie grinst. »Da bin ich aber erleichtert. Ich hatte mir schon Sorgen um dich gemacht! Allerdings weiß ich nicht, ob wir dir wirklich weiterhelfen können. Da gibt es doch am nächsten Tag sicher einen großen Bericht drüber in eurer Zeitung. Was sollen denn all unsere Kunden im Body-Club sagen, wenn sie Andi mit dir und den Kindern auf dem Foto sehen? Die wissen doch, dass er mit mir verheiratet ist. Ich fürchte, das können wir nicht machen, Sophie. Andi und ich – also es gibt eine ganze Menge Leute in München, die uns gut kennen. Da fliegt der Betrug doch sofort auf!«

Miriam hat leider nicht ganz unrecht. Das hatte ich nicht bedacht.

»Viel Glück!«, sagt Miriam noch, bevor sie auflegt.

Oh ja, Glück kann ich in der Tat gebrauchen. Und eine geeignete Kinderbetreuung. Lina und Timo sind beim virtuellen Clown-Fangen in Streit geraten.

»Ich bin jetzt dran!«, schreit Timo. »Du machst schon die ganze Zeit. Ich will jetzt auch mal!«

»Nein, ich bin aber noch nicht fertig. Geh da weg von den Tasten!«

Ich kann Timo gerade noch auffangen, bevor Lina ihn von meinem Bürostuhl schubst. Dass er seine Schwester mit »du blöde olle Kuh« beschimpft und mit weiteren Begriffen, von denen ich nicht wusste, dass sie zu seinem aktiven Sprachschatz gehörten, lässt sich leider nicht verhindern.

»Hört auf zu zanken!«, zische ich sie an. »Gleich kommt der Kollege aus dem Nachbarzimmer rein und beschwert sich.«

Zunächst aber beschwert sich Timo und fängt mal wieder an zu plärren.

Fünf Sekunden später fliegt meine Bürotür auf.

»Was ist denn bei dir los?«, herrscht Claus-Henning mich an. »Geht das hier nicht ein bisschen leiser? Wieso sitzen die Kinder am Computer? Ich hoffe, die machen da nichts kaputt.«

Timo schluckt vor Schreck die Tränen runter.

»Meine Kinder wissen, wie man mit einer Tastatur umgeht«, entgegne ich tapfer. »Im Übrigen bereiten wir uns auf unseren Auftritt am Donnerstagabend vor. Du hast ja sicher schon gehört, dass das *Morgenblatt* mit Kathis Kolumne eine ganz große Sache plant.«

»Was für eine Sache?«

»Lydia kann es dir erklären. Leser-Blatt-Bindung und so. Das wird eine Riesennummer. Und meine Kinder spielen eine wichtige Rolle dabei.«

Claus-Henning verzieht zweifelnd das Gesicht, aber immerhin lässt er uns wieder allein. Wahrscheinlich geht er schnurstracks zu Lydia, um sich über mich zu beschweren.

Meinen Traumjob in der Kulturredaktion kann ich fürs Erste vergessen.

»Mama, hier ist es doof«, knatscht Lina. Ich kann sie gut verstehen. »Ich will auf den Spielplatz.«

»Ich will auch auf den Spielplatz«, jammert Timo.

»Ach Kinder, ich auch.« Verflucht! Hätte ich doch bloß diesen Feuerwehrausflug nicht vergessen!

»Kommt, wir essen jetzt erst mal einen Apfel!« Ich hole die Brotzeitboxen aus Linas und Timos kleinen Rucksäcken. Ein paar Vitamine tun uns jetzt gut. Vielleicht beruhigen sie die Nerven und bringen mich auf eine Idee, wie ich das mit der Familienidylle am Donnerstagabend hinbekommen kann.

Hätte ich Chris und Björn bloß nicht weggeschickt, denke ich, während ich an einem bräunlich angelaufenen Obststück kaue. Chris fällt als Ehemann aus, dazu sehen wir uns zu ähnlich.

Bliebe also noch Björn. Das ist zwar nun wirklich nicht gerade der Typ, den ich mir als Göttergatten ausgesucht hätte, aber wie heißt es so schön: In der Not frisst der Teufel Fliegen. Und meine Not ist wirklich groß. Der Waldschrat muss als Kathis Traummann herhalten! Vielleicht sollte ich ein kurzes Stoßgebet losschicken, dass die beiden erstens noch nicht allzu weit gekommen sind auf ihrer Reise nach Italien und mich zweitens nicht für völlig unzurechnungsfähig halten, wenn ich sie bitte, nach München zurückzukommen.

»Hallo, Sophie!«, meldet sich Björn, nachdem es gefühlte hundert Mal geklingelt hat. »Chris sitzt am Steuer. Deshalb bin ich drangegangen. Vermisst du uns schon?«

»Tja, so ähnlich. Wo seid ihr gerade?«

»Erst kurz hinter Innsbruck. Wir haben am Irschenberg ewig im Stau gestanden.«

»Das ist gut.«

»Findest du? Wir könnten schon längst in Bozen sein, wenn es gut gelaufen wäre.«

»Hört mal, ihr zwei. Ich habe ein riesiges Problem.«

»Ach.«

»Wäre es möglich, dass ihr eure Italienreise doch noch mal verschiebt?«

»Wie, verschieben? Wir sind doch schon fast da.«

»Ich weiß, aber vielleicht könnt ihr euch erst mal mit zwei Tagen Wandern in Österreich begnügen und am Donnerstag noch mal zurück nach München kommen?«

»Wieso? Was ist passiert?«

»Na ja, eigentlich noch nichts, aber wenn ich mein Personalproblem nicht bald löse, könnte vielleicht was Schlimmes passieren.«

»Oje. Was denn?«

Ich hole tief Luft, und dann spreche ich es aus: »Björn, könntest du dir vorstellen, mein Ehemann zu sein?«

Drei Sekunden lang herrscht Funkstille im Hörer, dann sagt Björn langsam:

»Sophie, äh, jetzt bin ich aber ein bisschen überrascht. Ich hab gar nicht gemerkt, dass du …«

Ich kann geradezu hören, wie er knallrot wird.

»Björn, nein, doch nicht in Wirklichkeit. Es ist eher so eine Art Theaterspiel.«

Ich erzähle ihm von Lydias Vorhaben.

»Ach so. Und du meinst, ich soll da mitmachen?«

»Wäre es sehr schlimm für dich, für einen Abend unseren Familienvater zu spielen?«

»Also, wie soll ich sagen …«

Bitte, bitte, denke ich, bitte sag ja, Björn. Bitte sag, dass es okay ist, und bitte, bitte, Chris, sei kein Frosch und verschiebe deine verkorkste Italienreise noch ein bisschen weiter nach hinten.

»Ich, äh, also, grundsätzlich würde mir das natürlich nichts ausmachen, aber ich muss erst deinen Bruder fragen. Wir haben schon für heute Nacht einen Zeltplatz reserviert. Ich schau mal, was ich machen kann. Ich melde mich gleich wieder.«

Und das tut er. »Okay«, sagt Björn. »Dein Bruder hält dich zwar für völlig durchgeknallt, aber er macht mit.«

Ein dreifaches Halleluja!

Zehn Sekunden später habe ich Miriam wieder am Telefon.

»Stell dir vor, ich hab es geschafft! Björn übernimmt den Part des liebenden Ehegatten. Er und Chris kommen übermorgen zurück. Du glaubst nicht, wie froh ich bin. Ich musste es dir unbedingt sofort erzählen.«

»Hey, das ist ja super. Dann kannst du die beiden gleich mit zu meiner Geburtstagsparty bringen. Ich feiere am Freitagabend unten im Hof. Ich hab es gerade beschlossen. Das Wetter soll großartig werden. Wir grillen. Würde es dir was ausmachen, einen Salat mitzubringen?«

»Nein, natürlich nicht. Wie schön. Ich freu mich.«

Am allermeisten aber freue ich mich, dass ich die Rolle des Familienvaters für Donnerstag erfolgreich besetzt habe. Ob mir am Tag danach der Sinn nach ausschweifendem Gelage unter freiem Himmel steht, kann ich noch nicht beurteilen.

»Liebe Vroni!«, schreibe ich, nachdem ich Lina und Timo mit sanftem Druck davon überzeugt habe, den Computer freizugeben. »Entspannen Sie sich. Alles wird gut. Bitten Sie Freunde oder Verwandte, sich ein Wochenende lang um Ihre Kinder zu kümmern, und gönnen Sie sich mit Ihrem Mann zwei Tage in einem luxuriösen Hotel. Oder in einer kleinen Frühstückspension auf dem Land. Gewinnen Sie Abstand zum Rest Ihrer Familie und genießen Sie wieder einmal ein paar Stunden zu zweit. Sie werden sehen, wie gut das Ihrer Beziehung tut. Mit freundlichen Grüßen, Ihre Kathi.«

Jedenfalls stelle ich mir vor, dass es einer angeschlagenen Beziehung guttut, wenn man sich für ein paar Tage eine Auszeit gönnt. Am liebsten würde ich mitfahren.

»PS: Kommen Sie doch am Donnerstagabend zu unserer Veranstaltung ins Zeitungshaus, liebe Vroni. Nähere Informationen finden Sie in Ihrem *Münchner Morgenblatt*.«

Mehr kann Lydia wirklich nicht von mir verlangen.

DONNERSTAG, 19:28

»Ach, du große Scheiße!«

Mein Bruder neigt gelegentlich dazu, die Dinge etwas sehr drastisch zu bewerten. Björn schaut nur.

Dass die beiden mich beim Betreten meiner Wohnung nicht mit »Hallo, da sind wir wieder« begrüßen, gibt mir zu denken.

Aber eigentlich kann ich ihre Irritation verstehen. Ich trage ein Dirndl. Zum ersten Mal in meinem Leben trage ich ein Dirndl: ein Nichts von einer weißen Spitzenbluse, die hauptsächlich aus kleinen Puffärmeln besteht, ein Kleid mit jeder Menge Blümchen, Bändchen und Knöpfchen in einem kaum dezenten Kornblumenblau, dazu eine wallende knallrote Schürze mit Lochstickerei. Ich muss zugeben, dieses Outfit entspricht nicht ganz dem Look, den ich üblicherweise zu tragen pflege. Aber es gibt Anlässe, da muss sich auch eine gebürtige Wuppertalerin, die nicht gerade über eine blusensprengende Oberweite verfügt, in die oberbayerische Nationaltracht schnüren.

»Ich bin doch heute die Kathi!«, erkläre ich und mache hinter Chris und Björn die Tür zu. »Ich bin die Kathi aus München, und die trägt zu besonderen Anlässen ein Dirndl.«

»Hast du auch Jodeln gelernt?«, fragt Chris, während er seinen Rucksack abstellt.

»Natürlich nicht. Ich gehe doch nicht zum *Musikantenstadl*. Was sagst du dazu, Björn?«

»Tolles Dekolleté«, meint er in seiner gewohnt diplomatischen Art. »Ich glaube, ich muss mich erst an den Anblick gewöhnen.«

»Hey, glotz meiner Schwester nicht so ungeniert auf die Möpse!«, fährt Chris ihn an. Björn und ich werden gleichermaßen rot. Ich zupfe ein bisschen an der Bluse herum, was nicht besonders viel zur Verdeckung der angesprochenen Körperteile beiträgt.

»Ja, was denn jetzt?«, versuche ich die beiden von den ungewohnten Ansichten abzulenken. »Soll ich was anderes anziehen? Das Kleid hat mich ein Vermögen gekostet. Ich hab es heute erst gekauft. Das ist echte bajuwarische Handarbeit aus dem Luxus-Landhausmode-Laden.«

»Auch das noch!« Chris schüttelt den Kopf. »Ich habe gedacht, du hast es aus dem Kostümverleih.«

»Kannst du es noch umtauschen?«, fragt Björn.

»Ich finde das Dirndl toll!« Wenigstens Lina beweist den nötigen Sachverstand. »Mama sieht wunderschön aus. Wenn ich groß bin, will ich auch so ein Dirndl haben.«

Meine Tochter hat im Moment ihre Prinzessinnenphase. Sie trägt ein rosarotes Kleid und weiße Lackschuhe und bewegt sich praktisch nur noch auf Zehenspitzen. In der Rechten schwingt sie einen Kochlöffel.

»Ich bin die Prinzessin Lillifee, und ich kann zaubern. Das ist mein Zauberstab. Pling! Pling!«

Timo erscheint in fleckfreier Jeans und weißem Hemd. Aus gegebenem Anlass habe ich ihm sogar eine winzige dunkelblaue Fliege um den Kragen geschlungen. Begeistert sieht er nicht aus. Hoffentlich bekommt er genug Luft.

»Na, ihr habt euch heute ja alle ganz schön in Schale geworfen«, kommentiert Björn den Auftritt der Familie. »Was soll ich denn anziehen? Einen Smoking kann ich leider nicht bieten. Als ich meine Klamotten gepackt habe, habe ich mich auf einen relaxten Strandurlaub eingestellt. Ich hoffe, du brauchst keinen Typen mit Schlips und Bügelfalten an deiner Seite, sonst haben wir ein kleines Problem.«

Ich brauche dringend einen Typen mit Schlips und Bügelfalten an meiner Seite, denke ich. Aber für heute Abend würde es mir auch reichen, wenn er seinen Naturburschenlook etwas mäßigen würde. »Hast du vielleicht ein Hemd dabei, das nicht kariert ist?«

17:20

Er hat. Björn trägt ein ordentliches weinrotes Poloshirt, und wenn mich nicht alles täuscht, hat er sogar seinen wild wuchernden Bart hier und da ein wenig gestutzt.

Ich habe mich am Ende doch zu einem Downgrade entschlossen und das Dirndl zurück auf den Bügel gehängt. Ich glaube, die beiden haben recht: Ich bin nicht so die Frau für den Alpinlook. Jetzt habe ich mein bewährtes, bunt gemustertes Sommerkleid an und fühle mich tatsächlich wohler. Wie sollte ich denn einen souveränen Auftritt vor dem Publikum hinlegen, wenn ich mich dabei die ganze Zeit frage, ob ich in dem Kleid vielleicht peinlich aussehe!

»Okay«, sage ich und nehme den Autoschlüssel vom Haken. »Let the Show begin!«

18:01

Der große Sitzungssaal ist bis auf den letzten Platz gefüllt. Ein Raunen geht durch den Raum, als ich zusammen mit Björn und den Kindern eintrete. Hilfe – haben die alle an diesem schönen lauen Sommerabend nichts Besseres zu tun, als so einer absurden Komödie beizuwohnen? Titel: Kathi im Wunderland. Aber die Leute wissen ja nichts von diesem Mummenschanz.

Ich spüre ein leichtes Drücken im Magen. Hoffentlich fallen Lina und Timo nicht aus der Rolle. Ich habe ihnen gerade noch mal eingeschärft, dass wir jetzt Theater spielen und dass mich hier alle Kathi nennen. Und dass sie sich nicht wundern sollen, wenn die Leute glauben, der Björn wäre unser Papa.

Ab jetzt kann ich nur noch beten, dass es klappt.

An der Stirnwand stehen fünf Stühle im Halbkreis zusammen, davor zwei kleine Tischchen, auf den Tischen Gläser mit Mineralwasser. Es sieht ein bisschen so aus wie in einer Talkshow im Fernsehen. Lydia erwartet uns mit professionellem Lächeln und begrüßt uns mit förmlichem Handschlag. Über der improvisierten Bühne wirft ein Beamer das Motto des Abends an die Wand: »Willkommen in Kathis Kosmos« steht da in großen leuchtenden Lettern. Und darunter, in unwesentlich kleineren Buchstaben: »Familienkompetenz: *Das Münchner Morgenblatt*.« Lydia ist sich ihrer Sache ja ganz schön sicher.

Mein Kollege Bernd aus der Lokalredaktion ist auch da und macht unentwegt Fotos: Ich allein vor dem Publikum, ich neben Lydia, ich mit Björn und den Kindern, ich mit Björn ohne die Kinder, ich mit den Kindern ohne Björn. Ich komme mir vor wie ein Promi. Wenn nur die Textblätter in meiner Hand nicht so beben würden ...

»Guten Abend, liebe Gäste!« Lydia hat kein Problem mit Publikum. Natürlich nicht. »Begrüßen Sie mit mir unsere wunderbare Kathi und ihre reizende Familie.«

Applaus brandet auf. Björn winkt staatstragend wie ein

Bundespräsident auf Dienstreise in Übersee. Lina fragt: »Warum klatschen die vielen Leute?«

Ich bin nicht in der Lage zu antworten. Ich bin schwer damit beschäftigt, dem Publikum zuzulächeln und meine Nervosität zu unterdrücken.

In der ersten Reihe entdecke ich Chris. Er streckt feixend einen Daumen nach oben.

Timo hat ihn auch gesehen: »Guck mal, Mama, da ist Chris! Siehst du den Chris auch, Björn?«

Ich kann nicht erwarten, dass mein Sohn plötzlich Papa zu Björn sagt. Was ein klitzekleines Problem ist, weil die Kinder in meinen Kolumnen ihre Eltern natürlich traditionell mit Mama und Papa anreden. Ich hoffe, diese kleine Unstimmigkeit zwischen Text und Realität fällt niemandem auf.

»Wir alle lieben Kathi und ihre herzerfrischenden Geschichten«, fährt Lydia fort. »Wir freuen uns, dass ihre ganze wunderbare Familie heute Zeit gefunden hat, den Abend mit uns zu verbringen.« Noch mal kurzer Applaus. »Zunächst wird Kathi Ihnen einige ihrer schönsten Kolumnen vortragen. Anschließend haben Sie Gelegenheit, unsere Autorin persönlich kennenzulernen. Sie können Fragen stellen und Ratschläge erbitten. Scheuen Sie sich nicht! Kathi wird Ihnen nach bestem Wissen und Gewissen weiterhelfen.«

Ich bin nicht nur nervös, mir ist außerdem viel zu heiß, und ich spüre ein undefinierbares Unwohlsein irgendwo zwischen Kehlkopf und Steißbein. Nach bestem Wissen und Gewissen! Die hat die Ruhe weg, die Lydia! Aber mein Gewissen ist durch die Sache mit Roland sowieso schon ziemlich ramponiert, da kommt es auf diesen Abend auch nicht mehr an. Die Textblätter in meiner verschwitzten Hand sind zu einer feuchten, zerknitterten Papierrolle mutiert. Hoffentlich kann ich noch alles entziffern.

»Guten Abend!«, sage ich, nachdem es mir gelungen ist, mich auf einen Stuhl zu setzen. Meine Stimme klingt ein bisschen zittrig. Beim Versuch, meine zerknüllten Blätter auseinanderzurollen, fallen mir gleich ein paar auf den Boden.

»Hoppla, mein Liebling!«, ruft Björn so laut und deutlich, als wäre ich schwerhörig. Er hebt die Papiere auf und reicht sie mir, ein breites Grinsen im Bart.

Fast wäre mir ein »Hey, was soll das denn?« rausgerutscht, aber innerhalb einer Hundertstelsekunde fällt mir unsere aktuelle Rollenverteilung wieder ein, und ich antworte zuckersüß: »Danke, mein Schatz!«

Lina beginnt zu kichern. »Hast du das gehört, Timo?«, flüstert sie unüberhörbar. »Der Björn hat Liebling zur Mama gesagt! Und die Mama sagt Schatz zum Björn! Hihi!«

Bevor mich meine Tochter mit weiteren Kommentaren in Schwierigkeiten bringen kann, gelingt es mir, mit der Lektüre der ersten Kolumne zu beginnen.

»Die Freuden des Kindergeburtstags«, lese ich und hoffe inbrünstig, dass Lina und Timo meinen Text nicht mit unserer eigenen Party in Verbindung bringen. Denn bei Kathis Kindergeburtstag fliegen keine Sofakissen durch die Gegend, da werden keine Kaktustöpfe zertrümmert, und vor allem gibt es keine Komplikationen durch unerwünschte Nagetiere. Bei Kathi sitzen die Kinder friedlich bei Kakao und Kuchen am Tisch und basteln anschließend mit großer Begeisterung Tiermasken. Ein Traum von einem Kindergeburtstag. Meine Zuhörerinnen sehen das genauso und klatschen freundlich, als ich den Vortrag meines ersten Textes beendet habe.

»Ach, wenn es bei uns daheim doch auch mal so ruhig zuginge«, seufzt eine Frau aus dem Publikum, gerade als ich zu meiner nächsten Kolumne ansetzen will. Sie hat tiefe

Augenringe und macht den Eindruck, als könne sie eine Kur gut gebrauchen. Und zwar eine Mutter-ohne-Kind-Kur. »Bei unserem Kindergeburtstag hat sich mein Sohn neulich einen Schneidezahn ausgeschlagen, als er mit seinen Freunden Krieg gespielt hat und gegen die Fensterbank gelaufen ist.«

Ich lächele tapfer und hoffe, dass es mitfühlend aussieht.

»Ja, bei uns arten Geburtstagsfeiern auch jedes Mal in eine wilde Schlägerei aus«, erklärt eine zweite Frau. »Ich musste meiner Tochter letztens einen halben Meter Haar abschneiden, weil ihr einer unserer Gäste Uhu in die Frisur geklebt hat. Und zwar absichtlich, darauf können Sie Gift nehmen. Ich hasse Kindergeburtstage.« Jetzt reden alle Damen durcheinander. »Recht haben Sie. Das ist die Höchststrafe.« – »Kindergeburtstage sind die reinste Folter.« – »Das kommt noch vor Waterboarding.« – »An brave Bastelarbeiten ist da überhaupt nicht zu denken.«

»Ich finde Basteln auch doof!«, mischt sich Lina zu meinem Entsetzen in die Debatte ein. »Ich mag lieber mit meiner Barbie spielen. Oder Fernsehn gucken. Und ich mag meine Meerschweinchen. Ich hab zum Geburtstag nämlich zwei Meerschweinchen geschenkt bekommen. Weil die Nele nämlich auch eins hat. Aber dann haben sich Mama und Papa gezankt, weil Mama findet, dass Meerschweinchen ein blödes Geburtstagsgeschenk sind, und sie hat gesagt, der Papa soll die wieder mitnehmen, weil die immer bloß stinken …«

»Das war doch nur eine kleine Meinungsverschiedenheit«, fällt Björn meiner Tochter dankenswerterweise ins Wort, während ich am liebsten vom Stuhl gesunken wäre. »War es nicht so, dass wir nur, äh, nur ein bisschen darüber diskutiert haben, wo wir den Meerschweinchenkäfig hinstellen sollen? Wir haben doch gar nicht gezankt.« Ich hatte ja gar keine Ahnung, was für ein begnadeter Schauspieler unser Waldschrat ist!

Lina runzelt die Stirn. »Woher willst du das denn wissen?«, fragt sie. »Du warst doch gar nicht dabei!«

Ihr letzter Satz ist glücklicherweise kaum zu verstehen, denn währenddessen hat sich Timo laut und vernehmlich zu Wort gemeldet:

»Mama, mir ist langweilig.«

Aus dem Publikum kommen mitfühlende Laute.

Ich streichle meinem Sohn flüchtig über den Kopf und murmele ihm ein optimistisches »Gleich, mein Schatz, das dauert bestimmt nicht lang« zu. Dann beginne ich mit der Lektüre der nächsten Kolumne. Aber noch bevor ich den kompletten Titel vorgetragen habe (»Am Sonntag geht's ins Grüne«), mault Timo weiter: »Mama, ich will nach Hause.«

»Möchtest du lieber auf meinem Schoß sitzen?«, fragt Björn. Er spielt seine Rolle als Traum von einem Familienvater wirklich überzeugend, das muss man ihm lassen.

Außer für Timo: »Nein, ich will nicht zu dir, ich will zur Mama auf den Schoß!«

»Aber, Schätzchen«, sage ich, »das geht doch jetzt nicht, ich muss jetzt vorlesen.«

»Dann will ich eben zum Papa.«

Oh Gott! Wieso bloß ist Stefan heute nicht mitgekommen!

Während mir der kalte Schweiß ausbricht, sagt Björn: »Na, dann komm her!« und reicht meinem Sohn die Hand.

Timo tritt mit Schwung gegen Björns Stuhl.

»Nein, zu dir will ich nicht!«, protestiert er und verschränkt mit finsterer Miene die Arme vor der Brust.

»Was ist denn da los?«, beschwert sich prompt eine Dame in der dritten Reihe. »Ist das da jetzt der Papa, oder wer ist das?«

Bevor ich endgültig die Besinnung verliere, schaltet sich eine andere Frau ein: »Natürlich ist das der Papa. Was denken Sie denn? Wer soll das denn sonst sein? Sie sehen doch, wie sehr sich der kleine Junge langweilt. Der will eben nach Hause, und das sagt er auch.«

»Genau!«, ertönt eine Stimme weiter hinten im Publikum. »Verderben Sie uns mit Ihren Nörgeleien nicht den Abend. Wahrscheinlich sind Sie bloß neidisch auf diese glückliche Familie da vorne.«

Und noch eine weitere Frau gibt ihren Kommentar dazu: »Wahrscheinlich haben Sie gar keine Kinder.«

»So ist es«, gibt Zuhörerin Nummer zwei zurück. »Und jetzt geben Sie endlich Ruhe, damit wir Kathi weiter zuhören können.«

Damit Timo meine verehrten Zuhörerinnen nicht länger mit Widersprüchen verwirrt, nehme ich ihn auf meinen Schoß. Es ist ein bisschen unbequem, aber ich schaffe es gerade noch, so viel Luft zu bekommen, dass ich weiterlesen kann.

»Der Ausflug ins Grüne ist der Höhepunkt unseres Wochenendes. Am schönsten ist ein ausgiebiges Picknick am See mit der ganzen Familie ...«

»Mama, was ist ein Picknick?«, fragt Lina.

Irgendjemand räuspert sich im Publikum.

»Aber Schatz«, säusele ich, »das weißt du doch. Das ist, wenn wir alle zusammen draußen in der Sonne auf einer Wiese sitzen, eine schöne weiche Decke ausbreiten und aus einem großen Korb feine Sachen essen.«

»Au ja!«, ruft Lina. »Machen wir morgen ein Picknick mit Essen aus dem Korb, Mama?«

»Klar«, erklärt Björn mit stoischer Ruhe. »Wir müssen unbedingt mal wieder ein Picknick machen, nicht wahr, Liebling? Vielleicht am Sonntag? Unser letztes Picknick ist viel zu lange her.«

Es gelingt mir, ihm an Timo vorbei einen dankbaren Blick zuzuwerfen. Der hat gerade andere Sorgen. Er drückt sich noch näher an mich und mault:

»Mama, ich hab Bauchweh!«

»Das geht gleich vorbei«, flüstere ich. Hoffentlich! Warum hat mein Sohn neuerdings so einen empfindlichen Magen? Unglücklicherweise kann ich im Moment wenig Rücksicht auf sein Leiden nehmen; ich muss weiterlesen.

Ich vollende die nächste Kolumne ohne weitere Zwischenfälle. Timo scheint resigniert zu haben und ist auf meinem Schoß in eine Art Halbschlaf versunken. Lina beschäftigt sich intensiv damit, an dem Spitzenbesatz ihres Prinzessinnenkleides herumzuzwirbeln. Sehr gut. Ich bin dankbar, dass meine Kinder abgelenkt sind und mein Publikum nicht durch unqualifizierte Bemerkungen irritieren.

Allmählich komme ich mit meiner Lektüre in Schwung. Es gelingt mir sogar, ab und zu aufzublicken, ohne vom Text abzukommen. Wie ich sehe, verfolgt mein Publikum (ich schätze, es sind zu achtundneunzig Prozent Frauen) meinen Vortrag andächtig lauschend. Na also! Es klappt! Ich bin Kathi, die Große. Ich bin die Traumgestalt aller frustrierten Vorstadtfrauen und Midlife-Crisis-gebeutelten Reihenhaus-Mütter. Ich habe mein Leben im Griff. Von mir könnt ihr lernen, wie das geht. Seht alle her! Ich bin ein Star!

Bevor ich komplett abhebe, holt mich Timo in die Realität zurück. Er ist wieder wach geworden und zappelt unzufrieden auf meinem Schoß herum: »Mama, ich hab Bauchweh.«

»Das wird bestimmt gleich wieder besser. Hier ist ein Glas Wasser. Trink mal einen Schluck!«

Timo trinkt etwas Wasser. Ich auch. Irgendjemand im Publikum sagt: »Der arme kleine Junge!« Dann lese ich weiter.

Timo döst. Lina zwirbelt.

Ich lese und lese. Ich hätte nicht gedacht, dass ich in den wenigen Wochen schon so viel Text produziert habe.

Nach zwanzig Minuten bin ich endlich fertig. Fertig mit Lesen und fertig mit den Nerven. Als die Leute im Saal wieder klatschen, weiß ich gar nicht, wohin ich schauen soll. Mein Blick begegnet dem meines Bruders, dem nichts Besseres einfällt, als noch einmal mit dem Daumen das Okay-Zeichen zu geben. Immerhin.

Durch den Applaus ist Timo wieder wach geworden.

»Mama, ist es jetzt zu Ende? Können wir jetzt nach Hause gehen?«

»Bald, mein Schatz. Bald ist es vorbei.«

Aber bevor es vorbei ist, ergreift erst einmal Lydia wieder das Wort. Noch immer applaudierend, erhebt sie sich von ihrem Stuhl.

»Vielen Dank, liebe Kathi. Das war schon mal ein ganz beeindruckender Vortrag. Jetzt, verehrtes Publikum, dürfen Sie Kathi und ihrer Familie gerne Ihre Fragen stellen!«

Ihrer Familie? Das war nicht ausgemacht! Um Himmels willen, hoffentlich stellt niemand Lina oder Timo eine verfängliche Frage. Hoffentlich will niemand in diesem Raum überhaupt irgendetwas fragen. Hoffentlich wollen sie alle nur noch ganz schnell nach Hause oder in den Biergarten. So wie ich.

Zu meiner Verblüffung ragen mindestens zwei Dutzend Hände in die Höhe. Lydia erteilt den Damen nacheinander das Wort wie eine Lateinlehrerin ihren Siebtklässlern.

»Wie sind Sie auf die Idee gekommen, lustige Geschichten aus Ihrem Familienleben aufzuschreiben?«, will eine wissen.

Diese Schnapsidee kam von meiner durchgeknallten Chefin, die damit gute Chancen sieht, die Auflage unserer Zeitung zu erhöhen. Ich habe die Kolumne von einer schwächelnden Kollegin übernommen, weil sonst niemand in der Redaktion Lust darauf hatte, so einen ausgemachten Blödsinn zu verzapfen.

Aber das kann ich ja schlecht laut sagen.

»Ach, wissen Sie, mir und meiner Familie geht es so wunderbar. Wir wollten unbedingt andere an unserem Glück teilhaben lassen. Ich wollte zeigen, dass das klassische Modell Familie auch im 21. Jahrhundert noch nicht ausgedient hat. Und deshalb habe ich angefangen, meine Kolumnen zu schreiben.«

Oh Gott! Hoffentlich werde ich heute nicht vom Blitz erschlagen. Ich fange Lydias Lächeln auf, und ich sehe genau, was sie gerade denkt: »Gut so«, scheint ihr Blick zu sagen, »du hast genau den richtigen Ton gefunden. Auf so etwas stehen diese Leute.« Ich sollte gleich morgen zu ihr gehen und über eine Gehaltserhöhung sprechen.

»Aber das ist doch furchtbar viel Arbeit. Wie schaffen Sie das denn alles auf einmal?«

»Das geht natürlich nur, weil mein lieber Ehemann mir zur Seite steht, wo immer er kann.« Das kann man ja mal so behaupten.

Die nächste Frage geht an Björn: »Was sagen Sie zu dem Erfolg Ihrer Frau?«

»Ich bin natürlich stolz auf sie. Ich weiß, dass ich die wunderbarste Frau der Welt an meiner Seite habe, und glauben Sie mir, ich liebe sie seit dem Tag, an dem ich ihr zum ersten Mal begegnet bin.«

Ein wohliges Seufzen geht durch das Publikum, jede Menge bewundernde Ahs und Ohs wogen durch den Raum. »Was für eine tolle Liebeserklärung!«, ruft eine Frau. Irgendwo klatscht sogar jemand. Meine Güte, ich finde ja, Björn übertreibt kolossal. Aber wie es aussieht, mögen die

Leute so einen Kitsch. Die große Liebe als Public-Viewing-Event. Ich darf jetzt bloß nicht zu ihm hinüberschauen, sonst bekomme ich einen lebensbedrohlichen Lachanfall.

»Und Sie, Kathi, verraten Sie uns das Geheimnis Ihrer glücklichen Ehe?«

Welche glückliche Ehe? Sie meinen doch hoffentlich nicht die fünf nervenaufreibenden Jahre an der Seite des Herrn Stefan Freitag? All die zermürbenden Auseinandersetzungen über den alltäglichen Wahnsinn. Unsere Diskussionen darüber, ab wann ein Abfalleimer als voll zu bezeichnen ist. Darüber, ob der Fußboden im Schlafzimmer langfristig ein geeigneter Ort zur Lagerung von schmutzigen Socken sei. Oder über die hygienischen Nachteile, die es mit sich bringt, wenn ein energiegeladener Mann im Stehen pinkelt. Überhaupt: Sein Unverständnis, wenn ich ihm Vorschläge zur häuslichen Mitarbeit unterbreitet habe. Oder zur Solidarität in der Kinderbetreuung: Er fand es völlig in Ordnung, zum allwöchentlichen Stammtisch mit seinen Kollegen zu fahren, während ich mit zwei windpockenkranken Kindern zu Hause saß, und am nächsten Tag musste ich mir dann noch die Frage gefallen lassen, was ich denn den ganzen Abend lang gemacht habe, der Knopf an seinem hellblauen Lieblingshemd sei ja immer noch nicht angenäht ...

Oh ja. Mit dem Geheimnis einer guten Ehe kenne ich mich aus. Das Geheimnis einer guten Ehe besteht darin, rechtzeitig die Scheidung einzureichen.

»Wir alle wissen, dass es im Grunde kein Geheimnis ist, wie eine glückliche Beziehung funktioniert«, sage ich und bemühe mich um eine möglichst salbungsvolle Stimme. »Die wichtigsten Pfeiler einer harmonischen Ehe sind Liebe, Vertrauen und Ehrlichkeit.« (Oh ja! Vor allem Ehrlichkeit, nicht wahr?) »Ein offener und unverkrampfter Umgang miteinander ist der Schlüssel zum gemeinsamen Glück. Wahre Liebe braucht keine Geheimnisse. Lassen Sie Ihren Mann teilnehmen an Ihrem Leben. Ein jeder trage des anderen Last.«

Klingt ein bisschen wie eine Mischung aus *Frau im Spiegel* und Altem Testament. Gar nicht schlecht. Meine Zuhörerinnen lauschen jedenfalls andächtig. Ich sollte über eine Karriere als Missionarin nachdenken.

»Wie organisieren Sie Ihren Haushalt, damit bei Ihnen neben Beruf und zwei Kindern nicht alles drunter und drüber geht?«

Es geht bei mir drunter und drüber, gnädige Frau, das kann ich Ihnen versichern. Es geht bei mir dermaßen drunter und drüber, dass ich manchmal nicht weiß, wo oben und unten ist.

»Das ist gar nicht schwierig«, höre ich mich sagen. »Wissen Sie, ich liebe meinen Beruf als Journalistin, aber ich liebe auch meine Rolle als Hausfrau und Mutter. Es ist wie in der Liebe: Wenn man etwas gerne tut, erledigen sich die Dinge wie von selbst. Einen gelungenen Artikel zu schreiben ist schön, aber hat es nicht auch etwas sehr Befriedigendes, einen Stapel frisch gebügelter Frotteehandtücher in den Schrank zu räumen? Und ist nicht auch der Anblick einer blitzblanken Fensterscheibe irgendwie beglückend?«

Herrje, was rede ich denn da? Wann habe ich denn das letzte Mal bei mir zu Hause durch eine blitzblanke Fensterscheibe geschaut? Und wer um alles in der Welt kommt auf die Idee, seine Frotteehandtücher zu bügeln? Hoffentlich stehen morgen keine Details meiner abenteuerlichen Ausführungen in der Zeitung.

»Ja, ja«, sagt eine Dame ganz vorn im Publikum. Sie ist nicht mehr die Jüngste und trägt einen unvorteilhaften grauen Topfhaarschnitt. »Ein Beruf kann viel Freude machen, aber das größte Glück einer Frau liegt doch immer noch in Ehe und Mutterschaft, nicht wahr?«

Es entsteht ein Murmeln im Saal. Ich sehe tatsächlich ein paar nickende Frauenköpfe. Die haben sie doch wohl nicht mehr alle, denke ich. Schon mal was von Emanzipation gehört?

Aber heute bin ich ja die gute Kathi, die daran glaubt, dass das klassische Modell Familie auch im 21. Jahrhundert noch nicht ausgedient hat, und um es mir mit meinen treuen Leserinnen nicht zu verscherzen (und die Aussicht auf meine wohlverdiente Gehaltserhöhung nicht aufs Spiel zu setzen), sage ich: »Aber sicher. Da haben Sie völlig recht!«

Die Frauenrechtlerinnen dieser Welt werden mich steinigen.

19:12

Timo ist wieder aufgewacht und räkelt sich matt auf meinem Schoß: »Mama, mir ist langweilig, ich will jetzt nach Hause, jetzt sofort.«

»Ich finde es hier auch doof«, wispert Lina und zappelt ungeduldig mit den Beinen. »Außerdem muss ich ganz doll aufs Klo.«

»Wir gehen ja gleich«, sagt Björn. »Ich glaube, die Mama ist jetzt gleich fertig.«

»Moment!«, ruft Lydia dazwischen. »Vielleicht haben unsere verehrten Leserinnen noch ein paar Fragen an die lieben Kinder?«

»Oh ja«, kommt es aus dem Publikum, noch bevor ich Protest einlegen kann. »Ich möchte gerne noch etwas wissen. Ich habe immer solche Schwierigkeiten, meine Kinder ins Bett zu kriegen. Die sind abends nicht vom Fernseher wegzubekommen. Wie schaffen Sie es, rechtzeitige Bettruhe durchzusetzen?«

»Alles eine Frage der Konsequenz«, beteuere ich (wo habe ich denn das noch mal gehört?), und Björn fügt wie selbstverständlich hinzu: »Ohne eine schöne Gutenachtgeschichte geht es natürlich nicht.«

»Und manchmal malt der Björn abends auch noch was mit uns.« Lina ist nicht entgangen, dass an dieser Stelle des Programms die Kinder zu Wort kommen sollten. »Ich kann schon ganz toll Comics malen. Und wenn ich gar nicht richtig müde bin, darf ich manchmal auch in Mamas Bett schlafen. Aber nur, wenn sie keinen Besuch von einem Freund hat. Dann muss ich immer im Kinderzimmer bleiben …«

Im Raum ist es totenstill. Ich habe den Eindruck, dass sämtliche Besucherinnen kollektiv die Luft angehalten haben. Ich auch. In meinem Kopf beginnt es in der Lautstärke einer achtspurigen Autobahn zu rauschen. Ich schaue Björn an, Björn schaut mich an.

Lina trommelt mit ihren weißen Lackschuhen gegen die Stuhlbeine. Timo windet sich auf meinem Schoß: »Mama, mir ist ganz schlecht!«

Wie aus sehr weiter Ferne höre ich eine schrille Frauenstimme: »Was hat das Mädchen da gesagt?«

»Nun«, erklärt Björn mit der Gelassenheit eines pensionierten Bernhardiners. »Das ist ja klar, Lina, wenn deine Freunde aus der Kita bei dir übernachten, dann musst du natürlich in deinem eigenen Zimmer schlafen. Wenn du Besuch hast, dann darfst du nicht in Mamas Bett.«

Lina starrt ihn mit offenem Mund an.

»Aber das Mädchen hat doch gesagt …«

Was das Mädchen gesagt hat und vor allem was die Frau im Publikum dazu sagen wollte, erfährt heute niemand mehr, denn Timo stößt in diesem Moment ein heftiges Würgegeräusch aus und dann das komplette Mittagessen, den Rest vom Frühstück und was er sonst noch im Laufe des Tages zu sich genommen hat.

Ich springe auf, klemme mir meinen schreienden Sohn unter den Arm und renne aus dem Raum, ohne auf das Entsetzen zu achten, das hinter mir im Konferenzsaal ausbricht. Ich höre noch, wie Lina kreischt: »Iiihh – das stinkt!« und wie Lydia ruft: »Das tut mir jetzt aber leid, verehrte Gäste, dass unser Abend so unerwartet endet ...« Dann verschwinde ich mit Timo in der nächsten Damentoilette, sperre die Tür zu und beschließe, in den nächsten achtundvierzig Stunden nicht mehr herauszukommen.

22:23

Es klopft an meiner Schlafzimmertür. Ich bleibe regungslos auf meinem Bett liegen. Seit die Kinder eingeschlafen sind, und das ist ziemlich genau zwei Stunden her, seitdem liege ich hier in meinem übel zugerichteten, säuerlich riechenden Sommerkleid und weiß nicht, wie es weitergehen soll.

Natürlich bin ich dann doch irgendwann aus der Damentoilette gekommen, nachdem ich Timo und mich halbwegs sauber gewaschen hatte. Um niemandem zu begegnen, bin ich nicht mit dem Aufzug gefahren, sondern die Feuertreppe hinuntergestiegen und durch den Hinterausgang des Zeitungshauses zu meinem Auto gegangen, wo Chris, Björn und Lina schon auf mich gewartet haben. Wir haben nicht viel erzählt auf der Heimfahrt.

»Krasse Sache«, war der einzige Kommentar, den mein Bruder abgegeben hat. Nur Lina zeigte sich ein bisschen gesprächiger.

»Nachher sind zwei Frauen gekommen, die haben alles weggeputzt«, erklärte sie Timo mit wichtiger Miene. »Und die anderen Leute im Saal haben alle gesagt, wie traurig das ist, dass der arme kleine Junge so krank ist und dass sie der Mama gerne noch ganz viele Fragen gestellt hätten. Aber jetzt geht es dir schon wieder ein bisschen besser, Timo, oder? Jetzt ist die ganze olle Matsche raus aus dem Bauch.«

Es klopft noch mal. »Hey, Sophie!«, ruft Björn leise. »Du brauchst dir keine Sorgen zu machen. Es ist doch eigentlich alles prima gelaufen.«

»Was genau ist prima gelaufen?«, knurre ich zurück. »Dass sich mein Sohn vor dem versammelten Publikum übergeben hat? Dass meine Tochter alles getan hat, um unseren Hokuspokus auffliegen zu lassen? Oder dass ich den ganzen Abend lang den reaktionärsten Schrott erzählt habe, der mir je zu Ohren gekommen ist? Ich weiß nicht, was ich davon am schlimmsten finde.«

Ein paar Sekunden lang herrscht Schweigen vor der Tür. Dann sagt Björn: »Die Leute wollten so etwas eben hören. Die haben ein stockkonservatives Familienbild und freuen sich, wenn sie miterleben, dass das scheinbar irgendwo wirklich klappt mit ihrem Wunschbild von Mama, Papa und den lieben Kindern. Ich bin mir sicher, die meisten haben gar nicht mitbekommen, was Lina erzählt hat.«

Statt einer Antwort gebe ich nur ein schlecht gelauntes Schnauben von mir.

»Sophie!« Inzwischen steht auch Chris vor meiner Tür. »Wir bestellen jetzt Pizza. Willst du auch eine?«

»Nein danke, ich habe keinen Hunger.«

Ich werde nie mehr Hunger haben, und ich will auch nie mehr Hunger haben. Ich will am liebsten sterben. Der Tag war ein totales Fiasko, und ich habe nicht mal einen Roland, an dessen starker Schulter ich mich ausheulen kann. Ich habe nicht mal einen Roland, der auf meine SMS und Mailbox-Anrufe antwortet. Ich habe gar nichts. Zum hundertsten Mal überprüfe ich mein Handy.

Nichts. Nichts. Nichts.

Mein Leben ist ein kompletter Trümmerhaufen. Da hilft auch keine Pizza mehr.

FREITAG, *10:35*

»Guten Morgen, Sophie! Das war ja ein aufregender Abend!«

So sieht Lydia die Dinge. Man könnte auch sagen, es war eine Katastrophe. Das mit der Gehaltserhöhung kann ich jedenfalls erst mal knicken.

»Kleine Kinder sind natürlich unberechenbar«, fährt sie fort und bemüht sich um eines ihrer seltenen Lächeln. »Das hatte ich bei der Planung der Veranstaltung nicht bedacht. Dein Töchterchen hat ja drauflosgequatscht, wie ihm der Schnabel gewachsen ist. Ach, du liebe Zeit! Ich wusste manchmal nicht, ob ich lachen oder weinen sollte. Aber dein Freund hat die heikle Situation jedes Mal gerade noch gerettet. Respekt.«

»Das ist nicht mein ...« Freund, wollte ich eigentlich sagen, aber ich schlucke den Rest des Satzes hinunter. Weshalb sollte ich Lydia mit den Details meines Privatlebens langweilen? Und wie erwartet, rechnet meine Chefin auch nicht mit einem Einwurf meinerseits.

»Geht es deinem Sohn wieder besser?«, fragt sie.

Ich nicke stumm.

»Hast du den Artikel schon gelesen, den Bernd über unseren Abend geschrieben hat? So ein hübsches Foto von der ganzen Familie! Und erst der Text! Sehr gelungen. Wer das liest und nicht dabei gewesen ist, der ärgert sich, dass er eine phantastische Veranstaltung des *Münchner Morgenblattes* verpasst hat. Ich habe schon ein paar E-Mails bekommen, in denen sich unsere Leserinnen für den schönen Abend bedanken. Beim nächsten Mal kündigen wir die Aktion zwei Wochen früher an. Dann kommen bestimmt noch mehr Leute.«

Beim nächsten Mal? Welches nächste Mal? Ich bin froh, dass ich dieses Mal überlebt habe.

»Was – sagt eigentlich Kathi Bauermann zu der ganzen Sache?«, werfe ich ein. »Ist sie nicht wütend, dass wir diese große Geschichte ohne sie aufziehen? Immerhin ist Kathis Kosmos ja eigentlich ihre Idee.«

Ich finde, es wird höchste Zeit, dass die Original-Kathi wieder in Erscheinung tritt und mich von den Qualen ihrer Kolumnen erlöst.

»Na ja.« Lydia verzieht die Lippen zu einem wenig überzeugenden Lächeln. »Tatsächlich hat mich Kathi vorhin angerufen. Sie meinte, es ginge ihr schon wieder viel besser.«

»Und?« Das klingt gut. Vielleicht kann Kathi den Kolumnenquatsch bald wieder übernehmen. »Hat sie den Artikel über den gestrigen Abend in der Zeitung gelesen?«

»Allerdings hat sie das. Sie hat sich sogar ein bisschen beschwert, dass ich dich und nicht sie darum gebeten habe aufzutreten. Ich glaube, sie hätte diesen Erfolg gerne selbst genossen.«

»Da hat sie doch nicht ganz unrecht.«

»Ach was!« Lydia macht eine abwehrende Handbewegung. »Mir gefallen deine Geschichten inzwischen viel besser als ihre. Und außerdem hat Kathi viel zu viel Familie für dieses ganze Gedöns.«

22:06

Im Innenhof unseres Hauses ist die Hölle los. Miriam feiert ihren vierundvierzigsten Geburtstag, als gäbe es kein Morgen. Die komplette Belegschaft vom Body-Club ist da, dazu ihre geschätzten hundert Freundinnen, Cousinen und Bekannten nebst Ehegatten, Lebenspartnern oder vorübergehenden Bekanntschaften. Auf dem riesigen Grill neben dem Sandkasten brutzeln Dutzende Würstchen, in einem eigens rausgerollten Kühlschrank türmen sich Bier- und Wein- und sonstige Flaschen, die man zum Feiern braucht. Musik dröhnt aus den Lautsprechern, die Andi am Nachmittag in die Äste des großen Kastanienbaums gehängt hat, dazwischen baumeln bunte Leuchtgirlanden. Damit es wegen des Lärms keinen Ärger mit den Nachbarn gibt, hat Miriam alle Leute eingeladen, die in akustischer Reichweite wohnen.

Chris und Björn sind auch dabei. Was weiß ich, wann die beiden endlich nach Italien fahren. Chris hat so gute Laune wie schon lange nicht mehr. Heute Nachmittag hat Susi ihn endlich erhört und ist ans Telefon gegangen, als er sie anrief. Ihr einziger Gesprächsbeitrag bestand nach Chris' Angaben zwar darin, ihn zu bitten, sie nie wieder telefonisch zu belästigen. Aber er bewertet das trotzdem als eine leichte Verbesserung der Lage: Immerhin hätte sie mal wieder mit ihm geredet, meinte Chris. Jetzt steht er jedenfalls mit einer Flasche Augustiner neben dem Grill und flirtet ungeniert mit einer von Miriams Cousinen. (Nicht mit der, die gerade ihren Premiumpartner geheiratet hat, sondern mit deren kleiner Schwester.)

Björn steht etwas abseits vom Getümmel und unterhält sich mit zwei mir unbekannten Männern über ein mir unbekanntes Thema.

Ich betrachte das Ganze aus der sicheren Entfernung meines Balkons. Mir ist heute nicht nach Feiern zumute. Ich habe es eine Stunde lang versucht, dann habe ich aufgegeben. Was soll ich auf einer Party, bei der alle Leute entweder von vornherein im Duo auftreten oder auf dem besten Wege sind, die Veranstaltung als Duo zu verlassen. Ich ertrage den Anblick von Duos im Moment nicht. Außerdem muss ich meine schlafenden Kinder hüten. Es gibt gute Gründe, den Abend allein auf meinem Balkon zu verbringen. Ich beschäftige mich damit, den aufgehenden Vollmond zu betrachten. Wie schön das Leben sein könnte, wenn nur ein paar Parameter ein bisschen anders wären …

»Warum bist du nicht unten?«

Ich habe gar nicht bemerkt, dass Björn sein Herrengespräch beendet hat und hoch in meine Wohnung gekommen ist.

»Ich habe dir was mitgebracht«, sagt er und setzt sich neben mich. Er stellt eine Flasche Rotwein und zwei Gläser auf den Tisch.

»Danke, das ist nett von dir. Aber ich bin heute nicht in Partystimmung.«

Björn gießt uns ein. »Wegen der komischen Veranstaltung gestern Abend? Oder wegen Timos Magenproblemen?«

»Wegen allem.«

»Roland?«

»Ja. Vor allem Roland.«

Wir stoßen schweigend an. Der Wein ist gut. Keine Ahnung, ob der ein Bouquet von schwarzen Johannisbeeren oder von reifen Aprikosen hat oder eines von ungewaschenen Füßen – mir schmeckt er.

»Kannst du mir erklären, weshalb er sich nicht mehr meldet? Du bist doch auch ein Mann. Warum machen Kerle so was?«

Björn zuckt mit den Schultern.

»Ich weiß es nicht. Wahrscheinlich war der Schock zu groß, als Andi plötzlich reinkam. Wahrscheinlich glaubt er dir kein Wort mehr. Er kann sich einfach nicht vorstellen, dass irgendjemand anders als dein Mann im Zimmer aufgetaucht ist. Wie sollte er darauf kommen, dass Andi der Mann deiner Freundin ist, in deren Wohnung ihr gerade sitzt, weil in deiner eigenen Wohnung deine zwei fröhlichen Kinder herumsausen, die du mit allen Mitteln vor ihm verstecken willst, damit er dich für die gnadenloseste aller Karrierefrauen Münchens hält und vor Bewunderung in die Knie geht. So viel Phantasie muss man erst mal haben! Findest du nicht, dass das nach einem ziemlich bizarren Drehbuch klingt?«

Leider habe ich mir dieses bizarre Drehbuch selbst ausgedacht. Und leider ausgerechnet für mein Leben mit Roland.

»Ich will die Sache ja unbedingt aufklären«, seufze ich. »Ich will ihm ja endlich sagen, wie ich wirklich lebe. Aber dazu muss er mir erst mal zuhören.«

Wortlos trinken wir ein paar Schlucke Wein, während unten Gequieke und Gelächter ausbrechen. Jemand muss einen guten Witz gemacht haben.

»Warum hast du ihm eigentlich nicht sofort erzählt, was Sache ist?«

»Ich glaube, ich habe mich nicht getraut.«

Und weil mir das Glas Wein die Zunge gelockert hat, erzähle ich Björn gleich auch noch von meinem desaströsen Abend mit Dieter, der eigentlichen Ursache für meine fatale Kinder-Verbergungskampagne. Im Grunde ist der Waldschrat völlig in Ordnung. Dem kann man schon mal was Intimes anvertrauen.

»Blöd gelaufen«, kommentiert Björn.

»Das kann man wohl sagen.«

Ich gieße unsere Gläser noch mal voll.

»Vielleicht ist Roland einfach nicht der richtige Mann für dich.«

»Wie, nicht der richtige Mann?« Jetzt geht's aber los! Woher will ausgerechnet Björn wissen, wer der richtige Mann für mich ist? »Roland ist der tollste und beste und absolut allerrichtigste Mann für mich«, stelle ich klar. Die L in diesem Satz hören sich irgendwie seltsam an.

»Wie kann er der richtige Mann für dich sein, wenn du ihm dieses ganze Theater vorspielen musst, um ihm zu gefallen! Wäre es nicht schöner, du könntest mit ihm zusammen sein und einfach die sein, die du bist?«

»Natürlich wäre das schöner«, maule ich zwischen zwei weiteren tiefen Schlucken Rotwein. »Es könnte ja auch alles längst in Ordnung sein, wenn – na ja, wenn eben alles in Ordnung gekommen wäre.«

Noch ein Schluck Wein. Vielleicht klappt es dann besser mit der Logik. Und mit dem L.

»Mir ist kalt«, sage ich, nachdem wir eine ganze Weile lang schweigend den Mond angestarrt haben.

»Gehen wir rein.« Björn nimmt die Gläser mit. Die Flasche ist leer.

Wir setzen uns auf mein Sofa, das seit den gymnastischen Übungen des Kindergeburtstags verdächtig quietscht. Ich, Mann, Sofa, Wein – diese Situation kommt mir bekannt vor. Ich wünschte, es wäre der vergangene Samstagabend, und ich säße bei Roland und hätte die SMS nicht gehört.

Ich trinke noch ein bisschen Wein und lehne mich zurück. Es ist das richtige Ambiente, aber der falsche Mann. Schade. Vielleicht wird alles besser, wenn ich ein bisschen die Augen schließe, denke ich. Oh ja, ganz sicher wird dann alles besser. Ich mache also meine Augen zu und stelle mir vor, dass es Roland ist, neben dem ich sitze. Sehr angenehm! Natürlich sitzt Roland neben mir. Wer sonst? Wer sonst sollte jetzt seinen Arm um mich legen und einen Satz sagen wie: »Ach Sophie, ich finde dich großartig, genau so, wie du bist.«

Björn würde so etwas niemals zu mir sagen. Oder? Björn ist doch nur der Kumpel meines Bruders, ein durchaus sympathischer, vernünftiger, bisweilen sogar humorvoller Mensch mit ein bisschen zu viel Bartwuchs im Gesicht und fragwürdigem Modegeschmack, der außerdem gut mit Kindern umgehen kann. Aber da hört es auch schon auf. Björn würde niemals solche Sachen zu mir sagen und schon gar nicht Sachen wie: »Du bist eine wunderbare Frau, Sophie. Ich hab dich immer schon gemocht. Von Anfang an.«

Björn sagt so was nicht. So was soll Roland sagen. Folglich muss der Mann, der neben mir sitzt, Roland sein. Und wenn es Roland ist, dann ist es völlig in Ordnung, dass ich mich an seine Schulter lehne. Ich habe gerade große Lust, mich an diese Schulter anzulehnen. Diese Schulter ist genau die richtige.

Roland trägt heute ein kariertes Flanellhemd. Warum sollte er nicht mal ein kariertes Flanellhemd tragen! Es ist Wochenende, er kann ja nicht ständig in seinen Maßanzügen herumlaufen. Sein Hemd ist warm und weich, und es fühlt sich sehr gut an, wenn man seinen Kopf daran lehnt. Genauso muss es sich anfühlen, wenn man irgendwo seinen Kopf anlehnt.

Ein bisschen lästig ist nur, dass sich ein kleines Karussell in meinem Kopf dreht. Vielleicht hätte ich das letzte Glas Wein nicht austrinken sollen. Und vor allem hätte ich vorher die drei Caipis unten im Hof nicht trinken sollen. Ich mache die Augen auf, damit das Karussell stehen bleibt.

»Es stimmt übrigens, was ich den Leuten gestern Abend bei deiner Lesung im Zeitungshaus erzählt habe«, sagt der Mann, in dessen Armen ich liege und der seltsamerweise die Stimme von Björn hat. »Ich habe mich wirklich in dich verliebt, als ich dich zum ersten Mal gesehen habe.«

Was für ein überaus romantischer Abend! Der Vollmond scheint durch die Balkontür auf meine Yuccapalme, von unten dringen gedämpft Musik und Gelächter herauf, und der Mann, von dem ich mir vorstelle, dass es Roland ist, macht mir eine Liebeserklärung. Oder läuft da gerade ein Film? Ich kann mich allerdings nicht daran erinnern, den Fernseher eingeschaltet zu haben.

Jetzt dreht sich auch meine Yuccapalme ein bisschen. Ich mache die Augen lieber wieder zu.

»Das war auf Chris' Geburtstagsfest damals. Du kamst rein, und ich dachte bloß, wow, was für eine tolle Frau. Aber du warst mit deinem Stefan da, total verknallt. Du hattest nur Augen für ihn. Ich glaube, du hast mich gar nicht richtig wahrgenommen. Und ein paar Wochen später hat Chris mir erzählt, dass ihr geheiratet habt. Tja, so war das.«

»Und du hast dich nie mehr in eine andere Frau verliebt?«, frage ich den Mann, bei dem ich mir nicht mehr ganz sicher bin, ob es wirklich Roland ist. Denn Roland kann unmöglich vor neun Jahren beim dreißigsten Geburtstag meines Bruders dabei gewesen sein.

»Doch, das schon. Aber es ist immer irgendwann auseinandergegangen.«

Es ist sehr angenehm, die große Liebe von jemandem zu sein. Die große Liebe von jemandem, der so wunderschöne Sachen zu einem sagt wie »Ich finde dich toll, so wie du bist« und der so ein weiches Hemd anhat. Ich rücke noch ein bisschen näher an das Hemd heran. Und an alles andere drum herum.

Es ist sehr angenehm, denjenigen, dessen große Liebe man ist, zu küssen. Ich stelle mir vor, es wäre Roland. Falls es Roland sein sollte, den ich gerade küsse, sind seine Haare heute allerdings lockiger als sonst, und er hat sich sehr lange nicht rasiert. Komischerweise stört der Bart beim Küssen überhaupt nicht. Komischerweise stört es auch überhaupt nicht, dass ich möglicherweise gar nicht Roland küsse, sondern Björn. Es stört überhaupt nichts und niemand. Es stören nicht einmal meine Kinder. Und wenn eines stören würde, dann würde es nicht wirklich stören, weil es ja Björn ist, den ich gerade küsse, und nicht so ein Idiot wie Dieter …

Ich kann mir nicht mehr folgen. Ich werde jetzt mein Gehirn abschalten. Seine Funktion ist durch übermäßigen Genuss von alkoholischen Getränken sowieso leicht gestört.

Ich höre, wie Björn Dinge zu mir sagt, von denen ich gehofft hatte, dass Roland sie zu mir sagen würde. Es klingt sehr schön, auch wenn es nicht Roland ist, der so etwas sagt. Und weil ich mich gerade so warm und weich und wohlfühle, weil mir nichts fehlt in diesem Moment, überhaupt nichts, nicht einmal Roland, deshalb antworte ich Björn mit Sätzen, die ich eigentlich …

Aber da habe ich mein Gehirn schon abgeschaltet.

SAMSTAG, *10:19*

Ich erwache davon, dass mir jemand ein sehr großes, sehr rostiges Schwert in die Schädeldecke rammt. Der Rest meines Körpers fühlt sich an, als hätte ich kürzlich einen Triathlon in Weltbestzeit absolviert. Welcher Tag ist heute? Wie spät ist es? Und wieso habe ich dermaßen grausame Kopfschmerzen? Ich mache das eine Auge einen winzigen Spalt auf und sehe, dass die Sonne grell in mein Schlafzimmer sticht. Warum habe ich gestern Abend die Vorhänge nicht zugezogen? Wieso liegen meine Klamotten kreuz und quer auf dem Fußboden verteilt? Und weshalb habe ich – mein Gott, ich habe nicht einmal ein T-Shirt an! Was war denn gestern Abend los?

Oh mein Gott. Gestern Abend! War da nicht was? Miriams Party im Hof, ich allein auf dem Balkon, Björn und die Flasche Rotwein und dann …?

Nein, das kann nicht wahr sein. Björn und ich hier im Bett? Das habe ich doch nur geträumt, oder? Das KANN nur ein verrückter Traum gewesen sein. Ich würde doch all das niemals mit Björn …

Ich drehe mich um, so vorsichtig wie möglich, weil ich befürchte, dass mein dröhnendes Gehirn sonst platzt.

Na also. Die andere Seite des Bettes ist leer. Gott sei Dank, ich bin allein. Es ist nichts passiert. Ich war zwar vielleicht ein bisschen betrunken gestern Abend, und vielleicht habe ich mit Björn auch ein bisschen herumgeknutscht. Aber wenigstens ist es nicht zum Äußersten gekommen. Das habe ich nur geträumt. Das Äußerste soll es nur mit Roland geben.

Andererseits: Was hat es mit den offenen Vorhängen und meinen durcheinandergeworfenen Kleidungsstücken auf sich?

Wenn mein Kopf beim Nachdenken nicht so hämmern würde!

Ich versuche, die Ereignisse zu rekonstruieren, von dem Punkt an, ab dem ich mich nicht mehr genau erinnern kann. Björns Liebeserklärung, der Austausch von Zärtlichkeiten auf dem quietschenden Sofa – und was danach? Sind wir wirklich zusammen in mein Schlafzimmer gegangen? Und dann? Habe ich Björn tatsächlich gesagt, wo er ein Kondom finden kann, als er danach gefragt hat? Ich erinnere mich vage an einen Satz wie: »Ich hab nichts dabei, ich hab doch nicht damit gerechnet, dass ich hier mit dir ...«

Jetzt weiß ich es. Der Beweis, dass nichts passiert ist, liegt unter meinem Krimistapel auf dem Nachttisch. Wenn noch alle drei Kondome daliegen, die seit Dieters Besuch auf ihren Einsatz warten, dann habe ich alles nur geträumt. Ich bin mir ganz sicher, dass noch alle drei daliegen!

Ich richte mich auf. Bei jeder Bewegung habe ich das Gefühl, als drehte jemand das rostige Schwert ein Stück tiefer in meinen Schädel. Aber gleich wird es mir besser gehen. Gleich habe ich den Beweis, dass ich von einer wilden Nacht mit Björn wirklich nur geträumt habe.

Ich hebe die Bücher hoch – und lasse sie gleich wieder fallen.

Es liegt kein einziges Kondom mehr darunter.

11:22

Seit zehn Minuten stehe ich unter der Dusche und lasse den heißestmöglichen Wasserstrahl über meinen Scheitel rauschen in der Hoffnung, dass dadurch mein Kopfschmerz etwas gelindert wird. Die Wirkung lässt bis jetzt allerdings noch auf sich warten. Wahrscheinlich werde ich von dieser Prozedur bestenfalls Verbrühungen auf der Haut davontragen. Wobei ich heute vielleicht sogar lieber ein paar Verbrühungen hätte statt all der Probleme, die ich mir in den letzten Tagen eingebrockt habe. Vor allem statt des Problems der vergangenen Nacht.

Ich stelle die Dusche ab. Ich kann ja nicht den ganzen Tag lang das Wasser laufen lassen. Leider. Bei den anschließenden morgendlichen Verrichtungen im Badezimmer lasse ich mir extra viel Zeit: Wahrscheinlich sind fünf Minuten Zähneputzen noch gesünder als drei. Wahrscheinlich helfen zwei Lagen Anti-Cellulite-Körpercreme gegen die nachlassende Elastizität der Haut besser als eine. Außerdem ist heute höchste Zeit für eine intensiv pflegende Gesichtsmaske mit besonders langer Einwirkzeit, und meine Fingernägel müsste ich auch dringend mal wieder bearbeiten, von den Fußnägeln ganz zu schweigen ... Kurzum, es gibt sehr viele gute Gründe für einen ausgiebigen Aufenthalt hinter der fest verschlossenen Badezimmertür. Aber irgendwann bin ich dann doch fertig mit meiner Morgentoilette und muss mich der Realität stellen.

Die Realität heißt Björn und hält sich, wie meine heimlichen Recherchen durch die Milchglasscheibe der Küchentür ergeben haben, am Frühstückstisch auf. Ich bin mir nicht sicher, ob ich ihm jemals wieder in die Augen sehen kann. Ich weiß nicht, was ich ihm sagen soll. Ich weiß nicht, was ich ihm heute Nacht gesagt habe. Hoffentlich habe ich ihm nicht versprochen, dass wir in der nächsten Woche heiraten.

Ich würde mich gerne auf dem Balkon verstecken. Nur für ein paar Minuten, um in der frischen Luft einen klaren Kopf zu bekommen und mir eine Strategie für meine Begegnung mit Björn auszudenken. Aber ich komme nicht ungesehen hin, denn das Wohnzimmer ist auch besetzt. Durch die Tür höre ich Chris' Stimme. Abwechselnd flehend und fordernd redet er auf jemanden ein. Offenbar befindet er sich in einem telefonischen Dialog mit Wuppertal. Wie es sich anhört, hat seine Ex diesmal etwas mehr zu sagen als nur einen Satz.

Okay. Es hilft nichts: Ich brauche einen Kaffee, um wieder auf die Beine zu kommen. Ich muss in die Küche, ich muss den Dingen ins Auge blicken.

»Guten Morgen!«

Ich erblicke ein Idyll wie aus dem Ikeakatalog. Der Küchentisch ist noch für das Frühstück gedeckt. Die Vormittagssonne scheint freundlich auf meine drei Kräutertöpfchen auf der Fensterbank. (Die neuerdings wie durch ein Wunder weder verfaulen noch vertrocknen. Ich habe den Verdacht, dass sich ein durchaus auch der Botanik zugeneigter Mensch um meine pflanzlichen Mitbewohner kümmert.) Lina und Timo haben ihre Kakaotassen auf die Seite geschoben und sind gerade dabei, zwischen Brotkorb, geöffneten Marmeladengläsern und leeren Joghurtbechern eine Kompanie Bauernhoftiere auf dem Tisch zu arrangieren, mittendrin steht aus unerklärliche Gründen ein Lichtschwert schwingender Lego-Yoda. Auf der anderen Seite des Tisches sitzt Björn, Skizzenblock und Bleistift vor sich, eine Kaffeetasse in der Hand. Alles in allem ein Anblick, wie ich ihn mir für Kathis Kosmos nicht schöner hätte ausdenken können.

Als ich hereinkomme, schaut Björn auf. Du liebe Zeit!

Mit einem solchen Lächeln im Gesicht habe ich ihn ja noch nie gesehen. Er strahlt mich an wie ein ... verliebter Waldschrat. Wie ein sehr verliebter, sehr glücklicher Waldschrat. Es muss ja eine großartige Nacht mit mir gewesen sein. Immerhin.

Schade, dass ich Björn jetzt enttäuschen muss. Schade, dass ihm sein sympathisches Lächeln gleich vergehen wird. Aber manchmal ist das Leben grausam: Nur weil ich ihm in einer schwachen Stunde nachgegeben habe, ändert das nichts an der Tatsache, dass Björn der falsche Mann für mich ist. Was will ich mit einem Mann, der sein mageres Einkommen mit so etwas Albernem wie Bildchen-Malen verdient und dem seine äußere Erscheinung so dermaßen nebensächlich ist – wo ich doch drauf und dran war, Münchens Topanwalt mit der rasierklingenreklametauglichen Optik für mich zu gewinnen. Ich bin sehr für Stil und Eleganz. Jedenfalls was den Mann meines Lebens angeht. Normal bin ich selbst. Da würde ich mich gerne mit einem etwas aufregenderen Mann schmücken.

Und ich finde, dass Roland mich ganz außerordentlich gut schmückt. Ich muss Roland zurückgewinnen, koste es, was es wolle, daran können auch ein paar Gläser Caipirinha und Rotwein nichts ändern. Roland oder niemanden. Ich will einen Mann und keinen Braunbär.

»Na«, sagt Björn. »Auferstanden von den Toten?«

»So ähnlich.« Ich vermeide es, ihn groß anzusehen. »Bist du schon lange wach?«

»Seit Lina und Timo heute früh um halb sieben ins Schlafzimmer gekommen sind.«

»Ins Schlafzimmer?« Hoffentlich war ich wenigstens zugedeckt.

»Ja«, erklärt Lina und schaut von ihrer Schafherde auf.

»Aber da hast du noch geschlafen, und der Björn hat gesagt, wir dürfen nicht reinkommen, damit du nicht aufwachst, weil du noch ganz müde bist.«

Wahrscheinlich war ich wirklich nicht zugedeckt.

»Kaffee?«, fragt Björn. »Oder gleich ein Aspirin?«

»Beides bitte. Und zwar in doppelten Portionen.«

»So schlimm?«

»Ganz schrecklich schlimm.«

Ich kann es nicht verhindern, dass Björn mir kurz und irgendwie liebevoll über den Kopf streicht, nachdem ich mich auf einen Stuhl habe fallen lassen. Es fühlt sich durchaus nicht unangenehm an. Wahrscheinlich wäre es sogar sehr schön, meinen dröhnenden Kopf an seine Schulter zu legen und mir den Nacken massieren zu lassen. Aber Björn ist Björn, und Björn ist eben nicht Roland. Ich werde mich heute keinen weiteren falschen Gefühlen hingeben.

»Können wir nachher mal eine kleine Runde spazieren gehen?«, frage ich und hoffe, dass bis dahin die belebende und kopfschmerzdämpfende Wirkung der eingenommenen Getränke eingetreten ist. »Ich würde gerne was mit dir besprechen. Du weißt schon ...«

»Au ja!«, schreit Timo, noch bevor Björn etwas sagen kann. »Gehen wir auf den neuen Spielplatz?«

12:30

Ich wette, die Leute um uns herum denken, wir wären ein glückliches Ehepaar. Björn und ich sitzen auf der Bank neben dem Sandkasten, in dem Lina und Timo in Kooperation mit einem Dutzend Gleichgesinnter eine holländische Grachtenlandschaft aus Matsch und Schlamm entstehen lassen. Oder was sie dafür halten. Ich bin keine Freundin von Sandkästen. Wahrscheinlich wird meine Wohnung wieder tagelang hässlich knirschen, sofern ich es versäume, innerhalb von dreißig Sekunden nach unserer Rückkehr die Sandspur aufzusaugen, die meine Kinder auf dem Fußboden hinterlassen. Aber da muss ich durch. Ich weiß natürlich um die wertvolle pädagogische Bedeutung von Sand und Dreck. Ein bisschen Matsch muss sein. Ich will ja nicht, dass meine Kinder einen psychischen Schaden bekommen, nur weil ihre Mutter keine Lust hatte zu putzen.

Björn hat seinen Arm um meine Schultern gelegt und wieder diesen Gesichtsausdruck *Modell verliebter Waldschrat* aufgesetzt. Wahrscheinlich denkt er, wir sind jetzt zusammen. Ich fürchte, er ist einer von dieser altmodischen Sorte Mann, der glaubt, es wäre der Beginn einer langen Beziehung, wenn eine Frau mal eine Nacht mit ihm verbringt. Hoffentlich habe ich ihm nichts dergleichen ins Ohr geflüstert in meiner geistigen Umnachtung. Wenn das der Fall sein sollte, muss ich es dringend korrigieren.

»Sag mal, Björn«, fange ich an und zermartere mir den Kopf, wie ich es ihm möglichst seelenschonend beibringen soll. »Das mit heute Nacht ... Also, es tut mir leid, dass es so gelaufen ist. Ich meine, ich war gestern Abend vielleicht ein bisschen ...«

Herrje! Wie SAGT man so was denn?

»Mach dir keine Sorgen!« Björn grinst. »Du warst umwerfend. Ich finde, es hätte nicht besser laufen können.«

Es gelingt mir, mich ebenso unauffällig wie elegant seinem Kussversuch zu entziehen.

»Das meine ich doch gar nicht.« Und rot werde ich auch noch. Himmel, wie kriege ich denn jetzt rechtzeitig die Kurve, bevor er einen 24-karätigen Verlobungsring aus der

Hosentasche zieht? »Ach Björn, fandest du nicht, dass ich ein bisschen zu viel ...«

»Nein, ich fand es überhaupt nicht zu viel. Ganz im Gegenteil. Ich mag es, wenn Frauen aktiv sind.«

Er sieht immer noch sehr zufrieden aus. Ich möchte über meine nächtlichen Aktivitäten lieber nicht nachdenken.

»Björn, ich hatte ein paar Gläser Rotwein zu viel getrunken gestern Abend, sonst hätten wir niemals ...«

»Ich weiß. Du warst endlich mal richtig entspannt. Wenn du nicht so locker gewesen wärst, hätten wir bis heute noch nicht erfahren, was für ein großartiges Team wir beide abgeben, nicht wahr?«

So komme ich nicht weiter. Björn ist auf einem völlig anderen Planeten unterwegs. Ich fürchte, ich muss drastischer werden.

»Björn«, sage ich etwas energischer als beabsichtigt. »Du verstehst mich nicht. Ich bin nicht in dich verliebt. Das mit heute Nacht war ein Versehen, ein Irrtum, ein einmaliger Ausrutscher. Ich war bloß enttäuscht wegen der Sache mit Roland. Das mit dir hatte nichts zu bedeuten.«

Die Muttis von der Nebenbank unterbrechen ihr Geplauder über die letzte Elternsprechstunde und starren zu uns herüber, als hätte sich da gerade ein fünfschwänziges Eichhörnchen niedergelassen. Björns Lächeln klappt zusammen wie ein Gleitschirm, bei dem die Luftströmung abgerissen ist. Ich fühle mich mies.

»Ach so«, sagt er leise, und nach einer sehr langen Pause, in der sich die Nebenbänklerinnen wieder diskret ihren eigenen Gesprächen zuwenden, fügt er hinzu: »Dann habe ich dich gestern wohl falsch verstanden. Du hast zu mir gesagt ... Also ich dachte, dass du auch ...«

Ich schüttele den Kopf. Sagen kann ich nichts, weil mir

ein kratziger Kloß den Hals zuschnürt. Der Dolchstoß mitten ins Herz ist geschafft, Björn ist zur Strecke gebracht, aber ich fühle mich kein Stück erleichtert. Björn ist ein wunderbarer Mensch. Er hat es nicht verdient, dass ich so schäbig zu ihm bin. Schade, dass ich darüber nicht gestern Abend schon nachgedacht habe.

»Na, dann ist es wohl besser, wenn Chris und ich endlich abfahren«, sagt Björn, und seine Augen haben jetzt den Ausdruck *waidwunder Grizzly* angenommen. »Wir wollten ja sowieso schon lange in Italien sein.«

Ich nicke langsam. Ich kann immer noch nichts sagen und denke nur: Herzlichen Glückwunsch, Sophie Freitag, für den Hauptpreis beim Wettbewerb *Scheusal des Jahres*.

14:16

Gegen große Trostlosigkeit im Leben hilft bisweilen ein nasser Mopp. Vielleicht gerät mein Dasein wieder in geordnete Bahnen, wenn ich erst einmal Ordnung in meinen vier Wänden schaffe. Meine Wohnung hat es wirklich nötig. Es ist nicht zu übersehen, dass hier eine Zeitlang zwei zusätzliche Bewohner campiert haben. Außerdem bin ich angesichts der dramatischen Entwicklung meines Liebeslebens und der verschiedenen Zusatzaufgaben durch Kathis Kosmos einige Zeit nicht mehr dazu gekommen, ernsthaft sauber zu machen. Hinter dem Sofa liegt sogar noch ein Fetzen Luftballon von Linas Geburtstagsparty. Wie habe ich das neulich gesagt: *Eine blanke Fensterscheibe kann große Glücksgefühle auslösen?* Na ja, das wollen wir doch mal ausprobieren. Aber ich will nicht gleich übertreiben. Für heute reicht vielleicht auch die kleine Freude einer gespülten Kaffeetasse.

Es klingelt an der Tür. Erst denke ich, das ist Stefan, der wie versprochen die Kinder abholt, und wundere mich schon, dass er heute pünktlich kommt. Aber dann höre ich, dass es Miriams geheimes Klingelzeichen ist: Zweimal kurz, einmal lang. Die Kinder kennen es auch schon.

»Darf ich aufmachen, Mama?«, fragt Lina.

»Ja klar, geh nur. Miriam will mir sicherlich meine Salatschüssel von der Party zurückbringen.«

Während ich in der Küche stehe und versuche, in der ohnehin schon bis zum Rand gefüllten Spülmaschine noch Platz für die Tassen vom Frühstück zu finden, erwarte ich Miriams vergnügtes »Na, du süße kleine Motte!«, mit dem sie Lina üblicherweise an der Wohnungstür zu begrüßen pflegt. Aber aus der Diele kommt nichts. Jedenfalls drei lange Sekunden nicht. Dann höre ich Linas verunsicherten Ruf: »Mama, komm mal.« Ich werfe die Tasse in die Spülmaschine und renne aus der Küche. In der Tür steht Roland.

»Oh hallo. Wie kommst denn du … Wieso bist du …?«

»Mama, wer ist der Mann?«

»Hallo, Sophie!«, sagt Roland. »Darf ich reinkommen?«

Ich starre ihn an. Ich starre abwechselnd auf Roland und auf Lina, die unbewegt an der Tür stehen geblieben ist und den Besucher mit einer Mischung aus Furcht und Neugier mustert, den Mund bis zum Kinn mit Chris' und Björns Abschiedsschokolade verschmiert. Mit einem Seitenblick registriere ich das Ambiente im Eingangsbereich meiner Wohnung: die eingerissene Regenjacke mit Fliegenpilzmuster, die innen an der Türklinke hängt, darunter das Sammelsurium an Sandalen, Turnschuhen, Gummistiefeln und Badelatschen, das dafür sorgt, dass man die Wohnungstür höchstens im 45-Grad-Winkel öffnen kann, die einzelne blau-weiß geringelte Socke unter der Heizung, den Zeitungsstapel in der Ecke, den ich schon seit einer Woche in die Altpapiertonne habe werfen wollen, das sich selbst vermehrende Gemisch von Wachsmalstiften, Tierbaby-Memory-Karten, Fahrradschlüsseln, Kinderüberraschungseier-Bruchstücken und fälligen Rechnungen in der Glasschale auf der Kommode, gekrönt von einer leeren Packung tic tac. Zu allem Überfluss ist diese ganze Herrlichkeit gleich doppelt zu sehen, nämlich durch den großen Spiegel an der Wand, in dessen Staubschicht irgendein Witzbold in den vergangenen Tagen mit den Fingern einen großen Grinsekopf gemalt hat und die Worte »Kilroy was here. Bitte putzen.«

Herzlich willkommen in der Welt von Sophie Freitag, Dr. Roland Wagenbach!

Ich hoffe, ich habe Halluzinationen. Ich hoffe, es ist nicht wirklich Roland, der vor mir steht und fragt: »Oder soll ich draußen bleiben?«

Ich meine, ich hoffe natürlich sehr, dass es Roland ist. Aber so hatte ich mir das Wiedersehen eigentlich nicht vorgestellt. So unverhofft, so unvorbereitet, so völlig unpassend. Vor Schreck haben sich sogar meine Kopfschmerzen in Luft aufgelöst.

Ich sage: »Nein, natürlich nicht. Also, klar, komm rein. Es ist leider so, na ja, bei mir sieht es heute ein bisschen … Ich wusste ja nicht, dass du kommen würdest. Du siehst ja selbst …«

Roland schließt die Tür hinter sich. Ich habe keine Ahnung, was ich mit ihm machen soll. (Hätte ich ihm sofort um den Hals fallen sollen?)

»Woher … kennst du denn unser Klingelzeichen …?« Als wäre das die vordringlichste Frage!

»Von deiner Freundin.«

»Miriam? Wie kommst du zu Miriam?«

»Die Haustür stand auf. Ich bin reingegangen und habe im vierten Stock an der Wohnungstür mit der My-Home-is-my-Castle-Fußmatte geklingelt. Dort, wo ich dich beim letzten Mal besucht habe. Ich habe mich natürlich gewundert, dass auf dem Türschild nicht dein Name steht. Aber ich dachte, vielleicht wohnst du noch nicht so lange hier, und dein Vermieter hat das Schild noch nicht aktualisiert. Dann machte eine fremde Frau die Tür auf, und als ich nach dir fragte, hat sie mir erklärt, dass du eine Etage höher wohnst und dass du dich bestimmt über meinen Besuch freuen würdest. Außerdem hat sie mir euer Klingelzeichen verraten. Sie hat gesagt, sonst würdest du die Tür nicht aufmachen.«

»Ja, da hat sie wahrscheinlich recht.« (Wenn ich vorher wenigstens durch den Türspion geschaut hätte!)

»Du hast also ein Kind?«, fragt Roland mit Blick auf die immer noch schweigend dastehende Lina. Diese Frage erübrigt sich eigentlich. Vor allem weil Timo in diesem Moment mit heruntergelassenen Hosen aus dem Badezimmer trippelt und verkündet: »Mama, ich bin fertig, du kannst jetzt kommen.«

Timos Timing in Sachen Verdauung macht mich wahnsinnig.

Ich lotse Roland in die Küche, assistiere meinem Sohn im Bad, und dann lasse ich mich Roland gegenüber auf den Stuhl fallen. Aus unerklärlichen Gründen zittern meine Knie. Mein Besucher sieht sich wortlos um. Sein Blick wandert durch meine Küche: über den Geschirrberg in der Spüle, den überquellenden Mülleimer in der Ecke und die bunte Zettelcollage aus kindlichen Kunstwerken, die ich mit Tesafilm an sämtliche Schranktüren geklebt habe: Sonne über grünem Baum und blauem Haus, Fußballspieler beim Elfmeter, Reiterin mit rotem Hut auf schwarzem Pferd. Was

Kindergartenkinder eben so malen, wenn der Tag lang wird. Ganz große Meisterschaft, und es wird jeden Tag mehr. Zum Glück habe ich die Tischplatte schon abgewischt, damit Rolands schickes lavendelfarbenes Hemd keinen Schaden nimmt durch diverse Erdbeermarmeladenkleckse oder Kakaopfützen, die üblicherweise unseren Tisch zieren. Ich überlege fieberhaft, wie ich das Gespräch möglichst elegant in Gang bringen kann. Aber das erledigt Roland ohne viele Umschweife.

»Wer bist du eigentlich?« Er zieht ein Stück Zeitung aus seiner Hemdtasche. Es ist der Artikel über den Abend bei Kathis Kosmos. »Das habe ich heute Morgen erst entdeckt. Das bist doch du, da auf dem Bild. Oder hast du eine Zwillingsschwester, die Kathi heißt? Ich verstehe überhaupt nichts mehr. Dieser Mann hier auf dem Foto sieht jedenfalls nicht so aus wie der, der neulich bei uns aufgetaucht ist. Mit wem bist du jetzt eigentlich verheiratet? Und was tust du? Bist du Journalistin, wie du mir immer erzählt hast? Oder glückliche Hausfrau und Mutter, wie es hier in dem Bericht steht? Heißt du Kathi oder Sophie? Und warum wohnst du auf einmal hier und nicht eine Etage tiefer?«

Zugegeben, wenn ich mir das so anhöre, blicke ich selbst nicht mehr richtig durch.

»Ich bin von allem ein bisschen«, versuche ich zu erklären. »Fest steht, ich heiße Sophie Freitag und habe zwei Kinder, ich bin seit über einem Jahr geschieden und lebe ansonsten allein. Ich arbeite als Teilzeitlokalreporterin beim *Münchner Morgenblatt* und neuerdings gelegentlich auch als Familienkolumnistin, weil die Kollegin, die sonst dafür zuständig ist, krank geworden ist.«

»Und das soll ich dir jetzt glauben?«

»Ja, bitte.«

Ich erkläre Roland in groben Zügen die Sache mit Miriams Wohnung und dem komplizierten Drehbuch. Ich bin mir nicht sicher, ob er alles auf Anhieb verstanden hat. Aber immerhin sitzt er noch immer an meinem Küchentisch und macht diesmal keine Anstalten, aufzuspringen und hinauszurennen.

»Warum hast du mir das nicht gleich erzählt, als wir uns kennengelernt haben?«

Es läuft immer wieder auf diese eine Frage hinaus. Und immer wieder auf die gleiche Antwort:

»Ich hatte Angst, es würde nichts werden mit uns. Ich war mir nicht sicher, ob ich dir gefallen würde mit zwei Kindern im Schlepptau. Weißt du, ich habe da ein paar schlechte Erfahrungen gemacht. Ich wollte erst ganz sicher sein, dass du mich magst und dass mit uns beiden alles gutgeht, bevor ich dich mit Lina und Timo bekanntmache.«

Roland schüttelt den Kopf. Aber er läuft immer noch nicht aus der Wohnung. Ich rede weiter.

»Du stehst doch auf Karrierefrauen, hast du gesagt. Und als wir nach dem Opernbesuch dieses Kennenlernquiz gespielt haben, da hast du dich lustig gemacht über Frauen, die Familie haben und kinderlieb sind.«

»Was habe ich gemacht?«

Ich erinnere mich an jedes Wort, das er im Schumann's gesagt hat, und ich erzähle es ihm.

»Das war doch nur ein Scherz«, stöhnt Roland. »Wie kannst du nur jedes Wort auf die Goldwaage legen?«

»In dieser Sache bin ich eben empfindlich.«

Bei Gelegenheit werde ich auch Roland von meinem unglücklichen Abend mit Dieter berichten. Dann wird er mich bestimmt verstehen.

»Und weshalb musstest du am Samstagabend so plötzlich

aufbrechen? Das mit den Freunden in Not war doch nur eine Ausrede, oder?«

»Mein Sohn war krank geworden. Ich hatte eine SMS von meinem Bruder bekommen.«

»Ja.« Lina, die an der Küchentür stehen geblieben ist, scheint allmählich Zutrauen zu unserem Besucher zu fassen und nähert sich dem Tisch. »Dem Timo war nämlich ganz schlecht, und dann hat er gekotzt.«

»Danke, Lina, aber so genau wollten wir das jetzt nicht wissen.«

»Und er hat die ganze Hose vom Björn vollgemacht.«

»Schatz, das reicht! Wie wär's, wenn du jetzt mal ins Kinderzimmer gehst und nach deinen Meerschweinchen siehst?«

Lina trottet dankenswerterweise ab, ohne sich in weiteren Einzelheiten über Timos Krankheitsverlauf zu verlieren.

»So lebst du also«, stellt Roland fest. »Von wegen 24-Stunden-Einsatz als Starreporterin ...« Er wirkt, als könne er es immer noch nicht ganz glauben. Hoffentlich ist er nicht allzu sehr enttäuscht.

»Das habe ich nie von mir behauptet«, erkläre ich. »Du hast mich plötzlich in dieser Rolle gesehen, und dann kam ich da nicht mehr raus. Immer war jemand im Weg, wenn ich die Sache richtigstellen wollte: dein Kollege Peter, die Leopardin ...«

»Welche Leopardin?«

»Na, deine Vorzimmerdame, die immer so auffallend gekleidet ist und mit der du neulich bei Luigi Kaffee trinken warst. Ich habe vor dem Lokal gestanden und wollte mit dir reden nach dem Zwischenfall mit Andi. Aber – na ja, dann hat mich der Mut verlassen.«

»Du bist da gewesen? Bei Luigi?«

»Ja. Vor dem Fenster. Ich wollte mit dem ganzen Schwindel endlich aufhören. Aber als ich euch beide miteinander gesehen habe, wie ihr da so vertraut zusammengestanden habt, da habe ich selbst Zweifel bekommen. – Weshalb hast du eigentlich nie auf meine SMS und Anrufe reagiert?«

Roland zuckt mit den Schultern, und dann erzählt er mir ungefähr das, was Björn mir schon gesagt hat, wobei die Worte Lüge, Wahrheit, Vertrauen und Enttäuschung eine große Rolle spielen.

»Ich bin froh, dass es endlich raus ist«, sage ich und hätte am liebsten seine Hand genommen, aber irgendwie traue ich mich noch nicht: Roland sieht so furchtbar ernst aus. »Du kannst dir nicht vorstellen, wie grässlich es war, sich immer tiefer in dieses absurde Theaterspiel zu verstricken. Ich habe mich schrecklich gefühlt, glaub mir. Meinst du, dass du auch mit der echten Sophie Freitag klarkommen könntest? Ich hoffe sehr. Ich hoffe, du magst mich so, wie ich bin, als Teilzeitreporterin und Vollzeitmutti.« Und weil jetzt der Moment der großen Ehrlichkeit gekommen ist, weil nichts mehr ungesagt bleiben soll, was ich auf dem Herzen habe, hole ich tief Luft und fahre fort: »Ich finde es nämlich sehr schön, dass du jetzt hier bist, Roland. Ich verspreche dir, ab sofort gibt es keine Geheimnisse mehr zwischen uns. Ich werde dich über jeden Termin in der Kita und über jede Einladung zum Kindergeburtstag genauestens informieren.« Dass es nett wäre, wenn er langfristig mal ab und zu als Babysitter einspringen könnte, damit ich den einen oder anderen Termin in diesem Zusammenhang wahrnehmen kann, sage ich ihm besser noch nicht.

»Okay.«

Lächelt Roland nicht ein bisschen zu vorsichtig? Die ganz große Begeisterung sieht anders aus. Aber die Erkenntnis über die wahre Sophie Freitag ist ja auch noch frisch.

»Und was deine Interviews, deine Reportagen und deine sonstigen Zeitungsartikel angeht, sagst du mir auch Bescheid, oder?«

»Natürlich.« Im Grunde seines Herzens steht er also tatsächlich auf Karrierefrauen. Daran werde ich arbeiten müssen.

»Ich bin froh, dass du mir alles erzählt hast, Sophie. Du hättest das schon viel früher tun sollen.« Roland schweigt einen Moment, als müsse er über etwas Schwieriges nachdenken, und fügt hinzu: »Es ist zwar noch ein bisschen ungewohnt, mir vorzustellen, dass du in deinem Privatleben Mama bist, aber das werde ich schon schaffen.« Und dann nimmt er endlich meine Hand.

Halali und Halleluja! Die Beichte ist geschafft. Roland hat mir meinen Bluff verziehen und möchte trotzdem noch mit mir zusammen sein. Mir stürzt ein tonnenschwerer Felsbrocken vom Herzen. Das hätte auch ganz anders ausgehen können.

Roland streichelt eine Weile wortlos meine Finger, dann schaut er auf und sagt: »Denn ich habe mich ja schließlich nicht in dich verliebt, weil du so großartige Artikel und Kommentare für das Morgenblatt schreibst, sondern weil du so eine wunderbare, patente Frau bist.« Dabei lächelt er das schönste Lächeln der Welt mit den allerschönsten, allerblauesten Augen der Welt, dazu eine Nase, die einfach nur perfekt aussieht. Worauf ich ihm endlich in die Arme sinken und ihn küssen kann, und ich brauche nicht daran zu denken, was passieren würde, wenn er wüsste, dass ich Kinder habe, denn das weiß er jetzt ja, und wir küssen uns trotzdem.

Mitten im schönsten Herumknutschen klingelt es noch mal an der Wohnungstür. Zweimal kurz, einmal lang. Diesmal muss es wirklich Miriam sein.

Beim Hereinkommen schwenkt sie meine Salatschüssel in der Hand: »Hier, mit Dank zurück!« Und mit Blick auf Roland fügt sie grinsend hinzu: »Ich wollte mal sehen, wie weit ihr mit eurer Versöhnung gekommen seid.«

»Ich glaube, ganz gut«, strahle ich sie an. »Jedenfalls sind alle Fronten geklärt.«

Roland steht auf und reicht Miriam die Hand: »Ich bin übrigens Roland Wagenbach. Hallo!«

Ach ja, ein Gentleman mit vollendeten Manieren. Wie konnte ich das vergessen. Hätte ich die beiden offiziell miteinander bekanntmachen müssen?

»Hey, ich bin Miriam. Nett, dich endlich mal leibhaftig kennenzulernen, Roland.« Sie klopft ihm keck auf die Schulter. »Gehört habe ich ja schon eine ganze Menge von dir!«

Ungefragt pflückt sie sich eine Weintraube aus meinem Obstkorb und fragt kauend:

»Was habt ihr vor am Wochenende?«

»Das haben wir noch gar nicht geplant«, stottere ich. »Wir wissen ja erst seit ein paar Minuten, dass wir zusammen ein Wochenende haben. Ich meine, wir haben doch zusammen ein Wochenende, Roland, oder nicht?«

Roland nickt und drückt meine Hand. »Aber klar, das wird doch wohl allmählich Zeit. Auch wenn ich eigentlich eine ganze Menge Kanzleikram zu erledigen hätte.«

»Ich habe da neulich einen tollen Tipp in Kathis Kosmos gelesen.« Miriam grinst mich an. »Es ging darum, wie man eine angeknackste Beziehung wieder in den Griff bekommt.«

»Na, da bin ich aber gespannt!«

»Man soll sich mal eine Auszeit gönnen, stand darin. Was haltet ihr von einem romantischen Wochenende in den Bergen? Eine einsame Hütte am Waldrand, nur ihr zwei und das Rauschen der Tannen …«

Bei dem Wort romantisch werde ich hellhörig: »Klingt himmlisch. Hast du etwas Bestimmtes im Sinn?«

»Meine Tante Gustl hat eine hübsche kleine Hütte, gar nicht weit von Mittenwald. Andi und ich fahren manchmal am Wochenende hinauf, wenn wir genug von der Stadt haben. Das ist ein tolles Häuschen mit einem wunderschönen Blick ins Grüne, ein bisschen rustikal, aber es ist alles da, was man für ein ungestörtes Wochenende braucht.«

»Rustikal?«, fragt Roland mit einer Spur von Zweifel in der Stimme. »Gibt es da oben Strom?«

»Ja, und fließendes Wasser auch. Es ist, wie gesagt, kein Luxus, aber die Lage ist unbezahlbar. Und man fährt kaum länger als eineinhalb Stunden hin.«

»Miriam, das wäre ... das wäre ein Traum. Und du, Roland, was hältst du davon? Wollen wir unser erstes gemeinsames Wochenende in einer Berghütte verbringen?«

»Wo auch immer. Ich wollte schließlich schon das vergangene Wochenende mit dir verbringen ...«

»Aber diesmal klappt es tatsächlich. Ganz bestimmt! Die Kinder sind an diesem Wochenende bei meinem Exmann. Er müsste sie eigentlich jeden Moment abholen kommen.«

»Okay«, sagt Miriam, »dann rufe ich Tante Gustl an und sage ihr, dass sie schon mal den Schlüssel für euch bereitlegen soll.«

Als Miriam weg ist, hole ich das Telefon und tippe Stefans Handynummer ein. Es kann nicht schaden, ihm ein wenig Druck zu machen, sonst kommt er wieder so spät, und heute gilt es, jede Sekunde des Tages zu nutzen.

Stefan nimmt das Gespräch über seine Freisprechanlage im Auto an: »Hallo, Sophie! Alles klar bei euch?«

»Ja, alles bestens. Wie ich höre, bist du schon unterwegs.

Das ist gut. Ich wollte nur sichergehen, dass du die Kinder heute pünktlich abholst.«

»Die Kinder? Heute? Ist heute das zweite Wochenende im Monat? Ja, Mist, tatsächlich. Hab ich total vergessen.«

»Wie, vergessen? Stefan, die beiden warten auf dich. Wann kommst du?«

»Mensch, Sophie, das ist jetzt total bescheuert, aber Kim und ich sind gerade auf den Weg nach Bayreuth.«

»Bayreuth? Stefan, das ist nicht dein Ernst. Du wolltest an diesem Wochenende die Kinder nehmen.«

»Ich hab's völlig verschwitzt. Tut mir echt leid, Sophie. Kims Eltern haben uns kurzfristig zwei Karten für *Tannhäuser* bei den Bayreuther Festspielen geschenkt, und die können wir natürlich auf keinen Fall verfallen lassen. Wir sind schon gleich da.«

»In Bayreuth? Stefan – du musst sofort ... Ach Stefan, du bist ein ...«

Für das, was Stefan ist, gibt es keine Worte. Ich lege auf, ohne auf Wiedersehen zu sagen.

»Klappt was nicht?«, fragt Roland.

»Mein Exmann hat die Kinder vergessen und gönnt sich heute Abend einen Opernbesuch in Bayreuth.«

»Das machen wir auch mal«, tröstet mich Roland, wobei eine Reise zum Festspielhaus am Grünen Hügel im Moment nicht mein vordringlichster Wunsch ist.

»Ja, gerne. Aber was wird jetzt aus unserem lauschigen Hüttenwochenende?«

»Hm.« Roland überlegt einen winzigen Moment lang. Lange genug, dass ich Zeit habe zu denken: Mach jetzt bloß keinen Fehler, mein Herzallerliebster! Sei bitte kein Dieter. Sag jetzt bloß nicht das Falsche.

»Dann müssen wir deine beiden eben mitnehmen«, sagt

Roland. »Bergidylle hin oder her. Für zwei kleine Leute wird sich da oben sicher auch noch ein Plätzchen finden. Notfalls müssen sie unterm Dach im Heu schlafen, was meinst du?«

Ich meine vor allem, dass da der allerwunderbarste Mann der Welt an meinem Küchentisch sitzt. Das war die Millionenfrage, und er hat sie souverän beantwortet. Und zwar ohne Zusatzjoker. Roland und ich und die Kinder in einer Hütte in den Bergen wie Heidi bei ihrem Alm-Öhi! Ein Märchen wird wahr. Das perfekte Familienglück! Kathis Kosmos in Reinkultur – was will ich mehr!

»Gut«, sagt Roland und steht vom Stuhl auf. »Dann fahre ich wohl mal nach Hause und packe meine Sachen.«

»Ja, mach schnell. Ich hole dich in einer Stunde ab.«

18:11

Die Reifen meines Autos knirschen über den Kies. Wir haben es endlich geschafft. Die Fahrt hat etwas länger gedauert als geplant. Miriams Zeitangabe bezog sich wahrscheinlich auf eine Anreise am Mittwochmorgen um fünf Uhr dreißig. Wer sich am Samstagnachmittag von München aus auf den Weg in Richtung Berge macht, muss die zigtausend Gesinnungsgenossen auf der Autobahn einkalkulieren, die aus allen Himmelsrichtungen (einschließlich Holland) mit demselben Ziel unterwegs sind, auf allen Fahrspuren bei Tempo achtzig die schöne Aussicht hinter der Leitplanke genießend.

Lina und Timo in ihren Kindersitzen auf der Rückbank waren wenigstens so freundlich und haben ihre Dissonanzen auf eine kurze verbale Auseinandersetzung beschränkt. Dafür mussten Roland und ich Ralf Zuckowskis »Stups, der kleine

Osterhase« in der Dauerschleife ertragen. Das hat zwar eine vernünftige Unterhaltung erschwert, aber alles ist besser als zwei krakeelende Kinder im Auto.

Jetzt sind wir also da. Jedenfalls bei Miriams Tante Gustl, die den Schlüssel zu unserem Glück in ihrer geblümten Kittelschürze trägt. (So stelle ich mir das jedenfalls vor.)

Ein liebliches oberbayerisches Bauernhaus steht vor uns, weiß getüncht mit einem großen Holzbalkon, auf dessen Brüstung üppig die unvermeidlichen Geranien blühen, neben der Eingangstür die unvermeidliche Holzbank, darunter drei blecherne Milchkannen, um die tatsächlich ein paar Hühner herumgackern. Ich bin in einem Werbeprospekt für Urlaub auf dem Bauernhof gelandet.

Tante Gustl öffnet die Tür, noch bevor ich angeklopft habe. Eine Endsechzigerin in Jeans und verwaschenem Fifa-2006-Germany-T-Shirt. Nun ja, zumindest äußerlich entspricht sie nicht ganz meinen Vorstellungen. Was sich aber ändert, als sie den Mund aufmacht.

»Griaß eich!«, sagt sie. »Ihr seids oiso die Freind von der Miriam, de übers Wochenend' aufd Hüttn aufiwoll'n?«

Tante Gustl spricht ein dermaßen verschärftes Oberbayerisch, dass ich mich konzentrieren muss, um die Kernaussage ihrer Botschaft zu verstehen. Vermutlich hält sie uns für Eingeborene.

»Ja, wir freuen uns schon«, sage ich artig und sehr unbayerisch, was auf das Sprechen der Tante allerdings wenig Auswirkungen hat. Ich nehme an, sie kann gar kein Hochdeutsch.

»Do habts an Schlüssel. Ihr miaßts beim Aufsperren a bisserl an da Tür ziehen. Sonst is ois oben, wosds ihr zum Übernachten brauchts. Decken, Kissen, Handtücher, i hob vorhin no ois naufbracht.«

»Das ist super. Vielen Dank. Wir bringen morgen alles wieder her.«

Ich sprinte zurück zum Wagen und lasse den Motor an. Tante Gustl winkt und ruft:

»Ja, wo wollts ihr denn no hi?«

Ich kurble die Scheibe runter und stecke den Kopf aus dem Fenster. »Na, wir wollen rauffahren auf die Hütte.« Vielleicht ist die Alte ja ein bisschen wirr im Kopf?

»Aber doch ned mit'm Auto! Des miaßts do steh' lassen. Da führt koa Straßn aufi. Ihr miaßts no a bisserl zFuaß gehn.«

»Zu Fuß gehen??« Ich mache den Motor wieder aus.

»Ja, aber des is koa Problem. Vielleicht a Viertelstund' oder höchstens zwanzg Minuten mit die Kinder. Und es geht oiwei schee den Wald entlang. Dafür habt's dann do ob'n eure Ruah.«

»Hast du das gehört?«, frage ich Roland.

»Ja«, sagt er und löst seinen Gurt. »Dann wandern wir eben noch ein bisschen.«

Das Problem ist nicht das Wandern an sich, sondern unser Gepäck. Drei mittelgroße Rucksäcke, eine Tasche voller Spielzeug, zwei prall gefüllte Tüten mit Lebensmitteln, ein Korb mit Getränken und Rolands Aktentasche. »Ich muss zwischendurch noch ganz kurz was erledigen«, hat er gesagt. »Ich muss mir einen wichtigen Vertrag noch mal durchlesen. Aber das dauert nicht lange. Das mache ich, wenn du die Kinder ins Bett bringst.« Na gut. So ist das Leben mit einem erfolgreichen Anwalt. Der hat auch am Wochenende ab und zu was zu tun, daran werde ich mich gewöhnen müssen.

Fest steht, dass es unmöglich ist, das komplette Gepäck auf dem Fußmarsch mitzunehmen. Ich packe ein bisschen um und lasse den Korb mit ein paar Orangensaftflaschen im Auto. Wenn die mitgebrachten Getränke nicht ausreichen, müssen wir eben frisches Gebirgsquellwasser trinken. Außerdem beschließe ich, auf die Tasche mit dem Spielzeug zu verzichten. Die Heidi hatte schließlich auch kein Playmobil zur Hand, als sie beim Öhi wohnte.

Voll beladen machen wir uns auf den Weg in Richtung Hütte. Roland trägt zwei Rucksäcke und seine Aktentasche, ich den Rest. Die Kinder hopsen gepäckfrei und bestens gelaunt um uns herum.

»Machen wir jetzt Camping?«, fragt Lina.

»So was Ähnliches«, erkläre ich schnaufend. Der Weg ist steiler, als ich gedacht hatte. Die Griffe der Plastiktüten schneiden in meine Handflächen. »Wir schlafen in einer Hütte, und da gibt es Betten und Decken, und zum Abendessen machen wir ein Picknick.«

»Ein Picknick?« Lina ist begeistert. »Hörst du, Timo, wir machen endlich auch mal ein Picknick.«

Timo interessiert sich im Moment weder für Camping noch für ein Picknick. Er hat einen Stock gefunden und köpft damit bei jedem Schritt die Margeriten, die am Wegesrand wachsen.

»Lass das, Timo. Warum machst du die schönen Blumen kaputt.«

»Ich bin ein Soldat«, erklärt mein Sohn, »ich mache Bummbumm.«

Ich möchte wissen, wer Timo so ein blödes Kriegsspiel beigebracht hat. Wahrscheinlich war es wieder dieser Tommi.

»Hör auf damit!«, sage ich.

»Dauert es noch lang?«, fragt Lina,

»Aber Schatz, wir sind doch erst gerade losgegangen.«

Der Weg macht eine Biegung. Rechts ist Wald, links ist Wiese, weiter hinten stehen ein paar Kühe im Gras herum und bimmeln mit ihren Glocken, noch weiter hinten erheben sich ein paar ansehnliche Gipfel des Karwendelgebirges. Wir erleben einen oberbayerischen Hochglanzpostkartentraum – und ich habe meinen Fotoapparat vergessen!

Von der Hütte ist immer noch nichts zu sehen.

»Das hätte ich heute Morgen gar nicht erwartet, dass ich heute noch eine Bergwanderung mache«, meint Roland.

»Aber es ist doch toll, findest du nicht?«, bemühe ich mich um gute Stimmung. »Riech mal diese frische Luft, und was für eine tolle Sicht auf die Berge man hier hat!«

»Hmm«, macht Roland nur. Vielleicht geht er in Gedanken gerade den Vertrag durch, den er noch überprüfen muss. Damit er nachher schneller damit fertig ist und wir möglichst viel Zeit miteinander haben.

»Mama, ich hab Hunger!«, erklärt Timo.

»Gleich gibt's was zu essen. Nur noch ein paar Minuten. Wir sind gleich da.«

»Mama, darf ich zu den Kühen dahinten gehen und sie streicheln?«

»Nein, Lina, die sind zu weit weg. Wir wollen jetzt nicht trödeln. Es ist schon so spät geworden.«

Roland sagt nichts. Ich würde ihn ja gerne in ein kultiviertes Gespräch verwickeln, aber mir fällt gerade nichts ein. Außerdem muss ich meine Kinder bändigen. Timo hat seinen Stock weggeworfen und läuft mit ausgebreiteten Armen kreuz und quer über die Wiese.

»Komm jetzt!«, rufe ich ihm zu. »Wo willst du denn hin?«

Timo gibt keine Antwort, sondern stürzt der Länge nach ins Gras. Ich stelle meinen Rucksack und die Tüten ab und laufe zu ihm hin. Heulend kommt er wieder auf die Beine.

»Ich wollte den Schmetterling fangen, und dann hat der eine Kurve gemacht, und dann bin ich ausgerutscht. Und jetzt tut mein Arm weh.«

Ich taste vorsichtig seinen Arm ab und sicherheitshalber auch seine Handgelenke. Timo wirkt nicht so, als wenn er sich etwas gebrochen hätte. »Kannst du mit dem Arm noch winken?«

Timo nickt und winkt und wackelt mit den Fingern.

»Ist der Timo ganz schwer verletzt?«, fragt Lina, die hinter mir hergelaufen ist. »Müssen wir jetzt ins Krankenhaus fahren?«

»Ich glaube nicht«, erkläre ich. »Wahrscheinlich gibt das nur einen dicken blauen Fleck. Jetzt aber los. Roland wartet schon.«

»Alles in Ordnung?«, fragt der, als wir zurück auf den Weg kommen. »Oder sollen wir einen Rettungshubschrauber alarmieren?«

»Nein«, erklärt Lina. »Der Timo ist bloß ausgerutscht und kriegt jetzt einen blauen Fleck.«

»Na, dann können wir ja weiter.«

Wir sind gerade mal zehn Schritte gegangen, da meldet sich Timo schon wieder: »Mama, ich bin ganz müde. Kannst du mich tragen?«

»Nein, Timo, das geht jetzt nicht. Ich muss schon den Rucksack und die Tüten schleppen.«

»Ich will aber nicht mehr laufen.«

»Wir sind doch gleich da. Nur noch fünf Minuten.«

Timo trottet fünf Schritte weiter, dann bleibt er stehen und fragt: »Kann der Roland mich nicht tragen? Der Papa nimmt mich immer auf die Schultern.«

Wie putzig! Mein Sohn fasst Vertrauen zu meinem neuen Freund! Ich bin begeistert.

»Wie!«, ruft Roland. »Machst du schon schlapp, junger Mann? Ich trage doch schon zwei Rucksäcke und meine Aktentasche. Wo soll ich dich denn noch unterbringen?

Außerdem hast du dermaßen schmutzige Schuhe an, da machst du meinen Pulli ja ganz dreckig.«

Na ja, ich kann nicht erwarten, dass Roland sich aus reiner Nächstenliebe zu meinen Nachkommen den edlen Kaschmirpulli ruiniert, den er lässig über seine Schultern gelegt hat. Er wird schon noch lernen, dass man sich bei Ausflügen mit Kindern besser etwas robuster kleidet.

Schweigend und schwer atmend steigen wir weiter. Lina läuft voraus. Timo trottet hinterher. Es wäre schön, Hand in Hand mit Roland durch diese alpine Bilderbuchlandschaft zu spazieren. Aber leider habe ich keine Hand frei.

»Da ist die Hütte!«, brüllt Lina nach einer gefühlten Stunde hochalpinem Fußmarsch und rennt los.

18:31

Die Hütte erweist sich als muffiges Holzhaus von der Größe eines mittleren Hühnerstalls mit sperrmüllartiger Möblierung, darunter ein Stockbett und ein Klappsofa. Miriam hat erstaunliche Vorstellungen von Romantik. Na ja, denke ich, für die erste Nacht mit dem Mann meines Lebens könnte ich mir ein eleganteres Interieur vorstellen, aber mit dieser kleinen Widrigkeit müssen wir leben. Immerhin gibt es ein eigenes Zimmer für die Kinder, wenn Roland und ich das Klappsofa in der Wohnschlafbadküche nehmen. Außerdem plätschert ein idyllisches Rinnsal neben der Hütte, und die Aussicht auf die Berggipfel ist tatsächlich atemberaubend.

Widrigkeit Nummer zwei: Die Sonne verschwindet allmählich hinter besagten Berggipfeln. So richtig warm ist es hier oben nicht mehr, aber das versprochene Picknick soll unbedingt stattfinden. Kein romantisches Hüttenwochenende ohne Picknick, so viel steht fest. Die Frage ist nur, wo wir den geeigneten Platz finden, um unsere Decke auszubreiten. Auf der Wiese hinter dem Haus findet sich kaum ein Quadratmeter ohne Kuhfladen, unter den Tannen laufen Heerscharen von Ameisen herum, und am Bach sind zu viele spitze Steine.

»Vielleicht sollten wir uns doch an den Tisch in der Hütte setzen?«, schlägt Roland vor. »Es hat sicherlich einen Grund, weshalb der mitteleuropäische Mensch im Laufe der Evolution dazu übergegangen ist, seine Mahlzeiten an einem Tisch einzunehmen.«

»Nein!«, entscheidet Lina. Ich glaube zwar nicht, dass sie mit dem Begriff Evolution sehr viel anfangen kann, aber den Sinn von Rolands Einwand kapiert sie sofort. »Ich will nicht am Tisch sitzen. Mama hat versprochen, dass wir Picknick mit der Decke machen. Nicht wahr, Mama? Wir machen doch Picknick, oder?«

Wir finden schließlich doch noch einen akzeptablen Platz für unsere Decke am Rande der Kuhweide. Der Blick ist gut (blumige Alpenwiese vor rötlichen Felsgipfeln in Sonnenuntergangsatmosphäre mit friedlichem Fleckvieh in beruhigender Entfernung), der Boden hart (ich stelle fest, dass ich in meinem Alter am Schneidersitz keinen Gefallen mehr finde). Roland lächelt mich tapfer an. Ich verteile Pappteller und Plastikbecher und packe unsere Schätze aus: Brot, Salami, Käse, Tomaten – was Roland und ich eben auf die Schnelle in unseren Kühlschränken gefunden haben. Noch bevor ich die Salami aus der Packung geholt habe, sitzt eine Fliege darauf.

»So ist das Landleben!« Roland wedelt das Insekt mit seinem Teller weg, was aber nur vorübergehenden Erfolg bringt. Wir einigen uns darauf, dass abwechselnd immer einer von uns die Fliegen verscheucht und die Ameisen wegschnippt, die jetzt ebenfalls in Massen über unser Abendessen spazieren. So können wenigstens die anderen halbwegs in Ruhe essen. Das ist zwar nicht besonders gemütlich, aber so sind Picknicke wahrscheinlich, wenn sie im realen Leben stattfinden und nicht in der Margarinewerbung.

»Am nächsten Wochenende gehen wir wieder in ein Restaurant«, verspreche ich Roland. »Da kann man bequemer sitzen und hat weniger Ungeziefer auf dem Teller.«

»Ich finde Picknick toll!«, erklärt Lina mit vollem Mund. »Nur mein Po ist nass.«

Wie sich herausstellt, hat sie sich auf die Tomaten gesetzt. Angesichts der wiederkäuenden Rindviecher in Blickweite bin ich froh, dass sie nichts Schlimmeres erwischt hat. Nach fünf Minuten haben die Kinder genug gegessen und rennen zum Bach. »Passt auf, wo ihr hinlauft!«, rufe ich ihnen hinterher. »Tretet nicht in die Kuhfladen und fallt nicht ins Wasser!«

Roland und ich packen das Picknick zusammen und setzen uns auf die Stufe vor der Eingangstür.

»Wann gehen die beiden üblicherweise schlafen?«, fragt er.

»Hm. Ein bisschen dauert es noch. Findest du sie so unausstehlich?«

»Nein, natürlich nicht. Sie sind nur ein bisschen anstrengend. Ich bin Kinder eben nicht gewohnt.«

Ist doch klar, dass er nicht von einem Tag auf den anderen ein begeisterter Stiefvater ist, tröste ich mich. Das braucht ein bisschen Zeit. Was habe ich denn erwartet? Dass er mit Lina und Timo herumtobt, als wären es seine eigenen Kinder? Er hat ja erst vor ein paar Stunden erfahren, dass ich überhaupt welche habe. Ich finde, dafür macht er seine Sache sehr gut.

21:52

Es ist so weit. Unter erster romantischer Abend kann beginnen. Leider mit etwas Verspätung, denn die Kinder hatten noch ein paar Anmerkungen vor dem Einschlafen (Mama, hier ist es aber schrecklich dunkel. Mama, wo ist mein Kuschelpony, ich kann nicht schlafen. Mama, die Bettdecke stinkt ganz oll, ich will eine andere ...). Aber irgendwie habe ich es schließlich doch geschafft, die beiden ruhigzustellen. Ich schleiche mich aus der Hütte und hänge Linas und Timos tropfende Hosen, Hemden und Socken in die Äste der Tannen. (Natürlich können zwei kleine Kinder nicht länger als fünf Minuten an einem Rinnsal spielen, ohne bis auf die Knochen nass zu werden.)

Roland sitzt auf den Stufen vor der Tür, den aufgeklappten Laptop auf dem Schoß.

»Ich bin gleich so weit«, sagt er, ohne den Blick vom Bildschirm zu wenden. »Gib mir zwei Minuten.«

Ich lehne meinen Kopf ermattet an den Türpfosten und schaue mir solange den Mond an, der gerade hübsch romantisch aus den Tannenwipfeln hervorkommt. Ganz voll ist er nicht mehr, die rechte Seite wirkt schon ein bisschen platter als gestern.

Vollmond! Gestern! Kaum zu glauben, dass ich genau vor vierundzwanzig Stunden mit Björn ... Ach ja, Björn. Es kommt mir vor, als wäre der gestrige Abend mindestens drei Wochen her. Aber über diese Sache will ich nicht länger nachdenken. Ganz im Gegenteil: Ich muss den Abend so schnell wie möglich vergessen. Schließlich habe ich jetzt Roland an meiner Seite. Björn, das war ein einmaliger peinlicher Ausrutscher, den ich besser für mich behalte.

»Brauchst du noch lange?«, frage ich.

»Gleich. Noch zwei Minuten.«

Wie langsam die Zeit vergeht. Ich kann ein Gähnen nicht unterdrücken. Es war ja auch wirklich eine sehr kurze Nacht und ein sehr anstrengender Tag heute.

Roland steht auf und zieht sein Smartphone aus der Tasche. »Ich muss noch mal kurz ganz dringend telefonieren.«

»Jetzt? Am Samstagabend?«

»Ja, sorry. Normalerweise versuche ich, meine Arbeit im Büro zu lassen. Aber das hier ist ein ganz wichtiger Vertrag. Der Text muss unbedingt noch am Wochenende fertig werden. Und jetzt sehe ich, dass da was nicht stimmt. Peter muss das dringend ändern. Da geht es um sehr viel Geld. Verdammt. Ich hab hier kein Netz!«

Roland springt auf und wandert vor der Hütte auf und ab. »Mist! Wieso ist denn hier nirgendwo ein Netz!«

Er läuft in immer größeren Kreisen um die Hütte, dann im Zickzack über die Kuhwiese. Ab und zu sehe ich in der Ferne sein Display aufleuchten. Ich höre ihn noch ein bisschen herumschimpfen. Irgendwann bleibt er stehen. Wie es aussieht, hat es kurz vor dem Zugspitzmassiv mit der Verbindung geklappt.

Ich mache die Augen zu. Wie still es hier oben ist. Nur ein einsamer Waldvogel fiept irgendwo in den schwarzen Bäumen. Ob das eine Nachtigall ist?

Hoffentlich ist Roland bald fertig mit Telefonieren, damit wir mit dem entscheidenden Teil des Abends anfangen können. Ich bin wirklich allmählich erledigt.

Ich schrecke auf, als er mit einem »So, da bin ich wieder« plötzlich vor mir steht. Ich werde doch wohl nicht etwa eingedöst sein?

»Oh«, sage ich. »Wo bist DU denn gewesen?«

Der Lichtschein aus der Hütte fällt genau auf Rolands Schuhe.

»Herzlichen Glückwunsch!«, kichere ich. »Ich glaube, du hast beim Kuhfladen-Roulette gewonnen.«

»Beim was?«

Und dann sieht es Roland auch: Der rechte seiner edlen Wildlederslipper ist an beiden Seiten großflächig mit verdächtig grünbraunem Matsch verschmiert.

»Verdammt!«, schreit er und springt auf wie Rumpelstilzchen. »Wo bin ich denn da reingetreten?«

»Na, du hast vorhin im Hellen doch mitbekommen, wie es auf der Wiese aussieht ...«

»Das ist ja widerlich. Die Schuhe kann ich wegwerfen.«

»Ach nein. So schlimm ist es doch gar nicht. Das lassen wir trocknen, und morgen bürsten wir den ganzen Dreck ab.«

Roland zieht seine Schuhe aus und stellt sie an die Hüttenwand.

»Den Gestank kriege ich da nie wieder raus. Die sind was für den Müll. So was Blödes. Das sind richtig teure Treter, die hab ich neulich erst in Mailand gekauft.«

Dann kauf dir halt neue, denke ich, aber verdirb uns wegen deiner dämlichen Schuhe bitte nicht unser lang ersehntes liebliches Wochenende. Mir entweicht ein tiefer Seufzer. Bekomme ich jetzt etwa auch schon schlechte Laune? Aber es ist doch wirklich zu ärgerlich: Nun hat Roland meine Kinderbeichte geschluckt, Lina und Timo schlafen friedlich, wir sind endlich mal allein miteinander – und er hat immer noch etwas auszusetzen ...

Ein paar Minuten lang sitzen wir schweigend auf den Stufen und glotzen den angeknabberten Vollmond an. Die entscheidende Frage ist: Wie kommt man jetzt wieder in eine lauschige Stimmung?

»Reg dich nicht auf«, bemühe ich mich um ein etwas behaglicheres Klima. »Wir fahren nach Mailand, und ich schenk dir ein paar neue Schuhe!«

Daraufhin küsst er mich endlich.

»Magst du Wein trinken?«, frage ich. »Ich habe eine Flasche Roten mitgebracht.«

»Ja, aber lass uns reingehen. Ich hab schon mindestens zwanzig Mückenstiche auf dem Arm.«

Also lassen wir die ganze Mondscheinromantik Mondscheinromantik sein und setzen uns drinnen in der Hütte auf das muffige Sofa. Jedenfalls setze ich mich hin. Roland rennt durch die Bude, zieht die Türen und Schubladen sämtlicher Schränke und Tische auf, verzweifelt auf der Suche nach einem Korkenzieher.

»Tja, das wird wohl nichts mit dem Wein«, seufzt er. »Wieso hast du denn keinen Korkenzieher mitgenommen?«

»Tut mir leid«, sage ich zerknirscht. »Den habe ich mit den anderen Sachen unten im Auto gelassen. Ich war mir ganz sicher, dass sie hier oben in der Hütte einen Korkenzieher haben. Hast du vielleicht ein Taschenmesser dabei?«

Hat er leider nicht, und es ist weit und breit kein geeignetes Werkzeug zu finden, um die Weinflasche aufzumachen.

»Was soll's, dann trinken wir eben Mineralwasser. Alkohol wird für die Aktivierung der Libido sowieso völlig überschätzt«, versuche ich mich an einem Scherz. Auf meine erst kürzlich gemachten Erfahrungen, was das Zusammenspiel von Alkohol und Libido angeht, möchte ich lieber nicht näher eingehen.

Roland setzt sich zu mir, in jeder Hand einen Plastikbecher mit sprudelndem Mineralwasser. Endlich lächelt er wieder.

»Hier, Sophie«, sagt er und streckt mir einen Becher entgegen. »Auf unser wohlverdientes erstes gemeinsames

Wochenende! Da wäre Champagner zwar angemessen, aber du hast natürlich recht. Auf das Getränk kommt es letztlich nicht an. Hauptsache, du bist bei mir, und deine Kinder schlafen, und es ruft niemand auf deinem Handy an.«

Ich habe gerade einmal das Ja von »Ja, das finde ich auch« gesagt, als Rolands Telefon schnurrt.

»Hey, hier drin hab ich ja Netz!«, staunt er und steht auf. »Das ist Peter. Entschuldige, ich muss kurz drangehen. Nur eine Minute.«

So viel zum Thema *Hauptsache, es ruft niemand auf deinem Handy an*, stöhne ich innerlich. Aber ein wichtiger Mann ist nun mal ein wichtiger Mann, und der kann bisweilen keine Rücksicht auf die romantische Stimmung nehmen.

Warum denke ich im Zusammenhang mit dem Begriff romantische Stimmung auf einmal an Björn? Es gibt nicht die geringste Veranlassung, in diesem Moment an Björn zu denken. Zugegeben, der Vollmond war gestern Abend perfekt, was er heute Abend eindeutig nicht mehr ist. Gut, gestern hat kein Telefon geklingelt, während heute nicht nur ein Telefon nervt, sondern auch ein Laptop, von einem kuhfladenbeschmierten Schuh ganz zu schweigen. Aber das ist doch alles irgendwie unwichtig, sage ich mir. Roland ist der Mann meiner Träume, und mit dem bin ich heute endlich zusammen. Und zwar ohne dass uns die Kinder in die Parade fahren. Warum sollte ich da noch an jemanden wie Björn denken!

Roland steht am hintersten Fenster des Raumes, und es lässt sich nicht verhindern, dass ich seinen Anteil des Telefongesprächs miterlebe. Ich höre Begriffe wie »Paragraph vier, Absatz drei«, »Erteilung einer Widerrufsbelehrung«, »Dispositionsmaxime« und »Erlass einer einstweiligen Verfügung«.

Das Ganze klingt nicht besonders sexy. Mir steht der Sinn

im Moment eher nach Formulierungen wie: »Hast du diesen Wahnsinnsmond da draußen gesehen?« oder »Das ist ja ein irrer Sternenhimmel hier oben in den Bergen, aber deine Augen leuchten noch tausendmal schöner« und »Hörst du, die Nachtigall da draußen im Wald singt heute Abend nur für uns«. Na ja, Roland wird ja hoffentlich bald fertig sein mit seinem langweiligen Vertragsdingsbums und dann auf ein etwas interessanteres Vokabular zurückgreifen.

Das Gespräch dauert doch länger als eine Minute. Es dauert so lange, dass ich genug Zeit habe, darüber nachzudenken, ob ich schon mal das morsche Sofa auseinanderklappen sollte. Oder wäre das zu verwegen? Ich will ja nicht aufdringlich sein, aber sollte man nicht allmählich mal dezent erste Schritte einleiten, um mittelfristig zur Sache kommen zu können? Nicht dass ich es eilig hätte, aber ich habe den Verdacht, dass meine Energiereserven zu wünschen übrig lassen. Wie blöd, dass ich ausgerechnet heute so skandalös unfit bin. Hätte ich gestern Abend geahnt, dass ich heute Abend mit Roland ... dann hätte ich ganz sicher nicht ...

Es kann ja nicht schaden, das ausgeleierte Sofa schon mal probezuliegen. Nur ganz kurz mal in die Horizontale, solange Roland mit Telefonieren beschäftigt ist. Oh ja, nach einem Tag wie diesem tut es einfach nur gut, sich endlich hinzulegen. Wenngleich die Pritsche bequemer sein könnte. Ich habe den Eindruck, dass mindestens hundert Sprungfedern drücken und pieken. Außerdem müffelt das Polster unerfreulich nach einer Mischung aus nassem Hund und Mäuseepipi, vermischt mit einem Hauch von vor drei Wochen im Kühlschrank vergessenen Champignons. Rustikale Romantik hat so ihre Schattenseiten. Hoffentlich gibt diese modrige Matratze meiner Libido nicht endgültig den Todesstoß.

Hätten Roland und ich unser erstes gemeinsames Wochenende doch besser in der Präsidentensuite des Bayerischen Hofs verbringen sollen? Schließlich ist er eher der Mann für die vornehmen Locations: die Oper, das Schumann's, die Blaue Auster, sein Designerapartment. Und ausgerechnet heute sind wir in der ramponierten Kulisse der Berghütte von Miriams Tante.

Roland telefoniert immer noch. Allmählich reicht es aber. Von wegen »nur eine Minute«. Das sind schon mindestens zehn. Hallo! Roland! Fertig werden! Ich warte!

Ich bin auf einmal entsetzlich müde. Wenn ich in der vergangenen Nacht doch bloß etwas mehr geschlafen hätte. Was soll denn Roland denken, wenn ich bei unserem ersten Mal schon nach ein paar Minuten schlappmache ...

Vielleicht sollte ich ganz kurz mal die Augen schließen. Nur für ein paar Sekunden, für eine kleine Entspannung zwischendurch, damit ich ein bisschen ausgeruhter bin, wenn Roland gleich zu mir zurückkommt und wir zusammen das Sofa ausklappen für das große Finale des Tages. Dann bin ich bestimmt wieder topfit. Dann kann endlich die einzig wahre Nacht der Nächte beginnen. Ein Feuerwerk der Gefühle. Oh ja. Ich muss vorher nur eine Sekunde die Augen zumachen. Nur eine einzige kleine Sekunde. Oder zwei. Oder drei.

SONNTAG, 7:55

»Hallo, Mama! Können wir jetzt die Kühe streicheln gehen?«

Das Erste, was ich sehe, ist Lina, die sich komplett angezogen und offensichtlich putzmunter vor meinem Nachtlager aufgebaut hat.

Wieso steht die Hütte im hellen Sonnenlicht?

»Ich bin schon ganz lange wach, Mama. Und der Timo auch. Wir waren ganz leise und haben auch gar nicht gezankt. Können wir jetzt zu den Kühen gehen?«

Ich kann nicht glauben, was ich sehe. Ich liege exakt in der gleichen Stellung auf dem Sofa, in der ich mich während Rolands Telefongespräch niedergelassen habe. Ich trage auch dieselben Klamotten. Allerdings hat jemand eine Decke über mich gelegt.

Kann es sein, dass ich gestern Abend eingeschlafen bin? Kann es sein, dass ich meine allererste, heiß ersehnte Liebesnacht mit Roland tatsächlich – verpennt habe? Mein Gott! Es kann nicht wahr sein. Gibt es etwas Peinlicheres, als beim ersten Mal VOR dem Sex einzuschlafen? Ich stelle mir Rolands Gesicht vor, wie er nach seinem Telefongespräch in bester Laune zu mir kommt, erwartungsfroh ein paar feurige Liebeserklärungen schnurrend – und dann feststellen muss, dass ich komatös auf dem Sofa ausgestreckt liege und durch nichts mehr wachzubekommen bin. Der Mann muss mich ja für eine komplette Niete halten.

Überhaupt: Roland. Wo ist er eigentlich? Und wo hat er geschlafen? Hoffentlich ist er heute Nacht nicht aus lauter

Frust den ganzen Berg hinuntergelaufen und hat sich in Mittenwald ein Hotelzimmer genommen. Könnte ich mir gut vorstellen: ein empörter Abflug, weil ich zum zweiten Mal innerhalb einer Woche unsere Liebesnacht habe platzen lassen. Ich weiß doch aus eigener Erfahrung, wie impulsiv er reagieren kann.

»Roland ist auch schon wach«, erklärt Lina. »Der sitzt draußen und spielt auf seinem Computer.«

11:18

Wir kommen voran. Nicht nur auf unserem Weg hinauf zur Griebl-Alm, sondern vor allem auch auf unserem Weg zur idealen Patchworkfamilie. (Oder sollte ich Flickenfamilie sagen? Schließlich stößt Roland als kinderloser Einzelsingle zu uns.) Der Mann meines Lebens hat aus seinen Erfahrungen gelernt und trägt heute relativ unempfindliche Kleidung auf Jeansbasis und naturtaugliche Wanderschuhe. Roland sieht auch hinreißend aus, wenn er mal nicht im Anzug unterwegs ist.

Wir spazieren Arm in Arm durch die Landschaft und reden über Gott und die Welt. Vor allem über das Wetter und die Tatsache, dass wir beide keinen einzigen der vielen Berggipfel in der Umgebung identifizieren können. Schade eigentlich, ich würde ihn gerne mit einem »Aber das dahinten ist eindeutig der Ochsenkopf« beeindrucken. Ab und zu darf sich auch Timo an Rolands Hand hängen, wenn der Weg ein bisschen steiler ist. Lina springt herum und hält Ausschau nach Käfern und Eidechsen. Dabei singt sie die ganze Zeit abwechselnd »Stups, der kleine Osterhase« und »Morgen kommt der Weihnachtsmann«. Also alles bestens. Dass ich gestern Abend sang- und klanglos entschlummert bin, hat Roland mir nicht nachgetragen. (»War ja auch nicht gerade ideal, dass ich die ganze Zeit wegen dieses Vertrags herumtelefonieren musste.«) Er hat in der Ecke hinter der Tür sogar noch eine alte Matratze gefunden, auf der er halbwegs erträglich die Nacht verbracht hat. Fazit: Es hätte alles schlimmer kommen können. Neuer Tag, neues Glück.

Wir erreichen die Griebl-Alm in entspannter Stimmung. Auch wenn schon ein paar Frühaufsteher vor uns angekommen sind: Auf den Bierbänken unter den gelben Sonnenschirmen ist noch reichlich Platz. Anders als ich haben Lina und Timo trotz des anstrengenden Aufstiegs keinen Blick für die Sitzgelegenheiten. Sie stürzen sich sofort auf das Gehege mit Zwergziegen, das die umsichtigen Wirtsleute neben dem Haus angelegt haben, und sind nicht einmal durch ein XXL-Glas Fanta an den Tisch zu locken. Einmal den goldenen Happy-Family-Award für die Griebl-Alm, bitte! Endlich können Roland und ich ungestört miteinander reden.

»Ich glaube, es ist gut, dass wir das Wochenende zusammen verbringen«, sage ich nach den ersten atemlosen Schlucken Apfelschorle. »Lina und Timo haben dich schon ein bisschen ins Herz geschlossen. Findest du nicht auch?«

»Ja, das kann schon sein.«

»Magst du sie?«

»Ja klar. Die sind ganz süß, die beiden. Ich habe ja keine Vergleichsmöglichkeiten, wie das sonst so ist mit Kindern. Außer Peter gibt es in meinem näheren Bekanntenkreis nicht viele Leute mit Familie. Die meisten Menschen, die ich kenne, sind Workaholics wie ich. Da stehen Kinder in der Lebensplanung nicht gerade an erster Stelle.«

»Und? Kannst du dir vorstellen, dich an meinen Familienstand zu gewöhnen?«

»Natürlich. Das kriegen wir schon hin.«

Sagt er und gibt mir einen Kuss. Wie schön das Leben heute ist! Ich betrachte meine Kinder, die einen sehr glücklichen Eindruck machen beim Füttern und Streicheln der Ziegen, und nehme mir fest vor, in Zukunft häufiger am Wochenende in die Berge zu fahren. Man muss seine Freizeit nicht ständig mit Staubsaugen und Abwaschen verbringen. Ich fürchte, ein Blick aufs Karwendelgebirge ist sogar noch beglückender als ein Blick auf einen Stapel gebügelter Wäsche. Vor allem wenn der wunderbarste Mann der Welt mit im Bild sitzt. Diese Erkenntnis werde ich demnächst mal unauffällig in meine Kolumne einflechten.

»Ich muss dich was fragen«, setzt Roland an. »Vielleicht ist es ein bisschen zu früh dafür; so lange kennen wir uns ja noch nicht. Aber es liegt mir trotzdem auf der Seele.«

Hoppla! Was kommt denn jetzt?

»Ja?«, frage ich.

Roland nimmt mir das Apfelschorleglas aus den Fingern und stellt es auf den Tisch. Dann umfasst er meine Rechte mit beiden Händen und schaut mir sehr direkt in die Augen. Mein Herzschlag beschleunigt sich zu einem feurigen Galopp. Ist er das jetzt, der Moment für die ganz große Liebeserklärung?

»Ich habe ein Angebot, nach New York zu gehen«, sagt Roland. »Ich soll für vier oder fünf Monate in einer der besten Kanzleien der USA arbeiten. Es ist ein ganz tolles internationales Projekt – der absolute Wahnsinn, dass ich da mitmachen soll, eine Riesensache. Was sagst du dazu?«

»New York?« Das ist alles, was ich herausbringe. Und ich fand die neun Kilometer Entfernung zwischen meiner Wohnung in München-Sendling und seiner in Bogenhausen schon lästig.

»Natürlich werde ich nicht gleich in den nächsten Wochen

weggehen«, fährt Roland fort. »Das Ganze dauert noch ein bisschen. Frühestens Ende des Jahres kann ich den Job übernehmen. Aber ich wollte unbedingt, dass du gleich darüber Bescheid weißt. Ich werde demnächst schon mal hinfliegen, mich umschauen und mir eine Bleibe suchen. Was meinst du, Sophie, könntest du dir vorstellen mitzukommen?«

»Nach New York? Um mit dir eine Wohnung für dich zu suchen?«

Ich glaube es nicht. Da haben wir gerade die Klippe meiner heimlichen Mutterschaft überwunden, und jetzt steht auf einmal der ganze Atlantik zwischen uns.

»Nicht für mich, du Schäfchen, eine Wohnung für uns beide. Ich frage dich, ob du dir vorstellen könntest, ein paar Monate mit mir in New York zu leben.«

Roland legt seinen Arm um mich und strahlt mich an.

Ich lausche ein paar Sekunden lang dem Tosen in meinen Ohren, unfähig zu antworten. Ich soll mit ihm gehen? Nach Amerika? Ich soll mit Roland zusammen in New York leben? Sophie Freitag mit ihrem Traummann unterwegs in der großen weiten Welt. Das ist natürlich etwas ganz anderes: Tapetenwechsel vom Feinsten. Ein paar Monate Manhattan, Brooklyn Bridge, Broadway und Fifth Avenue ... *Sex and the City*, und zwar mit mir in der Hauptrolle! Wie unfassbar aufregend!

»Du müsstest in deinem Job beim *Morgenblatt* natürlich für einige Zeit pausieren«, fährt Roland fort, während ich noch nach Luft schnappe. »Es sei denn, ihr habt vorübergehend eine Korrespondentenstelle in New York frei. Vielleicht findest du ja auch für ein paar Monate einen Job bei einer amerikanischen Zeitung. Das wäre doch sicher sehr interessant für dich. Und wenn nicht, dann ist es auch egal. Dann gehst du eben den ganzen Tag lang shoppen. Oder ins

Museum. Ich werde wirklich genug Geld verdienen, glaub mir, das reicht für uns beide. Mindestens. Wir werden eine grandiose Zeit miteinander haben.«

Er lächelt mich erwartungsvoll an – und ich? Ich lächle entgeistert zurück. Ich kann es noch immer nicht fassen: Roland nimmt uns mit nach New York! Roland liebt uns! Meine wildesten Träume vom Jetset-Leben in den Metropolen dieser Welt werden wahr. Wie habe ich noch gedacht, als dieser Dimitri Solowjow um mich herumscharwenzelte: einen Porsche für mich und eine Nanny für die Kinder! Und jetzt werden diese wahnwitzigen Vorstellungen beinahe Wirklichkeit! Frühstück bei Tiffany's, ein Cocktail am Times Square und zwischendurch ein Kaffee in Greenwich Village. Und am Sonntag gehe ich mit Lina und Timo zum Spielen in den Central Park. Meine Kinder werden unterm Empire State Building leben statt beim Alten Peter. Flanieren am Hudson River statt Grillen an der Isar. Was für ein Leben! Was für ein sensationelles Leben werde ich haben, nur weil ich an einem regnerischen Montagmorgen spät dran war und einen kleinen bedauerlichen Auffahrunfall verursacht habe.

»Das ist der absolute Wahnsinn!«, flüstere ich.

»Schön, dass du dich darüber so sehr freust. Es ist ja nicht für immer. Und wir haben ja noch ganz viel Zeit, uns miteinander auf alles vorzubereiten.«

»Ich muss mit Stefan darüber reden. Aber so wie ich ihn kenne, hat er kein Problem damit, ein paar Monate auf seine Kinder zu verzichten. Ich wette, er wird es genießen, an den Wochenenden sturmfreie Bude mit seiner Freundin zu haben. Und in der nächsten Woche gehe ich gleich zu meiner Chefin und spreche mit ihr darüber. Meine Kolumnen kann ich ja eigentlich auch in New York weiterschreiben. Es wird sowieso Zeit, dass in Kathis Kosmos mal etwas Spektakuläres passiert.

Kathis Kosmos in New York. Klingt das nicht herrlich kosmopolitisch? Da kann ich mich über ganz neue Aspekte des Familienlebens auslassen. Wie findet man eine Kinderbetreuung in Manhattan? Wie kommen kleine Kinder mit der neuen Umgebung klar? Werden sie schnell Englisch lernen und internationale Freunde finden? Ich bin sehr gespannt, was Lina und Timo dazu sagen. Wir müssen unbedingt eine Wohnung nehmen, die in der Nähe eines Parks liegt, damit sie draußen spielen können. Am besten in einer ordentlichen Gegend, in der ich keine Angst um sie haben muss. Ich werde gleich morgen recherchieren, in welchem Viertel es einen vernünftigen internationalen Kindergarten gibt.«

Während es aus mir nur so heraussprudelt, ist Roland ganz still geworden.

»Weißt du«, sagt er, als ich verstumme, und schiebt nachdenklich sein leeres Apfelschorleglas über die Tischplatte. »Ich habe mir das eigentlich etwas anders vorgestellt.«

Wie, anders? Ich spüre auf einmal ein merkwürdiges flaues Gefühl im Magen.

»Ich bin mir nicht sicher, ob sich deine Kinder in so einer riesigen Stadt wirklich wohlfühlen«, fährt Roland fort. »Diesen Verkehr, diese gewaltigen Häuser, diesen Lärm, diese Menschenmassen, das sind sie doch gar nicht gewohnt. Ich finde, es ist besser für alle Beteiligten, wenn die zwei hierbleiben. Es sind ja nur ein paar Monate. Ich habe gedacht, dass sich dein Exmann solange um die beiden kümmern kann. Du hast dich jetzt jahrelang für Lina und Timo aufgerieben, da ist es nur fair, wenn auch ihr Vater mal eine Zeitlang diesen Job übernimmt. Vielleicht können die beiden dich mal in New York besuchen kommen, das kann man sicherlich einrichten. Aber zusammen mit deinen kleinen Kindern in New York zu leben – das ist, glaube ich, keine gute Idee.«

Er hätte mir genauso gut mit einem Vorschlaghammer auf den Kopf schlagen können. Oder einen Kübel Grönlandgletschereis über mir ausschütten. Noch nie bin ich aus einer dermaßen euphorischen Stimmung in eine solche Trostlosigkeit gestürzt.

So ist das also. Ich soll ohne meine Kinder mit Roland nach New York ziehen. Ich soll den ganzen Tag lang Schuhe und Hüte und Handtaschen kaufen und im MOMA und im Guggenheim Museum eine Ausstellung nach der anderen besuchen, während Lina und Timo zu Hause eifrig Faschingsmasken basteln, Osterfensterbilder oder Muttertagsgeschenke. Während Lina vielleicht schon ein paar Buchstaben lernt und Timo Fahrradfahren. Während die beiden jeden Monat einen halben Zentimeter größer werden und aus den Schuhen herauswachsen und ihnen womöglich der erste Zahn ausfällt …

»Und Skype gibt es ja schließlich auch noch«, höre ich Roland weitersprechen. »Da könnt ihr jeden Tag miteinander reden und euch sehen, und sie können dir zeigen, was für schöne Bilder sie im Kindergarten gemalt haben. Das ist doch praktisch so, als säßest du zu Hause mit ihnen am Tisch. Du kannst ihnen sogar immer eine Gutenachtgeschichte vorlesen.«

Roland kapiert überhaupt nichts. Ich soll allen Ernstes vier oder fünf Monate lang ohne meine Kinder leben?

Aber vielleicht habe ich ja etwas falsch verstanden. Ich frage sicherheitshalber noch mal nach:

»Du meinst, ich soll allein mit dir nach New York ziehen?«

»Ja, wäre das nicht wunderbar? Stell dir vor, wie gut wir es haben werden: Wir können, wann immer wir wollen, in ein erstklassiges Lokal zum Essen gehen oder ins Theater oder ins Konzert, ohne uns Gedanken machen zu müssen, wer auf die Kinder aufpasst. Wir können Freunde treffen oder Vernissagen besuchen, ohne dass wir zwei gelangweilte, quengelige Nervensägen dabeihaben. Abends wirst du nicht mehr so müde sein. Du weißt doch viel besser als ich, welche Einschränkungen kleine Kinder mit sich bringen. Es muss doch großartig sein für dich, so ein Leben, endlich wieder mal frei und selbstbestimmt!«

Frei und selbstbestimmt. Das kommt mir sehr bekannt vor. Genauso habe ich geredet vor ein paar Wochen, als Miriam mich mit einer Suppenschildkröte verglich. Bei Roland kann ich endlich mal wieder etwas anderes sein als immer nur Mutti, hatte ich gesagt. Wie toll sich das angefühlt hatte: erfolgreich, sexy und unwiderstehlich zu sein. Und jetzt? Jetzt, wo ich mich entscheiden könnte für ein aufregendes, wildes, freies Leben weit weg vom schweren Joch des mütterlichen Sorgerechts?

Ich zögere keine Sekunde: »Roland, das geht nicht. Ich kann auf keinen Fall ohne meine Kinder mit dir nach New York gehen.«

»Aber warum nicht, Sophie? Ich verstehe nicht ...«

»Ich bin doch keine Suppenschildkröte.«

»Keine *was*?«

»Weißt du, Roland, mit einer Suppenschildkröte ist das so: Sie verbuddelt ihre Eier auf einer einsamen Insel, paddelt fröhlich zurück ins Wasser und überlässt ihre Brut dem Schicksal.«

»Du sollst deine Kinder doch nicht ihrem Schicksal überlassen!« Immerhin kapiert Roland die Metapher sofort. »Das verlangt doch kein Mensch von dir. Die beiden sollen für ein paar Monate glücklich und zufrieden bei ihrem Vater leben, das ist alles. Was ist daran so schrecklich?«

»Ach Roland. Verstehst du das denn nicht? Es ist so, dass ich ... Na ja, ich möchte dabei sein, wenn die kleinen Schildkröten aus ihren Eiern schlüpfen und über den Sand krabbeln. Ich möchte ihnen zusehen, wie sie ins Wasser kriechen, und ich möchte die Raubvögel verscheuchen, die auf Beute lauern, und all das.«

Roland schaut mich eine Weile schweigend an. »Du bist ja ganz schön poetisch!«, sagt er nur und schweigt weiter.

Na gut, das mit den Raubvögeln war vielleicht ein bisschen zu kitschig. Aber die Botschaft muss er doch verstanden haben! Hätte er nicht etwas anderes antworten können? Hätte er nicht sagen können: Na gut, Liebste. Lass uns die beiden mitnehmen, wenn dir ansonsten das Herz bricht.

Oder: Natürlich ziehen wir zusammen mit den Kindern nach New York. Wir werden das schon stemmen, Hauptsache, du bist an meiner Seite.

Oder: Klar gehen wir nicht ohne Lina und Timo weg. Ich finde die beiden zwar etwas anstrengend, aber ich liebe dich so sehr, dass ich das in Kauf nehme.

Hätte er nicht so etwas sagen können? Etwas, woran ich erkenne, dass Roland wichtig ist, was mir wichtig ist. Stattdessen sagt er gar nichts.

Ich auch nicht. Ich bereue sehr, dass ich ihm nicht gleich am allerersten Abend von Lina und Timo erzählt habe. Dann hätten wir sofort gewusst, woran wir miteinander sind. Was hat er damals gefragt? Wen ich am liebsten auf eine einsame Insel mitnehmen würde? Tja, Roland. In Wahrheit bin ich eine hoffnungslos unflexible Mama. Ohne meine Kinder gehe ich auf keine einsame Insel und nach New York schon gar nicht. Ich schaue hinauf zum Himmel, wo ein paar stolze Bergadler ihre Kreise ziehen. Vielleicht ist es aber auch nur ein Schwarm blöder Dohlen. Manchmal sehen die Dinge von weitem schöner aus, als sie es aus der Nähe betrachtet sind.

»Mama, dürfen wir eine Ziege mit nach Hause nehmen?

Schau mal da, die ganz kleine dahinten! Bitte, bitte! Die ist so süß. Wir bauen einen Stall im Hof, und ich ...«

Die Kinder sind zurück an unseren Tisch gekommen.

»Nein, Lina. Die Ziegen müssen hierbleiben. Wir haben genug Viecher zu Hause.«

Wie es aussieht, haben Lina und Timo fürs Erste genug davon, Paarhufer zu streicheln, und widmen sich nun intensiv ihrer Fanta. Sie haben schwarze Fingernägel, dreckige Knie und riechen selbst ein bisschen nach Tier. Ich setze die beiden links und rechts auf meinen Schoß. Wir sind ein unzertrennliches Team, heißt das. Der Mann, für den ich auch nur für drei Wochen auf meine Kinder verzichte, muss erst noch gebacken werden.

»Wir brauchen uns doch heute nicht zu entscheiden«, setzt Roland noch mal an und rückt ein Stück, um dem Familienpaket auf seiner Seite Platz zu machen. »Es dauert ja noch eine Weile, bis ich meinen Job antrete. Lass dir Zeit, darüber nachzudenken. Es ist mir schon klar, dass so ein vorübergehender Umzug nach New York einen großen Einschnitt in deinem Leben bedeuten würde. Aber ich denke, es würde sich lohnen.«

Er zieht nicht einmal in Betracht, dass mir ein Leben ohne meine Kinder keine Freude machen würde. Stattdessen sagt er und drückt meinen Arm: »Es wird großartig mit uns beiden in New York, Sophie. Überleg doch mal, was diese Stadt alles bietet.«

Was soll mir eine Stadt bieten, wenn ich meine Kinder vermisse? Wie sollten die beiden damit klarkommen, dass ihre Mutter plötzlich Tausende Kilometer entfernt lebt? Und vor allem: Wie soll ich einen Mann lieben können, der sich über solche Sachen überhaupt keine Gedanken macht! Keine Frage, Kinder sind anstrengend, und ich freue mich durchaus mal über ein freies Wochenende. Aber vier oder fünf Monate? Ich kann die beiden doch nicht einfach weggeben, wenn es mir gerade nicht passt, so wie man einen Käfig mit Meerschweinchen bei einer Nachbarin unterstellt, wenn man in den Urlaub fahren will.

Die Erkenntnis trifft mich mit der Wucht eines klitschkoesken linken Hakens: Roland ist nicht der Richtige für mich. Roland ist ein charmanter, gut aussehender, zielstrebiger, erfolgreicher, großzügiger Mann, aber wir passen nicht zusammen. Wir haben keine gemeinsame Zukunft. Es ist erschreckend festzustellen: Roland war ein Irrtum.

Für einen Moment ist mein Herz kolossal leer. Leer wie ein Freibad im November. Wie konnte das passieren? Ich war ganz nah dran an einem Leben mit meinem Traumprinzen. Ich hätte nur zugreifen müssen. Aber dieser Traumprinz ist tatsächlich nur einer zum Träumen und taugt nicht für den Alltag. Im alles entscheidenden Kinderbelastungstest ist er mit Pauken und Trompeten durchgefallen.

Es ist nicht zu glauben: Da mache ich mich wochenlang verrückt für einen Mann, da stelle ich mich auf den Kopf, um ihn zu beeindrucken, da erfinde ich die aberwitzigsten Ausreden und die schwindelerregendste Karriere, damit ich ihm gefalle – und als ich mir endlich sicher bin, dass auch ich ihm gefalle, als ich ihm sogar so sehr gefalle, dass er mit mir zusammen nach New York gehen möchte, ausgerechnet da merke ich, dass ich ihn nicht mehr will.

Miriam hat recht: Meine Strategie ist komplett gescheitert. Wenn ich von Anfang an mit offenen Karten gespielt hätte, dann hätten wir früher gemerkt, dass es mit uns beiden nicht klappt, weil wir völlig unterschiedliche Vorstellungen vom Leben haben.

Und dann vermisse ich plötzlich Björn. Ausgerechnet

Björn, den Waldschrat mit der struppigen Optik. Björn ist der Mann, der ohne mit der Wimper zu zucken einspringt, wenn mir am Samstagabend sämtliche Babysitter ausgefallen sind. Der seine Italienreise abbricht, wenn ich anrufe, weil ich für Kathis Kosmos kurzfristig einen Ehemann brauche. Der sich um meinen kranken Sohn kümmert, auch wenn Timo ihm zum Dank auf die Hose kotzt. Der mir beisteht, sogar wenn ich gerade einem anderen Kerl nachweine. Der mich in den Arm nimmt und die schönsten Dinge der Welt sagt und tut, dass mir Hören und Sehen vergeht ... Und ich habe Björn in die Wüste geschickt! Ich habe dem einzig wahren, praxiserprobten Traummann meines Lebens den Laufpass gegeben, nur weil er unrasiert ist und keinen Armani-Anzug trägt. Ich absolute Oberidiotin. Wochenlang habe ich mit Zähnen und Klauen um den falschen Mann gekämpft und dabei gar nicht gemerkt, dass der richtige Mann die ganze Zeit schon bei mir zu Hause gewohnt hat. Ich absolute Obervolltrottelidiotin.

»Roland«, sage ich. »Wir haben ein Problem.«

17:38

Bahnhof Mittenwald, Gleis 27.

»Denk noch mal in Ruhe über alles nach«, sagt Roland und gibt mir einen Kuss auf die Wange. »Du brauchst dich ja heute noch nicht zu entscheiden. Und mach dir bitte keinen Stress. Wenn du nicht mitkommen willst nach New York, dann werden wir eben eine andere Lösung finden. Wir wollen nichts überstürzen. Vielleicht kannst du ja wenigstens einen längeren Urlaub bei mir verbringen.«

Ich schüttele den Kopf. Auch wenn es mir ein bisschen leidtut. Kathis Kosmos in New York wäre eine tolle Sache.

Da würde die echte Kathi bestimmt Schnappatmung kriegen! Trotzdem: Die Lösung heißt Abschied. Keine halben Sachen mehr! Ich kann doch nicht einen Mann lieben, der Lina und Timo als lästige Begleiterscheinungen betrachtet, wie Mücken bei einer Grillparty. Ich will einen Mann, der es in Ordnung findet, dass ich nur im Dreierpack zu haben bin, einen, der gern mit der Komplettausstattung lebt. So ist das, und so ähnlich habe ich es auch Roland gesagt, während wir auf der Griebl-Alm auf unsere leeren Apfelschorlegläser gestarrt haben, während wir später wie in Trance zurück zur Hütte gewandert sind, während wir dort unsere Siebensachen gepackt haben und zum Auto gegangen sind. Aber ich bin mir nicht ganz sicher, ob er mich wirklich verstanden hat. Ich glaube, er denkt immer noch, dass ich ihn morgen begeistert anrufen werde: »Roland, Liebling, auf nach New York! Unserem glücklichen Liebesleben steht nichts mehr im Wege. Mein Exmann kann sich zwar leider nicht um Lina und Timo kümmern, aber ich habe da ein entzückendes Kinderheim in Amerika entdeckt...«

Na, das wäre ja noch schöner.

Ich schaue dem Zug zu, der sich jetzt in Bewegung setzt und in Richtung München aus dem Bahnhof gleitet. Da fährt er hin, der Mann mit seinem eleganten Kaschmirpulli und dem hinreißenden Lächeln. Der Mann mit der Nobelkanzlei und dem Luxusauto. Der Mann, von dem ich gedacht hatte, er wäre der Mann meines Lebens. Und es tut nichts weh.

Es macht es mir gar nichts aus zu sehen, wie sich der Zug mit Roland immer weiter von mir entfernt. Ich kann seelenruhig auf dem Bahnsteig stehen und ihm nachwinken und denken, leb wohl, Roland, es hat nicht sollen sein mit uns.

»Würde es dir etwas ausmachen, die Bahn nach Hause zu nehmen?«, habe ich Roland gefragt, nachdem wir Miriams

Tante den Schlüssel zurückgegeben hatten. »Ich fahre erst später nach München. Ich muss noch etwas Familiäres organisieren.«

Roland hat nur mit den Schultern gezuckt und gar nicht gefragt, was ich denn noch so Wichtiges zu tun gedenke in Mittenwald oder sonst wo. Ich habe den dringenden Verdacht, dass er es sowieso eher als Erleichterung empfindet, in Ruhe mit seinem Laptop in einem Erste-Klasse-Abteil zu sitzen, als zwei Stunden mit Lina, Timo und einem Gemisch aus Oster- und Weihnachtskinderliedern im Stau zu stehen.

»Melde dich, wenn du wieder in München bist«, hat er gesagt, und dann ist er in den Zug gestiegen.

»Warum fährt der Roland nicht mit uns nach Hause?«, fragt Timo, als nur noch wir drei auf dem Bahnsteig stehen und der Zug mit dem Schienenstrang in der Ferne verschmolzen ist.

»Ach Schatz!« Ich nehme ihn und Lina an die Hand und drehe mich zum Ausgang um. »Weil das besser so ist. Und wir fahren jetzt nach Italien!«

19:53

Na gut. Vielleicht ist es idiotisch, einen Wochenendausflug nach Südtirol am späten Sonntagnachmittag zu beginnen. Aber es musste sein, und Mittenwald war ja praktisch schon die halbe Strecke. Das sagen die Leute doch immer: München ist so toll, weil man von da so schnell in Italien ist. Also höchste Zeit, dass ich diese Weisheit endlich mal umsetze! Ich finde, ich habe in meinem Leben genug Fehlentscheidungen getroffen. Jetzt wird es höchste Zeit für die richtige. Und die richtige Entscheidung heißt: Björn. Und zwar jetzt und sofort und ohne Kompromisse. Noch heute Abend werden wir das glücklichste Paar unter der Sonne sein. Beziehungsweise unter dem Mond. Da wird er staunen, der Björn, wenn ich ihn und Chris auf dem Campingplatz überrasche.

Mit jedem Kilometer, den ich mich südwärts von Mittenwald entferne, verschwimmt die traurige Erinnerung an Roland ein bisschen mehr, und es wächst die Gewissheit, den einzigen goldrichtigen Plan gefasst zu haben. Leb wohl, Roland, hallo, Björn. Ich komme!

Während ich die Alpen unter Missachtung jeder spritsparenden Fahrtechnik rauf- und runterkurve (Lina und Timo kooperieren, indem sie selig hinter mir in ihren Kindersitzen schlummern), habe ich ausnahmsweise mal keinen Blick für die prächtige Umgebung rechts und links der Fahrbahn. Innsbruck, Brenner, Sterzing – was früher mal bemerkenswerte Stationen auf einer aufregenden Reise in den Urlaub waren, sind heute nur belanglose Buchstabenhaufen auf den Hinweisschildern, die in schneller Abfolge an mir vorbeifliegen, Etappen, die es gilt, rasch hinter sich zu lassen. In Gedanken bin ich längst angekommen. Da sehe ich schon alles genau vor mir wie in einem Film: wie ich quer über den Campingplatz laufe, direkt auf das blaue Zelt zu, wie Björn mich entdeckt und vom Lagerfeuer aufspringt, wie wir glücklich aufeinander zurennen, wie er mich in den Arm nimmt und durch die Luft wirbelt. Das Ganze in Zeitlupe, dazu ein triumphaler Soundtrack im Vierviertakt. Die Leute aus den anderen Zelten werden auf uns aufmerksam, sie lachen und applaudieren. Es entwickelt sich eine spontane Party auf dem Zeltplatz. Musik und Tanz und super Stimmung unter dem Sternenhimmel, bis die Sonne aufgeht ... Ich drücke den Replay-Button in meinem Kopf, bis mir beinahe schwindelig wird.

Wie ich es schaffen soll, angesichts der zu erwartenden

Ereignisse morgen früh um neun pünktlich in der Redaktion zu sein, weiß ich noch nicht. Aber wer wird sich denn mit so leidigen Dingen wie der Realität befassen, wenn die Phantasie gerade so viel Spaß macht! Um solche Probleme kümmere ich mich, wenn es so weit ist. Heute gilt es erst einmal, Björn wiederzufinden und ein paar Dinge klarzustellen. Dazu gehören: 1. das Geständnis, dass es ein kapitaler Fehler von mir war, ihn aus meinem Leben zu verbannen, und 2. das Bekenntnis, dass er der Mann ist, den ich im Grunde meines Herzens immer schon … Na ja, was genau ich ihm sagen werde, wenn ich in seinen Armen liege, wird mir dann schon einfallen.

Der Gott der Reise ist mit mir: Ich erreiche den Campingplatz Dolomitenblick ohne nennenswerte Umwege, und es ist noch nicht einmal dunkel. In Reih und Glied parken Caravans und Wohnmobile zwischen weißen Holzzäunchen und liebevoll arrangierten Geranienrabatten. Dazwischen das übliche Gemisch aus Liegestühlen, Klapptischen, Fahrrädern, Luftmatratzen und aufgehängten Badelaken. Durch das Gebüsch schimmern bunt die Zelte auf den billigeren Plätzen. Der Geruch von Grillwürstchen, Qualm und Bier liegt in der Luft, und von irgendwo kommen Geschrei und Gelächter. Abendliche Ferienstimmung in Italien. Es fühlt sich großartig an. Ich finde einen Parkplatz im Schatten eines Ahornbaums, lasse die schlafenden Kinder, wo sie sind, und renne zum Empfangshaus.

An der Rezeption des Campingplatzes lehnt eine Mittzwanzigerin mit sehr kurzem karottenfarbenem Haar und lila Kunstlederjacke. Und mit einer Vorliebe für Piercings: Ihre Augenbrauen, ihre Lippen, ihre Nasenflügel – ihr ganzes Gesicht ist mit Silberringen in verschiedenen Größen durchbohrt.

»Guten Abend!«, sage ich beim Eintreten.

»Wir sind komplett ausgebucht!«, begrüßt sie mich, ohne von dem zerknickten Taschenbuch aufzublicken, das vor ihr auf dem Tresen liegt.

»Das macht nichts. Ich bin nur auf der Suche nach zweien Ihrer Gäste. Christian Schuster und Björn Berger. Können Sie mir sagen, wo die beiden ihren Zeltplatz haben?«

Die Karottenfarbige schiebt ihre Lektüre zur Seite (*Clarissa Clarkton – Vampirin aus Leidenschaft*) und zieht seufzend das abgewetzte Belegbuch zu sich heran.

»Schuster und Berger?«, wiederholt sie gelangweilt. Wahrscheinlich eignet sich ihr Roman an dieser Stelle nicht für eine Unterbrechung.

»Ja, mit einem weißen Golf und einem blauen Kuppelzelt«, füge ich überflüssigerweise hinzu. Die Vampirfreundin blättert mit schwarz lackierten, abgenagten Fingernägeln unmotiviert in den Seiten herum.

»Es gibt keinen Schuster und keinen Berger hier«, erklärt sie schließlich und klappt das Buch wieder zu.

»Vielleicht ist der Name falsch geschrieben?«, versuche ich es noch mal. »Schuster ohne H in der Mitte.«

»Das habe ich mir schon gedacht«, knurrt sie. »Glauben Sie mir, es gibt hier keinen Schuster. Weder mit noch ohne H. Und einen Berger auch nicht. Nicht mit E und nicht mit Ä.«

»Das kann nicht sein. Ich weiß genau, dass sie heute hier übernachten wollen. Vielleicht schauen Sie noch mal genauer ...«

Die Rezeptionistin runzelt sichtbar genervt die Stirn. Kundenfreundlichkeit gehört nicht gerade zu ihren Stärken.

»Bitte!«, füge ich hinzu.

»Na gut. Könnte höchstens sein, dass die beiden ...« Gnädig schlägt sie das Buch noch mal auf. »Da, ja, jetzt hab ich es. Der Platz wurde storniert. Die sind nicht gekommen.«

»Nicht gekommen?«

»Nein, Schuster und Berger haben gestern abgesagt. Tut mir leid, Lady.«

Dann widmet sie sich wieder den rätselhaften Leidenschaften von Clarissa Clarkton.

Wie betäubt schleiche ich zurück zu meinem Auto. Die Superparty auf dem Zeltplatz hat sich erübrigt. Wie es aussieht, war es doch keine gute Idee, Chris und Björn mit meinem Spontanbesuch überraschen zu wollen. Keiner da, Pech gehabt! Hundertfünfzig Kilometer umsonst gefahren. Vermutlich paddeln die beiden gerade munter im Gardasee oder in der Adria herum oder betrinken sich in einer venezianischen Taverne. Mist! Damit habe ich natürlich nicht gerechnet, dass sie ihre Route ändern.

Ich setze mich auf den Fahrersitz, ziehe mein Handy aus der Tasche und tippe die Nummer meines Bruders ein. Er meldet sich nach dem dritten Klingeln mit klarer Stimme.

»Chris, wo seid ihr?«

»Wieso? Brauchst du wieder einen Ersatzmann?« Mein Bruder hat erschreckend gute Laune.

»Mensch, Chris, ich wollte euch auf diesem Campingplatz besuchen, von dem ihr erzählt habt. Jetzt erfahre ich, dass ihr gar nicht da seid, und stehe hier dumm herum.«

»Ach Schwesterchen, wie dämlich! Du bist in Bozen? Wieso das denn? Warum hast du nicht früher angerufen? Wir haben unser Reiseprogramm spontan umgeworfen. Stell dir vor, ich bin schon wieder zu Hause.«

»Zu Hause? In Wuppertal? Aber Chris, ihr wolltet doch nach Italien ...«

»Ja. Aber dann habe ich es mir anders überlegt. Du wirst

es nicht glauben: Kurz nachdem wir von dir weggefahren sind, hat sich Susi gestern gemeldet und gesagt, dass sie mit mir noch mal über alles reden will. Stell dir das mal vor! Tagelang habe ich versucht, sie zu erreichen, und dann ruft sie von selbst an. Der Hammer, oder? Da bin ich natürlich sofort zurückgefahren. Ach Sophie, was soll ich dir sagen. Wir haben uns ausgesprochen, stundenlang, dann hat sie mir meinen Bockmist verziehen, und jetzt sind wir wieder zusammen. Alles in Butter, alles wie früher. Ist das nicht irre? Was sagst du dazu?«

»Oh. Ja. Super. Toll für dich. Ich gratuliere. Ehrlich.«

Natürlich gönne ich meinem verrückten Bruder die freudige Wiedervereinigung mit seiner Susi. Aber steht mir nicht auch allmählich mal ein kleiner Krümel vom Glückskeks zu?

»Und Björn?«, frage ich möglichst unauffällig. »Was hat der dazu gesagt, dass euer Urlaub in Italien ausfällt?«

»Björn? Ach, der ist nicht mit mir zurückgefahren. Er hat gesagt, er habe noch ein bisschen was zu tun da unten im Süden. Wenn ich ihn richtig verstanden habe, wollte er nach Rom oder Florenz trampen, irgendwohin, wo er sich haufenweise verstaubte Gemälde und olle Trümmer ansehen kann.«

Rom? Florenz? Das ist definitiv zu weit für heute Abend. »Kannst du mir seine Handynummer geben?«

»Klar kann ich. Aber wieso?« Chris' Stimme bekommt wieder diesen amüsierten Unterton, den ich überhaupt nicht leiden kann. »Was willst du denn von Björn, Schwesterchen? Ist da eigentlich was gelaufen mit euch beiden? Das wollte ich dich die ganze Zeit schon fragen. Aus Björn ist ja nichts rauszukriegen. Sag doch mal, Sophie! Freitagnacht, als ich von Miriams Fest wieder rauf in deine Wohnung kam, da hatte ich den Eindruck – also rein akustisch ...«

»Mensch, Chris!«, falle ich ihm ins Wort. Ich will lieber

nicht wissen, was mein Bruder an jenem Abend für einen akustischen Eindruck von Björn und mir hatte. »Gib mir doch einfach seine Handynummer.«

Chris grunzt belustigt. »Okay, okay. Ich schick dir die Nummer per SMS.«

Eine Minute später fiept mein Handy. Halleluja! Wenn es der Sache mit Björn förderlich ist, fahre ich heute tatsächlich noch nach Rom.

Mit zittrigen Händen drücke ich die Tasten.

Es klingelt nicht einmal.

»Dieser Anschluss ist vorübergehend nicht erreichbar«, erklärt die Frauenstimme am anderen Ende der Leitung. Vielleicht habe ich mich ja vertippt. Ich versuche es noch einmal.

»Dieser Anschluss ist vorübergehend ...« Ich lege auf.

»Mensch, Björn!«, murmele ich. »Warum gehst du denn nicht an dein Handy!«

»Björns Handy ist kaputt!«, erklärt Lina. Ich fahre herum. Lina sitzt sehr wach und sehr aufrecht in ihrem Kindersitz.

»Wie kommst du darauf, dass Björns Handy kaputt ist?«

»Das ist kaputt, weil es dem Björn nämlich ins Klo gefallen ist.«

»Es ist waaas?«

»Ja. Gestern Morgen zu Hause im Badezimmer, als du so lange geschlafen hast. Da hat der Björn dem Timo nach dem Klo die Hose hochgezogen, und als er sich runtergebeugt hat, da hat es plumps gemacht. Der hatte das Handy oben in der Tasche vom Hemd, und da ist es rausgerutscht, genau ins Klo rein. Zum Glück hatte er schon gespült. Aber als er das Handy rausgeholt hat, war es ganz nass, und alles hat getropft, und da hat der Björn gesagt, jetzt ist das Ding kaputt.«

»Ja!«, kräht Timo, der sein Spätnachmittagsnickerchen eindeutig ebenfalls beendet hat. »Und dann hat der Björn ganz böse Wörter gesagt.«

Lina kichert. »Genau. Ganz böse Wörter. Der hat ›so eine verdammte Schweinekacke‹ gesagt. Das habe ich genau gehört.«

»Ja!«, schreit Timo mit größtem Vergnügen und trampelt mit den Schuhen gegen seinen Sitz. »Verdammte Schweinekacke! Verdammte Schweinekacke!«

»Hört auf!«, brülle ich dazwischen. »Was ist denn mit euch los? Ich will nicht, dass ihr solche hässlichen Wörter sagt.«

Obwohl ich eigentlich finde, dass es ein sehr schönes Wort ist. Gibt es einen angemesseneren Begriff, um meine momentane Situation zu beschreiben? Es ist Viertel nach acht, ich bin zweihundertachtzig Kilometer von zu Hause entfernt, in zwölf Stunden muss ich meine Kinder in der Wichtelstube abliefern und zur Arbeit gehen, zwischendurch möglichst noch ein bisschen schlafen, und dabei habe ich keine Ahnung, wo und wie ich den besten Mann der Welt erreichen soll, bevor der sich aus lauter Kummer und Einsamkeit an eine feurige Florentinerin heranmacht, weil er irrtümlicherweise denkt, ich wäre verliebt in einen anderen.

Ich finde, angesichts dieser Lage ist »verdammte Schweinekacke« noch eine ziemlich gemäßigte Formulierung.

MONTAG, *11:25*

Egal, ob ein Wochenende in einer Almhütte oder auf einem Zeltplatz in Südtirol – ein paar freie Tage in den Bergen sind immer ein Highlight für unsere Familie. Die gute Alpenluft, die herrliche Aussicht, das Leben im Schoß der Natur lassen all die kleinen Sorgen des Alltags verpuffen. Wie viel Freude macht ein idyllisches Picknick mitten in einer Blumenwiese! Wie wunderbar schmeckt ein gesundes Glas Milch nach dem anstrengenden Aufstieg zur Alm. Wie selig leuchten die Augen unserer Kinder, wenn sie mit Hingabe die Kühe auf der Wiese streicheln dürfen. Zeit füreinander zu haben, das ist das ganze Geheimnis des Glücks. Dafür brauchen wir kein Luxushotel, kein Fünfgängemenü und schon gar keinen Wellnessbereich! Wellness, das ist das Gefühl, das ich habe, wenn ich mit meiner Familie ein paar Tage allein unterwegs bin. Gerade in der Bescheidenheit unserer provisorischen Herberge erleben wir das wunderbare Gefühl der Zusammengehörigkeit und wissen: Nichts kann uns trennen.

Undsoweiterundsofort. Ich schicke den Text per Mail an Lydia. Auch das miserabelste Wochenende eignet sich immerhin noch dazu, eine tröstliche Kolumne daraus zu fabrizieren. Obwohl ich total erledigt bin und kaum die Augen offen halten kann. Die vergangenen Tage waren vielleicht doch ein bisschen zu viel für mich: innerhalb von vierundzwanzig Stunden erst mit dem falschen Mann zu schlafen, dann mit dem richtigen Mann nicht zu schlafen, um nachher festzustellen, dass es sich genau andersherum verhält. Sich innerhalb dieser Zeit erst von dem einen, dann von dem anderen Mann zu trennen und dabei noch zwischen München, Mittenwald und Bozen zu pendeln – das ist nicht gerade das, was ich unter einem erholsamen Wochenende verstehe. Was waren das noch für friedliche Zeiten, als ich mich nur um meine Kinder und meinen Job als Teilzeitreporterin kümmern musste! Mein fernes schönes Leben ohne akute Männerprobleme und ohne Kathis Kolumnenpeinlichkeiten. Was gäbe ich darum, einfach mal wieder eine kleine unbedeutende Theaterkritik schreiben und einen schönen gemütlichen Abend mit dem *Tatort* verbringen zu können ...

Das Telefon auf meinem Schreibtisch klingelt.

»Sophie!«, tönt Tanjas Stimme aus dem Hörer. »Wie war dein Wochenende? Lydia hat schon wieder Sehnsucht nach dir. Du möchtest bitte in ihr Büro kommen. Am besten sofort.«

Das klingt verdächtig danach, als hätte sich meine Chefin wieder etwas sehr Spezielles einfallen lassen. Seufzend setze ich mich in Bewegung.

»Eine hübsche Kolumne hast du heute geschrieben«, sagt Lydia, noch bevor ich mich ihr gegenüber niedergelassen habe. »Wenn man deinen Text so liest, hat man richtig Lust, auch mal wieder einen Ausflug in die Berge zu unternehmen.«

Lydia lächelt mich auffallend freundlich an. Das macht mir die Angelegenheit nicht weniger suspekt. Ich beschränke mich darauf, freundlich zurückzunicken und abzuwarten. Meine Lust auf Berge ist jedenfalls fürs Erste gestillt.

»Ich habe eine sensationelle Idee, wie wir Kathis Kolumne noch besser vermarkten können.«

Na also. Ich hatte es ja geahnt. Steht etwa schon wieder ein Abend mit Publikum an? Sollen diesmal vielleicht auch noch Oma und Opa mitspielen? Die Schwiegereltern? Ein Dackel womöglich oder gleich ein Pony?

»Sophie, wir machen ein Buch.«

»Ein Buch?«

»Ja! Ist das nicht eine sensationelle Sache? Wir veröffentlichen sämtliche Themen aus Kathis Kosmos in Form eines ausführlichen Ratgebers.«

»Ein Ratgeber?« Ich glaube, ich habe nicht richtig gehört.

»Ja«, sagt Lydia. »Stichwort Familienkompetenz, du weißt doch. Das Buch wird ›Kathis Kosmos – Leitfaden für eine glückliche Beziehung‹ heißen.«

Ich schweige und staune.

»Der Untertitel steht noch nicht fest. Vielleicht auch ›Anleitungen für eine problemlose Partnerschaft‹. Darüber muss ich noch etwas nachdenken. – Du weißt doch, dass wir in diesem Winter das fünfzigjährige Bestehen unseres Verlages feiern, und zwar mit einer ganzen Reihe von Sonderveröffentlichungen. Und eine davon wird dieser schöne Schmöker sein. Endlich bekommen unsere Leser Kathis Kosmos nicht nur als kleine, magere Häppchen serviert, sondern in Form eines ausführlichen Kompendiums mit Hilfen für alle Lebenslagen.«

Ich schweige weiter. Ich habe das dumpfe Gefühl, dass Lydia mit ihren Ausführungen noch nicht fertig ist. Natürlich nicht.

»Und du, Sophie, wirst diesen Ratgeber schreiben!«

Ich weiß nicht, was Lydia an diesem Morgen eingenommen hat, aber jetzt ist sie eindeutig übergeschnappt.

»Lydia!«, rufe ich verzweifelt. »Wie kommst du darauf, dass ich einen Ratgeber zu Beziehungsfragen schreiben sollte? Ausgerechnet ich! Geschieden, alleinerziehend, ohne Lebensgefährten ...«

»Weil du es draufhast, Sophie. Ich weiß gar nicht, weshalb du dein Licht immer so unter den Scheffel stellst. Ich finde, du hast dein Leben bestens im Griff. Abgesehen von einem gelegentlichen kleinen Pünktlichkeitsproblem. Bewundernswert, wie du das alles stemmst. Das wollte ich dir schon lange mal sagen. Du machst hier doch einen tollen Job. Selbst Claus-Henning hat sich neulich noch bei mir beklagt, wie schade es ist, dass du so wenig Zeit hast, um Theaterkritiken fürs Feuilleton zu schreiben ...«

Das soll ausgerechnet Claus-Henning gesagt haben? Lydia befindet sich eindeutig in einem anderen Film.

»Du hast doch in deinen Kolumnen gezeigt, was du kannst«, fährt sie fort. »Unsere Leserinnen werden dein Buch lieben, da bin ich mir sicher. Vor allem auch, weil der Ratgeber entzückend illustriert sein wird, jedes Kapitel mit einem witzigen Bild, einem echten Hingucker. Was hältst du davon?«

Gar nichts!, will ich schreien. Überhaupt und absolut gar nichts!

Aber ich komme nicht dazu, mich zu äußern, weil Lydia ohne Luft zu holen weiterredet: »Ich muss zugeben, die Idee mit dem Ratgeber stammt nicht von mir. Ein Fan von dir hat uns geschrieben. Ich nehme jedenfalls an, dass es ein Fan ist. ›Wäre es nicht großartig, die klugen Texte Ihrer Kolumnistin in einem schön bebilderten Buch lesen zu können?‹ So ähnlich heißt es in seinem Brief. Ich frage mich, weshalb ich nicht selbst darauf gekommen bin! Die Sache liegt doch praktisch auf der Hand. Der Mann hat gleich ein paar Probezeichnungen mitgeschickt. Sehr erfrischende Illustrationen. Soweit ich das bewerten kann, ist er ein begnadeter Künstler. Hier, sieh mal.«

Lydia schiebt mir einen Stapel Blätter zu. »Findest du nicht, dass die Kathi auf diesen Bildern dir ein ganz kleines bisschen ähnlich sieht? Diese schulterlangen Locken, dieses herzliche Lächeln? Und schau, wie niedlich diese beiden kleinen Kinder geraten sind. Und was für köstliche Szenen er dargestellt hat! Wir müssen ihn unbedingt als Illustrator gewinnen.«

Ich werfe einen Blick auf die Zeichnungen. Auf dem einen Bild steht Kathi in der Küche, sechsarmig wie eine indische Göttin, und jongliert lachend mit Tellern, Tassen und Töpfen. Auf dem nächsten liegt Kathi in der Badewanne, bis zur Nasenspitze versunken im Schaum, nur ein Fuß und eine Hand ragen heraus, die zwischen den lackierten Fingerspitzen eine Schale Champagner balanciert. Bild Nummer drei: Kathi, die auf dem Fußboden liegt und mit ihren Kindern Eisenbahn spielt, die Schienen fahren in Serpentinen ihre Jeans und ihr T-Shirt hinauf und hinunter wie ein Bummelzug die Schwäbische Alb.

»Gut«, sage ich und schiebe die Bilder wieder weg, ohne mir den Rest anzuschauen. »Das sieht ja alles ganz witzig aus. Aber wieso um Himmels willen sollte ich so etwas Absurdes machen, wie einen Ratgeber zu schreiben, nur weil da so ein Maler Klecksel daherkommt und meint, meine Kolumnen illustrieren zu müssen?«

»Weil der Ratgeber eine Sensation werden wird«, ereifert sich Lydia. »Der Einstieg in ein ganz neues Marktsegment. Das *Münchner Morgenblatt* rollt den Buchmarkt auf. Grandios! Die von der *Abendzeitung* werden in Ohnmacht fallen.«

Ich werde auch gleich in Ohnmacht fallen, denke ich. Aber Lydia lässt mir keine Gelegenheit dazu. Sie hat meine weitere Karriere als Autorin und Fachfrau für Beziehungsfragen schon bis ins Detail geplant: »Es geht gleich morgen los. Ich habe diesen Herrn für halb neun in die Redaktion eingeladen. Wie heißt er noch gleich? Irgendwo habe ich seinen Brief hingelegt. Na ja, ist ja auch egal. Jedenfalls wirst du mit ihm zusammenarbeiten und die Details der Illustration besprechen. Welche Motive? Welches Format? Wie viele Bilder nehmen wir in das Buch, und wer schreibt das Vorwort? Da ist noch eine ganze Menge zu tun bis zur Veröffentlichung.«

»Aber Lydia, ich habe doch gar keine Ahnung, wie man einen Ratgeber schreibt«, wage ich anzumerken. »Wie soll ich …«

»Das ist doch ganz einfach.« Lydia lächelt entspannt. »Du weißt doch selbst am besten, wie eine Frau alle Klippen in Partnerschaft und Familie charmant umschifft. So wie du es ja auch in deinen Kolumnen schreibst. Es wird Zeit, dass du die Menschheit an deinem Erfolgsgeheimnis teilhaben lässt.«

»Ich hab da so meine Zweifel, ob das alles so funktioniert, wie du dir das vorstellst«, murmele ich.

»Aber klar funktioniert das. Bisher haben alle Projekte funktioniert, die ich in diesem Büro entwickelt habe. Und dieses Buch wird der Hit, das kannst du mir glauben. Ich kenne die Branche.«

Lydia strahlt mich an. Ich habe meine stets so beherrschte Chefin selten in einer solchen Hochstimmung erlebt.

Leider teile ich ihre ausgezeichnete Laune nicht einmal in Ansätzen. Es gibt Momente im Leben, da muss man die Reißleine ziehen. Da muss man klipp und klar sagen: danke, stopp, ohne mich. Die Antwort lautet: Nein, da mache ich nicht mit. Das wird mir allmählich zu viel. Ich finde, genau jetzt ist dieser Moment gekommen.

»Lydia«, sage ich und nehme allen Mut zusammen. »Sei mir nicht böse, aber ich kann diesen Ratgeber nicht schreiben. Ich bin Lokalreporterin. Ich möchte Theaterkritiken verfassen und über Ausstellungen berichten. Stattdessen schreibe ich Kolumnen und beantworte jeden Tag dutzende problembeladene Briefe und E-Mails unserer Leserinnen, als wäre ich die Familientherapeutin von der Caritas München-West. Ab und zu setze ich mich sogar auf eine Bühne und spiele dem Publikum live die heile Familie vor. Meinetwegen. Alles okay bis dahin. Aber mehr schaffe ich nicht, Lydia. Wann soll ich denn noch diesen Ratgeber schreiben? Hast du eine Vorstellung davon, wie viel Arbeit das ist? Ich habe keine Zeit, mich mit irgend so einem Möchtegernkünstler zusammenzusetzen und zu diskutieren, welche Bildchen er zu welchen Geschichten malen soll.«

Donnerwetter, denke ich und bin selbst ein bisschen erstaunt über mich. Das war ja mal eine klare Ansage. Hätte ich mir gar nicht zugetraut, dass ich meiner eigenen Chefin Kontra gebe. Auch Lydia starrt mich mit offenem Mund an. So aufmüpfig hat sie ihre Mitarbeiterin Sophie Freitag noch nie erlebt.

»Aber Sophie!«, ruft sie. »Warum denn nicht? Das kann so viel Arbeit gar nicht sein. Du hast doch mit deinen Kolumnen schon eine ganze Reihe von Themen angesprochen. Und überleg bloß mal, was für eine großartige Sache das sein wird. Kathis Kosmos – das ist demnächst nicht mehr nur die kleine Frühstückslektüre der Münchner Zeitungsleser. Überall im Land werden uns die Leute das Buch aus der Hand reißen, da bin ich mir ganz sicher. Partnerprobleme und Kinderkram ziehen beim Publikum immer. Das wird der absolute Renner ...«

»Bedaure, Lydia«, sage ich. »Diesmal schaffe ich es wirklich nicht.«

Lydia schaut mich schweigend an. Damit hat sie nicht gerechnet, dass ich mich ihrem Buchprojekt verweigere. Ich sehe schon, wie es in ihrem Gehirn rattert, um doch noch ein aberwitziges Argument zu finden, das meine Meinung ändern kann.

»Wie wäre es, wenn Kathi Bauermann den Ratgeber schreibt?«, frage ich. »Du sagst doch, dass es ihr schon wieder viel besser geht. Sie hat bestimmt große Lust darauf, wieder bei Kathis Kosmos einzusteigen und sich mich dem begnadeten Künstler zusammenzusetzen.«

Lydia zuckt mit den Schultern.

»Ach Sophie. Ich hätte es wirklich gern, wenn du das übernehmen würdest. Deine Texte sind irgendwie – lebendiger als die von Kathi. Willst du es dir nicht noch einmal überlegen?«

Ich schüttele unerbittlich den Kopf.

»Schade.« Lydia seufzt. »Ich kann dich ja leider nicht zu deinem Glück zwingen. – Na gut. Dann muss ich wohl Kathi anrufen.«

Erhobenen Hauptes verlasse ich Lydias Büro. Dieser Kelch geht an mir vorüber. Ich bin sehr stolz auf mich. Endlich habe ich mal Kante gezeigt. Endlich habe ich mal was richtig gemacht. Vielleicht sollte ich den Schwung meines neuen Selbstbewusstseins mitnehmen und sofort zu Claus-Henning gehen und ihm sagen, dass ich gleich morgen eine dreispaltige Theaterkritik schreiben möchte. Aber erstens sollte ich mich vielleicht vorher um einen Babysitter kümmern, und zweitens ist Claus-Henning gar nicht in seinem Büro.

18:23

»Mama, Mama, ich glaube, Fritzi ist tot!«

Mit einem Entsetzensschrei stürzt Lina aus dem Kinderzimmer in die Küche. »Ich hab sie bloß aus dem Käfig genommen und gestreichelt«, heult meine Tochter. »Und dann ist sie runtergesprungen und unter das Bett gelaufen, und jetzt kommt sie nicht mehr raus. Sie ist ganz bestimmt tot!«

Erschüttert über das mutmaßliche Ableben der Schweineschwester laufen Lina die Tränen über die Wangen. Ich lege den Spülschwamm aus der Hand und trockne mir die Hände ab.

»Wie kommst du darauf, dass Fritzi tot ist?«

»Weil sie nicht mehr rauskommt. Ich hab schon ganz oft gerufen.«

»Vielleicht hat sie keine Lust rauszukommen. Vielleicht gefällt es ihr unter deinem Bett einfach nur gut. Da ist es schön dunkel und gemütlich, und keiner stört Fritzi.«

»Kannst du mal nachsehen?« Lina schluchzt noch einmal.

Ich bewaffne mich mit einem Besen und mache mich behutsam daran, das Meerschweinchen ans Tageslicht zurückzubefördern, was mir im fünften Anlauf gelingt. Glücklicherweise ist Fritzi nur stark verstaubt, im Großen und Ganzen aber quicklebendig. Lina drückt das Tier voller Erleichterung so fest an sich, dass es quiekt. Bevor es aber den endgültigen Erstickungstod erleidet, lässt sie es glücklicherweise wieder in den Käfig gleiten.

Fritzi ist nicht das einzige Objekt, das ich unter Linas Bett hervorfege. Wir finden in den wallenden Staubflocken die seit Ostern vermisste Hundehütte vom Barbie-Traumhaus, eine ehemals weiße Strumpfhose, aus der Lina inzwischen herausgewachsen sein dürfte, den zerknüllten Hexenhut, den sie auf der letzten Faschingsparty in der Wichtelstube getragen hat, ein paar Legosteine und jede Menge Papier.

»Was ist das denn hier alles?«, frage ich und hebe die Blätter vom Boden auf. Sie sind nicht ganz so eingestaubt wie die anderen Fundstücke, was darauf hinweist, dass sie noch nicht allzu lange unter Linas Bett gelegen haben.

Ich klemme mir den Besen unter den Arm und betrachte die Papierbogen. Es sind Bleistiftzeichnungen darauf, großflächig bunt bekrakelt wie in einem Ausmalbuch. Offenbar haben meine Kinder die Bilder als Vorlage für eigene schöpferische Arbeiten benutzt. Als ich näher hinschaue, fällt mir der Besen krachend aus der Hand.

Ist das da unter den grellbunten Filzstiftkringeln etwa eine Frauenhand, die mit spitzen Fingern ein Glas Champagner balanciert? Und auf dem nächsten Blatt: Sind da nicht sechs Arme zu erkennen, die Töpfe, Tassen und eine Pfanne durch die Luft wirbeln? Und hier: Könnte das ein Bein sein, über das gerade eine Spielzeugeisenbahn fährt ...?

»Lina!«, flüstere ich fassungslos. »Lina, woher hast du diese Bilder?«

Lina blickt von ihrem Meerschweinchenkäfig auf.

»Die hat der Björn gemalt. Timo hat auch welche bekommen. Björn hat gesagt, die Bilder hat er übrig, und wir können die ausmalen ...«

Ich blättere mich durch die Skizzen. Soweit ich unter dem Kindergekrakel erkennen kann, ist auf jedem Bild die gleiche Frau dargestellt. Soll das tatsächlich ich sein? Ich mit zu Berge stehenden Haaren vor einem qualmenden Computerbildschirm, ich inmitten einer Armee von Tiegeln, Töpfen, Cremetuben und Puderquasten breit grinsend vor einem Spiegel, ich neben einem verbeulten Auto in einem kilometerlangen Stau ... Björn hat seitenweise Comicbilder aus meinem Leben gezeichnet. Manche Motive gibt es mehrmals in verschiedenen Varianten, als habe jemand ausprobiert, wie es am besten aussieht. Björn also! Björn war es, der die Idee für das Buch hatte. Björn hat den Brief an das *Münchner*

Morgenblatt geschrieben. Björn wollte mit mir zusammen an einem Beziehungsratgeber arbeiten. Und ich absoluter Blindgänger habe das Buchprojekt abgelehnt!

»Wann hat Björn diese Bilder denn gemalt?«, frage ich und lasse mich auf Linas Bett fallen. Meine Stimme ist ganz heiser.

»Immer wenn du nicht da warst und er auf uns aufgepasst hat.«

Ich betrachte die Skizzen wieder und wieder. Wieso habe ich bloß so wenig darauf geachtet, was er gezeichnet hat, wenn er an meinem Küchentisch gesessen hat? Wie konnte ich nur so ignorant sein!

Und jetzt soll Kathi Bauermann mit Björn zusammenarbeiten?, durchfährt es mich. Ausgerechnet Kathi Bauermann? Mit meinem Björn? Ich springe auf. Das muss ich unbedingt verhindern. *Ich* will mit Björn zusammenarbeiten. Ich ganz allein. Ich will jeden Tag mit ihm zusammensitzen und den Leuten erzählen, wie das funktioniert mit Kindern, Haushalt, Job und der Liebe. Ich kenne mich da aus. Ich bin die weltbeste Beziehungsratgeberin aller Zeiten. Jawohl! Ich werde den Buchmarkt sprengen, und sämtliche Talkshows der Nation werden sich um mich reißen. Kathi kann da gar nicht mitreden. Außerdem ist sie doch viel zu schwanger für das ganze anstrengende Programm!

Ich renne zum Telefon und wähle die Nummer von Lydias Büro. Aber sie hat den Apparat schon umgestellt. Der Redakteur aus der Spätschicht nimmt ab.

»Ist Lydia noch da?«, brülle ich und habe nicht einmal Zeit, vorher meinen Namen zu sagen. »Kann ich Lydia noch sprechen?«

»Tut mir leid«, sagt der Kollege. »Die Chefin ist schon weg, sie hatte heute Abend noch einen wichtigen Termin.«

Wahrscheinlich einen wichtigen Termin mit Björn, denke ich wütend. Oder mit Kathi. Oder mit beiden? Wie kann sie eigentlich Kontakt zu Björn aufnehmen? Wo sein Handy doch kaputt ist. Oder hat er ein neues Telefon?

»Sie ist morgen früh um halb neun wieder da«, fährt mein Kollege fort, was ich aber gar nicht mehr richtig wahrnehme, weil ich mit einem schnellen »Na dann danke und tschüss« schon dabei bin aufzulegen.

Morgen früh um halb neun werde ich auch da sein. Morgen früh um halb neun werde ich das Zepter wieder in die Hand nehmen. Nie werde ich so pünktlich in der Redaktion erschienen sein wie morgen früh.

19:10

Das Telefon klingelt. Ob das jetzt Björn ist? Könnte es sein, dass er gerade in dem Moment, in dem ich seine Bilder gefunden habe, an mich denkt? Vielleicht ist seine Sehnsucht größer als seine Vernunft, und er will sich einfach so mal zwischendurch bei mir melden (»Na, wie war dein Wochenende?«), weil er irgendwo zwischen Rom und München eine funktionierende Telefonzelle am Straßenrand entdeckt hat.

Aber eigentlich bin ich mir ziemlich sicher, dass es nicht Björn ist. Ich glaube nicht an Telepathie.

»Hallo, mein Schatz! Wie geht es dir?«

Ich glaube doch an Telepathie. Immer wenn ich an einen halb verflossenen Mann denke, ruft meine Mutter an.

»Hallo, Mama. Alles prima bei uns.«

Ich habe keinen Schnupfen, ein Dach über dem Kopf und genug zu essen im Kühlschrank. Das ist ein Zustand, den man durchaus als prima bezeichnen kann.

»Da bin ich aber froh, mein Kind. Du hast dich so lange nicht mehr gemeldet.«

»Na ja, ich hatte wahnsinnig viel um die Ohren in der letzten Zeit.« Und wahnsinnig viel ums Herz auch.

»Du solltest dir das mit der Mutter-Kind-Kur wirklich allmählich überlegen. Das täte sicher auch Timo und Lina gut.«

»Mama, darüber haben wir doch bereits gesprochen.«

»Hast du schon das von Chris gehört?«

»Chris? Was ist mit Chris?«

»Er und Susi werden heiraten. Ist das nicht großartig?«

»Heiraten?«

»Ja, stell dir vor. Susi ist schwanger. Sie wissen es selbst erst seit heute. Obwohl Susi den Verdacht natürlich schon ein paar Tage länger hatte.«

Ach, deshalb. Jetzt wird mir klar, was Susis Kehrtwende in ihrem Beziehungskrimi mit Chris ausgelöst hat.

»Das ist ja toll!«, sage ich schwach.

»Nicht wahr? Ich bin schon ganz aus dem Häuschen. Ich hatte mir solche Sorgen um Chris gemacht, weil er doch nach dem Knatsch mit Susi die ganze Zeit mit diesem Björn unterwegs war.«

»Ich weiß. Sie haben mich besucht. Was ist daran so schlimm, wenn Chris mit seinem besten Kumpel in Urlaub fährt?«

»Na, hör mal. Ich hab so meine Zweifel, ob dieser Björn der richtige Umgang für ihn ist. Wie soll ich sagen ... Ich meine, ist der nicht vielleicht ein bisschen ... äh, schwul, dieser Björn?«

»Waaas?«

»Ich weiß ja, dass du diese Dinge sehr liberal siehst, aber es hat mich wirklich beunruhigt ...«

»Mama. Erstens kann jeder so leben, wie er es für richtig

hält, und zweitens: Warum um alles in der Welt sollte Björn schwul sein?«

»Überleg doch mal, Sophie: Er ist nicht verheiratet, er lebt mit keiner Frau zusammen, er hat keine Kinder, und dabei ist er doch auch schon Anfang vierzig ... Euer Vater und ich, wir haben ...«

»Mama! Vielleicht hat er einfach noch nicht die Richtige gefunden und keine Lust, mit irgendeiner Kompromissfrau zusammen zu sein. Glaub mir, Björn ist definitiv nicht schwul.«

»Woher willst du das so genau wissen? Man sieht es solchen Leuten doch gar nicht ...«

»Mama! Ich weiß es, weil ... weil ich Björn demnächst heiraten werde!«

Ich höre meine Mutter nach Luft schnappen, dann ist es totenstill in der Leitung. Ich beiße mir auf die Lippen. Von meiner Seite wäre diese Angelegenheit also geklärt. Jetzt muss nur noch Björn mitmachen.

Kann es sein, dass angesichts der glücklichen Zukunftspläne meines Bruders die Phantasie mit mir durchgegangen ist?

»Davon ... hast du mir ja noch gar nichts erzählt«, stammelt meine Mutter schließlich. »Seit wann bist du denn mit diesem Björn so eng befreundet? Das habe ich ja gar nicht gewusst.«

Ich habe es auch nicht gewusst, Mama, denke ich und sage – allmählich wieder im Vollbesitz meiner geistigen Kräfte: »Es ist alles noch ganz frisch. Bitte sag Papa nichts und vor allem: Erzähl Chris bloß noch nichts davon.«

Das wäre ja noch schöner, wenn Chris mir zuvorkommt und Björn von meinem Bruder erfährt, dass ich ihn heiraten möchte. Diesen Gesichtsausdruck möchte ich sehen.

»Vielleicht könnt ihr euch ja alle zusammen verloben!« Meine Mutter hat den Schock über die anstehende Hochzeit ihrer Tochter mit einem vermeintlich schwulen Mann offenbar überwunden. Wahrscheinlich hätte sie es sogar begrüßt, wenn ich die Heirat mit einem Yeti angekündigt hätte. Alles fände sie besser, als noch länger zu ertragen, dass sich ihre Tochter in diesem unerfreulichen Status einer alleinerziehenden Mutter im fortgeschrittenen Alter befindet. »Das wäre doch schön, Sophie. Chris und Susi und du und dieser Björn, ihr verlobt euch alle gleichzeitig an Papas fünfundsiebzigstem Geburtstag. Wäre das nicht eine wunderbare Gelegenheit? Ich müsste dann allerdings den größeren Saal buchen im Jägerhof, sonst reicht der Platz nicht, wenn ihr noch all eure Freunde mitbringt. Was hältst du davon?«

Tja, könnte klappen. Sofern es mir gelingt, Björn innerhalb der nächsten zwei Wochen davon zu überzeugen, die Ehe mit mir einzugehen. Allerdings erscheint mir die Vorstellung einer wilden Party im Kreise meiner erweiterten Familie momentan wenig angemessen.

»Mama, plane jetzt bitte nicht meine Verlobung! Kein Mensch feiert in so einem Rahmen seine Verlobung. Kein Mensch feiert heutzutage überhaupt seine Verlobung. Und wie gesagt: Kein Wort zu Chris, hörst du?«

»Ja, ja, ich hab dich schon verstanden, mein Kind. Ich bin ja nicht taub. Obwohl sich Chris natürlich freuen würde, wenn ...«

»Nein, Mama. Chris darf auf keinen Fall etwas von Björn und mir erfahren.«

Jedenfalls so lange nicht, bis aus Björn und mir tatsächlich etwas geworden ist.

DIENSTAG, 8:32

Das ist meine persönliche Bestzeit. So früh war ich noch nie in der Redaktion. Lydia wird staunen, wenn ich sie schon vor der Morgenkonferenz besuchen komme. Ich werfe meine Jacke und meine Tasche auf den Stuhl und will mich eigentlich gleich auf den Weg zur Chefin machen. Aber Tanja kommt mir zuvor. Sie steht in der Tür und wedelt sichtlich amüsiert mit der aktuellen Ausgabe unserer Zeitung.

»Na«, fragt sie. »Heute schon das *Morgenblatt* gelesen?«

»Ehrlich gesagt nicht viel. Hatte leider noch keine Zeit ...« Und jetzt habe ich auch keine Zeit. Ich muss an meiner beruflichen und privaten Zukunft arbeiten, und zwar sehr dringend. Zeitungslektüre geht im Moment gar nicht.

Tanja ist anderer Meinung: »Da steht ein höchst interessanter Bericht aus London drin.« Umständlich breitet sie die Zeitung auf meinem Schreibtisch aus und schlägt die Seite mit dem Prominentenklatsch aus aller Welt auf. »Unser Korrespondent in England hat mit seiner Recherche bei den Reichen und Schönen ganze Arbeit geleistet.«

Als mir auf einem Foto Solowjows schneeweiße Zahnreihe entgegengrinst, lasse ich mich auf meinen Stuhl fallen.

»Das gibt's doch nicht!«, entfährt es mir.

»Gibt's doch!«, kichert Tanja. Sie lacht, dass ihre sämtlichen Speckrollen in Wallung geraten. »Ich hab dir gleich gesagt, dass dich das interessieren wird.«

»Liebesglück in London«, lese ich ungläubig. »Der russische Opernstar Dimitri Solowjow ist frisch verliebt. Bei der

Auserwählten handelt es sich um eine 37-jährige Lokaljournalistin aus London, wo der 58-Jährige nach seinem umjubelten Gastspiel in München jetzt als Don Giovanni auf der Bühne steht. Es habe gleich bei der ersten Begegnung gefunkt, erklärt der Tenor. Im Frühjahr sollen die Hochzeitsglocken läuten. Kennengelernt haben sich die beiden am Tag vor der Premiere bei einem Interviewtermin in seinem Hotel. Als er sie dann in die Oper eingeladen und sie ihn auf der Bühne gesehen habe, sei es um sie geschehen gewesen, erklärt die glückliche Braut. Sie habe ihn nach der Vorstellung in seiner Garderobe besucht, und seitdem seien sie unzertrennlich ...« Den Rest des Textes erspare ich mir. »Mensch, Tanja, das kommt mir irgendwie bekannt vor.«

»Tja, wer hätte gedacht, dass dein Heldentenor mit dieser Masche tatsächlich seine große Liebe findet. Hättest du dir damals ein bisschen mehr Mühe gegeben, dann würde jetzt ein Artikel über dich und deine Heiratspläne in der Zeitung stehen!«, feixt Tanja.

»Gott bewahre!«, stöhne ich. Apropos Heiratspläne. Da war doch was. Ich springe auf. Wenn sogar dieser bepelzte Goldkettchenträger mit der aufdringlichen Parfümierung sein Herzblatt findet, sollte mir das wohl auch gelingen.

»Ich muss sofort zu Lydia.«

»Halt!«, ruft Tanja hinter mir her. »Du kannst jetzt nicht zu ihr. Sie hat gerade Besuch.«

»Ja. Ich weiß. Und jetzt bekommt sie noch mehr Besuch, und zwar von mir.« Mit den üblichen Gepflogenheiten der Bürohierarchie kann ich mich momentan nicht aufhalten.

Lydias Bürotür ist tatsächlich zu. Das heißt: *Dringende Besprechung, bitte nicht stören*. Ich reiße die Tür trotzdem auf, ohne anzuklopfen.

»Lydia!«, rufe ich, noch bevor ich einen Fuß in ihr Zimmer gesetzt habe. »Ich habe es mir anders überlegt. Es ist ...«
Ich breche ab. Drei Köpfe fahren zu mir herum. Lydia blickt mich angesichts der unerwarteten Störung mit gekrauster Stirn und funkelnden Brillengläsern an. Auf der anderen Seite des Tisches sitzt Kathi in einem Sesselchen wie ein gestrandeter Walfisch. Sie hat die Arme über ihrem gewaltigen Babybauch verschränkt, als wollte sie verhindern, dass er explodiert. Das Schlimmste aber ist: Den beiden Frauen gegenüber sitzt ein mir völlig unbekannter Mann, seriös gekleidet in Schlips und dunkelgrauem Sakko, mit akkurat gestutzen, zentimeterkurzen braunen Haaren und vor allem: völlig bartlos.

Ich bleibe an der Tür stehen, als wäre ich gegen einen Laternenmast geprallt. Wieso sitzt da ein fremder Mann, und wo ist Björn? Verdammt, wieso war ich mir so sicher, dass Björn hinter den Bildern steckt? Nur weil ich ein paar wild übermalte Skizzen unter Linas Bett entdeckt habe, die eine gewisse Ähnlichkeit mit den Bildern in Lydias Büro aufweisen? Wie konnte ich nur so dämlich sein zu glauben, dass Björn ein gemeinsames berufliches Projekt mit mir geplant hat, nachdem ich ihn so gnadenlos abserviert habe? Irgendetwas läuft hier gerade völlig falsch. Mit diesem wildfremden Menschen will ich absolut nichts zu tun haben. Hilfe! Ich muss hier sofort wieder raus!

»Guten Morgen«, sagt der Mann.

Es dauert ein paar Sekunden, bis ich ihn erkenne. Sein Grinsen wirkt seltsam ungewohnt in seinem kahlen Gesicht. Björn ohne Bart, das ist wie Marge Simpson ohne ihre blauen Haare. Wie Schneewittchen ohne die sieben Zwerge. Möglicherweise sogar noch befremdlicher.

Nicht weniger gewöhnungsbedürftig ist der Rest seiner

Erscheinung: Björn im seriösen Businesslook. Keine Spur vom Waldschrat. Kein Wunder, dass ich ihn nicht gleich identifiziert habe.

»Guten Morgen«, stottere ich zurück.

»Darf ich vorstellen«, meldet Lydia sich zu Wort. »Björn Berger, Sophie Freitag.«

Lydia erkennt ihn also auch nicht wieder. Aber ich habe keine Lust, ihrem Erinnerungsvermögen auf die Sprünge zu helfen und den verheerenden Leseabend mit Kathis Pseudofamilie wieder in ihr Gedächtnis zu rufen. Ich bedenke Björn mit dem herzallerliebsten Lächeln, zu dem ich in dieser Situation fähig bin, und sage, mehr zu ihm als zu Lydia:

»Ich habe meine Meinung geändert. Ich werde den Beziehungsratgeber zusammen mit Herrn Berger schreiben, und ich bin mir sicher, dass das Ganze ein Riesenerfolg werden wird.«

Vor allem für mein Privatleben. Ein Riesenerfolg für Björns und mein Privatleben. Ich bemühe mich um ein verstohlenes Augenzwinkern in Björns Richtung und hoffe, er versteht die geheime Botschaft.

Ich glaube schon. »Wunderbar«, sagt er nämlich und sieht sehr erleichtert aus. Lydia zieht eine Augenbraue hoch und seufzt.

Nur Kathi macht ein verkniffenes Gesicht.

»Moment mal!« Sie richtet sich in ihrem Sessel auf, so weit es ihr gewaltiger Leib zulässt. »Was ist denn jetzt los? Wieso sollte Sophie das Buch schreiben? Kathis Kosmos, das ist immer noch meine Sache. Ich bin wieder gesund, meine kurzzeitigen Schwangerschaftsprobleme sind überwunden, und ich bin in bester Verfassung, um mich die nächsten Wochen diesem verantwortungsvollen Projekt zu widmen.«

Das habe ich natürlich nicht erwartet, dass mir Kathi einen Strich durch die Rechnung machen würde. Ehe ich etwas entgegnen kann, fährt sie fort: »Ich halte es sowieso für sinnvoller, dass eine Frau in stabilen familiären Verhältnissen einen solchen Ratgeber verfasst. Nimm es nicht persönlich, Sophie, aber eine Frau, deren Ehe gescheitert ist, sollte andere Leuten besser nicht in Beziehungsdingen beraten. Nicht wahr, Lydia?«

»Nun«, sagt Lydia, während mir vor Empörung über Kathis Patzigkeit die Kinnlade runterfällt. »Ich finde, in ihren Kolumnen, aber auch in ihren Antworten auf die vielen Leserbriefe hat Sophie gezeigt, dass sie sich mit den Klippen einer Beziehung sehr gut auskennt.«

Oh ja, allerdings. Ich bin Fachfrau für alle Klippen, Schluchten, Gletscherspalten und sonstigen Abgründe, die sich in einer Beziehung auftun können, denke ich. Da kannst du mit deiner keimfreien Hochglanzfamilie gar nicht mitreden, Kathi. Aber ich artikuliere es dann doch etwas diplomatischer:

»Meinst du nicht, dass die Arbeit an dem Buch ein bisschen zu viel für dich sein könnte in deinem Zustand?«

Ich lasse meinen Blick demonstrativ über ihren strammen Bauch gleiten.

»Ich bin schwanger und nicht debil«, protestiert Kathi. »Ich bin durchaus in der Lage, mich um das Projekt zu kümmern. Ich stehe mit meinem Namen für die Kolumnen von Kathis Kosmos, und deshalb werde ich selbstverständlich auch für den Ratgeber zuständig sein. Ich könnte mir vorstellen, dass jeder Arbeitsrechtsexperte mir da absolut ...«

»Man könnte das Buch vielleicht auch ›In Sophies Welt‹ nennen«, wendet Björn ein. »Ich meine, falls es wegen des Namens Probleme mit dem Titel geben sollte.« Er hat sich in seinem Sessel zurückgelehnt und beobachtet die Szenerie mit zunehmender Belustigung. Drei Frauen im Belagerungszustand. Wahrscheinlich denkt er sich gerade, wie froh er ist, dass er seine Brötchen nicht jeden Tag in einem Büro inmitten keifender Kolleginnen verdienen muss, sondern allein an seinem friedlichen Schreibtisch oder irgendwo draußen auf einer einsamen grünen Wiese.

»Hier geht es doch um Familienkompetenz«, erklärt Kathi mit schriller werdender Stimme. »Ich bin glücklich verheiratet, ich habe einen treu sorgenden Ehemann, ich habe wohlgeratene Kinder, ich stehe in überaus herzlichem Kontakt zu meinen Schwiegereltern, ich wohne in einem demnächst abbezahlten, gepflegten Eigenheim. Was will man mehr? Ich bin die Familienkompetenz in Person.«

»Da klingt ja fast so, als würden Sie sich mit den vielfältigen Problemen, die sich in einer Beziehung entwickeln können, gar nicht auskennen«, gibt Björn zu bedenken.

»Unfug!«, ruft Kathi. In ihrem Gesicht haben sich inzwischen ein paar hektische rote Flecken gebildet. »Ich werde dieses Buch schreiben, und Sie werden ein paar hübsche Bilder von mir und meiner Familie beisteuern und ...«

Kathi bricht mitten im Satz ab.

»Oh mein Gott!«, flüstert sie und presst die Hände auf ihren Bauch. Und dann noch mal: »Oh mein Gott.« Dann hält sie die Luft an und schließt die Augen.

»Alles okay mit dir?«, frage ich. Wahrscheinlich explodiert sie tatsächlich jeden Moment.

Lydia springt auf: »Was ist los, Kathi? Geht es dir nicht gut? Hast du dich zu sehr aufgeregt?«

»Oh mein Gott.« Kathi atmet tief ein und aus, weiterhin rhythmisch den Weltenschöpfer anrufend.

»Sollen wir einen Krankenwagen rufen?«, fragt Björn.

»Nein«, zischt Kathi durch ihre zusammengebissenen Zähne. »Das geht gleich vorbei. Es ist noch nicht so weit. Ich habe noch drei Wochen Zeit. Genug Zeit, um diesen Ratgeber zu schreiben. Ich bin Kathi, ich will unbedingt ...«
Eine neuerliche Schmerzattacke lässt sie abbrechen.
»Das gefällt mir nicht!«, ruft Lydia und springt auf. »Ich rufe jetzt sofort einen Krankenwagen.«
»Nein, ich will noch nicht ins Krankenhaus«, jammert Kathi. »Ich bin die Spezialistin für glückliche Familien und harmonische Ehen, ich allein bin befugt, dieses Buch zu schreiben ...« Weiter kommt sie nicht. Wieder krümmt sie sich mit Leidensmiene.
»Mensch, Kathi«, entfährt es mir. »Geht es etwa schon los mit dem Baby?«
Kathi antwortet nicht. Sie ist mit der nächsten Wehe beschäftigt.
»Kathi!« Lydia rückt nervös ihre Brille zurecht. »Ich halte es für keine gute Idee, wenn du direkt neben meinem Schreibtisch niederkommst.« Ich nehme an, sie sorgt sich vor allem um ihren Teppichboden.
»Keine Sorge, es geht mir gut«, stöhnt Kathi, nur um in der nächsten Sekunde wieder in ihre Oh-Gott-Litanei auszubrechen.
Lydia stürzt aus dem Büro. »Ein Krankenwagen!«, brüllt sie über den Redaktionsflur. »Jemand muss einen Krankenwagen rufen. Sofort!«
Binnen Sekunden bricht ein Tumult aus.
»Hier ist der Erste-Hilfe-Kasten!« Tanja kommt schnaufend hereingestürzt, bleibt aber sofort stehen, als sie erkennt, dass bei Kathis Zustand mit ein paar Pflastern und Kopfschmerztabletten nichts zu machen ist. Sämtliche Bürotüren fliegen auf, und wenig später ist die gesamte Etage erfüllt

von besorgten »Was ist denn los?«- und »Ist was passiert?«-Rufen. Kollegen und Kolleginnen der verschiedensten Redaktionen versammeln sich unter geräuschvoller Anteilnahme für die werdende Mutter in Lydias Büro. Für einen Moment sind alle Agenturmeldungen, Artikel, Kommentare und Fotos vergessen. Ein Drama vor der eigenen Bürotür ist eben doch interessanter als eine Katastrophe am anderen Ende der Welt. Lydia und Tanja fassen Kathi rechts und links unter den Armen und heben sie aus dem Sessel. Björn greift zu dem Telefon auf Lydias Schreibtisch und wählt den Notruf.

»Lasst mich los!«, jammert Kathi. »Ich will dieses Buch schreiben. Ich will endlich mal wieder etwas anderes tun, als Windeln zu wechseln, Fenster zu putzen und meinem Mann die Hemden zu bügeln. Ich will wieder arbeiten. Ich will berühmt werden!«

»Jetzt nicht!«, erklärt Lydia barsch. »Jetzt hast du keine Zeit zum Berühmtwerden. Jetzt musst du ins Krankenhaus.«

Mit vereinten Kräften schleppen Tanja und Lydia, assistiert von sämtlichen anderen Kollegen und Kolleginnen, eine hilflos strampelnde Kathi Bauermann aus dem Büro. Ihr Protest hallt noch minutenlang über den Flur. Nach einer Weile hören wir von draußen die Sirene des Krankenwagens.

Björn und ich sind stumm in Lydias Zimmer zurückgeblieben.

»Mensch, Björn«, sage ich endlich. »Wie bist du denn bloß auf die Idee gekommen, dass ausgerechnet wir beide einen Beziehungsratgeber schreiben sollten?«

»Ich dachte, wir zwei kennen uns aus mit Katastrophen und mit allen Irrungen und Wirrungen der Liebe. Ich finde, das ist eine gute Voraussetzung, um einen Beziehungsratgeber zu verfassen.«

»Und warum hast du mir nie was von deinen Plänen erzählt, die ganzen Tage lang, die du bei uns gewohnt und gezeichnet hast?«

Björn zuckt mit den Schultern. »Die Idee kam mir eigentlich erst am Samstag, nachdem du mich, na ja, du weißt schon. Nachdem ich gedacht habe, jetzt wird das schon wieder nichts mit uns beiden. Ich konnte einfach nicht glauben, dass du jedes Mal in einen anderen verliebt bist, wenn ich dir begegne. Ich habe gedacht, wenn wir zwei eine Zeitlang an diesem Buch zusammenarbeiten, stellst du vielleicht irgendwann fest, dass so ein Schnösel wie dieser Roland nichts für dich ist und dass du und ich viel besser ...«

»Ach Björn, das habe ich schon ganz allein festgestellt.«

Wie in Zeitlupe breitet sich ein Grinsen in seinem bartlosen Gesicht aus.

»Wie bist du zu dieser Erkenntnis gekommen?«

»Ich hatte ein ereignisreiches Wochenende.«

Und weil meine Chefin noch immer keine Anstalten macht, in ihr Büro zurückzukommen, nutze ich die Zeit, um mit Björn ausgiebig herumzuknutschen. Das kühle Ambiente des Redaktionsbüros ist nicht gerade die Umgebung, die ich mir für unseren endgültigen Wiedervereinigungskuss vorgestellt habe. Aber eigentlich ist mir das absolut egal. Romantik wird für den Beginn einer märchenhaften Liebesbeziehung sowieso völlig überschätzt.

»Tust du mir einen Gefallen, Björn?«

»Wenn's sein muss ...«

»Bitte lass dir wieder einen Bart wachsen. Irgendwie fehlt mir was an dir.«

20:07

Ich sitze in meinem Wohnzimmer vor dem aufgeklappten Laptop. Aus den Lautsprechern meiner Musikanlage tönt liebliche Klaviermusik. Debussy! Lina hat die CD heute Nachmittag mitgebracht. (»Mama, guck mal, was ich im Gebüsch neben dem Haus gefunden habe! Ist da Musik drauf?«) Ich mag »Clair de Lune« immer noch, obwohl es natürlich irgendwie der Soundtrack meines missratenen Abends mit Dieter ist. Was soll's! Vorbei und vergessen.

Gerade habe ich Tanjas E-Mail gelesen. Kathi hat Zwillinge bekommen. Zwillinge! Zwei gesunde kleine Jungen. Wieso hat sie uns nichts davon erzählt? Ich frage mich, wann sie jemals wieder Zeit für ihre Kolumne haben wird. Wahrscheinlich wird Kathis Kosmos für den Rest meines Lebens an mir hängen bleiben. Aber egal. Ich weiß ja jetzt, wie eine glückliche Familie funktioniert. Im Grunde habe ich es immer schon gewusst.

»Ich glaube, jetzt schlafen sie«, sagt Björn, der gerade ins Zimmer kommt und sich mit einem entspannten Seufzer neben mir fallen lässt. »Ich habe ihnen zwei Kapitel aus dem Zwergenbuch vorgelesen und dann noch ein Kapitel aus *Pippi Langstrumpf* und ein Stück aus *Oh, wie schön ist Panama*. Anschließend haben sie fünf Mal dieses dämliche Osterhasenlied gehört. Ich glaube, ich an ihrer Stelle wäre bewusstlos nach einem solchen Gutenachtprogramm.«

»Tja«, grunze ich zufrieden, als er seinen Arm um mich legt. »Manchmal sind Lina und Timo einfach nicht müde zu kriegen.«

Sein Blick fällt auf meinen Laptop.

»Und? Was macht unser Ratgeber für die glückliche Liebe? Steht das Konzept schon?«

»Klar«, grinse ich. »Das Konzept ist ganz einfach. Ich würde sagen, zuerst widmen wir uns ausführlich dem praktischen Teil.«

»Wie? Welcher praktische Teil?«

Manchmal ist Björn wirklich schwer von Begriff. Erst als ich den Laptop herunterfahre und mich ein bisschen näher an ihn heranrobbe, kapiert er, welche Art von Praxis ich meine.

Leider kommen wir nicht besonders weit, weil nach ungefähr zehn Sekunden das Quietschen der Türklinke unsere Zweisamkeit unterbricht.

»Tja«, sagt Björn und gibt mir einen Kuss auf die Nase. »Ich fürchte, wir müssen das mit dem praktischen Teil noch ein bisschen verschieben.«

blanvalet
DAS IST MEIN VERLAG

... auch im Internet!

twitter.com/BlanvaletVerlag

facebook.com/blanvalet